땅콩집 이야기 8899

땅콩집 이야기 8899

ⓒ 강성률, 2018

1판 1쇄 인쇄__2018년 03월 15일
1판 1쇄 발행__2018년 03월 30일

지은이__강성률
펴낸이__양정섭
펴낸곳__작가와비평
     등록__제2010-000013호
     블로그__http://wekorea.tistory.com
     이메일__mykorea01@naver.com

공급처__(주)글로벌콘텐츠출판그룹
     대표__홍정표
     편집디자인__김미미 **기획·마케팅**__노경민 이종훈
     주소__서울특별시 강동구 풍성로 87-6, 201호
     전화__02-488-3280 **팩스**__02-488-3281
     홈페이지__http://www.gcbook.co.kr

값 15,000원
ISBN 979-11-5592-218-7 03810

땅콩집 이야기

8899

강성률 장편소설

작가와비평

　이 책은 2014년에 출판되어 나온 『땅콩집 이야기』, 2015년에
나온 『땅콩집 이야기 7080』에 이은 땅콩집 시리즈 제3권에 해당
합니다. 초등학교 특별활동 시간. 문학반에 배치된 나는 한 시간
동안 별 생각 없이 연습장을 채웠는데, 뜻밖에도 선생님의 칭찬
을 받았습니다. 그때 꾸었던 작가의 꿈을 달성하고자 부지런히
문학전집을 읽고 일기도 썼지요.

　그러던 중 고교 국어선생님으로부터 '문학은 허구이다!'라는
말을 들었고, 나는 '허구'라는 말을 거짓이나 위선이라는 뜻으로
받아들였습니다. 그리하여 가장 진실하고 정직한 학문을 찾아
철학과로 진학했고, 철학의 외길을 걸어오는 동안 대학교수도
되고 철학저서도 여러 권 냈습니다.

　하지만 살아오는 동안 겪어야 했던 한 인간으로서의 고통과
환희, 슬프고 아름다운 사연들을 철학으로 표현할 수는 없었습
니다. 너무나 개별적이고 특수한 이야기들을 철학이라는 거대한

담론 속에 집어넣을 방법은 없었던 것이지요. 그래서 다시 문학으로 돌아가야만 했습니다. '나만의 이야기'를 온전히 담아낼 그릇, 그것이 바로 문학이고 소설이었습니다.

내 인생의 가장 어려운 시절, 아이엠에프(IMF)를 거치는 동안 미친 듯이 글을 썼습니다. 그리고 A4 용지 2,200매의 원고를 조금씩 덜어내어 단편소설을 발표하였고, 그것들을 모아 '땅콩집 시리즈'를 내기 시작했습니다. 그 사이에 12년 동안 희로애락을 함께 했던 반려견 '딸콩이'의 이야기도 나왔고요(2017년 9월, 단편소설집 『딸콩이』 출간).

제1권 『땅콩집 이야기』는 전남 서해안의 농촌 마을에서 베이비부머 세대로 태어난 주인공 이태민이 여러 차례의 중학교 입학시험 낙방, 고교입시 실패 등에서 받은 마음의 상처를 어떻게 치유하며 버티어 왔는지, 그 내밀한 심리를 파헤치고자 하였습니다. 제2권인 『땅콩집 이야기 7080』은 1970년대 중반부터 80년대 초까지 대한민국의 시대적 상황, 서슬 퍼런 유신정권 통치, 10.26과 12.12사태, 5.18 광주민주화운동, '서울의 봄'에서부터 이야기를 풀어나갑니다. 전두환 정권 말기 4.13 호헌조치로 촉발된 6.10항쟁을 거쳐 6.29선언이 나오고 노태우가 대통령에 당선되는 장면까지 이어지는데, 이 동안 주인공은 부친의 군(郡)농업협동조합장 사퇴, 두 여동생의 사망, 어린 딸의 죽음 등을 겪고 난 후 국립대학 교수로 임용을 받습니다.

제3권에 해당하는 본서 『땅콩집 이야기 8899』는 대학교수가
된 주인공이 새로운 마음으로 출발하는 장면으로부터 시작됩니
다. 열심히 연구하고 성실하게 가르쳐 대학교수의 본분을 다하고
자 결심하지요. 한편, 십수 년 동안 초야에 묻혀있던 이씨(주인공
의 부친)는 지역구 국회의원의 요청을 받고 정치일선에 복귀하지
만, 좋은 결과를 얻지는 못합니다. 화풀이하듯 시작한 양식사업
또한 실패를 거듭함으로써 주인공의 삶에도 지대한 영향을 미치
게 되지요. 88올림픽과 '광주' 청문회, 정주영 회장의 대선 출마,
DJ 김대중의 정계은퇴, 김영삼 대통령의 하나회 해체와 금융실명
제 실시, 지존파 사건 등 숨 가쁘게 달려가는 현대사 속에서 주인
공의 삶 또한 부친의 정치 및 사업 실패, 베스트셀러 도서 출간,
IMF가 몰아온 부도사태 등으로 숨 돌릴 틈 없이 이어집니다.

　제2권 머리말에서도 언급했듯, '땅콩집'이라는 제목은 주인공
의 고향 무라리 일대에서 땅콩을 재배하고 수확하기 위해 만주
사람들이 지어놓은, 넓은 뜰 한가운데의 가옥을 가리킵니다. 함
석지붕이 얹어진 보잘 것 없는 이 집을 대신하여 화려한 한식
기와집이 들어서지만, 본서에서 이 집의 운명 또한 종말을 고하
게 됩니다. 본래는 이 3권을 마지막으로 땅콩집 시리즈를 완성하
려고 하였습니다. 하지만 이야기를 전개하다보니 양이 많아졌네
요. 앞으로 기회가 된다면 주인공이 처한 경제적 위기를 어떻게
극복했는지, 30여 편의 연구논문 및 20여 권에 달하는 저서를
내는 동안 어떻게 유명세(?)를 타게 되었는지 제4권(가제목: 『땅

콩집 이야기 1020』을 통하여 그 스토리를 기록하고 싶습니다.

한 개인의 삶이 공간적 규정과 시간적 제약을 벗어날 수 없음을 인정하는 바탕 위에서 본서는 개인과 정치사회적 환경의 다층적 구조를 밝혀보고자 하였습니다. 저의 이 시도가 과녁을 빗나가지 않았다면, 이 책 또한 한 권의 인문학 도서로서 손색이 없으리라 감히 말씀드립니다.

『땅콩집 이야기』, 『땅콩집 이야기 7080』, 『딸콩이』에 이어 본서 『땅콩집 이야기 8899』까지 헌신적으로 출판에 임해주신 양정섭 사장님께 깊은 감사를 드립니다. 아울러 이 작업에 충실하게 임해주신 노경민 과장님을 비롯한 여러 관계자 여러분에게도 심심한 감사의 말씀을 올려드립니다.

2018년 봄
지은이 강성률

차

례

저자의 말_____5

등장인물_____10

주마가편 · 11

정치의 계절 · 46

인간 말종: 지방자치 선거 · 71

고집불통의 뒤안길: 염산 새우 양식장 · 104

은사의 죽음과 저서 · 130

문민정부와 종말의 징조 · 157

부채와 베스트셀러 · 186

신기루: 12만 평의 땅 · 217

공유수면 매립사업 · 242

장돌뱅이 · 271

뿌리째 뽑히다: 땅콩집 처분 · 302

절망의 골짜기 · 335

죽음 앞에서 · 366

이태민: 이 작품의 주인공이자 화자(話者). 어렵사리 대학교수직에 올랐으나 부친의 정치 및 사업 실패로
인하여 함께 어려움을 겪음. 베스트셀러를 낸 적도 있으되, 장남으로서의 책임감과 그에 따르지
못하는 현실 사이의 괴리를 뼈저리게 느끼며 인생을 한탄함.

김진선: 태민의 아내. 딸의 죽음이라는 엄청난 충격으로부터 조금씩 벗어나려는 순간, 이번에는 경제적
위기에 봉착. 그것을 극복하기 위해 사업에 뛰어들기도 했으되, 이렇다 할 성과를 내지는 못함.

이씨(이신만 씨): 태민의 부친. 고향인 무라리의 초대 농협 지소장을 시작으로 활발히 사회활동을 전개하
여 영광군농협조합장, 민주공화당 수석부위원장, 평화민주당 영광 함평지구당 수석부위원장을
역임. 제1기 지방자치 의원선거에 나섰으나 도의원 공천에 낙천, 교육위원 선거에 낙선. 대하(큰
새우)양식 사업을 벌였으나 내리 5년 동안 실패하여 가산을 탕진함.

김씨: 태민의 모친. 첫딸이 아홉 달 만에 죽고 6남매 가운데 두 딸이 먼저 세상을 떠나는 비극, 남편의
정치 및 사업 실패를 묵묵히 견뎌내며 한 가정을 지켜낸, 한국의 전형적인 어머니 상.

심영진: 태민의 초등학교 5학년 때 담임교사. 인생의 굽이굽이마다 주인공이 찾아가 조언을 구했던,
인생의 멘토이자 정신적 지주.

김팔봉: 이씨의 초등학교 동창생이자 정치적 라이벌. 통일주체국민회의 대의원 시절 당시 군농협장이던
이씨를 몰아내는데 앞장섰으며, 이씨의 도의원 낙천 및 교육위원 낙선에 결정적인 기여(?)를 함.

명재남: 태민의 석사과정 지도교수로서 이씨와 중학교 동기동창생. 온화한 학구파로서 태민이 진심으로
존경했던 스승. 그의 때 이른 죽음은 주인공에게 엄청난 충격으로 다가옴.

박주동: 태민의 박사과정 지도교수. 일본 동경대학에서 박사학위를 받은 칸트 철학의 대가.

신종부: 이씨 형제와 함께 칠산 바다 분등 앞 간척지 공사에 참여했던 사람.

천재수: 태민의 고종사촌 형.

주마가편

장성으로 가는 시외버스 안.

"당신, 요즘에 자주 못 갔지요?"

"목양대학에서 교수들한테 시달리느라. 초등학교 5학년 때 내성적인 성격 뜯어고친다며 억지로 웅변 연습시키고, 악바리 만든다며 1등할 때까지 달리기 시합시키시던 분인데….."

인생 굽이굽이마다 찾아갔었다. 중학교에 이어 고교 입시에서 마저 낙방한 다음. 눈이 펑펑 쏟아지는 날, 바바리 깃을 높이 세운 채 황룡면의 비포장도로를 걸었고, 사랑방에서 마주한 그 앞에서 담배를 꼬나문 채 묵묵히 앉아 있었다.

'왜 이딯세 미련 천치 같은 제자에게 기대를 거셨어요?'

기대에 부응하지 못한 스스로에 대한 증오, 그리고 상대방의 노여움을 달래기 위한 전략이었는지도 모른다. 하지만 지난날 수제자이자 모범생의 일탈행동 앞에서 그는 끝내 침묵으로 일관했다. "이마에 피도 안 마른 놈이 선생님 앞에서 무슨 짓이냐?"며, 뺨이라도 후려갈겨 주었으면 속이 후련했을 텐데. 그걸 빌미 삼아 실컷 울기라도 했을 텐데.

두 번째 방문은 초급 장교 시절 진선과 함께 주례를 부탁하기 위해서였고. 세 번째는 목양대학 조교 경합에 실패한 후, 신안군 도초 중학교에까지 찾아갔을 때였다. 하지만 이때 그는 소흑산도로 옮겨간 후였다. 허름한 여인숙에서 눈물로 쓴 편지를 부치고 목포로 돌아오는 배 위, 망망대해 속으로 몸을 던지려 했었다. 그는 태민 부부를 사랑채로 안내했다.

"선생님, 제가 광림대학 교수가 되었습니다."

"오메이! 잘했다, 잘했어. 나는 폴세부터 니가 성공헐 줄 알고 있었다."

세월이 제법 흘렀으되, 그만의 특유한 과장법은 여전했다.

"선생님은 저의 정신적 지주셨습니다. 힘들고 괴로울 때마다 선생님을 떠올렸지요."

"……."

"죽고 싶을 때마다, 선생님께 죄를 짓는 것 같아 차마 그러질 못했습니다."

"그래. 고맙다. 나도 여러 제자들 중에서 너를 젤 믿었었지 않냐?"

"그 때문에 친구들로부터 시기도 많이 받았고요."

"허허, 그 누구냐? 근식이지? 양근식. 그 놈이 은제 안 그러디야? 선생님은 밤나 태민이만 이뻐허고, 우리는 내 좆도 사람도 아니요? 허허허…. 내가 처음 발령을 받어 갖고 백수남교를 갔넌디, 니가 눈에 딱 띄드라. 기성회장 아들에 머리도 좋고 그런디, 한 가지가 부족허드란 말이다. 뭇인지 알겠지야?"

"사내자식이 너무 암뜨다는 말씀 아닙니까?"

"차렷 경례 구령을 못헌 게 반장도 못 시키고, 책 읽으락 해도 얼굴만 뻘개져 갖고 우물우물허고. 그래서 웅변도 시키고 그런 것이여."

"선생님께서 잡아주시지 않았다면, 제가 어떻게 대학생들 앞에서 강의를 하겠습니까?"

"그런 게 이. 째깐헌 아그덜 가르치기도 심든디, 다 큰 대학생들 가르치는디 오죽허겄냐?"

"아이고, 이 양반이 주례 부탁을 받고 밤잠을 안 자고 원고를 쓰는디, 머리를 수건으로 싸매고 꼬박 1주일을 책상에 붙어 앉아 갖고는…."

"저희들 결혼 때 말입니까?"

홍시를 접시에 담아 들어온 사모가 털썩 주저앉는다.

"고시공부 허실 때도 고로코는 안 허셨을 것이구만이라우."

"허허허…. 너한테 부탁을 받고 카마이 생각헌 게, 잠이 안 오드라. 내 교직 생활의 첫발을 띤 그쪽 사람들이 다 몰려올 것이

고, 어르신께서 또 사회활동을 많이 허신 분이라 하객들도 솔찬
헐 것인디, 인자 마흔 살 포도시 넘은 놈이 주례를 헐라고 본
게, 을마나 떨릴 것이냐?"

"선생님도 떠실 때가 있었어요?"

"그런 게 말이다. 그래서 광주시내 예식장 시(세) 군데를 돔시
로 녹음을 안 했냐? 고걸 집에 갖고 와서는 사그리 베꼈어. 그래
서 젤 맘에 드는 대목만 뽑아서는 날마닥 연습을 했제. 그러고도
막상 당일이 된 게, 다리가 후들후들 떨리드라. 그래서 장성읍에
나가 신경안정제 두 알을 목구멍에 탁 털어 늫고, 택시로 광주
시내까지 안 들어갔냐? 그날 눈도 징허게 많이 와 갖고, 뻬쓰
할라 안 댕기고 그랬지 않나?"

"광주 기상대 생긴 이래, 젤 많이 왔다니까요."

"거그가 금남로지야? 현대예식장 지하에 있는 다방에 앉아서
커피 잔을 딱 드는디, 그짓말 하나도 안 보태고 손이 달달달 떨리
드라. 그런디 희한허게 막상 단상에 딱 올라슨 게, 맘이 착 가라
앉는 것이여. 그때부터 하객들을 우리 반 학생들로 간주허기로
허고, 맘 놓고 해버렸제. 허허허…."

"그래서 주례사가 그렇게 길었나 보네요. 전날 친구들한테 시
달려 잠도 못잔 터에, 몸이 자꾸 앞으로 넘어지려 해서 혼났거든
요."

"허허허. 준비해 갖고 간 원고는 다 읽어야 쓰겄고, 처음 주례
를 서본 게 시간 개념도 읎다 본 게 쪼까 길어졌을 것이다."

"조금이 아니라, 많이 길었지요. 하하하….."

"허허허. 그건 그러고. 사실 인자사 말헌다마는, 니가 조꼰가 뭣인가 경쟁이 있었담시로? 그때 안 되었다고 나를 만나러 도초까장 왔다가 돌아갔을 때 말이다."

"소흑산도로 떠나셨다 하더라고요."

"교감 승진 땜에 도서벽지 점수를 딸라고, 내가 자청해서 섬으로 들어 갔었지야. 중등교사 임용고사를 봐서 초등에서 올라가고 본 게, 또 욕심이 생기드라. 그래서 한 3년 있었넌디, 나도 그때가 젤 고상허든 때였는 갑이다."

"하룻밤을 잤는데, 이튿날 태풍으로 배가 못 뜬다고 하여 그냥 돌아오고 말았지요."

"니가 거그서 나한테 편지를 썼지 않냐? 매칠 후에 그 편지를 받어 들고 을마나 기가 맥히고 눈물이 나든지, 그때는 차말로 미치고 폴딱 뛰겠드라."

사랑하고 존경하는 선생님!

이곳은 어느 허름한 여인숙입니다. 선생님을 뵙기 위해 수백 리 바닷길을 달려왔습니다만, 선생님은 벌써 이곳을 떠나 계시더군요. 선생님, 저는 또다시 패배자가 되고 말았습니다. 제가 살만한 가치가 있는 건가요? 이 못난 저를 왜 그렇게 믿어주셨습니까? 저는 지금까지 힘들고 외로울 때, 늘 선생님을 기억했습니다. 그토록 철저하게 저를 믿어주신 분이 이 세상에 계시는데, 차마 그 분을 실망시켜 드릴 수는 없다고 생각했습니다. 그러나 오늘밤 몸서리쳐지게 외롭고 고독한 이 초라한 방에서, 그보다 더욱 초라한 한 인간이 절규하고 있습니다. 저는 왜 항상 선생님에게 패배의 보고서만 올려야 하나요? 어쩌면 제가 이곳에 왔다는 사실조차 한참 후에야 아실 것이고, 오늘의 이 참담한 감정이 전달되는 데에는 그만큼의 간극이 생기겠지요. 그리고 그 무렵에 저는 어떻게 되어 있을지, 그건 저 자신도 모릅니다. 내내 건강하시고 안녕히 계십시오.

1984년 6월 8일 도초에서 못난 제자 올림

"편지를 받긴 받으셨네요?"

"바로 너한테 답장을 쓸라고 했넌디, 해필 문 일이 생개 갖고 차일피일 미루다가 말아 버렸다마는. 내가 지금까정 살아옴시로 제자 때문에 그렇게 가슴 아파 본 적은 읎었그든. 니가 오죽했으면 섬에 있는 나를 찾아 나섰겄냐 싶고, 또 그 편지가 사람 속을 확 뒤집어놓드란 게. 매칠 간 목구멍으로 밥이 안 넘어가드라."

"…죄송합니다."

"아니여. 그런 뜻이 아니고. 요로코 존 날이 오고 본 게, 생각나서 허는 소리다. 너도 그런 과정을 통해서 사회를 배우는 것이여. 어디 공부만 해 갖고 되디야?"

"그 후로도 여러 번의 고비가 있었습니다. 애기 일도 그렇고…."

"그 소식은 나도 나중에사 들었고, 니가 속상해 허까봐 말을 안 헐라고 했다마는. 그때도 을마나 마음이 아프든지. 그렇다고 너를 만나먼 문 헐 말이 있겄냐?"

"어떤 친구가 그러더라고요. 자기 같으면 진작 타락해버렸을 거라고요. 그때는 정말 독해져야겠다는 생각이 들더라고요. 2년이 넘어가다 보니, 조금씩 잊어지네요."

"어쭈코 잊혀지기야 허겄냐마는, 그렇다고 생각만 허고 있으면 뭇헐 것이냐? 인자 그 이야기는 그만허고, 술이나 한잔 더 허자."

"예. 좋습니다. 선생님, 오늘은 맘껏 취해보겠습니다. 근데 오늘밤 제가 취하면, 어떻게 하시겠습니까? 실수를 할지도 모르는데요?"

"실수? 좋지. 아무리 실수를 해도 괜찮은 게, 오늘은 죽어라고 먹어뻐리자. 작것, 누구 말마따나 술을 죽을라고 먹제, 살라고 먹냐? 나도 건강상 술을 먹지 말라고 옆에서는 그랬싼디, 오늘 같은 날 안 마시고 은제 마시겄냐? 먹다가 죽어도 먹어야제. 안 그러냐? 태민아. 아니, 이 교수님."

"선생님도 참. 제자더러 교수님이 뭡니까?"

"내가 틀린 말 했냐? 교수 보고 교수라고 헌디, 뭇이 잘못이디야?"

"그래도요. 저는 영원한 선생님의 제자입니다."

"하모! 그래야제. 교수가 되고 박사가 되야도, 너는 영원히 내 제자여. 이 심영지의 제자린 말이여."

마주앉아 주거니 받거니 하다 보니 취기가 올라왔다. 술이며 안주를 부리나케 들여오던 '사모'가 간혹 눈짓을 해도, 그는 모른 척 고개를 돌려버리곤 했다. 그러던 그가 둘만 있는 틈을 타 정색한 얼굴로 물어온다.

"태민이 니가 올해 서른세 살이라고?"

"예. 비교적 결혼이 빨랐고, 가족이 딸리다보니 더 마음이 초조했던 것 같아요. 그런데 되고 보니, 주위에서 빨리 된 편이라 하더라고요."

"아조 빠른 편이지. 대학교수로서 늦은 나이가 아니야."

"그래서 박사학위는 천천히 받을까 합니다. 교수가 되기 전에는 서두르려고 했는데요. 이제 자리를 잡았으니까, 철저하게 준비해서 손색이 없는 논문을 쓰고 싶어요."

"그것도 좋은 생각이긴 헌디, 주마가편(走馬加鞭)이란 말이 안 있디야? 이왕 탄력을 받았을 때 일을 마무리해야 혀. 니가 여그서 자만에 빠지거나 게으름을 피우면, 또다시 너를 추월허는 사람이 나온다는 이야기여. 내가 너한테 기대헌 것은 대학교수가 아니다."

"……?"

"그 이상이어야 헌다고."

"…학위를 최대한 빨리 따도록 하겠습니다. 그때에도 선생님과 한잔하는 거지요?"

"술이 문제냐? 일단 학위를 따고, 그 다음을 보는 것이여. 너는

원래 느그 아부지 땜에 다른 사람보당 20년 정도는 벌고 들어갔
제마는, 이 일로 훨씬 앞서가게 되았그든."

"20년이요?"

"다른 사람들이 20년을 노력해야 얻을 것들을 너는 이미 얻고
출발헌 셈이란 말이여. 어르신께서 벌써 이루어 놓은 바탕이 있
기 땜에, 여그서 니가 쪼끔만 더 노력허먼 되는 것이란 말이여."

"아버지를 존경하셔요?"

"니 앞이라서가 아니라, 어르신은 참 대단허신 분이다. 촌에서
썩기는 아까우신 분이지. 은제냐? 그때 교장허고 나허고 사이가
안 좋은 때였넌디, 어르신은 꼭 우리 젊은 선생들 편에 스셨그든.
야무지고, 당차고, 말씀도 잘허시고, 놀기도 좋아허시고, 술도 좋
아허시고, 여자도 좋아허시고…. 허허허."

"이제 많이 늙으셨어요."

"그런 게 인자 니가 바통을 받아야 헌단 말이여. 니 아부지 한
을 풀어드려야지. 니가…."

"저보고 정치를 하라고요? 전 싫은데요."

"그것이 싫다고 될 일이냐? 지금까정 너를 키워준 지역사회에
대해 빚을 갚어야제. 느그 아부지한테 정치적 꿈이 있었고 그
꿈이 좌절되었다면, 니가 그 뒤를 이어야 헐 것 아니냐?"

"저 말고도 정치할 사람들은 많은데요 뭐. 송충이는 솔잎을 먹
고, 누에는 뽕잎을 먹어야 한다지 않습니까?"

"물론 그래야지 니가 학자로서 학문을 허는 것은 기본이고,

그것을 바탕으로 해서 현실정치에 뛰어들 준비를 해야 헌다는 소리여. 너는 배와서 남 주라는 말도 안 들어봤냐? 혼자 배와 갖고 안 써먹고 있으면, 누가 알아준디야? 책을 장롱 속에 넣어 두고 안 보는 것이나 똑같제. 어째 내 말이 틀렸소? 애기 엄마가 대답해보씨요."

"아이, 옳으신 말씀이지요."

변소를 다녀왔는지 잠깐 밖을 나갔다 들어온 진선은 무슨 뜻 인지도 모른 채, 건성으로 대답하는 중이었다.

"봐라. 너 허고 젤 가차운 사람도 그렇닥 안 허냐?"

"선생님도 참. 본래부터 정치에 관심이 많으셨던 거예요?"

"은제 내가 말 안했냐? 돌아가신 아버님이 국회의원 선거에 두 번이나 나와 떨어지셨다고. 나도 교직으로 들어스지 않았드 라믄, 폴세 정치에 뛰어들었을 것이다… 나는 니가 선생으로 끝 나기를 바라지 않는다. 사내자식이 세상에 태어났으면 무인가 큰일 헐 도리를 해야제, 분필가루 마심시로 애들허고 노닥거리 기나 해야 쓰겄냐? 물론 대학교수는 좀 다르다고 허제마는. 너는 다른 것도 아니고, 철학이지 않냐 그 말이여. 철학같이 광범위헌 학문이 어디 있냐? 어디 가서 명함 내놓기도 좋고. 대학교수에다 가 철학박사쯤 되야 놓으면, 누가 함부로 못 달라드는 것이여. 그러고 너 같은 사람이 정치를 해야 이 나라가 잘될 것 아니냐? 무식허고 불량헌 것들이 정치헌다고 차코 해싼게, 이 나라가 이 모양 이 꼴 아니냔 말이여. 더구나 너는 고향에 아버님의 기반도

탄탄허고, 인물 좋겄다, 배울 만치 배왔겄다, 가문 좋겄다… 다른 사람보당 못헌 것이 뭇 있냐? 사내자식이 욕심을 낼 때는 내야제, 밤낮 샌님처럼 순해 빠져갖고 그러면 못쓴 것이여."

"선생님은 저한테 항상 비슷한 말씀을 하셨던 것 같아요."

"아까도 말 않디야? 달리는 말에 채찍을 가헌다고. 될 성 부른 나무는 떡잎부터 알아본다고, 애래서부터 싹이 있은 게 내가 웅변도 시키고 그랬제."

한쪽 책상 위에 찐빵 100개, 다른 한쪽에 회초리 10개를 꺾어 놓고 웅변연습을 시키던 분, 잘하면 청중들(반 아이들)과 찐빵을 나눠먹게 하고, 잘못하면 회초리로 종아리 100대씩 때려가며 제자의 숫기를 북돋으려 했던 담임선생님, '다 좋은데 당차치 못한 성격이 문제'라며 달리기 시합에서도 1등을 하라고 독려하던 은사, 전교생이 보는 앞에서 나란히 사진을 찍고 그 사진 뒷면에 '信念(신념)'이라 써준 인생의 멘토.

"오늘 니가 와서 말헐 수 읎이 좋다마는, 아직 너는 내가 원허는 이태민의 반절밖에 안 되야. 쉽게 말해서, 니 인생 목표의 반절밖에 달성허들 못했다 생각허면 돼."

태민은 노태우가 대한민국의 제13대 대통령으로 취임한 1988년 바로 그 해, 교수 임명장을 받았다. 물론 겉으로 보기에는 6공화국과 5공화국 사이에 별 차이가 없었다. 그럼에도 소비에트 연방의 미하일 고르바초프 소련 공산당 서기장이 페레스트로이

카에 착수하는 등 세계는 바야흐로 자유화의 물결이 넘실대기 시작했고, 그 기운이 한국 땅에까지 상륙을 시도하고 있었으니. 1980년 초 '서울의 봄'이 무산된 후, 역사는 다시 한 번 민주주의를 향한 도도한 행진을 이어가고 있었던 것이다.

1988년의 총선으로 구성된 제13대 국회는 야당 의석수가 여당 의석수보다 많은 대한민국 최초의 여소야대(與小野大) 상황이었고, 결국 야당의 강력한 요구로 5공 비리 특별조사위원회가 설치되었다. 일해재단 비리, 광주민주화운동 진상조사, 언론기관 통폐합 문제 등의 진상 조사를 위해 열린, 헌정사상 최초의 국회청문회였다. 당시 텔레비전으로 생중계되어 국민의 뜨거운 반응을 일으켰던 이 청문회에서 뉴스의 초점이 된 것은 일해재단과 새세대 육영회였다. 일해재단은 미얀마 아웅산 묘소 폭발사건(1983년 10월 9일)으로 순직한 희생자들의 유족에 대한 지원과 장학사업을 목표로 1983년 12월에 발족한 재단이다. 정주영, 구자경, 김우중, 최종현, 양정모 등 국내 정상급 재벌 그룹 회장을 망라하는 7명을 발기인으로 하였으며, 전두환 대통령의 아호를 따라 일해(日海)로 이름이 붙여졌다. 하지만 이후 제5공화국 비리의 하나로 지목되자 세종연구소로 명칭을 바꾸었다. 새세대 육영회는 대통령 부인 이순자가 유아교육의 중요성을 강조하면서 발족되었다. 그러나 이 또한 모금과정에서의 강제성이 드러나고 1988년 이순자가 이사장직에서 물러나면서 해체되었다.

특히 일해재단은 기금 조성에서의 강제성, 전두환이 기부한

20억 원의 출처, 재단의 설립 취지가 주로 타깃이 되었다. "전두환이 대통령 퇴임 후에도 계속 정치적 영향력을 행사하기 위해서 세웠다"고 하는 의구심과 함께 일해재단 영빈관1)에 대한 '아방궁' 논란이 국민들의 분노를 자아냈다.

그러나 5공 청문회의 하이라이트는 누가 뭐라 해도 광주민주화운동이었다. 1980년 5월 18~27일까지 전남도민 및 광주 시민들이 계엄령철폐와 전두환 보안사령관 및 12.12사태를 발생시킨 신군부 세력의 퇴진, 김대중의 석방 등을 요구한 민주화운동. 이 광주민주화운동을 야만적으로 진압한 전두환의 증인출석 여부가 최대 관심사가 되었다. 조사위원회는 전두환에 증인출석을 요구했다. 그러나 청문회가 열리기 직전 백담사에서 칩거생활을 했던 전두환은 증인출석을 거부했다. 여기에서 전두환이 백담사에 유배 간 사연을 알아보도록 하자.

1988년 2월 대통령직에서 퇴임한 전두환은 국가원로자문회의 의장에 취임했다. 그는 이를 통해 정치적 영향력을 행사하려고

---

1) 영빈관: 경기도 성남시 수정구 시흥동 세종연구소에서 도보로 7~8분 떨어진 산자락에 자리 잡은 100평 규모의 단층 건물. 부속 부지가 8만 5천900㎡(약 2만 6천평)에 달하는데, 전 전 대통령의 사저로 사용하기 위해 지은 것이라는 의혹이 제기된 바 있다. 손질이 잘된 정원수와 노송(老松)들로 둘러싸인 450평 규모의 연못, 파3짜리 3개 홀을 갖춘 골프장이 주변 풍광과 조화를 이루고 있다. 유리온실에 갇힌 수영장과 테니스장도 눈에 띈다. 영빈관 내부는 원래 고급 샹들리에와 등나무 가구, 외제 변기 등으로 꾸며져 있었지만, KOICA(한국국제협력단, 정부 차원의 대외무상협력사업을 전담 실시하는 기관)가 리모델링 공사를 하는 바람에 과거의 호화로운 모습을 사라졌다.

했다. 그러나 1988년 3월 31일 새마을운동중앙본부 비리와 관련하여 친동생 전경환이 구속된 것을 시작으로 5공 비리가 터져 나오기 시작했다. 청문회가 진행되는 동안 광주민주화운동과 5공 비리 문제로 전두환은 책임추궁을 당하였다. 그러나 바로 이때, 88서울올림픽이 그의 구원투수로 등장한다.

1988년 9월 17일부터 10월 2일까지 16일간 서울에서 개최된 제24회 올림픽. 동서의 이념분쟁, 인종차별로 인한 갈등과 불화를 해소시킨 서울올림픽은 스포츠 교류를 통해 '화합'의 기틀을 다졌고 세계평화의 새로운 계기를 마련했다. 또 한국인의 저력을 통해 세계 속에 한국의 위치를 확고하게 새기게 되었고, '최다의 참가'를 통한 '최상의 화합'을 실증했다. 제5공화국 정권의 스포츠 진흥정책의 연장선상에서 개최된 서울올림픽은 헝가리와의 수교, 소련과의 무역대표부 설치 등 사회주의권과 교류의 계기가 되었으며, 우리 국민의 냉전, 반공 이데올로기 해소에 기여한 긍정적인 측면이 있었다.

그러나 국내적으로 과소비와 사치향락 풍조를 만연시키는 등의 부정적 결과를 낳기도 하였다. 또 '올림픽 이후로 개헌논의 유보', '올림픽 이후 전씨 문제 처리' 등 국민의 정치의식을 호도하고 민주화 열기를 억압하기 위해 정략적으로 이용되고,[2] 노점

---

2) 1983년 발생한 대한항공(KAL) 007편 여객기 피격사건의 피해 배상을 놓고 한국이 옛 소련과 갈등을 빚던 1986년, 전두환 정부가 2년 앞으로 다가온 서울 하계올림픽의 성공적인 개최를 위해 갈등 수위 조절에 나섰던 정황이 당시 외교문서에서 확인됐

상 강제단속 등 민중생존권 탄압으로 반대시위가 전개되었으며, 올림픽 남북공동개최, 남북단일팀 참가 등의 이슈로 통일투쟁이 전개되기도 하였다.

하지만 본인의 노력이 보태져 개최되었다고 믿었던 서울올림픽, 그 영광스런 개회식 자리에조차 초대받지 못한 전두환은 '친구'의 배신에 분을 삭이지 못했다. 그러나 그보다 더 혹독한 '겨울'이 준비되고 있었으니. 올림픽의 열기가 식어갈 무렵인 1988년 11월 19일, 약 1만 명의 학생들이 서울시내에서 전두환 구속을 위한 2차 궐기대회를 열게 되었던 것. 대통령 노태우는 '친구' 전두환을 보호한다는 명목으로(?) 민정당 명예총재직을 사퇴하게 하는 한편, 백담사행을 권유하였다. 수많은 고민과 번뇌 끝에 마침내 전두환이 이를 받아들여 1988년 11월 23일 백담사로 떠나게 된다. 전두환은 1989년 12월 31일 국회에 출석하여 5.18 민주화운동 증언을 할 때까지 약 1년 동안 백담사에 있었다고 하는데, 이 동안 그는 무슨 생각을 했을까?

'세상에서 믿을 놈 하나도 없어. 친구를 믿은 내가 잘못이지. 애초부터 싹을 잘라버렸어야 하는데….'

다. 2017년 4월 11일 정부가 공개한 외교문서에 따르면, 1986년 8월 외무부는 KAL기를 격추한 옛 소련에 대해 피해배상을 요구하는 원칙을 유지하되 사건의 '정치문제화'를 피하기로 방침을 정했다. 이는 옛 소련과의 관계를 개선하고 서울 올림픽의 성공적인 개최를 위한 것이라고 문건에 기록돼 있다. 당시 KAL기 피격사건으로 한국인 81명을 포함한 탑승객과 승무원 269명 전원이 희생됐었다(포털사이트 '네이버' 및 '다음' 참조).

하지만 '심는 대로 거둔다.'는 말처럼, 그의 몰락에는 그럴만한 이유가 있었다. 그 역시 친구를 믿지 못한 건 매한가지였던 것. 아니, 차라리 불신 쪽에 가까웠다. 그는 집권 후 친구 노태우를 점점 하대하기 시작하였고, 이에 대해 노태우는 심한 모욕감을 느꼈다고 한다. 그 모멸감이 얼마나 심했던지, 그가 한강변에서 통곡했다는 소문까지 나돌았다.

노태우의 속내를 알 리 없는 전두환은 자신의 재집권 시도와 내각제 개헌이 실패로 돌아가자 '친구'를 내세우기 시작한다. 다시 말해, 6.10 민중 항쟁[3] 이후 다른 사람보다 친구인 노태우가 정권을 잡으면 스스로는 무사할 것으로 내다봤던 것이다. 그러나 이것은 착각 중에서도 대착각이었다. 노태우는 오랫동안 갈고 닦았던 칼을 휘두르기 시작했고, 그 칼에 찔린 전두환은 비명을 지르고 피를 토하며 11월 23일, 대국민 사과와 함께 재산헌납을 발표하였다. 동시에 국가원로자문회의 의장직과 민주정의당 명예총재직을 사퇴하고 6일 후 민주정의당을 탈당하기까지 한다. 그리고 12월 부인 이순자를 데리고 강원도에 있는 백담사로 향했던 것이니. 권력무상, 인생무상이 아닐 수 없었다.

국회의원들의 끊임없는 증인출석 요구에 못 이겨 청문회에 끌

---

[3] 6.10민중항쟁: 1987년 6월 10일부터 6월 29일까지 전국적으로 벌어진 반독재, 민주화운동. 전두환 대통령의 호헌(護憲) 조치와 경찰에 의한 박종철 고문치사 사건, 시위 도중 최루탄에 맞아 사망한 이한열 사건 등이 도화선이 되어 6월 10일 이후 전국적인 시위가 발생하였다. 이에 6월 29일 노태우의 수습안 발표로 대통령 직선제로의 개헌이 이루어졌고, 12월 16일 새 헌법에 따른 대통령 선거가 실시되었다.

려나온 전두환은 증인선서 없이 준비해온 발표문을 읽어 내려갔다. 물론 이에 대해 당시 국회의원들은 거세게 항의하였다. 전두환 본인뿐만 아니라 이때 증인으로 출석한 주요 인물들(정주영 현대그룹 명예회장, 장세동 전 청와대 경호실장, 김옥길 전 문교부 장관 등)이 변명과 모르겠다는 대답으로 일관하자 국민들의 기대를 모았던 청문회는 아무런 성과 없이 끝나고 말았다. 대신 이때 언론의 주목을 받은 사람이 민주당 초선 의원 노무현이었다.

전두환 씨를 비롯한 증인들이 '배 째라'는 식으로 나오자, 노무현은 그들 앞에 날카로운 질문들을 계속 던졌다. 이런 모습이 TV로 생중계 되면서 그의 이름 석 자는 국민들의 뇌리에 각인되기 시작했다. 이때 그는 흥분한 나머지, 의원명패까지 집어던졌다. 그러나 전두환에게 '살인마'라고 소리치면서 멱살을 잡은 사람은 그가 아닌, 당시 평화민주당 국회의원 이철용이었다. 전두환 전대통령이 국회 본회의장에서 어이없는 답변만 늘어놓자, 이 의원은 단상으로 올라가며 이렇게 소리를 쳤다.

"야, 임마. 너는 살인자야. 개새끼야!!!"

그럼에도 불구하고, 5공 비리의 의혹들은 철저히 밝혀지지 않은 채, 전두환의 국회청문회 증언으로 마무리되고 말았다. 여기에는 당시 집권세력의 비호가 한몫을 담당했을 것으로 추측된다.

역사에 발전과 퇴보가 있고 한 인간의 생애에 빛과 그늘이 있듯이, 대민의 삶에도 명암은 늘 엇갈렸다. 태민의 학위 논문이 통과된 건, 교수임용을 받은 날로부터 2년 6개월이 지난 1990년 6월.

"홍인이 아빠여? 나 당숙몬디, 차말로 잘했네. 잘했어. 시상에 나, 을마나 고상했으꼬 이. 경호 아부이도 고놈오 박사학위 헌다고 을마나 찐꼴을 빼 버렸는고, 끝나고 나서 매칠간 누워 버렸단게. 광전대에선가 어디선가는 논문 쓰다가 죽어버린 교수도 있담시로?"

"전국적으로 몇 명 있는가 봐요. 당숙도 잘 계시지요?"

"지금 옆에서 웃고 있구만. 그나저나 그 빚을 어쩔 것이여? 교수 발령 받았을 때도 내가 한 번 말을 헌 것 같은디, 큰아부지한 테 말이나 해봤는가 어쨌는가?"

"말씀이야 드렸지요. 집사람과 함께 땅콩집에 내려가 무릎 꿇고, 이만저만 공부하느라 부채가 좀 있습니다, 이것만 해결해주 시면 저희들이 헤쳐 나갈 수가 있겠습니다…."

"그런게 무시락 허시든가?"

"너희들 진 빚을 왜 내가 갚냐고. 너희들이 알아서 하라고 하 시더라고요."

"시상에, 그것이 시방 문소리여? 큰아들 하나 가르친다고 놈 (남)한테 자랑은 허벌나게(엄청나게) 허심시로, 공부허다가 진 빚 을 어찌라고 그런단가? 교수도 천상(어차피) 월급쟁인디, 비싼 이 자 내버리고 나면 못 먹고 살으라는 말이여? …그런게 자네나 질부나 너머 사람이 물러서 탈이여. 그때 내가 무시락 허든가?

28

부자(父子)간에 절단 날 폭 잡고, 쌈이라도 해서 받아내라고 안 허든가? 그때는 자네 집에 돈이 조까 있었그든."

당시 이씨는 송정 동네 근방의 유황개미 개간지 논을 처분한 돈으로 '백수고등학교 설립추진위원장' 명의로 장학금을 내놓고, 신도회장 자격으로 백수 원불교 교당에 수백만 원을 희사했었다. 또한 작년 3월초 요란하게 벌인 본인의 회갑잔치에서도 솔찬한 돈이 들어간 것으로 태민은 알고 있다. 무라리 전주 이씨의 종손집안 남자로서 회갑을 넘긴 경우가 드문 데다, 장남이 대학교수가 된 마당에 생략할 수 없다 하여 벌인 잔치였다. 무엇보다 3년 전의 불행한 사건 이후 침체되어 가던 집안 분위기에 반전을 꾀하자는 이씨의 생각이 앞섰는지도 몰랐다.

'아직 우리 집안이 살아있음을 보여주자. 더욱이 내년 지방의회 선거도 있는 마당에…'

한 달 전부터 시작된 잔치 준비의 요리목록에는 소 한 마리와 튼실한 돼지 두 마리, 목포에서 직접 구입할 홍어 등이 들어있었다. 탕수육을 비롯한 중국요리는 수십 년 동안 식당을 운영해온 고종사촌 형이 땅콩집[4] 북쪽 뒷마당에 가마솥을 걸어 담당했고.

---

4) 땅콩집: 작가는 '땅콩집 시리즈' 제1권에 해당하는 『땅콩집 이야기』에서 이렇게 말한 바 있다. "땅콩집은 땅콩껍질 안에 두 알의 땅콩이 들어있는 것처럼, 한 필지에 지어진 두 채의 쌍둥이 집을 의미하는 것은 아닙니다. 주인공 태민의 고향 무라리 일대에서 땅콩을 재배하고 수확하기 위해 만주 사람들이 지어놓은, 넓은 뜰 한가운데의 가옥을 가리키지요." 땅콩의 원산지는 브라질이며, 우리나라에는 1780년(정조 4년)을 전후하여 중국에서 들어온 것으로 추측된다. 그러나 본격적인 재배는 개화기 이후에 시작된 것으로 여겨진다. 모래흙이 있는 강가 등 물 빠짐이

술은 각양 종류대로 내되, 흥을 돋우기 위해 특별히 소리꾼들을 불렀다. 기념식은 원불교 백수 교무와 영광군 교구장이 집례하는 법회로 대신하되, 전체적인 사회는 태민이 맡기로 했다. 이때에도 장남의 체면에 손상가지 않도록 무리하여 프레스토 승용차를 선물했다. 할부 외상으로.

잔치 당일 아침. 전날부터 내리던 비는 멈췄다. 하지만 기온이 뚝 떨어져 쌀쌀하기 그지없었다. 이른바 꽃샘추위. 혹시 내릴지도 모를 소나기에 대비하여 땅콩집 돌담장 안쪽 마당에는 지붕에서부터 화단까지 걸쳐지는 차일을 쳤고, 담장 밖 큰 마당에 마련된 비닐하우스 안에는 석유난로를 비치했다. 본채 거실 앞의 넓은 마루에 8폭 병풍을 두르고, 그 앞에 회갑 상을 차렸다. 온갖 산해진미가 진설된 가운데, 형형색색의 한복으로 갈아입은 원근 일가친척들이 섬돌 아래 줄지어 앉았다. 원불교 영광 교구장의 지루한 설법이 끝난 후, 가족을 대표하여 태민이 감사의 말씀을 올렸다.

이어서 이씨의 인사말 차례. 지나간 인생을 회고하며 남은 인생 잘 마무리하겠노라는 내용이 나올 것으로 예상했다. 그러나

좋고 해가 잘 드는 양지바른 곳이 적합하기 때문에, 우리나라에서는 중부이남 지역, 주로 안동, 부여, 서산 등지에서 많이 재배한다.
8월 초에 꽃이 피기 시작하는데, 꽃이 노란색으로 수정되면 씨방의 아랫부분이 굵은 실처럼 길게 자라고 끝이 화살촉처럼 뾰족하게 되어 아래로 구부러지면서 땅속으로 파고 들어간다. 들어간 바로 그 자리에서 땅콩이 열리기 때문에, '꽃이 떨어져 생긴다' 하여 한자로는 낙화생(落花生), 낙화송(落花松), 낙화삼(落花蔘)이라 부르고, '땅속에 나는 콩'이라 하여 '땅콩', 한자로는 지두(地豆)라 쓰기도 한다.

하객들을 압도하려는 듯 걸쭉한 음성이 울려 퍼지는 순간, 태민은 자신의 '기대'가 산산조각 날 것임을 직감했다.

"친애하는 하객 여러분! 에… 우리나라 농민들은 지금까지 너무나 한이 많은 세월을 살아 왔습니다. 지금의 정부는 농민들을 위해 무엇을 하고 있습니까? 참으로 통탄하지 않을 수 없습니다. 저는 지금까지 한평생 우리 고장, 우리 지역을 위해 제 나름대로 노력했고, 애를 써왔습니다 (…중략…) 여러분. 언젠가 제가 여러분들에게 협조를 구할 때가 있을 것입니다."

초등학교 및 중학교 육성회장, 백수읍 번영회장, 원불교 신도회장, 전주이씨 종친회장 등 활발히 사회활동을 전개하던 이씨는 40대 초반 영광 장성 함평군을 관할하는 민주공화당 수석 부위원장이 되어 '권력'의 단맛을 일찌감치 맛보았고, 전국에서 가장 젊은 나이에 군농협장의 위치에까지 올랐었다. 적어도 영광군에서는 '나는 새도 떨어뜨릴 만한' 권세로 군림했고, 언젠가 '금뺏찌' 한번쯤은 달 인물로 기대를 모았다. 그러나 군농협장 연임 첫 해에 통일주체국민회의 대의원들의 모함에 시달리다가 사표를 냈고, 그 사표가 석 달 만에 수리됨으로써 초야에 묻혀 지낸 지 벌써 10년의 세월이 지나 있었다.

땅거미가 질 무렵, 멎었던 비가 다시 내리기 시작했다. 5일장처럼 시끌벅적한 시간들이 지나고 하객들이 거의 돌아갈 즈음, 친가, 외가 친척들이 함께 비닐하우스 안에서 노래자랑을 벌였다. 어머니 김씨 차례. 눈을 지그시 감은 그녀를 바라보노라니

눈물이 났다.

'신하리 부잣집 칠남매 중 막내로 태어난 저 분 인생에 있어서도 천진난만한 어린 시절과 꿈 많은 소녀 시절, 가슴 부푼 처녀 시절이 있었을 터. 인텔리 남편과 함께 하는 도시생활을 그려보았을 테고, 자식들을 통한 부귀영화의 욕망도 품었을 것이다. 하지만 회갑을 바라보는 나이에까지 뙤약볕 땅콩밭을 메고 있으니. 자기 몸으로 낳은 일곱 가운데 채 돌이 안 되어 저 세상으로 떠난 첫째 딸, 불의의 사고로 어미 곁을 떠나간 두 딸을 지켜보았고, 눈에 넣어도 아프지 않을 손녀까지 하늘나라로 보내고 말았으니. 다 타버린 그 가슴에 재라도 남았을까? 유난히 까다로운 이씨의 비위를 맞추랴, 바람 잘 날 없는 나뭇가지들 뒤치다꺼리 하랴, 빠듯한 살림 맞추어나가랴 젊은 청춘 다 보내고, 어느새 귀밑머리에 백발이 희끗거리기 시작했으니…'

무정한 세월이요, 야속한 인생이 아닐 수 없었다. 사촌 형님들의 성화에 못 이겨 김씨를 업었다. 하지만 거짓말처럼 그 몸이 너무 가벼워, 찔끔 눈물이 났었다.

"회갑잔치 때 쓴 돈이 3천만 원 넘는담시로? 그 돈만 있어도 자네들 빚 갚고도 남을 것 아닌가?"

"5~6년 전 땅콩집 지을 때도 그만큼은 들었지요."

길선이 아제가 땅콩 캐먹다 걸린 아이들을 창고에 가두어 밤을 새우게 했던 곳, 보미로가 이웃방 여자와 그 짓을 하다가 우세를 산 곳, 쇠똥이가 보미로를 칼로 찔러 죽게 한 곳, 바로 그곳이 땅콩집터였다. 태민네가 만주 사람들에게 꾸어준 빚과 외상값 대신 근방의 밭뙈기와 함께 잡아놓았던 곳, 집터만 해서 600평이 넘고 근방의 땅콩밭이 60두락(1만 2천여 평)이 넘는 곳, 그곳이 바로 땅콩집터였다. 칠산 바다를 향한 북쪽 밭 인접한 도로를 따라 해송(海松)으로 방풍림을 치고, 큰 도로에서 큰 마당으로 들어오는 안길 양쪽에 키 큰 무궁화를 심고, 안마당 150평의 대지에 건평만 40여 평에 달하는 5칸 겹집의 한식 기와집, 그것이 땅콩집이었다. 그 설계도와 기와는 멀리 경주에서 가져왔고, 지붕 위로 올리는 황토만도 수십 트럭이 넘는 데다 기둥과 대들보는 태백산에서 수송해왔으며, 서까래는 이씨 소유 솔밭의 소나무를 베어 수년 동안 건조시킨 목재를 사용했고, 못 대신 구멍을 파서 목재를 서로 연결하여 지은 집, 도시로 옮기고 싶을 때 언제든 뜯어 옮길 수 있다고 이씨가 큰소리치던 '꿈의 보금자리'가 바로 땅콩집이었다. 인부들에게 제공된 밥과 술, 음식, 황토나 서까래 같은 기본재료를 제하고도 현금 3천만 원(1984년 당시)이 넘게 들어간 집이 땅콩집이었다. 금잔디가 깔린 안마당 주변을 돌아가며 기와 돌담을 치고, 그 안쪽 화단에 정원수를 심고, 한쪽 켠에 연못을 만들어 금붕어와 잉어가 헤엄치며 다니게 했던 곳, 남쪽으로 솟을대문 높이 세우고, 400평이 넘는 그 앞쪽 큰 마당은 주차장으로 쓰던 곳, 당시 백수면 안에서 제일로 치던 가옥이 바로 땅콩집이었다,

"그것이사 그런닥 허고, 이번이 또 좋은 기회 아닌가? 아들이 박사학위를 받넌디, 을마나 기분 좋을 일이여? 마지막이라 생각 허고, 한 번 더 말씀을 디리소."

"어떻게 또 말씀을 드려요? 화를 내실 턴데…."

"그러면 이대로 안거서 죽을란가? 이 고비를 지혜 있게 잘 냉 개야제, 글 안 허면 자네들 평생 두고 후회헐 틴 게, 내 말 명심허 라고."

가난한 집안 출신 남편을 대학교수로 만들기까지 산전수전 다 겪은 '억척 아줌마'의 충고는 태민의 귓가에 오랜 여운을 남겼다. 드디어 박사학위를 받는 날. 돌이켜보면, 기가 막힐 사건이었다.

'아! 내가 철학박사가 되다니. 족보에도 오른다고 하는 그 박 사가….'

초등학교 5학년 때. 장래의 포부를 말하라 했을 때, 태민은 담 임교사 심영진 앞에서 이렇게 대답했었다.

"미국유학까지 가서요, 박사가 될랍니다!"

학벌 중에 최고가 미국유학이고, 직업 중에 최고가 박사인 줄 알고 내뱉은 '호기(豪氣)'였다. 하지만 그 날 이후, 엉겁결에 내뱉 은 그 '약속'을 한 번도 잊은 적이 없었다. 대학원 진학할 무렵. "마흔 살 안에 학위를 받을 수 있다"는 말에 이씨가 흥분했는데, 5년이나 앞당겨 그 목표를 달성하다니. 더욱이 교수 발령까지 받은 마당에.

백수 무라리에서 출발한 관광버스에는 하객들과 함께 이씨가 동승했고, 광주에서 출발한 프레스토 승용차에는 태민 부부와 홍인, 김씨가 탑승했다. 차에 오르자마자 김씨는 옷고름으로 연신 눈물을 찍어내기 시작했다.

"내가 여태까장 안 죽고 산 보람이 있기는 있는 갑이다. 내 생전에 작은아들이 운전허는 자가용 타고, 큰아들 박사 받는 자리에 갈 줄을 어쭈코 알았겄냐?"

"모두 어머니 덕분이지요. 제가 고등학교 졸업하는 날, 그러셨잖아요? 대학 졸업하는 날 같으면, 옷 벗고 춤이라도 추겠다고요. 근데 오늘은 박사 받는 날이니까, 더더구나 춤을 추셔야지요."

"허기사, 속으로야 못 허겠냐?"

어린아이처럼 한껏 들뜬 김씨의 입에서 또다시 태몽 이야기가 쏟아져 나왔다. 귀에 못이 박히도록 들었던 그 스토리. 꿈속에 하얀 도포를 입고 하얀 수염을 기른 노인이 나타나 앞에서 뒤로 넘기는 검정 표지의 커다란 책을 건네주었다는, 그 전설 같은 이야기. 점과 미신, 해몽에 의지하는 김씨가 맘에 들지 않았었다. 그럼에도 태몽만큼은 그리 틀린 편이 아니라 내심 여기는 중. "이 세상의 모든 진리가 다 들어있는 책"이라 했으니, 그것은 결국 '철학'이 아니겠는가 말이다. 운명이 철학을 공부하도록 되어 있는 것인지, 철학을 공부하다 보니 운명이 된 것인지 그건 알 수 없었다.

대전의 충성대학 대강당에서 열린 하계졸업식은 끝났다. 그럼에도 태민은 또 흰 민의 생사를 따로 치러야 했다. 이씨가 몰아온 하객과 일가친척들 앞에서 감사패와 금반지 등 선물 받는 의식이 기다리고 있었던 것. 두툼한 학위복을 걸친 등에서는 땀이 비 오듯 하는데. 이씨의 극성은 이로써 마무리된 것이 아니었다. 무라리 들판 한복판에 땅콩집이 세워진 후, 세 번째 잔치가 열렸던 것. 첫 번째는 태민의 교수임용 축하 명목이었고 그 다음은 이씨의 회갑잔치, 그리고 이번에 또 장남의 박사학위 취득을 축하하는 자리였다.

1990년 9월, 학위를 받은 지 한 달 만에 태민은 초등학교 동창회 결성을 추진하였다. 4년 전 10여명으로 구성된 칠산회를 활용하여 140여명의 졸업생 모임을 만들기로 한 것. 인생의 목표를 어느 정도 달성했다고 여겨지는 순간, 다른 누구보다 깨복장이 친구들이 보고 싶어졌다. 아니, 그들 앞에서 자신의 성공스토리를 들려주고 싶었는지도 몰랐다. 졸업생을 대표하여 후배들 앞에서 답사를 했던 아이가 수많은 실패와 좌절 끝에 마침내 승리를 낚아챘다고 하는 보고서를 올리고 싶었는지도 모른다. 기성회장인 아버지와 편애하는 선생님들 덕택에 수석졸업생 자리를 낚아챘다고 하는 오해를 불식시킬 절호의 기회라 판단했는지도 모른다. 남들 앞에서 말 한 마디 제대로 하지 못하던 숫기 없는 아이가 대한민국의 국립대학교수로서 당당히 서 있음을 만천하에 고하고 싶었는지도 모른다. 중학교 입학시험에 낙방을 거듭하여 초등학교 6학년을 다시 다닌 끝에 삼류중학교에 들어갔고,

고교입시에서 다시 실패하여 이류고등학교에 진학했던 '둔재'가 30대에 철학박사가 되었음을 선포하고 싶었는지도 모른다. 지방 대학의 조교 경합에서마저 밀려난 '인생 낙오자', 딸과 두 여동생의 죽음을 속절없이 지켜보아야 했던 '불우한 인간'이 그 고통을 극복하여 마침내 인간승리를 거머쥐었다고 하는 아름다운 이야기를 들려주고 싶었는지도 모른다. 그러나 진선은 엉뚱한 걱정을 또 해댔다.

"혹시 아버님 선거를 앞두고, 오해받는 거 아니어요?"

"오해는. 지방 선거가 언제 있을지도 모르고, 빨라야 내년에나 있을 텐데."

9월 칠산회 모임에서 회원 모두를 '발기인'으로 위촉하고 태민 자신은 설립추진위원장을 맡았다. 그로부터 보름 후, 증심사 계곡의 한 식당에서 '백수남 초등학교 제17회 동창회' 창립총회가 개최되었다. 전국 각지에서 50여명이 모였고, 이 자리에서 태민은 초대회장에 추대되었다.

폐회 후 단란주점에 모였을 때, 병원 사무장을 맡고 있는 양근식이 잔을 권했다. 거칠고 짓궂기가 이루 말할 수 없는 녀석. 제법 머리도 좋고, 공부도 잘하여 초등학교 때에는 반장 노릇을 쭉 했었다. 그러나 어찌어찌하여 한참 나이가 든 후에야 보건대학을 졸업하였으니.

"그만. 그만…."

"아따, 술이나 아니나, 삐이리 눈물반지나 따랐구만은. 이럴 때, 호복히 조까 마셔버리소. 그래야 뱃속에 든 회충도 싹 옳어지고 그런 것이여."

"소독이 된다 그 말이야? 허허…. 그보다 자네, 대학에서 어떻게 학생회장까지 한 거야?"

"응. 그것이사 식은 죽 먹기제에. 남자 새끼들은 주먹으로 패고, 가시네들은 거시기로 패고. 히히히…. 학교에서 우등생이 사회에서 꼭 우등생이 되란 법 옳다고 안 허든가?"

"자네도 초등학고 때 우등생이었잖아?"

"아따, 이 교수에 비허면, 새 발의 피였제. 그래도 자네, 소변검사허는 사람들 깔보지 말소 이. 우리나라에 검사가 세 종류가 있넌디, 나락검사 허고 소변검사, 그러고 검찰청에 검사. 그런디 그 중에서도 젤 권한이 쎈 디가 어디냐? 나락검사 허고, 소변검사란 말이여."

"……?"

"나락검사허는 사람이 1등이요, 2등이요 소리침시로 도장을 한번 찍어버리면, 누가 그것을 바꾸겄는가? 검찰청의 검사가 쓰는 조서야 판사가 안 받어들이면, 그대로 끝나는 것이그든. 그런게 끗발부터 틀리단 게. 그러고 소변검사만 해도, 내가 당신 당뇨 걸렸소 해버리면 끝이여. 그런게 나한테 함부로 허지 말소 이."

"하하하…. 이제부터 자네는 양 검사야. 양 검사."

"지미 씨벌, 고시 봐서 못허는 검사, 이럴 때나 한 번씩 해보제, 은제 해보겄는가?"

녀석의 걸쭉한 입담은 듣는 사람들의 박장대소를 불러왔거니와, 그의 술 권하는 솜씨 또한 예사롭지 않았다.

"아따, 이 교수. 자네는 다 맘에 드는디, 술잔 앞에 두고 허는 짓거리 보먼 배창시에서 뭇이 넘어올라 허네. 시방 여그서 지사(제사) 지내고 있는가? 이 사람아. 인자 정치도 허고 헐라먼, 술도 한 잔씩 해야 허는 것이여. 은젠가도 말했제마는, 자네 국회의원 되먼 나는 가방 모찌 헐란 게, 그때 나 괄세허지 말소 이."

3~4년쯤 전 목양대학 조교로 근무할 때, 퇴근하다가 화정동의 포장마차 앞에서 우연히 그와 마주쳤었다. 벌써 거나해진 녀석은 태민을 안으로 끌고 들어가 억지로 소주를 마시게 했다. 그리고는 객쩍은 소리들을 토해내기 시작했으니.

"인자 아부지만 바라보지 말고, 자네가 나설 도리를 해야 혀. 자네가 뭇이 부족헌가? 니미 씨벌 내 좆도, 정치허는 놈들 속 디레다 본 게, 암 것도 아니데. 똥구먹 밀큼해 갖고, 속에 든 것이나 아니나 내 좆도 똥배키 읎드란 게."

"말은 고마운데, 가진 게 있어야지. 교수도 아니고, 저 밑바닥에서부터 빡빡 기는 조교 아닌가?"

"니미, 조교를 평생 헐라간디? 은젠가 교수가 될 것 아닌가? 인물 그만 허겄다, 공부 헐만치 했겄다, 아부지 빽 있겄다, 그러고 자네집 살림이 그만허먼 충분허고…."

"살림은 무슨. 남들 보기만 그렇지, 별로 없어."

"아따, 정치를 꼭 돈만 갖고 히간니? 니미, 달랑 붕알 두 쪽만

차고 돌아 댕기는 놈들, 진짜 쌔고 쌨네 이…. 참말이란 게. 니미 씨벌, 정 읎으면 내가라도 댈란 게. 그러고 친구들이 자네 선거 나온닥 허먼, 카마이 있겄는가?"

사랑하는 딸을 잃은 지 얼마 되지 않은 시점이었고, 교수공채 문제는 늘 제자리를 맴돌고 있던 터에, '정치'는 감히 꿈도 꿀 수 없는 처지였다. 하지만 녀석의 말이 싫진 않았다. 아니, 하늘 아래 땅 위에 자신을 알아주는 누군가가 있다는 사실에 새로운 힘이 솟았다.

"그때 자네가 포장마차에서 했던 말 생각 나?"

"내가 문 말 허고, 자네가 뭇이라고 대답했는지까장 다 안 잊어버리고 있네. 내가 자네 가방모찌 헌다고 안 허든가? 그때보다는 지금이 헐썩 좋아졌지 않은가? 근디 어째서 늘락지같이 카마이 엎져 있을 생각만 허는가? 교수에다가 박산 게, 니미. 나 같으면, 뺄 것도 다 허겄네."

"글쎄. 우선 아버지 일이 먼저고…."

"어르신이 잘 되아야 자네한테도 좋긴 허제. 그래도 아부지는 아부지고, 자네는 자네 아닌가? 나는 자네만 따라 댕길란 게. 자네도 5공 청문회 봤겄제마는, 장세동인가 그 사람 멋지지 않든가? 남자가 세상에 태어나 그 정도는 되아야 허그든."

"아줌마들한테 인기가 높다며?"

"아줌마들뿐만이 아니여. 주인을 잘못 만나서 그러제, 사람이 아깝다고 다들 그러대. 니미 씨벌 놈들, 여그 붙었다 쩌그 붙었다

험시로 단물만 쪽쪽 빨아먹고 밭어버리는 놈들보당 백 번 낫제, 어째? 좌우간 그런 줄 알고, 시방부터 준비해. 어이, 주희야. 너, 오늘 부회장 턱 내야제, 뭇허고 자빠졌냐?"

"……."

"야 이년아, 오빠가 불르면 냉큼 대답허고 탐박질해 와야제, 어째서 눈구먹 크게 뜨고 쳐다만 보고 있냐?"

"잡놈, 입 하나는 여전허구나. 미친놈."

"이년이 서방보고, 무시라고 구시렁댄디야 시방?"

"어이, 염병헌갑다. 오빠락 했다가 서방이락 했다가. 우리 서방이 들으먼, 기절초풍 허겄다야."

초등학교 때만 해도 태민은 그녀에 대해(한두 살이 많은 다른 여학생들에 대해서도 마찬가지) 관심조차 없었다. 다만 후기 고등학교 진학이 확정된 그해 겨울, 백신동네에 가 친구들과 함께 그녀를 만났었다. 이른바 백신 사건. 다리 건너 (염산면) 염신 아이들과 한밤중 패싸움이 일어나기 직전인 초저녁. 그 후로 대학 1학년 여름방학 때, 고교를 졸업하고 무라리 고향에 내려와 있던 그녀를 만났다.

"나는 니가 서울대 갈 줄 알았넌디…."

"난 어느 대학을 정한 게 아니고, 철학과가 있는 데를 택했어."

"넌 무엇이건 잘할 수 있을 거야. 우리 동창생들 꿈이었으니까."

"뭐 나 같은 것이…."

"너는 머심애 꼭지가 그깃이 달이여야. 어째 고로코 매가리가 읋냐?"

그 핀잔이 싫지 않았었다. 자신에게 기대를 걸어주는 무라리 친구들이 밉지 않았다. 그 후, 주희는 내로라하는 갑부 집안으로 시집을 갔고, 지금은 시내에서 이런저런 점포를 경영하는 중이었다. 근식의 거친 말에 속이 상했을 주희의 눈치도 살필 겸, 말을 돌렸다.

"주희 너, 요즘 대학에 적을 두었다고?"

"나이 들어 갖고, 그지깔로 시늉만 내고 있어. 아따, 근디 대학교 간 게, 교수님이 무섭긴 무섭드라 이. 어뜬 교수란 놈은 나한테 C를 주어버렸드란 게. 내가 불고기에다 회에다가 지글지글 잘 맥애놨그든. 근디 그 새끼한테만 약발이 안 섰는 갑이여⋯."

"니가 교수를 우습게 봤구만. 그 정도 로비에는 안 넘어가지."

"어이 염병 썩을 놈, 지랄허고 자빠졌네. 내 것 주어서 나쁘단 놈 읋다드라. 교수는 밥 안 먹고, 똥 안 싼디야? 너도 나 같은 미인이 술 사주고 밥 대접 해봐라. 뽕 안 가고 배기나."

"얼씨구⋯."

"호호호⋯. 너, 혹시 연구실에 찾아오는 여학생들 손잡고, 지랄허는 것 아니여? 요새 대학교수들 성추행이니, 성폭행이니 말도 많다야 안. 나는 니 이름 안 나오까, 열심히 텔레비 들여다본다마는⋯. 호호호."

취기가 돈 근식의 입이 다시 작동되기 시작했다.

"야, 채주희. 너, 앞으로 회장님 잘 모시고. 느그 서방 빤쓰 끈을 잡고 늘어지는 한이 있드라도, 동창회에 회사 조까 많이 해라이. 알았냐?"

"빤쓰 끈 잡고 안 늘어져도 된 게, 니 놈이나 잘해."

"아따, 저 년은 주데이만 살아 갖고. 히히히…. 이 교수. 이것이 서로 간의 '정'을 확인허는 것 아닌가? 깨복장이 친구들끼리 만나서 세미나를 헐 것인가? 논문을 쓸 것인가?"

태민네가 중학교에 진학할 무렵은 연속 이태(1967~68년) 한해(旱害)가 겹쳤었다. 밭은 말할 것도 없이, 논마저 거북이 등처럼 갈라졌다. 그렇지 않아도 교육열이 약한 무라리 땅에 가난까지 겹치다 보니 중학교 진학자도 가물에 콩 나듯 했다. 그 결과, 대학에 진학한 경우는 다섯 손가락으로 꼽을 정도. 대신 얼굴에 여자스타킹 뒤집어쓰고 큰방 아주머니를 성폭행하려다가 붙잡혀 교도소에 들어가 있는 친구, 의처증으로 아내를 살해하고 스스로 목숨을 끊은 친구, 칠산 바다에 물고기 잡으러 들어갔다가 실종되어 한 달 후에야 무안 앞바다에서 시신으로 건져진 친구, 영광읍에서 카드 도박을 하여 전 재산인 향화도 고깃배를 날리고 강원도 탄광 막장에 들어갔다가 진폐증에 걸려 죽은 친구 등, 가슴 아픈 사연들이 수도 없이 많았다. 바람피운 아내와 이혼하고 새장가 든 케이스는 한둘이 아니었고.

물론 잘 풀린 경우도 있었다. 동창생이자 육촌형인 태열. 일찍이 아버지를 여의고 겨우 초등학교 졸업장을 받아든 그가 지금은 무라리 서촌 동네에서도 손에 꼽으리만치 부자가 되어 있었다. 백수 단위농협에서 트럭 기사로 장기근속을 마치고 부부가 합심하여 비닐하우스 채소 재배를 비롯한 농사일에 전념하여 이룬 성과였다. 제일 관심이 가는 친구는 역시 홍식. 초등학교 때 재수 없이(?) 담임선생님의 정사(情事) 장면을 목격하여 죽지 않을 만큼 두들겨 맞고 그 일로 앓아누운 아이, 태민네 유황개미 논 모내기 일에 만삭된 아내를 보내야 했던 친구. 그가 지금은 5백 여마지기가 넘는 논과 트랙터, 콤바인, 이앙기를 갖춘 대농(大農)의 주인으로 성장했다니.

"홍식이 첫 딸은 곧 시집가게 생겼단 게."

"그래? 열아홉 엔가 스물엔가 낳았으니까, 그럴 만도 하겠네. 나에겐 참 고마운 친구야. 우리 아이들 사고 났을 때, 깨끗하게 씻어주고 닦아주고…."

서촌과 초등학교 사이의 무라리 들판 한가운데에 땅콩집을 지을 때에도 녀석은 "태민이 자네 집 짓고 있네."라며, 덕담을 건넸었다. 그 말이 끝난 지 채 2년이 안되어 그 끔찍한 일을 당하긴 했으되, 녀석의 우정만큼은 가슴깊이 새긴 터였다.

한 달 후에 소집된 운영위원회에서는 모교에 대한 기념사업으로 비디오 시설을 해주자는 의견이 나왔다. 몇몇 친구들과 함께 전자대리점으로 향하였고, 이곳에서 비디오 시스템 하나와 모니터 10여 개, 기타 부속장비를 트럭에 가득 실었다. 이왕에 해주는 바에 학교 분들에게 손끝 하나 대지 않도록 해드리자는 마음으로 모교로 향했다. 마침 토요일 오후라서 교정은 텅 비어 있었다. 교실 한 칸에 한 대씩 비디오를 배치하고 나니, 가슴이 뿌듯했다. 기념촬영을 마친 교장의 얼굴에는 희색이 넘쳤다.

"모교 역사상, 동창회에서 기념사업을 한 것은 첨인 것 같습니다."

"제 아버님이 기성회장으로 오래 계셨는데, 그때 넓혀진 운동장이 그대로인 것 같네요. 어렸을 적에는 그렇게 넓어 보였었는데…."

"지금도 그리 작은 편은 아니지요. 춘부장님께서 여전히 관심을 가져 주시고 그래서 어찌나 고마운지, 늘 친구같이 지냅니다."

정치의 계절

이씨가 연구실을 들어서며 태민에게 한복차림을 소개한다. 농민운동가 출신으로 국회의원에 당선된 지경학. 10여 년 가까이 은거하던 이씨는 그의 끈질긴 권유로 평화민주당(평민당) 영광함평지구당의 수석부위원장에 취임해 있었는데, 취임 당시의 변은 이랬다.

"죽어도 마닥 했데이, 무라리 땅콩집까장 시(세) 번 씩이나 쫓아 왔드라. 그래 갖고, 마고 살려만 주라는 것이여. 그러니 우선 사람부텅 살래놓고 봐야 헐 것 아니냐?"

이 말을 풀이하자면, 본인은 정치에 별 뜻이 없었는데 지 의원이 여러 차례 찾아와 자리만 맡아 달라 읍소하였고, 그래서 사람 하나 살리는 셈 치고 할 수 없이 응했다는 것이다. 하지만 그 말을 액면 그대로 믿는 사람은 아무도 없었다. 물론 화려한 이력을 덮어둔 채 자의반 타의반으로 초야에 묻혀 지내는 이씨의 입장에서 정치적 부활을 꿈꾸는 일 자체가 비난받을 일은 아니었다. 최근에 그가 취한 일련의 행동들, 지역사회에 대한 기부행위, 거창한 회갑잔치 등도 모두 그러한 맥락에서 나온 몸짓임을 진작 짐작하고 있었다. 하지만 6순을 넘긴 나이와 과거 여당에 몸을 담았다는 '약점'이 맘에 걸렸다.

김대중을 거의 '빨갱이' 수준으로 바라보던 70년대와 '선생님'으로 호칭하는 현재 90년대의 아버지 이씨를 동일선상에 놓기가 쉽지 않았다. '광주'의 주동자들을 '폭도'로 간주하던 지난날과 '민주화 투사, 애국열사'로 인식하는 지금의 이씨를 같은 인물로 보기가 어려웠다. 작년에 일어난 이른바 '이철규 변사 사건'에 대해서도 이씨는 역동적인 가치관의 전환을 보여주었다. 당시 지명수배 중이던 조선대학교 학생 이철규는 1989년 5월 3일 택시를 타고 가다가 경찰의 검문을 당하였고, 이를 피하여 도망하였다. 그리고 1주일 뒤인 5월 10일 광주시 북구 청옥동 제4수원지 상류에서 시신으로 발견되었다.

"자식들, 입만 열면 그짓말을 밥먹뜨끼(밥 먹듯이) 허고 있으니. 즈그 말대로 허먼, 어째서 검문헐 때 도망가는 철규를 못 잡었단 말이여? 수십 명이서 대학생 하나를 못 잡어? 그러고 못 잡었으면 끝까장 쫓아가서 잡을락 해야제, 어째서 일찌감치 철수해 버렀냐 말이여?"

　드라마틱한 시각(視覺) 변화는 문익환 목사 방북사건(1989년 3월 25일)에서도 동일하게 나타났다. "순수한 통일에의 열정에서 출발한 것이며, 통일 논의의 신기원을 연 것"이라고 평가한 재야와 진보적 지식인, 학생들의 주장에 동조하는 반면, "정부와 사전협의 없이 방북한 데다 평양도착 성명에서 '존경하는 김일성 주석' 등의 표현을 사용하고… 한국정부를 일방적으로 비방했다."는 정부의 입장을 강력히 성토했다.

　"쩌기 아버지. 아무리 그래도 가장 정확한 정보는 정부가 갖고 있을 거 아닙니까?"

　"그러기사 허지야. 근디 문제는 몰라서가 아니라, 알고도 그짓 말허는 것이란 게."

　"그래도 공화당 하실 때는…."

　"그때는 그때고, 지금은 지금 아니냐? 세상이 바뀌고 시대가 바뀌었으먼, 사람도 바뀌어야제. 이참에 임수경인가 뭇인가 그 가시네, 을마나 이쁘디야? '통일의 꽃'이라고 안 허디야?"

　"그래도 실정법을 어겼잖아요?"

　"요새 법이 어디 법이디야? 정부에서 법을 안 지킴시로 국민들한테만 지키라고 허먼 될 것이냐? 그리고 두 쪽으로 갈라진 나라 합치자는디, 누가 반대헐 것이냐? 작년이냐 은제냐? 노태우 대통령도 '한민족공동체통일방안'을 발표했지 않냐?"

어떻든 전혀 다른 사람처럼 변해버린 이씨가 오늘 국회의원을 대동하고 태민의 연구실을 찾은 것이다. 마침 대학 운동장에서 이철규 사인(死因)과 관련하여 김대중 총재의 집회가 열린다는 구실로.

"뭐, 학교 주변에 경찰 3천 명, 학교 안에는 사복경찰 5백 명이 배치되었다 하던데요?"

"하하하…. 그거야 늘 있는 일 아닙니까? 어떻든 이 교수가 이렇게 좋은 학교에 있다는 걸 오늘에야 알았소. 이 부위원장님은 밥 안 드셔도 배가 불르겠소."

"밸 말씀을. 허기사 대학교수락 허먼, 최고 지성인 아닙니껴?"

어쩌면 그는 아들의 '입신출세'를 자신의 정치적 부활에 대한 지렛대로 이용하고 싶었는지도 모른다. 사실 "자리만 지켜 달라!"는 지 의원의 부탁은 애초부터 틀린 말이었다. 매일같이 영광읍에 출근하여 밤중에야 퇴근하는 생활이 이어졌다. 만년 야당에 월급이나 판공비, 수당이 있을 리 만무했기에 결국 모든 비용은 이씨의 자비로 부담했다.

그러던 어느 날, 지 의원은 덜컥 구속되고 말았다. 이씨가 수석 부위원장에 취임한 지 한 달 남짓밖에 되지 않은 시점이었다. "당국의 허가 없이 북한을 방문했다"는 것이 표면적인 이유였으나, 대통령을 노골적으로 비난한 것이 진짜 이유라는 소문이 돌았다. 물론 이번 사태가 이씨에게는 기회일 수도 있었다. 지구당 위원장의 역할을 대신하다 보니 만나는 사람들의 숫자도 늘어갔고, 목소리도 그만큼 커졌던 것.

'그래. 만일 아버지가 금배지를 다신다면?'

상상만 해도 가슴이 뛰었다. 머지않아 보궐선거가 있을 예정인데, 지역구 안에서 이씨 외에 뚜렷한 대안이 없다는 소문도 들려왔다. 초등학교 동창생 양근식의 입담은 늘 술자리에서 빛을 발했다.

"저나 나나 X배키 안 찬 놈들이 고난시 헛바람 들어 갖고 염병허고 돌아댕기데이, 잘해 버렸네."

"자네… 무슨 말을 그렇게 해?"

"이 교수. 자네 아부지 입장에서도 잘된 일 아닌가? 신문에 난 것은 표면적인 이유고. 지 까짓 것이 뭇이라고, 고무신에 한복차림으로 국회를 나간단가? 그러고 지 주제에 대통령을 죽어라 욕헌다고 누가 알아준단가? 또 비행기 안에서 맨발로 돌아 댕기는 것은 무슨 쑈고?"

"들리는 소문으로는 호텔에서도 파자마 바람으로 돌아다녔다는데, 그거야 모를 일이고."

"무학(無學)의 학력으로 국회의원이 되야쓰면 감지덕지허고 납죽 엎어져 있어야제, 뭇이 잘났다고 설쳐대냐?"

"학교를 못 다녔다고 다 무식한 건 아니지. 지 의원만 해도 웬만한 사람들이 못할 일 많이 했어. 함평 고구마 사건이라고, 자네도 들어봤을 거여. 그 일에서부터 시작하여 농민대표로 민통련에 참여하고, 박종철 추도대회 공동대표도 맡고. 아무튼 재야에서는 알아주는 인사야. 하지만 맨 처음의 신선한 이미지가 대통령을 조롱하는 수준까지 나아가다보니까, 국민들 눈 밖에까지 나지 않았을까 짐작되고. 그거야 시간이 지나면 알겠지. 다만 북한을 다녀온 일은 정부에서 발표한 내용과 조금 다르지 않은가 싶어."

나중에 회고한 바에 따르면, 김일성 주석을 직접 만난 그가 "88서울올림픽에 참석해 달라", "휴전선에서 남측에 비방방송하지 말라", "유엔 감시 하에 상호 군축을 하자", "아들에게 권력승계 하지 마라" 등의 내용을 전했다고 한다. 그리고 앞에서 말한 함평 고구마 사건이란 1976년 11월부터 78년 5월까지 전남 함평군 농민들이 농협과 정부당국을 상대로 전개한 고구마 피해보상 투쟁을 가리킨다. 농협 전남지부와 함평군 농협이 1976년 산 고구마를 전량수매하겠다고 공약해 놓고 이를 이행하지 않음으로써 생산농가가 고구마를 썩혀버리거나 헐값으로 홍수 출하하는 등으로 막대한 피해를 입게 되자, 함평군내의 가톨릭 농민회원들이 〈피해보상 대책위원회〉를 조직, 항의한 사건이다.

"씨벌, 한마디로 끈 떨어진 연 신세가 되야 버린 것이제. 암만 대통령이 못 났어도, 일국의 대통령이 고로코 쉽게 된단가?"

"그렇지. 그보다 정말 '끈 떨어진 연'은 아버지 아닌가?"

"어르신이… 어째서?"

"어머니 말씀으로는 마치 국회의원이 다 뒈 것처럼 품을 잡으신다나 어쩐다나? 근데 문제는 실속 없이 돈만 들어간다는 거 아니야? 선거철이 아닌데도 영광이나 함평읍에 나가 사람 만나고, 밥 사주고, 차 사주고 하다 보니까 돈 쓰는 일이 일과처럼 되어버렸고, 그에 따라 씀씀이도 커지셨고."

"아따! 자네는. 그 까짓 돈이사 쓰면 나오는 것 아닌가?"

"야당 주제에 나오긴 어디서 나와? 위원장이 구속되었으니 사고지구당으로 처리되는 거야 당연하지만, 그렇다고 아버지가 위원장 자리를 승계 받은 것도 아니거든. 그나마 지급되던 쥐꼬리만한 운영비마저 중단된 모양이야."

일이 이렇게 돌아가자 김씨의 한숨 소리는 커져만 갔다.

"날마닥 돈은 써 대제, 대줄 돈은 읎제, 느그 아부지는 날마닥 졸라쌌제. 내가 아조 신간이 뻗드러져 죽겄다."

"논 파신 돈도 있잖아요?"

"그 돈은 진작에 똥 되아 버렸고, 인자 팔아먹을 논도 밸라 읎어야. 그러고 집안이 늘라면, 논을 사야제 차코(자꾸) 팔아먹기만 허먼 쓰겄냐? 놈(남) 보기만 어벌쩍해도 우리 살림이 뭇이 읎그든. 그런게 밤낮 작은집이나 동네사람들한테 돈 꾸러 댕기니라고 궁뎅이 붙일 틈이 읎제, 어쩐디야?"

"……."

"놈(남)들이 보면 아직은 살만 헌 것 같고 그나마 인심은 안 잃어서, 주락 허먼 을마든지 꾸어주기는 허지야. 우선 먹기는 곶감이 달다고 야금야금 쓰기는 헌다마는, 느그 아부지 개비(호주머니)는 밑 빠진 독 아니냐? 날마닥 부서도 그때마닥 밑으로 빠져 버린 게."

"혹시 알아요? 국회의원 공천이라도 받으실지…."

"글 안 해도 은근히 기대허는 생이여. 그런게 혹시나 돈 옰다고 허까 봐 쉬쉬헌단 게. 돈이 옰는지 알면 공천을 줄라다가도 만닥 허디야, 어찌디야?"

"그 참. 정치판이란…."

"그런게 니가 조용히 말씀 한번 디래 보란마다."

그러나 이씨의 집착은 큰 바위를 닮아 있었다.

"느그덜은 아직 잘 모른 게 그래. 이 정치란 것은 한몫 잡으면 끝나 버러. 남자가 그런 맛이 있어야제, 짜잔허게 월급이나 받어 먹고 살면 쓴디야?"

"그럼 저 같은 월급쟁이는 살 가치도 없네요?"

"누가 시방 그런닥 허냐? 문 말을 허면…."

"하하하…. 농담이어요."

"그러고 니가 대학교수제, 월급쟁이냐? 대학교수락 허먼 최고의 지성인이고, 에… 조선시대 같은 때도 선비락 허면, 청렴허고 깨끗헌 자리그든. 굶어죽어도 궂은 짓 안 허고, 목에 칼이 들어와도 헐 말 다 허고. 그래서 국민들이 다 우러러보고 그런 자리제에."

"그래도 요즘은 돈이 말하는 세상 아닙니까?"

"쓰잘 데기 옰는 소리는. 자고로 남자가 돈, 돈 허면 큰일을 못허는 법이여. 너는 연구나 부지런히 허고, 학생들이나 잘 기르치고 그래."

핀잔 비슷한 소릴 들으면서도 싫지 않았다. 마음 한편에서 희망이 솟아났다. 어렸을 적, 우리 밖을 튀어나온 돼지가 다시 들어가지 않는다며 쇠스랑을 들어 찍어버리겠다고 달려가던 이씨, 바둑을 두다가 상대방이 물려주지 않는다며 바둑판을 들어 엎어버리던 아버지였다. 단순하고 직설적인 성격 때문에 마음의 상처를 받은 적도 많았지만, 극성스런 아버지 덕분에 대학교수 자리에까지 오를 수 있지 않았을까 나름 고마워하고 있었다. 어머니 김씨의 신세타령을 듣고 있으면 온 세상이 까만색이다가도 이씨의 호언장담 앞에서는 온 천지가 핑크빛으로 물들었다.

'그 아버지가 금배지를 단다면, 언젠가 나에게도 기회는 올 터. 심 선생님 말씀대로, 아버지가 다져놓은 정치적 기반 위에 나의 직함을 들이민다면 금상첨화일 테고, 빚도 자연스레 해소될 거고……'

김씨 역시 기대하는 눈치가 역력했다.

"느그 아부지 말대로 되기만 험사, 누가 싫으락 허겄냐? 내년쯤 지방자치 선거가 있다고 허고, 또 그 전에 국회의원 보궐선거가 있을 것 같다고 그러드라마는…"

"지 의원이 구속되었으니, 아마 몇 달 안에 선거를 치러야 할 거예요."

"그래서 더 꺽정이란 마다. 느그 아부지가 후보가 되어도 꺽정, 다른 사람이 되야도 꺽정, 누가 되든지 돈은 들어갈 틴 게."

"지역 분위기는 어때요?"

"옆엣 사람들은 난리지야. 그도막(그동안) 뿌려놓은 것들이 인 자사 빛을 볼란 갑이라고. 그런게 말을 못헌단 게. 자기들 돈이라 도 대줄틴 게 나가라고 허는디, 우리가 몸을 새리면 욕을 서리(엄 청나게) 헐 것 아니냐?"

"그렇다고 막상 돈을 대주는 사람도 없잖아요?"

"선거가 시작 안 되야서 그러기도 허제마는, 어쭈코 다른 사람 말을 곧이 들었냐? 덕담으로 흘려 들어야제."

"제가 국회의원 선거 나오면 5천만 원 내겠다, 1억 내겠다 하 는 친구들 많아요."

"하이고, 텀턱아구 같은 소리 그만허고, 너는 절대 정치 같은 것 꿈꾸지 말어. 느그 아부지 하나로 족헌 게. 시방도 10만 원, 20만 원 꾸러 댕기니라고, 나만 써(혀)가 빠진다. 느그 아부지 똥 구먹에 불만 질러놓고 카마이 엎어져 있넌디, 어쩔 것이냐? 생색 은 즈그들이 다 내고, 뒤치다꺼리는 식구들이 허는 폭이제."

"그래도 지역구 안에서는 아버지 외에 뚜렷한 대안이 없다고 그러던데요?"

"그것이사 두고 봐야제. 내일 일도 몰르는 것이 사람 일 아니 냐?"

아니나 다를까. 김씨의 우려는 현실로 나타나고 말았다. 평민 당에서 영남 출신의 대학교수를 들고 나왔던 것. 그런데 뜻밖에 누구보다 흥분한 건 태민 자신이었다.

"아니, 이런 경우가 어디 있답니까? 사람 하나 데려다가 말뚝 박아놓는다고, 30년 묵은 지역감정이 해소된답니까? 우선 호남 사람들도 안 믿는데, 경상도 사람들이 믿겠냐고요? 그 양반이 또 대통령 선거 나오려고 일을 벌이는 모양인데, 국민들이 핫바지랍니까?"

"그래도 말로는 회심의 카드라고 안 허디야?"

이름 하여 신수용. 영남지역 출신이면서도 민주화 투쟁의 이력을 지닌 명망 높은 학자 출신이다 보니, 지역감정 해소를 통하여 대통령 자리를 거머쥐고자 하는 김대중 총재로서는 회심의 카드이자 비장의 무기일 수도 있었다. 하지만 내심 바통을 이어받을 것으로 기대하고 있던 이씨 입장에서는 뒤통수를 맞은 꼴이 되었으니.

이 대목에서 태민은 김대중 총재에 대한 이씨의 가치관이 왜 변하게 되었는지, 그 사실 또한 의아했다. 1974년 여름 육영수 여사가 괴한의 총탄에 쓰러졌을 때, 이씨는 박정희 대통령을 칭송하는 한편, 야당정치인들을 도매금으로 매도하였다. '오직 반대를 위한 반대'를 한다며, 비난에 열을 올렸다.

"아버지, 제 기억에 아버지께서는 야당 정치인들을 싫어했지 않습니까? 그런데 어쩌다가 평민당에까지 입당하시고 또…."

"내가 민주공화당 헐 때는 전라도에서도 박정희 대통령 인기가 괜찮했지야. 새마을운동으로 농촌을 잘 살게 만들고, 고리대금 읎애고 그런디 누가 싫어헐 것이냐? 그러나 지금은 시대가 변했지 않냐? 여당 총재 허는 사람은 광주 사람들 싹 죽애버린 군인 출신이고, 여당 허는 사람들은 권력에 붙어서 즈그덜 이익이나 챙길라고 허는 인간들 아니냐? 전라도 사람들한테 피해를 준 사람들허고 한 통속이 되면 쓰겄냐? 그런게 나는 그때나 지금이나, 우리 지역 주민들과 함께 헌다고 봐야지야."

"그럼….."

"우리나라에서 지역감정은 망국병이락 않디야? 후손들을 위해서라도 무조건 읎애야 허그든. 사실 박대통령 시절에는 지역감정이란 것도 벨라 읎었어야. 광주 사태, 아니 광주민주화운동 이후로 지역감정이 더 심해졌다고 봐야 허는디, 오늘날 그 피해 당사자인 김대중 총재께서 스스로 그걸 풀란다고 허신 게 을마나 좋은 일이냐? 그 대책의 하나로 이참에 영남출신 교수를 후보로 내신 것이고. 너도 대학교수제마는, 정치판에서 교수 만헌 인물이 어디 있디야?"

"그럼 이대로 수용하시겠다는 말씀이세요?"

"당원이 당 총재 말을 안 들으면 안 돼지야. 당명하복(黨命下服), 몰르냐? 너도 장교 출신이제마는, 군대에서 쫄병이 상관 말 안 들으면 어쭈코 허디야? 바로 총살 안 시키디야?"

"그건 전시에나 해당되고요. 보통 때에는….."

"좌우간 여러 소리 헐 것 읎어. 이참에는 어찌됐건 신수용 씨를 당선시캐야 헌 게, 너도 시간 나는 대로 돕고 그래라. 그러고 다른 것 떠서, 3당 합당(1990년 1월 22일)인가 야합인가 험시로 김영삼이까장 노태우 따라갔제마는, 김대중 총재만 안 따라갔지 않냐? 그것만 해도 어디냐?"

"자기들은 '구국의 결단'이라고 하지 않던가요?"

"지랄허든 갑이네. 즈그덜 아니면 이 나라가 어디 절단이라도 난닥 허디야? 차라리 즈그놈덜 카마이 자빠져 있는 것이 나라 입장에서는 헐썩(훨씬) 더 좋아. 노태우가 젤 먼저 김대중 씨한테 손을 벌렸단 소문이 있드라마는."

"설마요?"

"야그는. 지난 총선에서 민정당이 과반의석 확보에 실패했지 않냐? 호남 지역은 사그리 전멸해버렸고. 그 뒤로 대법원장 임명안도 부결되고 헌 게, 노태우가 제1야당인 평민당허고 합칠락 했제. 그래 놓으면 국회에서 과반수 의석도 확보허고, 호남 민심도 얻을 것 아니냐?"

"꿩 멀고 알 먹기네요? 그렇다고 김대중 총재가 들어줄 걸로 생각했을까요?"

"애초부터 안 들어줄 것 같은 게, 미끼를 던졌제. 김원기 원내총무한테 5.18 문제 해결에 대한 전권을 주었다는 사탕발림으로, 김 총재에게 은근히 접근을 헌 거여. 그런디 김 총재가 단칼에 거절헌 것이제. 아무 대답도 안했다는 소문도 있제마는, 그것이 그것이지야. 답이 읎다는 것은 거절헌다는 뜻이그든."

"그래서 김영삼 씨와 김종필 씨에게로 돌아선 거예요?"

"그랬단 게. 김종필 씨의 신민주공화당이사 어차피 보수정당인 게 말헐 것도 옳제마는, 평생 야당만 해온 김영삼이 배신헌 것이라고 봐야제."

"나름대로 다 속사정이 있었던 거 아닐까요?"

당시 YS의 민주당은 13대 총선에서 득표율 2위를 기록했음에도, 의석은 59석(지역구 46석, 전국구 13석)에 그쳐 원내 제3당(제2당인 평민당은 70석)으로 전락하고 말았다. 1987년 이래 김대중 총재에 대해 경쟁심 및 불신을 품고 있었던 김영삼 총재 입장에서는 '현재의 구도대로 간다면, 대통령이 되기 어려울 것'이란 판단을 했음직하다. 결국 한 가지 방법은 민정당과 합쳐서 거대 여당을 만들고, 안에서부터 그 '공룡'을 야금야금 집어 삼킨 다음 정권을 잡는 길 뿐이었다. 물론 여기에는 자신의 측근인 서석재가 1989년 동해시 보궐선거 당시 무소속 후보를 매수한 혐의로 검찰에 구속된 배경도 있었다. 모든 상황을 분석한 뒤 입장을 정리한 김영삼 총재는 민정당과 비밀리에 합당 협상을 이끌어냈다. 이때 이기택, 김정길, 장석화, 김상현, 박찬종, 홍사덕, 이철, 노무현 등 8인은 3당 합당을 거부하며 김영삼을 떠나, 민주당(일명 꼬마민주당)을 결성하였다.

한편, 보수 성향의 신민주공화당은 13대 총선에서 35석(지역구 27석, 전국구 8석)을 얻으며 교섭단체 확보에는 성공했다. 하지만 표밭이라고 할 수 있는 충청도 지역에서는 27석 중 15석을 얻는 데 그쳤다. 또한 2차례 보궐선거에서 모두 패했을 뿐 아니라, 야당생활에 적응하지 못한 당원들을 중심으로 김종필 총재에 대한 불만이 고조되는 상황이었다. 김종필 본인도 '이대로는 더 이상 대권에 도전하는 것 자체가 힘들다'고 판단하여, 내각제 개헌을 고리로 3당 합당에 나서게 된 것이다.

"아무리 그래봤자, 그짓말이고 사기여. 영남, 충청 지역을 합쳐 호남을 철저허게 고립시키고, 쪼그라든 호남표에 대항해 보겠다는 소린디, 호남표가 호남에만 있간디? 서울, 경기도 지역에 더 많애. 이쪽이 먹고 살기 팍팍헌 게 모다들 뛰쳐나가기 시작해서 시방은 서울, 경기도뿐만 아니라, 부산, 충청도에도 호남표가 많그든. 사람들이 꼭 그것을 모르드란 게."

"지역을 떠나 올바른 데에 투표를 해야지요. 정치지도자들이 지역감정이나 부추기고, 보스정치에만 집착하면 되겠어요?"

"니 말이 일리는 있넌디, 지역감정이 하로 아침에 없어지간디? 그 덕에 남진 허고 나훈아가 큰 것 같이, 두 김씨도 함께 컸다고 봐야지야."

한국 대중가요 역사상 최강의 라이벌 구도를 펼쳤던 남진과 나훈아, 그 두 사람을 둘러싼 사건의 전말은 무엇일까? 남진과 나훈아의 출신지는 새 정치를 표방한 정치적 맞수였던 김대중과 김영삼의 고향과 일치해, 지역을 바탕으로 한 인기도 만만치 않았다. 이 둘의 대결은 우리나라 최초로 팬클럽 문화를 양산하기도 했다. 당시 언론은 이들의 팬덤[1]을 '기성부대'라 일컬었다.

---

1) 팬덤(fandom): 대중적인 특정 인물이나 분야에 지나치게 편향된 사람들. 팬(fan)과 영지(領地), 나라 등을 뜻하는 덤(dom)의 합성어.

기이한 '기(奇)'자에 소리 '성(聲)'자를 넣어서, 기이한 소리를 지르는 여성 팬들이라는 뜻이었다.

남진과 나훈아는 서울시민회관에서 몇 달 차이로 리사이틀을 열면서 팽팽한 긴장감을 지속하게 되는데, 1972년 나훈아 피습 사건이 발생해 충격을 안긴다. 무대에서 '찻집의 고독'을 부르던 나훈아에게 누군가 달려들어, 깨진 사이다 병으로 얼굴에 상처를 입힌 것. 당시 나훈아는 왼쪽 뺨에 5cm 가량의 상처를 입었으며, 72바늘을 꿰매는 대수술을 해야만 했다. 신문에서는 앞 다투어 '사건의 배후에 남진이 있다'는 요지의 기사를 내보내기 시작했다.[2]

"한쪽에서는 '군사 정권과의 야합'이라든가 '정당쿠데타'라는 비판도 있더라고요."

---

2) ㉮'나훈아 피습사건'이라 불린 당시 사건의 진실은 그로부터 40여년의 세월이 흐른 2014년 5월경, 한 인터뷰에서 그 윤곽을 드러낸다. 여러 사람의 증언에 따르면, 당시 나훈아를 습격한 팬은 신성일의 팬이었다. 그는 나훈아의 공연에 신성일이 게스트로 나온다는 소식에 해당 공연을 찾았다. 하지만 술에 취해 졸고 일어나보니, 신성일의 무대는 지나가고 나훈아가 무대에 서있었다. 일단 무대 위로 올라간 그는 습격 이후 범인으로 붙잡히자 자존심에 "남진 팬이다"라고 말한 것. 그는 이후 실제로 남진에게 가서 "내가 남진의 사주를 받았다고 하겠다. 이 말을 하지 못하게 하려면, 돈을 달라"며 협박을 했다(포털사이트 '네이버' 및 '다음' 참조). ㉯'남진 테러사건'에 대해, 남진 본인은 이렇게 말한다. "공연이 끝나고 나오는데, 주차장에서 긴 칼로 누군가가 뒤에서 공격을 했다. 눈앞에는 배를 관통한 칼이 15cm 가량 나와 있었다." 그러나 그는 "나훈아의 팬클럽에서 그런 것이냐?"는 질문에 "100% 아니다."면서, "팬클럽 간의 불미스런 사건이 아니었는데, 당시의 오해가 지금까지 계속 될 것 같기. 나훈아 씨와는 좋은 선후배 관계로 지내고 있다."고 밝혔다(포털사이트 '네이버' 및 '다음' 참조).

"즈그덜이 아무리 발버둥 쳐봤자, 역사는 되돌릴 수가 읎는 법이여. 작년엔가 소련이나 중공에서 여러 사건들이 있었지 않냐?"

"소련은 러시아로, 중공은 중국으로 이름이 바뀌었지요."

이른바 톈안먼(천안문) 사건. 1989년 6월 4일, 후야오방의 사망 이후 톈안먼 광장 등지에서 시위대와 인민이 벌인 반정부 시위를 중국 정부가 유혈 진압한 사건을 가리킨다.

"중국도 중국이제마는, 우리 생전에 소련, 아니 러시아허고 사이가 좋아질 지 누가 알았겄냐?"

"6.25때 김일성이 소련제 탱크 몰고 남침한 거 아닙니까? 당시 우리에겐 탱크가 한 대도 없었기 때문에 그야말로 추풍낙엽처럼 밀렸고요. '맨주먹 붉은 피'로 막는다고, 그것이 막아지겠습니까? 애잔한 목숨들만 죽어났는데, 지금 생각하면 기가 막힐 일이지요."

"기가 맥힐 일이 아니라, 피를 토헐 일이지야. 그러고 어디 탱크 뿐이었간디? 김일성이 전쟁 일으키기 전에 중국의 모택동(마오쩌둥)허고 소련의 스탈린 허고 미리 상의했닥 않디야? 솔직히 소련에서 지원헌 탱크 아니었으면, 지가 어쭈코 38선을 넘겄냐?"

"한국 전쟁을 일으킨 사람이 사실 김일성이 아니라, 스탈린이라는 설도 있어요."

"…문 고로코까지 했을라디야?"

"물론 처음에는 스탈린도 미국과의 갈등을 걱정하여 반대하는 입장이었대요. 근데 김일성이 워낙에 끈질기게 들러붙었는가 보더라고요. 무려 50번이나 스탈린을 졸랐다는 거지요. 이 과정 자체가 소련의 생쇼일수도 있겠지만요."

"좌우간 우리나라는 미국허고, 특히 그 누구냐? 맥아더 장군(제1차 세계 대전과 제2차 세계 대전, 한국 전쟁에 미국군과 연합군의 지휘관으로 활동) 아니었으면, 차말로 큰일 날 뻔 했어. 요새 학생들도 그것은 인정해야 혀."

"그러고 보면, 주변국이 모두 우리의 적이었네요."

"소련도 소련이제마는 중국도 마찬가지지야."

"그러니까요. 근데 유엔에서 우리나라를 지원하기로 할 때, 왜 중국과 소련이 거부권을 행사하지 않았을까요?"

"자세히는 몰라도,[3] 그것이 다 나라의 운인 것이여. 하늘이 도왔다고 봐야지야."

"이제 정식 수교까지 이루어졌으니, 국제사회에서 '영원한 적도 영원한 친구도 없다'는 말이 맞긴 맞는가 봐요."

한국과 중국 사이에 국교 정상화가 이루어진 데에는 많은 과정이 있었다. 1988년 7월 7일 노태우 대통령은 남북한 관계 개선과 사회주의권과의 관계 개선에 대한 의지를 표명하였고, 1989

---

3) 6.25전쟁 당시 유엔의 안보리 상임이사국은 자유중국, 즉 현재의 대만정부가 그 이사권을 가지고 있었다. 이에 대해 소련은 대만으로 후퇴한 장개석 국민당정부 대신 중공이 상임이사국으로 참여하도록 해야 한다고 주장했다. 하지만 미국의 반대로 이 안건이 부결되었다. 이 때문에 소련의 유엔대사 말리크는 1950년 초부터 안보리 회의를 보이콧하고 있었다. 그 결과, 미국 주도의 유엔에서 유엔군의 한국전쟁 파병이 결정될 수 있었던 것이다.

년 5월 고르바초프의 중국 방문으로 중소(中蘇)관계가 정상화되었으며, 1989년 12월 미소(美蘇) 몰타 정상회의에서는 냉전 종식이 선언되었다. 또한 1990년 9월 한소(韓蘇)수교가 이루어졌다. 1991년 한국과 중국은 무역대표부를 설치하였으며, 같은 해 9월에는 남북한이 유엔에 동시 가입하였다. 12월에는 남북한 기본합의서가 채택되고, 12월 31일에는 남북 간에 비핵화공동선언이 채택되었다. 그 이후 1992년 4월에 한국과 중국의 수교 협상이 개시되었다.

드디어 1992년 8월 24일, 한국의 외무장관과 중국 외교부장은 북경 영빈관에서 한중(韓中)우호 협력관계를 합의했는데, 그 주요 내용은 상호불가침, 상호내정 불간섭, 중국의 유일 합법정부로 중화인민공화국 승인, 한반도 통일 문제의 자주적 해결 원칙 등이었다. 중국의 한국전쟁 참전으로 관계가 끊어진 이후 두 나라 사이의 교류를 새롭게 시작하게 된 것이다. 국교 수립 이후 한중 교류는 비약적으로 발전했다. 교역 규모가 기하급수적으로 늘어나고 사회적, 문화적 교류도 급격히 증가하여 중국에서 '한류 열풍'이 불었다.

하지만 이에 대한 후속 조치로 중국이 요구한 한국과 대만의 단교가 뒤따를 수밖에 없었다. 대한민국 정부가 수립되기 이전부터 긴밀한 관계를 맺어왔던 대만과는 1948년 공식 수교를 맺었었다. 이후 45년 동안 유지되던 관계가 한중(韓中)수교로 인하여 종지부가 찍힌 것. 물론 중국이 UN에 가입한 당시 여러 나라들이 대만과 단교를 선언하긴 했다. 그러나 문제는 '한국의 일방적 단교 선언'에 있었다. 바로 그것이 대만 국민들에게 지울 수 없는 깊은 상처로 남았던 것. 단교 후 대만은 한국 수입 자동차 쿼터제 폐지, 한국 과일 수입금지, 한국 기업의 토지개발 프로젝트 참여 금지 등 한국과의 모든 왕래를 중단하였다.[4]

"국제 사회 뿐만이 아니여. 요놈오 정치판에서도 마찬가지란 게."

스스로 최면이라도 건 걸까? 국회의원에서 도의원으로 이씨의 꿈이 바뀌는 데에는 많은 시간이 걸리지 않았다. 며칠 동안 죽을상을 짓던 이씨는 장남과의 대화를 기점으로 원기를 회복하더니, 이내 힘을 내기 시작했다. "머지않아 치러질 지방자치 선거에서 도의원 공천을 받는다면, 그것도 괜찮은 일"이라 자위(自慰)하고 나섰던 것이다.

신수용 후보 선거대책위원장을 맡은 이씨를 돕기 위해 원근(遠近)을 불문(不問)하고 찾아온 친척들과 서촌동네 사람들은 눈에 불을 켜고 표밭갈이에 들어갔다. 태민 역시 강의가 끝나는 대로 내려가 승용차로 이씨를 수행했다. 농번기의 농민들은 '선

---

4) 이후, 양국은 민간 차원에서 교류를 재개하였고, 2000년대 초반부터는 한국 드라마와 음악이 대만국민들로부터 사랑받게 되면서 한류열풍이 불었다. 이의 계기가 된 것은 바로 드라마 '가을 동화'였다. 이어서 '대장금'이 다시 한 번 엄청난 히트틀 기록하면서 대민시림들은 한국문화 전반에 대한 호기심을 갖게 되었고, 이것이 패션과 화장품, 한국어, 음식, 전자제품 등에까지 옮겨가는 결과를 낳았다.

거운동원'으로 변신했고, 수많은 봉투들이 그들 손을 통하여 지역구에 뿌려졌다.

"돈을 면 책임자 손에 쥐어주면, 즈그덜이 알아서 다 나눠 먹어. 각 면에 면책이 있고, 리에 리 책이 있고, 자연부락마다 책임자가 따로 있그든. 이 잡듯이 더듬고 댕긴 게, 이참 선거는 해보나 마나다."

"그러면 뭐 하러 이런 고생을 하세요?"

"너도 참, 깝깝허다 이. 호남에서 김대중 선생이 공천했넌디, 당선 안 되겠냐? 문제는 당선이 아니라, 을마나 표차를 벌리느냐 그것이 그든. 90퍼센트 이상 압도적으로 되아야만, 그 양반이 대통령의 고지에 오를 수 있단 말이지야."

"……."

"어쭈고 보면, 공산당 선거에 못지않다고 봐야제에. 가령 각호수마다 유권자의 성향을 일일이 체크허고, 향후대책까지 세워 보고를 허그든. 일트라면 ○표, ×표, △ 표로 분석을 헌 다음에 ×표는 적으로, △표는 포섭대상으로 보는 것이고. ○표는 어차피 이쪽 폰게 고냔시 정력 낭비헐 필요 읎는 것 아니냐?"

"결국 세모 표가 집중적으로 로비를 당하겠네요?"

"그러제. 그 사람들이 ×표에 휩쓸리는 일이 읎도록 해야 헌게. 또 ○표라고 믿었던 사람도 삐지는 수가 있그든. 그래서 막판까지 표를 잘 단속해야 헌다 그 말이여."

선거가 코앞에 닥쳐오자 총재의 방문횟수가 증가하는 한편,

상주(常駐)하는 국회의원들의 숫자도 부쩍 늘어났다. 80개에 육박하는 금배지들이 손바닥만 한 읍에 활개치고 다니다 보니, '발에 채는 게 국회의원'이라는 말까지 나왔다. 하루는 김대중 총재의 가신(家臣)그룹으로 분류된 정화수와 함께 자연부락을 돈 일이 있었다. 여태껏 국회의원 배지를 달아보지는 못했지만, 총재에 대한 충성심만큼은 타의 추종을 불허한다고 소문나 있는 터. '사랑방 좌담회'라 이름 붙여진 주민과의 대화에서 그는 열변을 토했다.

"전 서울대를 졸업한 직후, 약관 20대의 나이에 김대중 선생님을 만났습니다. 제가 그 분을 뵙는 순간, 앞으로 평생 동안 저의 모든 것을 바쳐 충성하겠노라고 맹세했습니다. 그리고 그 날 이후, 지금까지 저는 그 분 곁을 한 번도 떠나본 적이 없습니다. 제가 가까이에서 지켜본 그 분은 정말 존경할 만 했습니다. 여러분! 신수용 후보를 보지 마시고, 그 사람을 공천하신 김대중 선생을 보십시오. …이것은 결코 작은 선거가 아닙니다. 선생님께서 대통령이 되느냐 마느냐를 판가름할 수 있는 중요한 선거란 말입니다."

해박한 지식과 정연한 논리, 좌중을 사로잡는 걸쭉한 입담, '보스'에 대한 초지일관된 충성심은 태민에게 깊은 인상을 남겼다. TV로만 보아오던 국회부의장, 사무총장, 원내총무, 동교동계의 실세 의원들을 만나 함께 식사도 하고 차를 마시며 힌팀을 나누나토니, 스스로 격이 올라가기라도 한 듯 어깨가 으쓱거렸다. 그

가운데에서도 감동으로 다가온 인물은 사무총장인 김순용 의원. 아침 식사를 마치고 읍의 한 다방에서 마주친 그는 태민을 소개받자마자 즉시 악수를 청하였다.

"야, 이거 이 부위원장님께서 훌륭한 아드님을 두셨구만. 이 박사, 정말 반갑소."

"예. 잘 부탁드립니다."

"이거 아주 인물도 훤칠허시고, 아버지 담에 한 턱 허게 생겼어요. 허허허….."

정화수가 담백한 복어탕 지리 맛이라면, 김순용 의원은 진하게 끈적거리는 가물치 탕이라고나 할까? 그는 선거가 끝난 이후에도 자신의 저서에 사인을 하여 우송해 오는가 하면, 신년휘호와 함께 본인의 사진이 화보로 담긴 인쇄물을 꼬박꼬박 부쳐주었다. 그 안에는 국회의원 선거에서 떨어진 후 신촌 대학가에서 떡볶이를 팔고 라면집을 경영하면서 세월을 낚았다는 이야기, 아내와 함께 앞치마를 두르고 아들뻘 되는 학생들과 노닥거리며 생활비를 마련할 수밖에 없었다는 스토리가 들어있었다. '자기 사람'을 확실히 챙기려는 집념과 내공은 숱한 난관을 극복한 저력에서 쌓아졌던 것이다!

'정치를 하려면, 이 정도는 돼야 하는데….'

반면 태민 자신은 이쪽 분야와 죽이 잘 맞지 않다는 생각이 들었다. 융통성도 없는 데다 맘에 없는 말도 입 밖에 꺼내지 못하고, 무엇보다 타인에게 집중하는 스타일이 아니었다. 표가 있는 곳이면 어디든지 달려가 허리를 굽혀야 하는 체질은 더더욱 아니었다. 바로 그러한 점들이 심영진 선생님의 열망에 부응하지 못하는 진짜 이유인지도 몰랐다.

그런데, 그런데 얼마 지나지 않아 충격적인 일이 벌어지고 말았으니. 그토록 우러러보였던 김순용 의원이 뇌물을 받은 혐의로 의원직을 박탈당하고 만 것. 본인의 입장에서 억울했든지 보궐선거 공천을 신청했는데, 여기에서도 밀려나고 말았다. 사태가 이 지경에 이르자 그는 평민당 탈당을 선언한다.

'세상에! 사무총장까지 역임했던 사람이 공천을 받지 못했다고, 탈당까지 감행하다니.'

그는 '모든 것이 정치적 탄압'이라고 목청을 높이며 무소속 출마를 결행했지만, 끝내 패배하고 말았다.

'아! 참으로 믿지 못할 사람들, 신뢰받지 못할 정치판이로구나. 정치인은 교도소 담장 위를 걷다가 운이 좋으면 밖으로, 운이 나쁘면 안으로 떨어진다더니….'

아침 출근 시간에 발동한 아내의 노파심.

"당신, 너무 선거에 신경 쓰는 거 아니어요? 교수의 본분은 강의하고 책 쓰는 건데…."

"집안일인 데다 좋건 싫건 장남으로 태어났는데, 그럼 어떡해? 아버지 역시 '인심은 조석변'이라고 말씀하시면서도 정치에 매달리시는 것 보면, 참 희한하셔."

"사람들한테 무시당한다 생각되어 더 그러실 거여요."

"잘 나갈 때는 굽실굽실하던 사람들이 힘이 빠졌다고 깔보는 것 같으니까, 더 욕심을 내시는 것 같더라고. 한판에 모든 것을 거는 도박꾼처럼은 되지 않으셔야 할 텐데. 정치란 한풀이가 아니라 사명감으로 해야 하거든."

어떻든 전 국민의 관심을 모았던 보궐선거는 신수용 후보의 압도적인 승리로 끝났고, 이씨는 마치 자기 일이라도 되는 양 만세를 불렀다.

인간 말종: 지방자치 선거

13대 총선에서 여소야대를 만든 야3당은 그 여세를 몰아 1989년 12월 31일, 지방의회 및 단체장 선거법안을 통과시켰다. 국민들은 이제 지방자치가 실시되는가 여겼다. 그러나 1990년 1월 22일 전격적인 3당 합당으로 지방자치 실시는 또 미뤄졌다. 218석의 거대 여당이 된 노태우 정부는 법에 명시된 지방자치에 대해 연기를 선언했다. 이에 맞서는 유일 야당 평민당은 70석에 불과했다.

중과부적을 절감한 김대중 총재는 10월 8일, '지자체 전면실시', '내각제 포기' 등의 4개항을 요구하며 단식투쟁에 돌입했다. 장소는 서울 여의도 대하빌딩에 있는 평민당사 9층 총재실. 바닥에 자리를 깔고 그의 생애에 있어 처음이자 마지막으로 단식에 들어가자, 평민당 소속 의원들의 동조단식이 이어지면서 정국은 급격히 얼어붙었다.

단식 중 당시 김영삼 민주자유당 대표최고위원이 병실을 찾아왔다. 그때 DJ는 "나와 김 대표가 민주화를 위해 싸웠는데, 민주화라는 것이 무엇이오? 바로 의회정치와 지자체가 핵심 아닙니까? 여당으로 가서 다수 의석을 가지고 있다고 해서 어찌 이를 외면하려 하시오?"라고 말했다(김대중 자서전, 2010년). 그러나 단식 8일째인 15일 DJ는 "더 이상 밀폐된 공간에서 단식할 경우, 회복불능의 상태에 빠질 수 있다"는 의료진의 경고를 받아들여, 신촌 세브란스 병원으로 옮겨갔다. 병원에서 단식을 이어가던 DJ는 13일 만인 20일 단식을 끝냈다. 결국 DJ의 단식이 단초가 되어 정치권은 "1991년 6월 30일 이내 기초 및 광역 지방의회를 구성하고, 1992년 6월 30일 이내 기초 및 광역 지방자치단체장 선거를 실시한다."는 데에 합의했다. 1971년 7대 대통령 선거 후보 때부터 "집권 1년 내에 지방자치제의 실시"를 선거 공약으로 내세웠고, 스스로 별명을 '미스터 지방자치'라고 할 정도로 지방자치에 대한 애착이 강했던 DJ의 단식은 지방자치를 되살리는 불씨가 되었다.

여야 간에 전격적인 합의가 이루어지고 선거가 예고되면서 본격적인 도의원 공천경합에 들어갔다. 태민은 당에 대한 헌신도에 있어서나, 지역 주민들의 여론에 있어서나, 민주공화당 수석

부위원장, 영광군농협조합장 등 과거의 경력에 있어서나 이씨를 대적할만한 인물은 없을 것으로 여겼다. 더욱이 국회의원 보궐 선거를 통하여 과거 '전력(前歷)'에 대한 김대중 총재와 당 관료들의 '의심'을 충분히 불식시켰고 영광·함평 지역구 안에 도의원 자리가 다섯 개나 되는 마당에 이씨의 공천은 누가 봐도 따 놓은 당상이었다. 그러나 예상치 못한 복병이 등장하고 말았으니. 김 팔봉이 강력한 라이벌로 떠오른 것이다. 초등학교도 제대로 나오지 못한 일자무식.

"공부사 집안 형편이 어려우믄, 못헐 수도 있지야. 그런디 그 사람은 심뽀가 못 되야 먹었어야. 담양 어디선가 짱어를 키우는디, 평상시에는 코빼기도 안 비추다가 선거 때만 되면 고향에 와서 표 주락 헌다고, 여론이 밸라 안 좋아."

"선거라면…. 아, 그 전에 무슨 통일주체국민회의1) 대의원인가 했었지요? 그때 군농협장이시던 아버지가 대의원들이 추천한 사람을 단위조합장으로 임명하지 않으셨다고 터무니없는 모함을 하고, 아무리 털어도 먼지 하나 안 나와 나중에는 화해하려 들고…."

---

1) 통일주체국민회의: 1972년 12월, 조국의 평화적 통일을 추진한다는 명목으로 유신 헌법에 의해 설치된 헌법기관이자 국민적 조직체. 국민의 직접선거로 선출된 2,000 명 이상 5,000명 이하의 대의원으로 구성되었으며, 의장은 대통령이 맡았다. 통일정책 최고의 결정기관임과 동시에 무기명 투표에 의한 대통령 선거, 국회의원 정수의 1/3 선출, 헌법개정안의 최종 확정 등 막강한 권력을 행사하였다. 그러나 1979년 10월 26일 박정희 대통령이 암살당하자 다음 대통령인 최규하와 전두환을 형식적으로 선출해주는 역할을 맡은 뒤, 이듬해 제5공화국 헌법 발효와 함께 해체되었다.

"그때도 내가 웬만허먼 화해허시라고 했지야. 느그 작은아부지랑. 그런디 느그 아부지가 보통 고집이냐? 그런 놈들허고 화해 안 헌다고 기언치 사표 땡개버리고 집에 들어와 있은 게, 장관까지 들어 달래고. 그래도 소용 읎어."

"제가 전방 있을 땐데, 저는 아버지 입장을 이해했지요."

"그 사람이 우리 허고 같은 전주 이씬디, 느그 아부지가 어째서 임명을 안 했겄냐? 그 사람이 면장 헐 때 돈 받어먹고 징역 갔다 왔그든. 그런 사람을 조합장 자리에 앉혀 놓으면, 돈만 빼먹을락 헌다고 그런 것이그든."

"지난 이야기는 그렇다 하고요. 어쨌거나 선거에서는 공천이 중요하잖아요?"

"그래서 껙정이락 허제 어쩐디야. 느그 아부지도 그도막(그동안) 사람들 만남시로 차 사주고, 밥 사주고는 많이 했지야. 그런디 그것이 시방 와서 문 소용 있겄냐? 팔봉씨는 평상시 피나게 애깨 갖고, 필요헐 때 한 뭉태기씩 갖다 주어버리는 갑이여."

벼랑 끝에 선 심정으로 전남도지부 사무실을 찾았다. 대머리가 두 사람을 맞이했다. 명함을 건네자 자신을 사무국장이라고 소개한 그가 즉각 에어컨을 가동시켰다.

"어, 시원허다. 올해는 김 지도위원님 덕분에 시원헌 여름을 보내게 생겼습니다."

"팔봉이가 은제 왔든가?"

"이 에어컨, 그 양반이 해주고 간 것이라우. 사무실이 너머 덥다고. 이 부위원장님 보고 있으면, 내가 더 깝깝허요. 말을 안해도 요로코 알아서 척척 해주는 사람 허고, 앞뒤가 꽉 맥힌 양반 허고 누가 더 유리허겄소?"

할 말 다했다는 듯, 방문객 쪽으로 자리를 옮겨가는 대머리. 머쓱해진 이씨가 밖으로 나간다. 한참 만에 돌아온 대머리가 태민을 향해 한껏 몸을 숙인다.

"내가 이 교수허고는 말이 통헐 것 같아서 허는 소린디…. 여러 소리 헐 것 읎이, 나한테 2천만 원만 갖고 오란 말이시. 고냔시 어문(엉뚱한) 데 쑤시고 댕겨봤자, 아무 쓰잘 디 읎단 게는."

복도에서 뻐끔뻐끔 담배를 피우고 있던 이씨, 태민의 설명을 듣고 도리어 한숨을 내쉰다.

"그 돈만 들어갖고 될 것 같으면, 어째서 내가 안 주겄냐? 그런 디 그런 말을 허고 댕기는 놈들이 어디 한 둘이어야제? 중간에서 빼먹는 브로커들이 수두룩허다 그 말이여. 다행히 되고 나면 다 내 덕인 줄 알고 쪼까 더 내씨요 허고, 안 되먼 어뜬 놈이 손을 먼저 썼다는 둥 허고 말아 버러. 이 바닥에서 들어간 구녁은 있어도, 나오는 구녁은 읎은 게."

초점을 잃은 그의 시선이 봉선동 농협 건물의 2층 복도 창문을 넘어 건너편 건물로 향한다. 깊게 주름 파인 볼이 태민의 가슴을 후벼 팠다.

"모두들 칼만 안 들었지, 날강도들이네요. 아버지, 조무래기들 상내아시 마시고, 차라리 동교동으로 가서 담판을 지읍시다."

"뭇 헐라 서울까장 가야? 바쁜디, 차비 까장 들고…."

"참, 아버지도 답답하십니다. 지금 차비가 문제고, 시간이 문젭니까? 벌써 이 일로 몇 달 쩹니까? 무슨 일이건 핵심을 짚어야 한다고 말씀하신 분이 아버지 아니십니까? 그런데 이번 일에서는 왜 그러십니까? 왜 그렇게 우유부단하시냐고요?"

"은제 내가 우유부단해야? 사람은 때를 지달릴 줄도 알아야 헌단 게."

"때가 언젠 데요? 공천자 명단 발표되고 나면, 그때가 때인가요? 바로 지금이 그 때 아닙니까? 아버님도 농협에 계실 때에 아시겠지만, 아랫사람을 통해서 올라오는 사람 쓰고 싶던가요, 아니면 아버지 앞에 직접 와서 부탁하는 사람 쓰고 싶던가요? 인지상정(人之常情) 아닙니까? 아무리 가까운 사이라 한들, 남이 내 말을 나보다 더 잘해줄 수는 없거든요."

"그런 게, 시방 어찌잔 말이냐?"

"서울로 올라가시자니까요. 아랫사람들 상대해보았자 될 일도 안 됩니다. 교수가 되려면 총장이나 이사장과 해결을 봐야 하고, 공천을 받으려면 공천권을 쥐고 있는 사람과 '승부'를 내야지요. 당 총재에게 가서 직접 담판을 짓자고요. 그동안 이러저러하게 지구당을 관리해 왔으며, 여차저차 당에 헌신을 해왔습니다. 그리고 총재님에 대한 변함없는 충성을 약속드립니다, 이렇게 말하는 거죠."

"그래 갖고 안 되먼?"

"해 보시지도 않고, 왜 안 된다는 생각부터 하십니까? 받아들여지면 다행이고, 정 안 된다면 할 수 없지요. 깨끗이 포기하는 거예요."

"여그까지 왔넌디, 어쭈코 포기를 해야?"

이른 아침. 빌라는 평창동 우거진 숲 근처 언덕배기에 자리하고 있었다. 두어 차례 벨을 더 누르고 나서야 인기척이 들렸다. 여자는 두 사람을 거실로 안내한 다음, 다시 기다리라고 말했다. 한참 후에야 나타나는 부스스한 얼굴. 무턱대고 동교동에 쳐들어가기보다 일단 가신(家臣) 그룹의 핵심을 먼저 만나보기로 했던 것. 동교동의 실세 하노방, 한 쪽에 놓여 있는 굴비 박스를 힐끔 돌아보며.

"아이고, 그냥 오시제, 뭣헐라 또 저런 것을. 그나저나 그쪽에서는 이 부위원장님 말고 누구 또 경합자가 있습니까?"

"에… 한두 명 더 있긴 헙니다만, 문제는 김팔봉인디. 물론 팔봉이도 나름대로 당에 기여를 했겠지요. 그러나 저는 2년 동안 혼자 지구당을 관리해왔고요. 그런디…."

"전 서울에만 있어갖고, 그 쪽 지역구 사정은 통 모릅니다. 지역구는 지구당위원장이 알아서 잘할 거예요."

전국의 지역구를 손금 들여다보듯 한다고 소문난 그. 그의 입에서 딴소리가 흘러나오고 있었다. 대문을 나서는 이씨의 얼굴에는 비장함이 흘렀다.

"필봉이 논이 폴세 하노방한테까지 들어갔다는 말도 있고 헌단 마다. 하노방이 받은 돈은 동교동으로 갔을 것이고 헌 게, 신의원을 만나보자. 아무리 허수아비일망정 현직 국회의원이고 지구당위원장 아니냐? 그리고 알미정에(미리) 두 장 준비 혈란다. 아무리 학자고 교수라도 현실정치에 뛰어든 이상, 돈은 있어야 허그든."

1주일 후. 둘은 다시 상경(上京)을 감행했다. 수인사가 끝나자마자 이씨는 본론으로 들어갔다.

"당이 민주적으로 운영되기 위해서는 상명하달식이어서는 안 되고, 당원들의 의사가 아래에서 위로 올라가야 허지 않겠습니까? 또 지구당은 어디까지나 지구당위원장님의 주도 하에 모든 것이 결정되어야 허는 것이지요."

"참 옳으신 말씀입니다만, 저는 출신이 저쪽(경상도)인 데다 초선이고, 지역사정도 잘 모르다 보니 아무 힘이 없습니다."

"그래도 영광 함평에 도의원 자리가 다섯 개고, 그 중 시(세) 개가 영광 쪽인디, 하나쯤은 재량을 부리실 수 있지 않겠습니까?"

"아무튼 이 부위원장님에 대해서는 참으로 죄송하게 생각합니다."

슬그머니 일어나 밖으로 나오려는데, 신 의원이 캐물었다.

"저 보따리가 무엇입니까?"

"아 예. 자그마한 선물 하나 마련했습니다."

"아이구, 안됩니다. 이것은 받은 것이나 다름없이 생각하겠습니다. 제발 저 좀 살려주십시오."

읍소에 가까운 그의 사양으로 인하여, 뇌물공세는 수포로 돌아가고 말았다.

이른 봄부터 들끓기 시작한 공천 잡음은 여름의 초입까지 이어졌다. 이씨가 경합에서 밀려났다는 느낌은 곳곳에서 감지되었다. 하지만 공식적인 발표가 없다 보니, 구구한 억측과 소문만 무성했다.

"아버지. 공천이 발표될 때까지는 기다리셔야 합니다. 설령 탈락되시더라도 절대로 욕은 하지 마셔요. 그 분 땜에 안 된다는 확실한 증거도 없잖아요?"

"척 허면 3천 리고 착 보먼 똥인지 된장인지 알아야제, 꼭 찍어 맛을 봐야 아냐? 내가 그 새끼 아니면, 안 될 이유가 뭇 있냐?"

평소 이씨를 따랐던 당원들이 서울로 올라간다는 소문이 들렸다. 당사를 엎어버리든지 동교동으로 쳐들어가든지 양단간에 결판을 내자는 뜻밖의 강경 주장에 이씨는 대단히 고무되었고, 그것이 몰고 올 파장에 큰 기대를 거는 눈치였다. 그러나 분위기는 금방 시들해졌고, 평소에 충성을 맹세하던 당원들부터 이씨와 일정한 거리를 두기 시작했다. 벌써 판세를 읽어버린 듯, 여론과 의리를 강조하던 그들 입에서 '당명(黨命)에 복종해야 한다!'는 소리가 흘러나왔다. 이씨의 공천탈락이 기정사실화되면서 '무소속이라도 출마해야 한다'는 의견도 나왔다. 이에 대한 숙부의 지론은 논리가 정연해보였다.

"그도막 성님도 헐만치 했은 게, 인자는 뭇인가 되아야제라우. 기회가 항상 오는 것도 아니고, 또 공천 같은 것 읎어도 지금 나가먼 틀림읎이 된단 말이요. 그러고 팔봉이는 죽었다 깨나도 안 된 게. 또 막상 말로 그런 놈이 도의원 되면 쓰겄소? 보나마나 지 먹을 것만 빼 먹을라고, 눈에 불 쓰고 달라들 턴디…."

사람들이 몰려와 왜 출마하지 않느냐고, 선거자금 다 대주겠다는 말도 했다. 하지만 한두 푼도 아닌 돈을 자기들이 무슨 수로 감당할 것이며, 밭을 매는 아주머니들까지 '선생님'이라 하면 사족을 못 쓰는 판에 누가 무소속을 찍어줄까? 지질이 길 닦아 놓아봤자, 황색바람 한번 불어버리면 끝나는 것 아닌가 말이다. 태민의 망설임을 알아챈 백수 우체국장은 열변을 토했다.

"이 교수. 입 달린 사람이라면 자네 아부지 보고, 무조건 출마허라고 허네. '그런 놈한테 표를 줄 바에는 짝짝 찢어 버릴라네' 허는 사람도 있고, 같은 김씨제마는 그 새끼 도의원 되면 성을 갈아 버릴라네 허는 사람도 있어."

숨 돌릴 틈도 없이 숙부의 전화가 이어졌다.

"수십 년 간 지역사회를 위해 봉사허고, 그만치 사람들한테 돈을 썼으면 본전이라도 뽑아야 쓸 것 아니냐? 느그 아부지가 되아야 집안으로도 좋고, 지역적으로도 좋제. 글 안 허냐?"

'그래. 사람이 태어나 한 번 살다가 죽는 건데, 민심이 저렇게 요동치고 있다는데….'

태민은 두 주먹을 불끈 쥐었다. 그러나 일주일이 지난 어느 날. 김씨로부터 전화가 걸려왔다.

"나, 시방 여그 완도 수련원이다. 원불교 교무허고 짜고 느그 아부지 이리 빼돌렸은 게, 그리 알고. 온 김에 제주도까장 갔다가 차분해지면 돌아올 틴 게, 누구한테 하나나 알은체 허지 말어라 이."

이건 또 무슨 뚱딴지같은 소린가? 이씨의 행방불명 소식이 전해졌는지, 병실 전화벨이 요란하게 울린다.

"태민이냐? 나 작은아부지다. 시방 아부지 어디 계시냐? 이름만 걸어놓고 카마이 안거 계시기만 해도 당선된단 게는. 지금 등록비를 대신 내주겠단 사람이 쌔고 쌨다. 이런 때에 여자들 치마폭에 싸여 대사를 그르친다냐? 나 참…."

3일 후. 병실 문이 열리며 이씨 부부의 얼굴이 나타났다. 손에는 쇠고기며, 수박 등이 들려 있었다.

"제주도에서 방금 오는 길이다. 오늘이 마침 니 생일이고 해서. 근디 허리는 쪼까 어찌냐?"

10여 년 전인 1980년대 초 육군중위로 예편한 뒤, 풍향동 2층 전세 독채로 이사할 때. 항아리를 들다가 허리가 삐끗하여 1주일 동안 자리에 누운 적이 있었다. 병원에 가는 대신 담방약 처분 쪽을 택하여 지네가루를 소주에 타 마시기도 하고, 누군가 중국 여행 중에 사온 호랑이 뼈를 받아먹어도 보았다. 그것이 효험을 발휘하였는지 통증이 조금 가라앉았다. 그 후로 화정동 주공아파트와 염주동 주공아파트를 거쳐 봉선동의 임대아파트끼지 진전하는 동안 이렇다 할 증세는 없었다. 그러던 중 작년 겨울 엘란트라 승용차를 뽑은 지 얼마 되지 않아 상경을 감행했고, 롯데월드 지하주차장 승강기 홈에 낀 자동차의 앞 범퍼를 들어 올리다가 그 자리에 쓰러지고 말았다. 무리한 힘 주기로 허리에 심한 통증을 느꼈던 것.

2~3일 후 겨우겨우 광주로 내려와 좌골신경통이라는 진단을 받았다. 불안한 마음에 양방병원으로, 물리치료실로 사방을 쫓아다녀 보았지만 효험이 없었다. 급기야 통증이 허벅지를 지나 종아리까지 내려오는 단계에 이르러서는 사흘 밤을 징징 울며 지새웠다. 이대로는 안 되겠다 싶어, 난생 처음 목발을 짚은 채 월산동 돌고개 근처의 한방병원을 찾았다. 의사는 진찰 즉시 입원하라는 명령을 내렸다. 요추 4번과 5번 사이의 물렁뼈 틈새가 좁아져 신경이 짓눌리는 바람에 통증이 생겼다는 것. 독실에 입원해있는 동안 부황, 뜸, 침, 약, 물리치료를 병행하는 중으로 벌써 1주일이 지나 있었다. 이 모든 일의 배경 가운데 이씨의 일로 스트레스를 받은 것도 한 요인이 아닐까 짐작하고 있는 중. 그러나 태민의 가슴을 아프게 한 것은 수척해진 이씨의 얼굴이었다.

'과연 무엇이 그 불타는 야망을 무너뜨렸을까? 여자들의 손에 억지로 끌려갔다는 말은 가당치 않고. 절대로 그럴 분이 아니지. 그렇다면 돈 때문에? 돈을 물쓰듯 해대던 아버지가 가족들의 처지를 염려하여, 평생의 소원을 포기했단 말인가?'

얼마 지나지 않아 노크 소리가 났다. 이씨를 대신하여 문중 대표로 출마를 고려하고 있다는 30대 청년. 백수면 일대에서는 내로라하는 갑부의 아들인 데다 스스로도 제법 큰 사업체를 운영하고 있는 그의 경우, 항렬이 이씨보다 위였다.

"족장님 올라오셨다는 소문 듣고, 허락을 받으러 이렇게 달려왔습니다. 족장님께서 출마하신다면 제가 들어갈 것이고, 족장님이 나오지 않으신다면 제가 출마하겠습니다."

"나는 폴세(진작) 마음을 비운 사람이요. 대부씨가 나오신다면, 저도 적극 밀어 디래야지라우."

다시 문이 열리더니 이번에는 이신조가 고개를 들이민다. 서촌 동네 출신의 가까운 일가로 대학까지 졸업하여 이씨의 총애(?)를 받았던 사람. 그가 민정당 김기수 의원 사무실의 사무국장 자리를 놓고 고민할 때, 이씨는 흔쾌히 권유했단다. '이신만 씨를 견제하기 위한' 포석으로 그를 끌어들였다는 세간의 평도 있었지만, 이씨는 개의하지 않았다.

"형님, 사실 이번 선거는 우리 여당과는 무관하게 되어버렸지 않습니까?"

"그야 그러제. 누가 여그서 민정당 찍어줄 사람은 하나도 읎은게."

"그래서 제가 찾아온 것인데, 형님. 정치란 협상입니다. 형님이 나오신다고만 허면, 팔봉이는 벌벌 떨거든이라우. 그런게 일단 등록을 해놓고 협상을 허는 겁니다. 막상 말로 사퇴를 조건으로 10억을 달라고 헌들, 안 주겠습니까?"

"그런게…. 시방 나보고, 돈 받어 먹고 들어가란 말이냐?"

"그러제라우. 지금까지 을마나 많이 들었소? 본전이라도 챙기고 들어가야 헐 것 아니요?"

"니 말에도 일리가 있제마는, 사람이 그러면 못 쓰는 법이다. 내가 돈이 읎어서 선거에도 못 나가고 그런다마는, 세상에 먹을 것이 읎어서 그 새끼 돈을 받어 먹어야? 무라리 모래바닥에 샛바닥을 쳐 박고 죽을망정, 그 짓은 못 헌다."

"형님은 그것이 탈이란 게라우. 어째서 놈(남)들은 다 허는디, 형님만 못 헌다요? 그동안 이놈 저놈한테 갖다 바친 돈이 을만디, 그 돈이 아깝도 안 허요? 그러고 그런 놈한테 돈 조까 뜯어 쓴다고 누가 무시락 헐 사람 있는 줄 아시오? 또 팔봉이 입장에서도 좋제 어째라우? 형님 허고 선거전 벌이면 그보다 헐썩 더 들어갈 판에 돈 적게 들어서 좋고, 사람 몸 안 피곤해서 좋고. 쉽게 말해서, 누이 좋고 매부 좋은 일 아니냔 말이요."

"너는 그런 사고방식부터 바꾸락 해도, 어째서 그러냐? 나가면 되든 안 되든 끝까지 뛰는 것이고, 안 나갈라면 애초부터 깨끗이 안 나가 버리야제. 뭇 달린 놈들이 이 눈치, 저 눈치 봄시로 장난질을 해야?"

십수 년 전인 1979년 여름, 영광군 농업협동조합장 사표를 집어던진 후 무라리에 칩거하면서 피웠던 그 '고집'이 되살아나고 있었다. 김팔봉이 주도한 통일주체국민회의 대의원들의 모함에 이씨는 전격적인 사표 제출로 대응했다. 당시는 영광 태생으로 사성(四星)장군 출신인 박경원 씨가 농수산부 장관으로 재임 중이었다. 박 장관은 "동생만한 인물도 없으니, 그런 졸장부들과 싸우지 말고 출근하라."고 종용하며, 계속 사표 수리를 미루고 있었다. 하지만 이씨의 '황소고집'을 당해낼 사람은 아무도 없었다. 결국 석 달 만에 사표는 수리되고 이씨는 야인(野人)으로 돌아갔다.

그때와 마찬가지로 '황소고집'의 결과는 참담했다. 선거는 김팔봉의 낙승(樂勝)으로 끝났고, 이신만 씨는 풀이 죽고 말았던 것. 아니, 풀이 죽기는커녕 틈만 나면 스스로 기를 살려 융단폭격처럼 욕을 퍼부어댔다. 그나마 선거 기간 중 둘째 아들 태국이 들려준 이야기 한 토막이 위안이 되었다고나 할까.

"유세장에서 팔봉이 그 양반을 만났넌디요, 아버지한테 고맙다고 전해주라고 그러대요. 나와 주시지 않은 것만 해도 을마나 감사헐 일이냐고. 자기들 삼부자(三父子)가 가서, 물팍(무릎)이라도 꿇고 인사헐란다고요."

그러나 선거가 끝난 다음 그에게서는 전화 한 통 걸려오지 않았고, 그에 대한 이씨의 독설은 끊임없이 이어졌다.

"어이. 이 박사. 나 국장이네. 이참에 교육위원 선거가 있단디…."

도의원 선거가 끝난 지 채 한 달도 되지 않은 때. 우체국장이 이른 아침 전화를 걸어왔다 영광읍장 출신으로서 백수에 터늘 잡은 후 원불교 활동 등으로 이씨와는 막역한 사이가 되어 있는 그에 대해, 태민은 존경의 마음을 품어왔었다. 합리적인 사고와 겸손한 인품이 어디서나 돋보였기 때문이다.

"지난번 도의원 선거는 고로코 되얐은 게, 헐 수 없는 일이고. 교육위원이 앨라 더 좋은 자리라고 헐 수 있제. 도의원은 군에 시(세) 명씩이나 되제마는, 교육위원은 한 명이그든. 혼자서 군내 학교를 총 관할헌 게, 막강헌 자리 아닌가? 자네 아부지로 말헐 것 같으먼, 백수 고등학교도 세왔겄다, 또 국민학교, 중학교 육성회장도 했겄다, 또 자네도 교육계에 있고 헌 게 적임자라고 헐 수 있제. 안 그런가?"

그의 말이 죄다 틀린 것은 아니로되, 정부 재정과 주민들의 희사금으로 세워진 공립 고등학교 설립추진위원장이 '설립자'로 둔갑한 대목에서는 실소를 금할 수 없었다. 이씨의 출마변 역시 궁색해보이기는 마찬가지. "나는 가만히 있는데, 옆에서 권유한다"고? 처음부터 본인이 탈탈 털어버리면 옆에서 권유할 사람도 없을 것은 세상이 다 아는 이치. 무엇보다 당선 가능성에 대한 태민의 생각은 이씨의 그것과 달랐다.

"설령 군의회를 통과하더라도, 도의회에 버티고 있는 김팔봉 씨가 반대할 것 아닙니까?"

"군의원들이야 평민당 시절 부위원장들로 다 내 밑에 있든 사람들인 게, 말헐 것도 옳고. 도에 올라가기만 허먼, 팔봉이가 아니어도 을마든지 가능허단 말이다. 도의원이 저 혼자만 있간디? 민주주의 사회에서 다수결로 결정허는 것 아니냐? 전라남도 도의원 70명 중에서 절반만 내 팬으로 돌리면 돼야."

우체국장도 거들고 나섰다.

"저도 사람 새낀디 고로코 못 살게 했으면 말제, 문 원수졌다고 이참에까장 반대헐라든가? 글 안해도 나허고 백남 씨 허고 김 의원을 한 번 찾아갈라고 맘먹고 있네. 그 전에 우리랑은 계도 같이 하고 그랬그든."

"그런다고 해서, 그 양반 마음이 돌아설까요?"

"이 박사, 어뜬 자식들은 돈 싸 갖고 와서 아부지, 돈은 염려허지 마시고 선거에 한 번 나가 보씨요 허기도 헌다데마는. 고로코는 못헐 망정 내놓고 반대는 허지 말소. 설령 떨어질망정, 원이나 푸시라고 나가시게 허는 것이 자식 된 도리란 말이여."

'자식 된 도리'까지 운운하는 그의 '질책'이 아니더라도, 장남이 반대한다고 해서 포기할 이씨도 아니었다.

군의회 투표일을 앞두고 무라리로 향했다. 최종적으로 이씨와 조통수라는 사람과의 대결로 압축되었는데, 김팔봉은 본인과 일면식도 없는 조통수를 밀고 있다는 소문이 돌았다.

'아버지가 잘되는 꼴은 못 보겠다? 끝까지 고춧가루 뿌리겠다는 심사구만. 김팔봉에게 뭔가 보여주기 위해서라도 이겨야 한다!'

군의회 2층 본회의장에서 열린 두 후보의 정견발표는 청중들의 박수 속에 성황리에 끝이 났다. 그 날 초저녁. 태국을 데리고 땅콩집을 나선 이씨는 자정이 넘어서야 돌아왔다. 이튿날. 의장이 집계 결과를 발표했다. 조통수 후보 다섯 표, 이신만 후보 일곱 표. 더도 덜도 말고, 예상한 표수 그대로였다. 어찌됐건 1차 예비선거를 통과했으니, 이제 본선에 대비할 단계.

알만한 도의원을 탐색하던 중, 마침 대학의 한 선배가 포착되었다. 비주류의 수장으로서 운영위원장 자리를 꿰차고 앉아 있는 박종학 의원. 의회로 달려갔다.

"선생님이락 허면, 꺼벅 죽는 사람들이제. 그러나 우리 주장은 어느 한 사람의 지시에 따라 움직이는 꼭두각시 노릇은 그만허자, 도를 대표허는 도의원들이 도민들 말을 들어야제 어째서 서울에 앉아 있는 그 양반 말을 들어야 허냐 이것이여. 어르신 사정은 잘 알았네. 나도 힘껏 돕겄제마는, 지역구 출신 도의원을 무시허면 안되네."

"어차피 다수결로 결정되는 일 아닙니까? 주류 대 비주류로 몰아가면 되지 않을까요?"

"그것이 아니란 게. 전라남도에 스물 두 개의 시·군이 있넌디, 도의원들이 다른 지역구에 대해 어쭈코 알 것인가? 그런게 그 지역 출신 의원들이 추천허는 대로 표를 찍기가 쉽다고 봐야제. 일종의 **빠터제**라고 해야 쓰까?"

"그러면 영광 지역구 도의원 세 사람 가운데 두 사람만 잡으면 되겠네요?"

"산술적으로 보면 그런디, 영광은 김팔봉 의원이 좌지우지 허는 것 같드라고."

영산강 상류. 민물장어를 양식하여 떼돈을 벌었다는 소문은 익히 들어 알고 있었다. 태풍이 몰아온 비로 인하여 강물은 많이 불어나 있었다. 대문을 밀치고 들어서자, 수차(水車) 돌아가는 소리가 주변의 적막을 깨트렸다. 작달막한 키의 김 의원은 마침 양식장을 순찰하는 중이었다. 방에 들어서자마자 다짜고짜 큰절부터 올렸다.

"아이고, 명절도 아닌디, 문 절까지 허고 그런가? 근디 이른 아침부터 자네가 문 일인가?"

"예. 어르신. 이번 아버님 일로 왔습니다. 어르신께서 도와주셨으면 해서요."

"나사(나야) 어디 다른 디 가겄는가? 나 보당도 이상룡 의원 허고, 김연호 의원한테 한번 가보소. 나사 그 사람덜이 허잔 대로 해야제, 뺄 수 있겄는가? 글 안 해도 매칠 전에 우체국장이랑이 찾아왔길래, 내가 그랬네. 내가 은제 신만이를 반대헌다고 허디야? 고냔시 당신 같은 사람들이 중간에서 이런저런 소문을 내 갖고, 우리 둘 사이를 더 이상허게 만들지 않느냐고 말이시."

"옳으신 말씀이십니다."

"사실 도의원도 내가 문 욕심이 있어서 했단가? 옆에서 차코허라고 해싼게 했제. 이번 한 번으로 끝내고 그만 헐라네. 지난번 선거 치룸시로 징헌 꼴 많이 봤구만. 내 것 벌어 내가 먹고살면 될 턴디, 고냔시 놈(남)한테 가서 표 달라고 사정 허고. 내가 문 동냥아치도 아니고…."

"그렇습니다. 이제 두 분이 서로 화해하시고 손을 맞잡고 일을 해 나가신다면, 지역 사회에도 많은 도움이 되고 옆의 분들 보기에도 좋을 것 같습니다. 그러니 어르신, 이번에 아버지를 좀 도와주십시오."

"나는 염려 말고, 그 사람들한테나 가보란 게."

그의 표정과 눈빛은 무척이나 진실해 보였다. 다시 큰절을 하고 집을 나섰다. 넘치는 기쁨을 주체할 수 없었다. 보고를 받은 이씨의 목소리에도 힘이 넘쳤다. 그러나 며칠 후. 이씨의 음성은 축 쳐지고 말았다.

"이상룡 의원 말로는 팔봉이 마음이 전혀 아니락 않냐. 그래서 내가 니 말을 했데이, 그 새끼 말을 시방도 믿냐고 그런다. 그 사람 속은 암도 모른 게, 직접 갔다 오라고. 도의원 선거 때 내가 저를 반대했다고, 맺힌 것이 있을 것이라고 험시로. 사과도 허고 솔직허게 부탁도 허라고 허는디, 그 놈이 돈을 무저게 좋아헌단 말이다. 한 2천만 원 싸다 주어 버리까 싶다마는, 니 생각은 어쩌냐?"

"그 분이 돈을 받을까요? 돈이야 많다고 소문난 사람 아닙니까?"

"돈 많은 놈들이 돈을 더 밝힌다는 것 몰르냐? 고기도 먹어본 놈이 잘 먹드라고, 돈맛을 안 게 더 좋아허는 법이여."

"제 말씀은 아버님 돈을 받겠느냐는 것이지요. 김 의원이 바라는 것은 돈이 아닐 거라는 생각이 들어서요. 돈보다 상처 받은 자존심을 회복시켜 드리는 것이 더 급선무일 것 같습니다만…."

"너는 문 말을 고로코 어렵게 허냐? …좌우간 생각해보자."

이른 아침. 상쾌한 공기를 가르며 강둑길을 내달리는 동안, 백미러에 비친 이씨의 표정은 침울하고도 비장했다.

"아무튼 옛날 일은 잊어버리시고, 오늘은 기분 좋게 대하세요."

"지 놈이 기분 좋게 대허면 몰라도, 내가 역불러 그 놈 앞에서 간나구 짓거리를 허겠냐 어찌겠냐?"

"아따. 성님도. 누가 시방 그러락 허요? 아들이 허는 말도 못 알아듣고는."

오늘따라 숙부가 있어 참 좋다는 생각이 들었다. 어렸을 적 태민을 자전거 뒤에 태우고 서촌 동네 고샅을 씽씽 달리던 '삼촌'. 바퀴살 사이에 가녀린 발목이라도 빠질까봐 "가랑이 더 크게 벌리라."고 소리치던 맘씨 좋은 그를, 태민은 이씨보다 더 친근하게 여기고 있었다.

"그 놈은 돈을 써도 성님같이 찔찔찔 안 써라우. 필요허다 싶으면 손에 잽히는대로, 시어도 안보고 준닥 안 헙디까. 그 맛에 그 놈 좋아헌 사람도 을마나 많은지 아요?"

"알았어. 알았은 게 그만허란 마다. 고로코 좋으면, 너도 가서 그놈한테 받어먹제 그랬냐?"

007가방을 든 숙부와 함께 이씨는 언덕을 내려갔다. 대문 앞에서 잠시 멈칫거리다가 안으로 들어가는 두 사람을 확인한 다음, 흘리가는 상불을 바라보았다.

'강물도, 세월도 쉼 없이 흐르고, 세상은 돌고 돈다더니…. 천하의 이신만 씨가 돈을 싸들고 김팔봉이를 찾아갈 줄이야.'

군농협장 시절 단위조합장 시켜 달라 뇌물 들고 찾아온 사람 앞에서 돈다발을 집어던졌던, 그 추상같은 기개는 어디로 갔는가? 통일주체국민회의 대의원들이 추천한 사람이 과거 뇌물수수의 경력이 있다며 단칼에 거절하던 그 결기는 어디로 갔는가? 불의를 보면 팔 걷어 부치고 달려들던 그 정의감은 어디로 사라졌단 말인가?

강물이 황금색에서 은색으로 바뀌었다. 어깨를 펴며 심호흡을 여러 차례 거듭한 끝에야 두 사람의 모습이 초점에 들어왔다. 그러나 가방을 보는 순간, 가슴이 덜컥 내려앉았다. 천천히 차를 몰아 둑길을 건넜다. 어젯밤 내린 비로 말미암아 군데군데 물이 괴어 있었다.

"그런게 내가 무시락 허디야? 원체 숭헌 놈이라, 이런 일에 넘어가도 않는 단게는."

"우리까장 있은 게 허는 소리제마는, 그도막 성님이 너머 했제 어쩨라우. 닌장, 나 같어도 안 들어주겄소. 허고 싶은 욕 다 해놓고는, 아쉬운 게 돈 갖고 와서 사정헌다고 들어 줄랍디요?"

"내가 뭇을 어쨌다고 그러냐? 도동놈 보고 도동놈이락 허는 것이 잘못이냐? 고것은 인간 말종이란 게. 사람 새끼가 아니여. …인자 다른 수가 읎는 갑이다. 도의원들을 상대로 맨투맨 작전으로 들어가제 어쩨야?"

"그러니까 아버지. 김 의원님이 면전에서 거절하던가요?"

"거절은 안 했넌디. 자기는 염려 말고, 두 사람한테나 잘 허라고… 안 허냐?"

아! 결국 협상은 결렬되었구나. 아니나 다를까. 박종학 의원의 입에서 청천벽력 같은 말이 튀어나왔다.

"이박사. 우게서(위에서) 지침이 내래왔넌디, 어르신 함자는 읎는 것 같드라고. 조 누구락 헌 것 같던디?"

"조통수요?"

"아, 조통수. 맞네 맞어. 극비(極秘)로 내래온 것인디, 내가 자네한테만 미리 말을 해주는 것이여."

"그러면… 아버지는 틀리신 것이네요?"

"현재로서는 그런디, 투표허기 전까지 지역구 의원들의 의견이 일치되면 바꾸기도 헐 것이여. 어떻든 아직 이틀이나 시간이 남어 있은 게, 잘해 보소."

이튿날 새벽. 아내 진선을 대동하고 양식장으로 향했다. 아버지 인생으로서는 마지막 기회일 텐데, 가리고 자시고 할 것이 없다 판단했다. 강물은 무심히 흐르고 있었다.

"자네 또 왔는가? 아이, 자네도 바쁠 턴디, 뭣헐라 차코 온가? 지난 참에도 자네 아부지랑 왔길래, 내가 말을 다 했넌디."

"그래요?"

일부러 모른 척 했다. 잠시 뜸을 들인 후, 아내를 소개했다. 안절부절못하는 그의 모습을 보고 있노라니, 함께 오기를 참 잘

했다는 생각이 들었다.

"좌우간 다른 사람한테는 내 말 절대 허지 말고, 두 사람한테 가서 나랑 뜻을 합치자고 허소."

아! 드디어 마음의 문을 열었구나. 그럼 그렇지. 지성(至誠)이면 감천(感天)이라고 하지 않았던가? 태민은 돌아서며 인사를 골백번도 더했다. 희소식이 전해진 이씨의 선거 캠프는 아연 활기를 띠기 시작했다. 이상룡 의원은 같은 전주 이씨 종친으로서 이씨의 적극 팬이었고, 김연호 의원은 김팔봉의 아바타이니 교육위원 자리는 따 놓은 당상이나 다름없었다.

도의회 정견 발표장. 이씨는 태민이 작성한 원고를 마치 자신의 것인 양, 청산유수로 읽어 내려갔다. 방청석 2층에 앉아있던 김씨는 연신 옷고름에 눈물을 찍었다.

"시상에, 내가 스물다섯에 무라리 모래땅으로 시집간다고 헌게, 신하리 느그 외한아씨는 매칠간 진지를 못 드셨넌디. 너 대학 교수 되고 또 오늘날 느그 아부지 연설허는 것 본 게, 옛날 생각이 다 난다."

도의회에서 당당히 연설할 수 있고, 내일이면 전라남도 교육위원으로서 새로운 인생을 시작할 남편이 자랑스러울 것은 자명한 이치. 혹시 또 아는가? 운이 좋으면 교육감까지 바라볼 수 있을지. 만약 그렇게만 되면 40대에 군기관장을 지내고 60대 초반에 도 기관장을 역임하는 인생이니, 무라리 역사를 새롭게 쓰는 셈이 된다.

해질 무렵, 발표회장을 빠져나와 이상룡 의원을 만났다. 그런데 그의 표정이 또 어두워져 있지 않은가?

"연설은 잘 헙디다마는, 그것이 문제가 아니여라우."

"그러면 뭇이 문제라요? 태민이가 김 의원을 또 만났넌디, 해 줄 것 같이 허드락 안 허요?"

"내가 볼 때에는 아직까장 아닌 게 그러제라우. 오늘밤 어쭈코 해서든지 꽉 붙드시오."

결국 세 의원의 말이 서로 다르므로, 차라리 한꺼번에 만나는 것이 좋겠다는 의견이 나왔다. 도의회 건물 앞. 두어 시간을 기다린 끝에야 김 의원의 얼굴을 만날 수 있었다.

"그 두 사람을 잡으란 게….."

"그래서 자네 씨랑 같이 만났으면 어찌까 해서 그러네."

"그래? 그러면 어디 있을란가? 내가 두 사람을 데리고 감세."

장소는 도의회 건물 근처의 그랜드호텔 커피숍, 시간은 저녁 아홉 시로 정해졌다. 김 의원은 다른 의원들과 저녁 약속이 있다며, 마침 그 두 의원도 만날 일이 있으니 함께 나오겠다고 했다.

커피숍. 시계는 8시 30분을 가리키고 있었다. 너무나 행복한 시간들.

'이제 오랫동안 기다려왔던 축배를 들기 위해 남은 시간만 잘 마무리하면 된다. 그러나 만에 하나, 일이 잘못되면?'

핑크빛 기대감과 암갈색 긴장감이 교차되는 사이, 이씨는 마음을 진정시키려는 듯 담배를 피워 물었다. 그리고 얼마 되지 않아 벌컥벌컥 물을 들이켰다.

"시방 몇 시나 되았냐?"

"아직 아홉 시 안 되었는데요."

시침과 분침이 거의 직각을 이룬 상태에서, 초침이 가파른 언덕을 기어오르고 있었다. 초침이 분침과 겹쳐질 때에는 숨이 딱 멎는 느낌. 바로 그때 기적처럼, 유리 건너편 계단 위로 벗겨진 이마가 올라오더니 땅딸막한 체구가 뒤를 따랐다. 이내 자동문이 열리고 김 의원이 들어섰다. 하지만 눈 씻고 찾아봐도 두 의원은 보이지 않았다.

"…어째서 혼잔가?"

"응? 다른 사람들 아직 안 왔는가? 나는 진작 온 줄 알았넌디…."

"오늘 두 사람 안 만났든가?"

"만났제. 아이, 내가 만나제 안 만나겄는가? 내가 말했은 게, 곧 올 것이네."

"알았네. 그러먼 쪼까 더 지달리제 어째. 자네 커피 한 잔 헐란가?"

"그러세. 자네들은 했제? 안 했어? 아이, 어째서 안 해? 진작 마시제마는…."

커피가 나오고 찻잔이 비워질 때까지 두 의원은 나타나지 않았다. 10분, 20분, 30분. 목이 타고 입술이 바짝바짝 말라갔다.

온몸이 신열에 휩싸인 듯하다가 허공에 붕 떠있는 기분이 들기도 했다. 김 의원의 짜증 섞인 말투.

"내가 지질이 말을 했넌디, 어째서 안 오까 이. 참 나. 허기사, 그 사람들도 내 맘대로 못 헌단 말이시. 똑같은 도의원인디, 내 맘대로 이래라 저래라 허먼 쓸 것인가?"

"그것은 그러제에."

9시 반.

'만일 이대로 끝난다면, 하소연할 데도 없다. 그의 탓으로 돌릴 수도 없다. 김 의원은 도와주려고 했는데, 종친인 이상룡 의원까지 등을 돌렸다고 소문이 날 것이다. 아! 지금 이 순간, 손에 든 담뱃불처럼 아버지의 가슴도 타 들어가고 있을 텐데….'

일어서려는 김 의원의 팔을 이씨가 황급히 붙잡았다. 못 이긴 척, 그는 다시 앉았다. 납보다 더 무거운 시간이 흐르고, 김 의원이 다시 자리를 박차고 일어섰다.

"인자 여그도 문 닫을 시간 다 되았겠네. 실은 나도 겁나게 피곤허네. 그리고 양식장까장 들어갈라면, 지금 출발해도 11시 넘어서사 떨어질 것 아닌가? 나 보고 서운허닥 허지 말소 이. 그래도 나는 허는 디까장 허지 않았는가?"

"그것이사 그러제에. 그나저나 자네가 고상했네…."

마지못한 작별인사 속에 묻어나는 이씨의 피눈물. 작달막한 김 의원의 몸뚱이가 너무나 우람해 보이고, 이씨의 비대한 몸은 왜소하게 쪼그라들었다.

"어디 가서 술이나 한잔 허자."

호텔의 최상층에 위치한 스카이라운지. 힘 빠진 건배가 이어졌다.

'두 의원만 약속장소에 나왔더라면, 얼마나 아름다운 밤일까? 왜 두 사람은 전화 한 통 없이 얼굴조차 내밀지 않은 걸까?'

현금이 담긴 가방도 있고 하여, 세 사람은 호텔의 한 방에서 묵기로 했다.

먼동이 터 왔다. 술기운 탓인지, 머리가 띵하고 몸이 나른했다. 노크소리.

"저 이상룡입니다. 족장님. 어째 어젯밤 이야기는 잘 되얐습디요?"

"대부님이 안 오신디, 문 이야기가 되겠소?"

"예? 제가 오다니…요?"

"어저께 밤에 김연호 의원 허고 오기로 허셨담시로라우? 못 오먼 못 오신다고 전화라도 주시제마는. 혹시나 잊어 버렸습디요?"

"족장님. 시방 무슨 말씀을 허고 계시요?"

"뭣이 뭔 말씀이어라우? 어젯밤에 오신다고 해서, 10시 넘두룩 커피숍에서 지달랐단게라우. 끝내 안 오신 게 팔봉이 가버리고, 우리는 그냥 나와서 술만 양씬 먹어버렸소."

"그렇게 어젯밤 김 의원이 나를 만나기로 했닥 헙디요? 오메이, 그 도동놈오 새끼. 순 사기꾼이 따로 없단게. 은제 지가 나를 만나자고 해라우?"

"……?"

"어저께 도의회 회의가 늦게 안 끝났소? 끝나자마자 김 의원, 그 개새끼가 우리한테 허는 말이… 오늘밤 내가 신만이를 만나고 갈란 게, 당신들은 핑 내래 가씨오 그러드란 게라우. 그러기 전에 어저께 낮에 우리가 만나서 그랬그든이라우. 어찌됐건 우리 세 사람이 족장님을 일응 만나야 헐 것 아니냐고. 그때 이화상 허는 말이, 내가 신만이한테 말 잘 헐란 게 고냔시 광주 바닥에 있어봐야 후보자들한테 성가심만 당허고 오해만 산 게, 옆도 돌아보지 말고 핑 내래가라고 헙디다. 아이, 이래 갖고 나허고 김연호는 바로 영광으로 내래갔지라우."

"그것이 확실허요? 그런게 그 좆같은 노모… 내가 참어야제. 아이고!"

"아버지….""

비틀거리는 이씨의 몸을 부축한 다음, 태민은 황급히 우황청심환을 꺼냈다. 평소 고혈압에 의한 뇌졸중에 대비하여 비상용으로 넣고 다니던 터. 잠시 후.

"그런게 그 팔봉이가 대부씨 허고 연호한테 핑 내래가라고 해놓고, 우리한테는 대부씨랑이 안 온다고 했다 그 말이구만이라우?"

"숭헌 상노모 새끼여. 나온 구녁이 천헌 게, 노는 것도 끝까장 천헌 것 보씨요. 근게 내가 첨부터 무시라 헙디요? 그 새끼는 안 된단 게는…."

불난 집에 부채질하는 숙부. 거기에는 아랑곳하지 않은 채, 이 의원은 어젯밤 상황을 설명하기에 바빴다.

"그래서 내나 그랬소. 아따, 이것이 문 조화다냐? 팔봉이가 인 자 사람 되야 갖고, 족장님 허고도 기분 좋게 풀란 생이다. 그러면 사 두 분을 위해서나 지역사회를 위해서나 모다 좋은 일이 아니 냐고 생각했고, 연호랑 같이 내래감시로도 그랬어라우. 우리가 두 양반 틈새에서 곤란헌 일도 많이 겪었넌디, 인자 두 발 뻗고 잘란 갑이네. 그런게 자네씨랑 나랑은 핑 내래가세. 고냔시 두 양반 이야기허는 디 우리가 끼어들면, 될 이야기도 안 될란가 모 른 게. 하나나, 오늘밤은 서로 전화도 허지 말세… 이랬지라우."

"시방 그 말씀들이 다 참말이제라우?"

"내가 뭇헐라 그짓말허겄소? 천벌을 받게요? 그전부터 말했제 마는, 내가 누구 팬을 들겄소? 비록 같이 의원 노릇을 허고 있제 마는, 팔봉이 그것이 사람입디요? 이번 일만 두고 봐도 그러제. 지가 뭇이라고 족장님을 반대헐 것이며, 또 첨부터 안 해 줄라먼 말제 사람새끼가 어찌먼 고로코 그짓말을 헌다요? 그짓말도 헐 때가 있고 정도 나름인디, 시상에… 헐 짓이 읎어서 이럴 때에 그런 순 사기를 쳐야 쓰겄소?"

"……."

"나사 천상(어차피) 족장님 팬 아니요? 팔이 안으로 굽제, 배까 테로 굽는 법도 있답디요? 그래도 드러내놓고 표시도 못했지라 우. 왜냐허면 내가 그런 줄 알면, 그 새끼가 더 미와라고 족장님을 반대허까 봐서. 좌우간 어젯밤 사정은 고로코 된 것이요. 내가 시방 그짓말허면, 샛바닥을 깨물고 이 자리서 칵 죽어 버릴라요."

와르르 무너지는 느낌. 선거를 떠나 한 인간에 대한 회의감, 바로 그것이 태민의 마음을 슬프게 했다.

'김팔봉은 아버지의 속내를 진작 꿰뚫어보고 있었어. 오직 자신의 목적을 달성하기 위해, 맘에도 없이 부탁하고 굽실거렸음을. 처음부터 해줄 마음은 추호도 없었지. 다만 주위의 권유가 부담스러워, 나중에 욕을 먹을까봐 어젯밤 기가 막힌 이벤트를 준비했을 것이고. 그도 아니라면 마지막까지 발을 묶어두려는 계략이었을 테고. 그리고 여기까지 시간을 질질 끌어온 것 역시 최후의 일각까지 발목을 붙잡아둠으로써 선거 운동할 수 있는 시간을 **빼**앗기 위함이었어. 본인이 거절할 경우, 맨투맨 식으로 할 수도 있다는 사실을 간파하고 있었던 거지. 한 달여 기간 중 만나는 사람마다 서로 다른 뉘앙스의 말을 던진 것 역시, 우리 측 선거 진영에 혼선을 빚게 하려는 술책이었고. 또 자신에게 관심을 집중시킴으로써 다른 의원들을 상대로 한 활동에 제동을 걸어, 바늘구멍만 한 가능성마저 원천 봉쇄한 것이야. 김팔봉 그자는 한때 자신을 무시했던 아버지를 발아래 깔아뭉갬으로써 마음껏 승리감을 만끽하였을 것이다. 아버지 형제, 우리 부부까지 망라하여 가족들이 총동원된 읍소작전에 대해서도 한껏 비웃으며, 마음속으로 쾌재를 불렀을 것이다, 마지막 밤에는 〈자신 내**분**에〉라는 꼬리표를 떼기 위해, 또 아버지와 두 의원의 만남을 미연에 방지하기 위해, 그리고 선거 전날 밤 있을지도 모를 물량 공세를 사전에 차단하기 위해 신출귀몰한 드라마를 연출했던 것이고. 아버지가 그의 마음을 돌리기 위해 혼신의 힘을 쏟고 있던 바로 그 시간, 그는 일을 그르치게 하기 위한 쪽으로 궁리에 궁리를 거듭했던 것이니. 아, 내가 사람을 믿은 게, 믿어보려 애쓴 게 잘못이었어. 맨 처음 작은아버지가 내린 판단이 정확했던 거야.'

"근게 애초부터 내가 무시락 헙디요? 그 자식 땜에 안 된 단게라우. 그러고 교육위원이 뭇 허는 것이라우? 헐라면 도의원을 해야제. 나와야 헐 선거는 안 나오고, 나오지 말어야 할 선거에 나와 갖고는…."

"너는 어째서 사사건건 트집만 잡냐? 니가 내 성(형)이라도 되냐? 버르장머리 읎이…."

"막상 말로 교육위원은 교육 분야만 다루는 자린디, 먹을 것이 을마나 있겄냐 그 말이여라우. 그러나 도의원은 정치, 경제, 사회, 문화 각 방면에 걸쳐 다루지 않는 분야가 읎지 안 허요. 벌써 돈을 먹드라도 단위부터 틀리고, 공사 한 건만 따주어도 을마지 아요?"

"너는 그것이 탈이란 게. 도의원을 돈 먹을라고 허는 자리냐? 도민들을 위허고…."

"그래서 성님 같은 양반은 해보았자 돈을 못 벌어라우. 요새 시상에 누가 도민들 위해서 도의원 허는 놈 있는지 아시오? 다 이리저리 빼 먹을라고 허는 짓이제. 이참만 해도 1차 통과헐라고

군의원들한테 얼마가 들었소? 투자를 했은 게, 당연히 **빼먹어야** 헐 것 아니요? 그것을 나쁘닥 허면 안 되지라우."

"저것 말허는 것 봐라. 저…."

"어쭈코 보먼, 성님은 안 된 것이 다행일란가도 몰라라우. 청렴허다고 소리치고 댕개 봤자 누가 알아주기나 헙디요? 10여 년전 군농협장 사표 냈을 때, 나허고 성수씨허고 을마나 사정헙디요? 지발 출근허시라고. 성님도 아직은 젊고 새끼덜 장래도 있은 게, 이번 한 번만 꾹 참고 나가시라고. 그래도 끝까장 고집 부랬지 않소? 그래갖고 뭇이 남았소? 성님이 그런 게, 성수씨허고 새끼들만 고상허는 것이지라우. 지난번 도의원 선거 때도 돈 읎어 갖고 결국 진 것 아니요?"

"너, 그만 안 둘래? 저 새끼가 통 무식해갖고 돈만 알고. 야이, 새끼야. 사람 나고 돈 났제, 돈 나고 사람 난 것 봤냐? 저것이 어쭈코 해서, 나허고 같은 뱃속에서 나왔는가 몰르겄어 걍."

고집불통의 뒤안길: 염산 새우 양식장

그러나 정국은 평민당 일당독재의 호남정서와 다른 방향으로 흘러가기 시작했다. 1991년 6월에 있었던 지방자치 선거에서 호남을 제외한 전국에서 집권당이 승리하는 '이변'이 생겨났던 것. 이에는 정원식 계란 투척 사건 또는 외대 사태라 불리는 특수한 상황이 배경으로 작용했다. 1991년 6월 3일 오후 18:30분 경 한국외국어대학교 교육대학원 강당에서 당시 국무총리 서리에 임명되어 교수직을 사퇴하는 정원식에게 계란, 밀가루, 페인트, 짱돌, 소주병, 맥주병, 유리조각, 인분 등을 집단으로 투척한 사건. 이는 그가 전두환 정권하에서 문교부 장관으로 있을 때 전교조의 불법화와 전교조 소속 교사들에 대한 집단 해고를 강행한 데

대한 학생 운동권의 집단 반발이었다. 물론 이외에 강경대 치사 사건1)과 학생들의 연이은 분신자살도 정국의 주요한 변수로 떠올랐다.

정원식이 교수실과 복도에서 멱살을 잡히고 넘어진 채 집단구타를 당하는 동안 운동장에서는 그의 마네킹이 화형식에 처해졌다. 그리고 이 모든 장면은 고스란히 언론에 보도되었다. 그의 마지막 강의를 촬영하러 온 신문사와 방송 기자들은 밀가루, 계란, 페인트를 뒤집어 쓴 그의 모습을 방송과 호외로 내보냈다. '유령'처럼 보이는 그의 사진이 중앙일간지에 대문짝만하게 실린 데 이어, 해외 언론에도 헤드라인으로 보도되었다.

일이 이렇게 되자, 당일 저녁부터 한국 사회 분위기는 일순간 반전되었다. 일부 보수언론을 중심으로 학생들의 당시 행동은 물론 과거 시위 등에 대한 모든 일들을 싸잡아 비난하기 시작하였고, 이것이 극적으로 전체 사회의 여론으로 발전한 것이다. 총학생회장을 비롯한 당사자들은 '스승도 모르는 패륜아'로 비난받으며 구속되었고, 외대생 수십 명이 연행되었다.

대통령 노태우는 학생들 처벌을 주문하였다. 그러나 정원식이 "학생들을 용서하고, 나 자신에게 회초리를 들어야 한다."고 소감을 밝히는 것으로 사태는 종결되었다. 거의 매주 토요일 서울

---

1) 강경대(姜慶大)구타치사 사건: 1991년 학원자주화 투쟁에 가담한 명지대학교 학생 강경대가 데모를 진압하던 서울시경 4기동대 소속 전경에게 십난 구타를 당하여 사망에 이른 사건.

시내에서 열리던 시위는 거짓말처럼 사라졌고, 2주 뒤 치러진 지자체 선거에서 집권 민자당이 호남을 제외한 전 지역에서 승리하면서 정국주도권을 유지할 수 있게 된 것이다.[2]

"아버지는 다른 건 괜찮은데, 며느리까지 그 자식한테 가서 빈 것이 원통하다고 그러시더라고. 역시 아버님 말씀이 옳았어. 그런 인간 말종은 싹 쓸어버려야 하는데. 돈을 벌기만 하면, 태국이를 도의원으로 만들 거여."

무라리 친구들과 술잔을 기울일 때, 태민은 이 말을 반복했다. 도의원 정도는 동생에게 맡기고, 자신은 보다 더 큰 꿈을 향해 나아가야 한다고 스스로 다짐했다. 그러나 도의원 선거가 있기 전부터 김씨는 이씨와 둘째 태국의 관계를 늘 염려했었다.

"느그 아부지허고는 같이 살으라고 해도 못 살아야. 땅콩집 지서서 나오기는 잘했는디, 차까지 생개 논 게 끈떡허먼 오라 가라 하루에도 수십 번씩 그러니…."

---

2) 정원식 총리서리 사건은 1987년의 6월 항쟁 이후 그 열기를 이어가려던 학생운동권에게 부산미문화원 사건(1982년 3월 18일 문부식, 김현장 등 부산 지역 대학생들이 부산 미국 문화원에 불을 지른 사건) 당시 유언비어 날조와 강기훈 유서대필 사건(1991년 5월 8일 김기설 전국민족민주연합 사회부장의 분신자살 사건에 그의 친구였던 단국대학교 재학생 강기훈이 유서를 대필하고 자살을 방조했다는 혐의로 기소된 사건)에 이어 또 하나의 치명타로 작용했다. 이후 1998년 IMF를 기점으로 각 대학 내 학생운동권이 몰락하는데, 정총리 사건을 학생운동권 몰락의 시발점으로 간주하기도 한다. 그러나 2015년 5월 14일 대법원은 강기훈의 무죄를 확정했다.

이 무렵 태국은 이씨 회갑기념으로 태민이 선물한 프레스토 승용차를 몰았고, 태민은 엘란트라 승용차를 따로 뺀 상태였다.

"서촌에서 여기 땅콩집까지 오려면 빨라야 10분? 옷 입고 준비하려면, 시간이 더 걸릴 테고요."

오는 데에는 두 갈래 길이 있었다. 동네 초입 근처의 당산나무와 교회 앞을 지나 북쪽 칠산 바다 쪽으로 난 반듯한 신작로 길은 빠르기는 하되 삥 돌아오기 때문에 다소 멀었고, 동네의 한복판인 가게에서 새터의 고샅과 땅콩밭들 사이로 지나오는 동남쪽 길은 거리는 가깝되 구불구불했다.

"그런디 금방 전화해놓고 1분도 안 되야 오냐? 출발했냐? 허고 전화를 해 대끼니. 늘락지 같은 태국이 그것을 어쭈코 바와(견뎌) 내겠냐? 내가 중간에서 뽀뚜라져 못 살겠다."

"그렇다고 다른 수도 없잖아요? 가게 새로 지은 지도 얼마 안 되었는데."

1986년 겨울 조카딸 홍은과 둘째 여동생 경희가 화재사고로 세상을 떠난 후, 태국은 서둘러 그 비극의 현장인 가게 건물을 헐어버렸다. 25년 전 서촌 사람들의 울력으로 지어진 삶의 터전, 태민을 포함하여 6남매를 키워낸 요람의 터 위에 블록으로 다시 슬라브 건물을 올린 다음, 몇 년 째 가게 일을 이어가는 중이었다.

"점빵이야 다른 사람한테 내주어도 상관은 읎지야. 그런디 태국이가 어디 간들 해먹고 살 것이 있냐? 배운 것이 있기를 허냐? 모다(토야) 놓은 논이 있기를 허냐?"

"담양에라도 가서 살고 싶어 한다면서요?"

"겉보리 서 말만 있어도 처가살이 허지 마라는 속담도 있넌디, 뭇 헐라 처갓집 동네를 들어가야?"

"그거야 옛날 말이지요."

우여곡절 끝에 태국 부부는 무라리를 뜨게 되었고, 담양 처가 동네의 앞산을 빌어 움막을 짓고 꿩을 사육하기 시작했다. 이때가 선거 있기 전의 일이었으니, 선거 기간에 태국은 담양에 머물러 있었던 셈. 이씨가 평민당 수석부위원장 자리에 오를 때부터 김씨는 이유 있는 넋두리를 늘어놓곤 했었다.

"시상에, 무라리에서 40리 배키 안 되는 (영광) 읍에 나갈라고, 200리도 더 떨어진 (담양의) 느그 동상을 불르고 싶으끄나?"

"차라리 택시를 부르시지 그러실까요?"

"택시는 꿩 데래다만 주고 가버린 게, 그런 갑이여. 읍에서 여그 저그 돌아 댕기고 밤늦게 들어 올라면 자가용이 더 팬허겄지야."

"태국이는 하루 종일 차안에서 기다렸다가 아버지 모셔다 드리고, 또 담양까지 간다고요?"

"아무리 자식이라도 장개 가면 어려운 법인디, 느그 아부지는 그러도 않는 갑이여. 태국이 그것도 이상허게, 암만 자고 가락 해도 기어이 간다이. 그 다음날 바로 올람시로 새복(새벽)에도 뿌덕뿌덕 올라간단 게."

듣고 있던 사촌 매형 주봉달이 모자간의 대화에 끼어든다.

"이 세상에 태국이 그 놈만큼 효자는 읎을 것이다. 은제 한번은 초저녁에 작은아부지 전화를 받고 죽어라 차를 몰고 왔넌디, 땅콩집에 들어오자마자 이 새끼가 뭇허고 인자사 기어 온디야 험시로 뺨을 둘러쳐 버린 게… 방에 들어오도 못허고 처마 밑에서 그 오는 비를 다 맞고 눈물만 주룩주룩 흘림시로 서 있넌디…. 차말로, 짠해서 못 보겄드라. 아무리 나를 낳아준 아부지라고 해도, 요새 시상에 어느 자식이 그러겄냐?"

태국은 애초에 꿩 식당을 차릴 계획이었다. 그러나 초기투자 자본이 만만치 않은 데다 성공가능성에 대한 확신도 서지 않아 유야무야되고 말았다. 그러던 어느 날. 진선이 눈을 반짝이며 호들갑을 떨었다.

"여보, 당신 고등학교 동창 신재인 씨 있잖아요? 그 부인 미란이의 친구가 그동안 햄버거를 만들어 시내에 납품해서 돈을 꽤나 벌었나 봐요. 그런데 이번에 점포를 정리한다고 하길래, 내가 미리 말을 해 놓았거든요."

"당신이 뭐하게?"

"뭐 하다니요? 지금 우리 형편 몰라서 그런 말 하세요?"

"그렇게 장사가 잘 되었다면서, 왜 그만 둔대?"

"몇 년간 하다 보니까 싫증도 나고, 시내에 레스토랑을 하나 차리는가 봐요."

"아무리 그래도, 안면도 없는 당신에게 그냥 준단 말이야?"

"그농안 미란이가 부탁을 많이 해놓았지요. 공짜로 주는 대신,

권리금으로 천만 원만 내래요."

"천만 원?"

"어머님께 말씀드리면, 아마 허락허실 거예요. 우리 형편 뻔히 아시니까…."

하지만 이 순간, 태민은 태국을 생각하고 있었다. 며칠 후, 김 씨가 부랴부랴 올라왔다.

"느그 압씨 도의원 공천 못 받고 교육위원 선거에 떨어지고 나서 무장 돈이 쪼들리기는 허제마는, 그 사업이 잘된다고만 험사 빚이라도 끌어 써야제 어쩔 것이냐? 그런게 내 말은 느그덜이 헐라냐고?"

"저희들도 경제적으로 힘들고, 그래서 홍인이 에미가 욕심을 내긴 해요. 그런데 저야 직장이라도 있지만, 태국이는 그도 저도 아니잖아요? 아이들 교육문제도 있고 하니까, 이런 일로라도 광주에 올라오도록 해야 할 것 아닙니까?"

"나는 홍인이 에미가 활동성도 있고 사교성도 있고 해서 그랬던디, 아무나 허면 어쩌겠냐마는…."

김 씨는 썩 내켜하지 않았다. 그럼에도 결국 무라리에서 올라온 1천만 원과 사업권은 태국에게 넘어갔다. 다소 고전하던 사업은 몇 달 가지 않아 흑자로 돌아섰다.

"도련님 문제는 그렇다 하고요. 또 아버님이 새우 양식장을 만들겠다고 하신다는데…."

"아버님이? 우리 빚 이야기를 하면, 돈이 없다고 탈탈 털어 버리시던 분이 어디서 그런 거금을 마련하시려고 그러지?"

"지난번에 도련님이 서촌에 있는 가게하고, 그 안집까지 다 팔아왔대요."

"그 집이 팔렸대? 마당하고 합치면 200평도 넘을 텐데?"

태민이 일곱 살 때, 서촌 동네의 한복판에 자리한 뽕밭을 깎아내어 동네 사람들의 울력으로 지어진 집, 방 두 칸에 부엌, 가게가 딸린 열일곱 평짜리 작은 초가집이지만 6남매를 키워낸 역사의 현장이었다. 남쪽으로 봉덕산이 바라보이는 넓은 마당 서편에 다시 방 두 개와 부엌, 창고 두 개를 가진 큰 건물이 들어섰고 가게의 지붕 또한 슬레이트로 바뀌었건만, 전혀 개량되지 않은 그 좁은 가게방에서 비극적인 화재사고가 일어났다. 그 후 쓸어버린 터 위에 다시 콘크리트 건물을 세워 가게를 세놓았었는데, 이제 그마저 팔아치웠단다.

"3천 5백엔가 팔려 갖고, 그 돈까지 햄버거 사업에 투자한 거 아니어요?"

"그랬어? 하기야 1천만 원은 권리금이라고 했지? 그건 그렇고, 아버지가 왜 양식을 하신다고 그러지? 혹시 김팔봉 씨가 장어를 키워 돈 벌었다고 하니까, 시샘하시는 거 아니야?"

"아버님이 한두 살 먹은 애기여요?"

"본래 단순하신 데다 엉뚱한 데가 있어서 하는 말이야. 또 묘한 오기 같은 것도 있고. 이건 말려야 해."

그러나 땅콩집 안방 아랫목에 버티고 앉은 이씨는 입에 거품을 물며 식구들을 설득, 아니 강요하기 시작했다.

　"어째서 느그덜은 꼭 느그 어메 같이 사사건건 반대만 허냐? 내가 염산 봉남리에 그 간척지를 만들라고 을마나 찐꼴 빠진 줄 아냐? 군농협에 있을 때(1975년 무렵)부텀 시작해 갖고, 거의 20년이 다 되얐는 생이다."

　"왜 그렇게 오래 걸렸는데요?"

　여기저기에서 딴죽을 거는 족속들이 있었단다. 처음에는 민정당의 김기수 의원이, 나중에는 김팔봉이가.

　"아니, 가만히 놀고 있는 바다를 막아 농사를 짓겠다는데, 보태주지는 못할망정 왜 훼방을 놓고 그래요?"

　"생개날 때부텅 묘한 생리를 타고난 인간이 어디 한둘이냐? 말도 마라. 물막이 공사를 해 놓으면 태풍이 불어 뿌서져 버리고, 또 죽어라 막어놓으먼 파도가 때래서 허물어져 버리고. 오직해서 느그 작은아부지까장 작파(포기)허자고 그 난리를 치고 안 그랬냐? 느그 아부지 고집이나 된 게 해냈제, 다른 사람 같으면 콧물도 옰어."

　"근데 왜 우리 백수 쪽 놔두고, 염산까지 가셨냐고요?"

　"백수 쪽도 아직 터덕거리고(멈칫거리고) 있는 게 그러제, 허기는 허고 있지야. 칠산 앞바다 분등 쪽에서 공사는 허고 있넌디, 염산 그 쪽이 공사허기가 더 좋긴 해야."

　"느그 어메 말대로 수년 동안 간척공사 끝에 불하받은 땅이

1만 5천 평이나 되고, 느그 작은집 것 까장 합치면 3만 평인디. 인자 거그다가 현금 1억 정도만 투자해서 양식장을 만들어 노먼, 단기간에 몇 억은 건질 수 있은 게…."

원래 그 땅은 염전으로 일굴 계획이었단다. 하지만 정부에서 값싼 중국산 소금을 수입하는 대신, 천일염 생산의 염전은 축소해나가겠다는 방침을 발표하고 말았다. 차라리 그 땅들을 농지로 개발하는 편이 더 이익이라는 논리였다. 이에 따라 이씨의 계획은 염전이나 농지 대신 새우 양식장 쪽으로 급선회하기에 이르렀던 것. 그러나 광주에 올라와 생각해보니, 도저히 안 될 것 같았다.

"아버님이 남의 말도 잘 안 듣는 성질이시고 하니까, 면전에서 말씀드리는 것보다 편지를 써서 드려보세요."

아내의 권유에 따라 다섯 장이 넘는 장문(長文)의 편지를 작성했는데, 요점은 이랬다.

존경하는 아버님 전상서

지난번 아버님의 말씀 잘 들었습니다. 그러나 양식 사업은 세 가지 측면에서 재고하셔야 할 것으로 생각됩니다. 첫째, 저희들에게는 사람이 없습니다. 아버님을 비롯하여 저희 가족들은 그동안 농사에 전념해왔기 때문에(사실 농사도 남의 손으로 지은 편이지만), 살아 있는 생물을 키우는 일에는 서툽니다. 어떤 사업이건 경험이 첫째라고 하는데, 이렇게 경험이 전무(全無)한 상태에서 덜컥 일을 시작한다면, 너무나 시행착오가 많을 것입니다. 그리고 그에 따른 피해는 돌이킬 수 없을 것입니다.

둘째, 돈이 없습니다. 지난번 선거과정에서도 느끼셨을 줄로 압니다만, 지금 저희 집은 재정이 너무나 빈약합니다. 이런 사업은 투기 사업이기 때문에 몇 년 동안 실패하더라도 계속적으로 투자할 수 있는 여력이 있어야 합니다. 그런데 당장에 들어갈 초기자본부터 빚을 내야 한다면 앞으로 그 막대한 자금을 어떻게 조달하겠으며, 그 이자를 무슨 수로 감당하겠습니까?

마지막으로는 전망이 없다는 것입니다. 지금 우루과이 라운드[3]니, 외국산 농수산물 수입이라느니 하여 전국이 시끄럽지 않습니까? 우리 국민이 아무리 반대를 해도 세계적인 대세를 거스를 수는 없는 법입니다. 앞으로 머지않아 본격적인 우루과이 라운드가 시행된다면, 농업에 이어 어업에까지 그 파장이 미칠 것입니다. 쌀과 마찬가지로 값싼 수산물이 무더기로 수입된다면, 어가(漁家)의 피폐는 불보듯 뻔한 노릇이 아닙니까?

지금까지 제 말씀을 간추린다면, 저희들에게는 첫째 경험을 갖춘 사람이 없고, 둘째 사업을 장기적으로 뒷받침해 줄 자금 여력이 없

---

3) 우루과이 라운드: 1986년 9월 남미 우루과이에서 개최된 '관세 및 무역에 관한 일반협정(GATT)' 각료회의를 출발점으로 하여 8번째인 1993년 12월 타결된 다자간 무역협상. 그러나 많은 나라들이 안보에 관한 고려 때문에 식량을 자국에서 생산하려 했고, 서비스 분야 역시 사기업에 넘기자는 데 반대하고 나섰다. 더욱이 농산물협상은 가장 반발이 심했다. 특히 모든 수입제한 품목의 자유화, 농업보조금 폐지, 이중 곡가제 폐지, 영농자금 융자중단, 수출보조금 철폐 등은 한국 농업의 존폐와 직결되는 중차대한 문제였다.

으며, 셋째 앞으로의 사업전망 역시 불투명하다는 것입니다. 제가 만나 뵈었을 때에 수차 말씀드렸습니다만, 아버님께서 다시 한 번 재고해 보시라는 뜻으로 이 글을 드립니다. 집안 전체의 명운이 걸려있는 사업인 만큼, 저의 간곡한 충언을 헤아려 주시기 바랍니다.

그러나 돌아온 답변은 염려했던 대로 노(No)였다.

"놈(남)들도 다 허는디, 어째서 우리라고 못 헐 것이냐? 누구는 뱃속에서부터 기술을 배와 왔다냐? 돈이사 그때그때 융통해서 쓰먼 되는 것이고…. 그러다가 혹시 아냐? 운이 좋아서 첫 해에 맞어 떨어질 지. 우루과이 라운든가 뭇인가도 그래. 김영삼이가 다른 것은 몰라도, 농촌에다가는 30존가, 40존가를 쏟아 부슬란다고 안 허디야?4) 그러고 요새 사람들이 육고기가 건강에 안 좋다고 무장(점점) 생선을 찾어 싼 게, 앨라(오히려) 전망이 더 좋다고 봐야제."

30년 넘게 이씨의 고집을 경험해온 김씨는 벌써 자포자기 상태.

"아이고, 염병헐 고집은. 인자 아조 징헌 기가 난다. 어째서 놈(남)의 말은 잘 들음시로 식구들 말은 안 듣는가 몰르겠어야."

끝내 새우 양식장 조성사업이 착수되었다. 두 집 합쳐 3만여

---

4) 농어촌 구조개선 기금: UR(우르과이 라운드)협상 타결 이후 쌀시장을 개방하게 됨에 따라 농촌사회의 경쟁력 확보가 시급한 과제로 떠올랐다. 이에 정부는 국내 농업 분야에 42조원을 집중 지원키로 결정했다. 또 1994년부터 10년간 15조원의 별도 기금을 조성해 지원하겠다는 야심찬 농촌 구조개선 계획을 수립, 시행에 들어가다

평에 이르는 펄 땅을, 넷으로 나누어 7천 평짜리 호지(湖池)를 만드는 작업이 그리 간단치는 않았다. 포클레인과 불도저가 동원된 준설(浚渫)과 제방(堤防: 물가에 흙이나 돌, 콘크리트 따위로 쌓은 둑) 작업에 여러 달이 걸렸다. 또한 각각의 호지마다 수문(水門)을 만들고, 먹이를 주기 위해 보트 4개를 따로 구입해야 했으며, 산소를 공급하기 위한 수십 개의 수차를 설치해야 했다. 염산면 봉남리 인가에서 뚝 떨어진 허허벌판에 슬레이트 지붕의 건축물(원래 이 건물은 염전 조성에 대비하여 염부들의 숙소로 설계된 것이었음)을 올리고 전기와 수도, 전화를 끌어오는 데에도 만만치 않은 비용이 들어갔다. 여기에 대하(大蝦) 종자를 구입하는 데만도 3천만 원이 소요될 판이었으니, 애초에 잡은 예산 1억 가지고는 어림 반 푼어치도 없었다.

하지만 이에 아랑곳하지 않고 이씨는 일생일대의 마지막 사업을 위해 눈코 뜰 새 없이 분주했다. 땅콩집 주변의 밭을 제외한 나머지 전답들을 모두 처분하였을 뿐 아니라, 농협에서도 융자를 받고 여기저기서 사채를 끌어왔다.

"어머니, 어떻게 사업은 잘되어 가는 거예요?"

"몰르겄다. 내가 전생에 뭔 죄를 지었다고, 늙발에까정 이 고상을 허는가 몰르겄다. 일은 본인이 벌려놓고 돈은 나한테 망글어 오락 허니, 우리 형편 뻔히 아는 마당에 누가 빌래줄락 허냐? 선거에 떨어진 뒤로 빌래주기는커녕 보증도 안 서 줄라고 이리 빼고, 쩌리 빼고 허는디. 너도 반대를 헐라먼, 쪼까 야물딱지게 허제 그랬냐?"

"아버지 성격 잘 아시잖아요? 이제 할 수 없어요. 잘되기를 놓고 기도하는 수밖에…."

"팔봉 씨가 짱어 양식 해갖고 돈 벌었다네 헌 게, 샘이 난 것이여. 우리라고 해서 벌지 마라는 법은 옳제마는…."

날이 가물면 하늘을 우러러 기도를 올렸고, 태풍이 불 때에는 거의 뜬눈으로 밤을 지새웠다. 그 덕분인지 첫해에는 기대 이상의 풍작을 이루었다. 이씨는 그 보라는 듯, 목에 잔뜩 힘을 주었다.

"잘허면 40톤이나 50톤 정도 건지겠다고 그런다마는. 요새 시세로 킬로당 1만 원씩은 나간 게, 1톤당 1천만 원 씩만 잡아도 4억이나 5억 안 되겠냐?"

"완전히 대박이네요?"

"그런게 내가 무시락허디야? 이것은 투기사업이라 한번 잡으면 노 난단 게. 대신 농사 허고 달라서 살아있는 생물이라, 쪼끔만 비위가 안 맞아도 죽어 버려. 8월 같은 때에는 두어 시간만 물이 뒤집어져도 싹 몰살해 버린단 게."

"물이 뒤집어져요?"

"100만 마리 치어(稚魚: 알에서 깬 지 얼마 안 되는 어린 물고기)를 넣어 노먼, 새비(새우)가 무장(점점) 큼시로 몸때이가 불어날 것 아니냐? 그러면 똑같은 단위면적에 산소 양이 적어질 것이고, 날씨가 더 더와지면 물이 시컴해짐시로 한 뻔에 싹 죽어 버려. 사람으로 치면 산소기 부족해서 호흡곤란에 빠졌다고 해야 허까. 나락이나 보리 같은 농작물은 죽는디 시간이라도 걸리제마는, 요 놈오 것은 그럴 틈도 옰어. 그런게 융녕(계속) 사람이 지키고 있어야제. 웬만헌 사람은 신간 뿟뜨라져 못 살아야."

"그래서 수차(水車)도 설치하신 거여요?"

"뒤집어진 물을 다시 뒤집어 산소를 집어넣어야 헐 것 아니냐? 수차 돌릴 란 게, 전기도 끌어와야 허고…."

"그래도 올해는 운이 좋았는가 봐요?"

"대개 첫 해가 잘 된다는 말이 있그든. 오염이 안 된 새 땅이라, 병이 옰어서."

"이제 저희 집안의 운세도 펼 모양이어요."

가을의 막바지. 시원한 바닷바람을 맞으며 새우를 잡아내는 현장은 그야말로 잔칫집 분위기였다. 불을 환히 밝힌 채 팔딱 팔딱 뛰는 새우를 잡아내어 초장에 찍어 먹고 불에 구워먹는 '새우 파티'는 실로 오랜만에 가족들의 얼굴에 웃음꽃을 선사하였다. 이때를 놓칠 새라, 이씨의 당당한 '연설'이 시작되었다.

"에… 새비는 모감지(목)를 띠어버리지 말고, 통째로 먹어야해. 몸때이에는 콜레스테롤이 많제마는, 그것을 중화시켜주는 성분이 대그빡(머리통)에 들어있다고 안 허디야? 닭알(달걀)도 그러제. 노른자에는 콜레스테롤이 많고, 흰자에는 중화시캐 주는 성분이 있고…."

"그러고 보면, 자연의 섭리가 참 묘해요."

"다 사람보고 잡어 먹고 살으라고, 조물주가 만들어 논 것 아

118

니냐?"

모든 것을 인간 위주로, 특히 본인 위주로 생각하는 이씨의 습성에는 변함이 없었다. 양식장에서 막 건져진 대하는 얼음박스에 담겨 트럭에 올려졌다.

"가격이 더 올를 때까장 법성 저장창고에 넣어 두었다가 서울 가락동 시장에 낼 참이다. 지금 한창 출하기일 때도 올르고 있넌디, 앞으로 떨어질 리는 읎그든."

욕심 부리지 말고 적당한 가격에 파는 것이 좋겠다는 생각이 들었지만, 드러내놓고 반대하지는 못했다. 어차피 들어줄 이씨도 아니었고, 또 이씨의 말대로 가격이 폭등할 수도 있다 여겼기 때문이다.

그러나 아니나 다를까. 조마조마한 불안감은 무시무시한 공포로 다가오고 있었다. 시간이 흐를수록 이씨의 예상은 보기 좋게 빗나갔음이 입증되기 시작했다. 영광 법성에서 서울 노량진 수산시장의 냉동 창고로 옮겨진 지가 벌써 여러 달이 지나 있었지만, 가격은 계속 떨어지기만 했다. 김씨의 한숨소리가 또 터져나왔다.

"아이고, 벌써 춘삼월인디, 날이 더와지면 누가 새비를 먹겄냐? 날이 쌀쌀헐 때 술안주로 구워먹는 것이 새비 아니냐? 우리 집은 어째서 요로코 운 때도 안 맞는지…."

"출하 물량이 적어질 수는 있지만, 그럼 뭐해요? 소비가 안 되는데. 제가 볼 때에 우리 집은 아버지가 문제여요. 너무 욕심이 많은 게 탈이라고요."

"느그 아부지는 욕심 땜에 망해야. 내가 그때도 바로 내자고 했그든. 아무리 투기 사업이락 해도, 생산비만 건질 정도면 욕심 내지 말고 팔아야 헐 것 아니냐? 문 염병헌다고 보관비 디래서 맻 달씩 창고에 쟁애 놓을 것이냐? 살아있는 생물 오래 놔두어 갖고, 좋을 것이 못 있다고…."

"몇 년 전 땅콩밭에 감자나 대파를 재배하셨을 때도 꼭 욕심 부리다가 갈아엎고 그랬잖아요?"

"그때 중국산 땅콩이 수입됨시로 땅콩값이 똥값이 된 디다가, 정부에서 새로운 작물들을 재배허라고 했그든. 그런디 해년 마 다 뼈 빠지게 농사지어 노먼, 본인은 카마이 있다가 팔지 말라고 난리를 치지 않냐? 대파도 시한(겨울) 지내고 나먼 가격이 오를 것이라고 눌러놓았다가 봄에 싹이 나버리고 그래서 로타리 쳐 버렸그든. 새비나 대파를 시한에 많이 먹제, 봄에 많이 먹겄냐? 가늘게 먹고 가는 똥 싸야 허는디…. 하이고, 인자 아조 징헌 기 난다."

"감자는 정부에서 부추긴 면이 있긴 했어요. 그나저나 이제 새 우는 어떻게 해요?"

"처분해보아야 보관비 허고 작업비를 감당헐 수 읇다고 헌 게, 지져 먹든지 볶아 먹든지 당신덜 알아서 허라고 땡개(던져) 주어 야제 밸 수 있냐? 즈그덜끼리 쪼끔이라도 팔아 경비를 빼든지 말든지, 인자 우리 손에서 떠나 버렸어야."

결국 첫해에 풍작을 이루어낸 대하 농사는 손에 돈 한 푼 쥐어주지 못한 채, 저장창고에서 증발되고 말았다.

처음부터 꼬이기 시작한 양식 사업은 모양만 달리한 채 실패를 거듭했다. 다음해부터는 아예 출하철이 되기 전에 새우들이 몰사해버렸다.

"물론 근방에 잘 되는 디가 있긴 해도, 손으로 꼽을 정도여."

"무슨 원인이 있을 거 아니어요?"

"그것을 모른 게, 구신 곡헐 노릇이지야. 사람 몸에 난 병도 원인을 알아야 처방을 허는 것 아니냐?"

"유난히 더운 날씨 하고 가뭄 때문이 아닐까요?"

1994년 여름. 전국 평균 폭염일수는 29.7일이었고, 서울의 경우 최고기온이 폭염의 기준인 33도를 넘은 날이 29일이나 됐다. 지역별 역대 최고기온 기록 역시 이때에 세워졌다. 사람들은 "너무 더워서 점심을 먹으러 못 나갔던 기억이 난다"고 당시를 회고한다. 당시 기록적인 폭염으로 전국에서 3천384명이 숨졌다. 이는 태풍·홍수 등 모든 종류의 자연재해를 통틀어 역대 가장 많은 사망자를 낸 사례로 기록돼 있다. 이때의 더위가 유난스러운 것은 장마가 짧고 강수량도 적었던 탓이 크다. 비가 적으면 일조(日照) 시간이 길어져 열기를 식힐 틈이 없는 법.

"오살나게 더운 것도 한 원인이겠제마는, 오염된 바다 때문이리는 말도 있어야. 여수 수산 대학에선가 연구팀이 와서 물을 떠 갔넌디, 또 감감무소식인 갑이다. 그 통에 우리 막두이, 태문이만 고상허고. 밤잠 안 자고 키와 노면, 눈 깜박헐 새에 물이 뒤집어져갖고 몰살해버리니….”

6남매(지금은 4남매) 가운데 막둥이, 태민보다 열한 살이 적은 스물여덟 살의 총각. 어려서는 부잣집 막둥이로 남부러울 것 없었건만, 지금은 뚜렷한 직업도 이렇다 할 기술도 없이 막일꾼이 되어 있었으니.

“열 가지 중에 하나라도 틀어지는 날이면 실패를 하니, 어느 한순간 발 뻗고 잘 수도 없고요.”

긴장된 나날이 이어지다 보니, 식구들 모두 신경이 날카로워졌다. 사업의 성공에 대한 염원은 폭염만큼이나 강렬했다. 하지만 목을 축여줄 단비는 끝내 내리지 않았다. 김씨의 푸념이 다시 시작되었다.

“이러다가 모다 쫏빡 차게 생겼다. 들어간 공사비도 암만인 디다가, 매년 투자는 3천에서 4천이나 되고 건지는 것은 한 푼도 읎으니, 인자 해년 마닥 봄이 되면 무섬증부터 난다.”

“차라리 사업을 중단해보시지 그래요?”

“하이고, 느그 아부지 앞에서 그런 소리 허지 말어라. 은제 내가 말 한번 뺐다가, 함바트라면 맞어 죽을 빤 봤은 게. 인자 댑두로(도리어) 나보고 난린다….”

“어머니가 어쩌셨다고요?”

“저 애팬네가 사사건건 반대헌 게, 될 일도 안 된다고. 내가

122

되지 마라고 물 떠놓고 빌기를 했냐, 고사를 지냈냐?"

"결국 아버지가 하고 싶은 쪽으로 다 해 오셨잖아요?"

"잘 되면 자기 덕, 못 되면 내 탓이란 게. 이참에 잘 되얐드라 면, 반대헌 내가 욕 조까 먹었을 것이다."

"저는 제가 욕먹는 한이 있더라도, 잘되었으면 좋겠네요."

"그것이사 똑같은 마음이지야. 아무리 그런다고 같이 사는 여 자가, 마누래가 못되게 헐라고 그러겠냐? 그런디 느그 아부지는 식구들 말은 안 듣고, 다른 사람 말만 듣는단 마다."

"양식장 만들 때부터 사람 애간장을 녹이더니, 결국 이렇게 애 물단지가 되었네요. 차라리 그대로 놔두었더라면, 돈이나 안 들 고 팔아먹기도 좋잖아요?"

"애초에 그 땅을 염전으로 만들라고 간척을 시작헌 것 아니 냐? 염부들 집까지 짓고. 그런디 소금까장 중국에서 수입이 된다 고 정부에서 염전을 윲앨란닥 헌 게, 느닷 윲이 양식장으로 바꿔 버린 것이그든. 결국 땅만 뒤집어엎어 놨으니…."

"그래서 저도 말씀드렸잖아요? 차라리 그대로 놔두시면 돈 안 들어서 좋고, 나중에 팔아먹기도 좋다고요. …원자력 발전소에 서 보상 문제 같은 것은 말 안 해요?"

"원자력 땜에 피해를 입었다고 증거를 대면 되는디, 어디 그러 기가 쉽냐? 더군다나 여그는 발전소에서 한참 떨어져 있지 않 냐?"

"흥농에서 백수 지나 니기 염산까지 먼 것 같아도, 서해 바닷길로 곧장 오면 그렇지도 않아요. 칠산 바다 쪽으로 쭉 따라 오면, 대략 16킬로 쯤 될까요? 그 정도면 언젠가 보상을 받을 수도 있을 텐데요."

"느그 압씨도 그 말을 허기는 해. 그러고 무안에 문 국제공항인가 들어 슨담시로야?"

"그거야 장기적인 계획일 걸요."

"그런디도 느그 압씨는 곧 비행기가 뜨고 내린다고, 저 난리를 치신다. 여그서 얼마 안 된게, 비행기로 일본이나 중국으로 바로 수출헌다고. 서해안 고속도로 생기먼, 서울이나 경기도로 빼기도 좋다고. 죽으나 사나 인자 버티는 수배키 옳지 않냐? 누구 사갈 사람이라도 있으먼 존디, 그것도 양식장이 잘 된다고 소문이 나야 허그든."

"그냥 놔두었으면 몰라도 땅을 다 뒤집어 놓았으니, 여기다가 공장을 짓겠어요? 집을 짓겠어요? 아니면 농사를 지을 수 있겠어요?"

부동산 투기로 온 나라가 떠들썩하던 때. 1988년 서울 올림픽의 성공적 개최로 한국은 세계에 그 위상을 떨치는 데 성공하였던 반면, 독재시대의 종식과 지속적인 호황, 경제 발전 등으로 인해 부동산 가격이 폭등하기 시작했다. 1988년 이후 1990년대 초반 부동산투기 광풍에 휩싸인 대한민국의 집값은 '자고 나면 오르는' 수준이었다. 그 결과, 1990년 셋방살이를 하던 일가족

4명이 집을 구하지 못해 동반 자살하는 사건이 일어났고, 이어 17명의 세입자가 스스로 목숨을 끊는 '자살 도미노' 현상이 빚어지기도 했다.

돈이 쪼들리는 태민의 경우에도 '부동산'에 대한 기대는 남 못지않았다. 3~4년쯤 전, 교수발령 받고 그동안 쌓인 빚 때문에 고민하던 그 무렵 가을. 봉선동에 임대아파트를 짓는데, 가격이 싼 데다 조건도 매우 좋다는 소문이 들려왔다. 그러나 꼼지락거리기 싫어하는 태민의 체질은 이사하는 일에 무조건적인 거부반응을 보였다.

"주공아파트 18평이면 우리 세 식구 사는데 지장이 없고, 여기 염주동에 체육관에 이어 월드컵 경기장 등 대단위 체육시설도 들어선다는데, 왜 또 이사 말을 꺼내?"

"누가 이사 가자고 그래요? 한번 알아나 보자는 말이지."

"그 말이 그 말이지 뭘 그래? 2년이 채 될까 말까 하는데, 또 이사를 가자고? 우리가 무슨 부동산 투기꾼이야? 이곳이 얼마나 좋아? 엘리베이터 타지 않고 걸어서 올라 다니기 좋은 3층인 데다, 남향이어서 밝고 따뜻하고. 여기 와서 교수가 되었으니, 축복도 받은 셈이고."

사랑하는 딸을 화마에 빼앗긴 후 '눈에 밟혀', 더 이상 화정동 주공아파트에 머물 수 없었다. 바로 그때 염주동에 주공아파트를 새로 분양한다는 소식이 들려왔고, 조건도 매우 좋았다. 18평에 거실까지 합하면 방이 세 개, 5층 건물 가운데 3층, 바로 아래

녹색 잔디밭이 내려다보이는 남향이었다. 그리고 이사 온 지 채 2년이 안 되어 교수발령을 받았으니, 복 받은 곳이라 할만 했다. 그런데.

"여기가 광주 남서쪽 끝이다 보니, 동쪽 끝에 있는 당신 학교가 멀잖아요? 양림동 교회도 멀고요."

"학교에서도 스쿨버스가 오고, 교회에서도 버스가 오는데?"

"무슨 일이 있어, 시내 한 번씩 나가기도 멀고요."

"시내버스 노선도 웬만하면 다 있고, 근방에 체육시설도 많고. 공기도 좋고…."

"이 아파트가 지금 최고 시세고요, 갈수록 떨어질 거래요. 그런데 봉선동 아파트에 5년 동안만 부금을 넣으면, 27평짜리가 우리 것이 되는 거라니까요. 이 아파트 팔면, 그리 들어갈 수 있고요."

성화를 견디지 못해 봉선동엘 들렀다. 마무리 공사가 한창인데, 13층 높이가 황당하게 높아 보였다. 물론 방이 세 개인지라 실내는 18평과 비교가 되지 않을 만큼 넓어보였다. 더욱이 언제부터인가 아내의 말에 제대로 된 반박논리조차 개발하지 못하는 남편이 되어 있었으니.

이사를 온 후 며칠 만에 당숙모에게서 전화가 걸려왔다.

"지난번 시숙님이 거절허셨다고, 지금까장 카마이 자빠져 있는가?"

"그러면 어떻게 해요?"

"아이고, 요로코 깝깝헌 인생들이 있으니. 부모가 거절을 해도 자식이 끝까장 졸라야제. 내가 미치고 폴딱 뛰겠네. 자네네 논 팔았단 소리, 못 들었는가?"

"······."

"이럴 때에 졸라야 헐 것 아닌가? 내가 자네들 승질 뻔히 알고 그래서, 이참에 큰아부지한테 나주 땅을 사시게 했네. 잔금까지 치르고 나먼 명의를 자네 앞으로 해두라고 했은 게, 그리 알어."

"제 이름으로요? 왜요?"

"왜긴 뭇이 왜여? 큰아부지 앞으로 해보아야 언제 팔아 버리실지도 모르고, 돈이 있으면 희사금이다 뭇이다 해서 다 쓰셔버린 게 그러제. 자네들 돈 땜에 힘들어 허는 것 보면, 내 속이 시커멓게 타서 그러네."

간혹 빚 형편이 궁금해지면서 불안한 건 사실이었다. 하지만 본래 돈이나 살림에 무신경한 편이었던 데다, 빚은 이씨 말대로 천천히 갚으면 되리라 막연히 믿어보려던 참이었다. 하지만 낙천적인 사고의 '달인' 진선은 차원이 달랐다.

"앞으로 도청이 들어서면, 거기가 괜찮을 거라고들 해요. 전남 도청이 나주로 간다고, 거의 확정되었대요."

"우리 땅은 몇 평이나 되는데?"

"지분으로 되어 있긴 한데, 나누면 1인당 150평 정도씩은 돌아가는가 봐요."

"그럼 평당 100만 원씩 받는다고 했을 때, 1억 5천만 원? 야, 이러다가 나 재벌 되는 거 아니야? 지금 시세는 얼마나 나간대?"

"지금은 평당 10만 원 조금 넘는가 봐요."

"그럼 1천 5백에서 2천만 원 정도? 근데 아버지가 왜 당숙모 말을 믿으셨을까? 살짝살짝 거짓말도 잘한다고, 싫어하셨는데?"

"사람이 급할 때는 거짓말도 해지지요. 그래도 어려운 시절 잘 견디고 이제 살게 되었다고, 달리 보셔요. 남편은 대학교수겠다, 아이들도 잘 자랐겠다, 누구를 부러워하겠어요?"

이렇게 하여 생각지도 않던 땅을 갖게 된 태민은 이제나저제나 땅값이 오르기만을 학수고대했다. 그러나 부동산 경기는 하강곡선을 그리기 시작했고, 땅값이 자꾸 떨어진다는 소식만 들려왔다. 궁금증이 동하여 현장을 직접 확인해보기로 했다. 아니나 다를까. 당숙모의 무지갯빛 전망과는 달리, 가게 겸 복덕방 주인의 반응은 시큰둥했다.

"근방에 나주역이 들어 슨다고는 허는디, 은제가 될지 알 수나 있간디?"

"이 쪽으로 도청이 들어온다는 소문도 있지 않습니까?"

"그것이사 몰르는 일이고. 그런디다 그 땅은 지분으로 되야 있어서, 팔아먹기도 심들 턴 디라우."

"그건 또 왜요?"

"네모 빤뜻허게 떨어진 땅도 많은디, 누가 복잡허게 지분을 사겄어? 주인 여섯 명이 다 모타서 도장을 찍어야 허는디, 지금

서로 연락도 안되고 그러지 않냐 그 말이여. 그나저나 을마에 샀다 했소?"

"평당 14만 원이요."

"뭇이여? 14만 원? 닌장, 지금도 그러제마는, 그 때는 더구나 그 땅값이 평당 7만 원도 안 갔어."

"예?"

"평당 6만 원이먼, 골라서 살 때란 게. 지금은 물어오는 사람조차 읎은 게, 당신네들이 막차를 탄 거여. 누가 해먹었는지는 몰라도, 날랍게 빠져버렸구만. 허허이…."

은사의 죽음과 저서

그 지긋지긋한 지방자치 선거를 치루고 나서 이씨는 평민당을 탈당했고, 그로써 정치와는 인연을 끊게 된다. 그러나 한국의 정치는 총총걸음으로 자기의 길을 재촉하고 있었으니, 1992년 12월 18일 금요일에 실시된 제14대 대통령 선거에서 민주자유당의 김영삼 후보가 당선되었다. 이번 선거의 특징은 수십 년 동안 야권의 표를 분점하던 김영삼, 김대중이 여야의 위치에서 서로 경쟁하였다는 점이다. 특히 1960년대 이후 여권의 축을 이루던 군 출신 후보가 사라지고 순수 민간인 후보끼리 벌인 대결이었고, 3당 합당으로 탄생한 거대한 여당과 제1야당과의 각축전이었다. 또 하나의 특징은 현대그룹 정주영 명예회장이 후보로 뛰어들었다는 점이다. 그는 제14대 총선(1992년 4월)에서 여당과 야당의 낙천자들을 영입하여 국민당을 만든 다음 31석을 획득, 제3당의 당수로 떠올라 있었다. 여기에 홀로서기를 시도해 온 박찬종이 경쟁에 가세했다.

그러나 14대 대통령 선거 역시 지역 대결의 구도에서 벗어나지 못했다. 제13대 대통령 선거가 '1노 3김'으로 4분할된 지역 구도였다면, 제14대 대선은 크게 영남과 호남의 대결구도였다. 김영삼 후보는 부산·경남에서 대구·경북으로 연고범위를 넓혔고, 김대중의 경우 연고지는 그대로이지만 김영삼을 지지했던 야당세력 일부를 넘겨받는 입장이 되었다. 정주영은 연고지인 강원도를 집중 공략하는 한편, 무주공산이 된 충청도를 파고들었다. 김대중은 광주와 전라남북도에서 압도적 우세를 나타냈으나, 서울 외의 다른 지역에서는 우세를 확보하지 못했다. 대신 김영삼은 연고지역의 결속력이 압도적이지는 않았지만, 호남 이외의 모든 지역에서 골고루 지지를 얻어 노태우보다 더 높은 득표율로 승리할 수 있었다.

김대중은 이후 야당총재로 복귀하였다가 정계은퇴 발표로 다시 한 번 국민의 시선을 집중시킨다. 김종필은 김영삼 정부의 2인자 역할을 수행하다가 출당되었고, 이후 자력으로 자유민주연합을 결성하여 충청도를 발판으로 다시 3김의 구도 속에 진입하였다. 한편 김영삼은 김종필의 출당 이후, 민주자유당을 자신의 체제로 재편한 뒤 신한국당으로 이름을 바꾸었다.

비록 낙선하긴 했으되, 정주영의 대통령 출마로 그의 생애는 새롭게 조명되었다. 강원도 통천군 송전리 아산마을에서 6남 2녀 중 장남으로 태어난 정주영 회장(1915년~2001년, 현대그룹의 창업자. 아호는 아산)은 아버지 몰래 소판 돈을 가지고 가출하였다. 오갈 데 없는 그가 인천 어느 공사장에서 일을 하는데, 낮에 구슬땀을 흘리면서 일하고 저녁을 먹고 잠자리에 들면 빈대가 껑껑 물어 도저히 잠을 잘 수가 없었단다. 하루는 상을 펴고 그 위에서 잠을 청했더니, 며칠간 편히 잘 수 있었다. 그런데 며칠 가지 않아 빈대들이 상위로 기어올라 다시 물어뜯기 시작했다. 잠시 고민하던 정주영은 네 개의 세수 대야에 물을 가득 채워, 상다리를 그 속에 집어넣고 올라가 잠을 잤다. 빈대들은 물에 퐁 빠져 죽고 하여 오랫동안 편하게 잘 수 있었다. 그런데 어느 날 또 빈대가 껑껑 물기 시작했다. 깜짝 놀라 불을 켜보니, 빈대들은 벽을 타고 기어 천정으로 올라가 침상 바로 위에서 낙하하여 자기를 물어뜯고 있는 것이었다. 그는 이때 깊은 깨달음을 얻었다고 한다.

'일개 미물도 목표를 세우면 끝까지 정진하거늘, 만물의 영장인 인간이 중간에 포기하는 것은 빈대만도 못한 짓이다.'

그 후로 그는 어떤 어려움에도 굴하지 않고 목표를 달성함으로써 현대건설을 세계적인 기업으로 성장시켰다고 한다. 이것이 그 유명한 '빈대의 집념'이다.

"세상에, 학교도 제대로 못 다녔다는 분이 어떻게 그리 감동적인 글을 써요?"

"무학(無學)일지라도 세상을 보는 통찰력은 남보다 뛰어났던 거지. 어떤 인기 방송작가가 1억 받고 대신 써주었다는 소문도 있고."

"1억이요? 와…."

"왜? 당신 남편에게도 그런 일이 생겼으면 좋겠지?"

"당신은. 설령 대필해주었더라도, 스토리 자체는 정 회장께서 말했을 거 아니어요?"

"당연하지. 그런 콘텐츠를 제공할 정도이기 땜에 보통 분이 아니라는 거야. 그밖에도 스토리가 많아."

그 가운데에서도 그를 뉴스의 초점으로 올려놓은 사건이 바로 서산 앞바다 간척사업이었다. 충청남도 서산 방조제 사업은 1970년대 중동에 나가 있던 현대건설의 장비가 철수하면서 이 장비를 이용하여 식량자급을 실현하려는 정부의 의지로부터 시작되었다. 1980년 착공된 이 공사의 최대 난점은 최종 물막이 공사. 이때 정주영은 기상천외한 아이디어를 내놓았다. 그의 지시에 따라 거대한 폐유조선의 탱크에 바닷물을 집어넣어 방조제 사이의 바다 밑바닥에 가라앉힌 다음, 바닷물이 들어오는 걸 막는 사이 방조제를 잇는 공법이 시행되었다. 이 시도가 멋지게 성공함으로써 45개월로 예상되었던 공사기간은 9개월로 단축되었고, 공사비 또한 2백 80억 원을 절감하였다. 세상을 놀라게 한 진무후무한 이 사건은 '유조선 공법', 혹은 '정주영 공법'으로 불리며 〈뉴스 워크지〉와 〈뉴욕 타임즈〉에까지 소개되었다.

"어떻든 대단한 분이야. 어찌 보면, 아버지 같기도 하고. 규모야 비할 바가 못 되지만, 아버지 뚝심도 무라리에서는 알아주거든. 솔밭 개간하여 땅콩밭 만들고, 유황개미 펄땅을 논으로 바꾸고, 칠산 앞바다나 염산 간척사업도 밀어붙이시고….'"

"아버님이 꿍꿍 일은 안 하셔도 그런 안목과 베짱이 있으시니까 그만한 살림 일으키신 거죠. 그나저나 이번 대선에 출마하면서 현대회사 직원들이 총출동했는가 봐요. 그 무슨 책이더라? 『시련은 있어도 실패는 없다』던가? 그 책이 베스트셀러가 되었대요.'"

"선거 포스터 뿌리듯이 공짜로 배포했다는 말도 있는데, 거기에 '빈대의 집념'도 소개되었고.'"

"근데 돈도 많이 벌고 국민들의 존경도 많이 받았던 분이 왜 정치에 뛰어들었을까요?'"

"세계적인 기업인이 되어도 권력 앞에 무력할 수밖에 없는 처지, 피나게 번 돈을 정치자금으로 갖다 바쳐야 하는 현실 외에 나만한 인물, 나만치 애국한 사람 있으면 나와 보라는 호기도 작동했을 테고….'"

제14대 대선 1년여 전인 1991년 11월, 정주영 회장은 국세청이 추징하겠다고 발표한 1,300억 원의 세금을 "못 내겠다."고 선언해버린다. 그리고 한발 더 나아가 "박정희 대통령에게는 5억씩 주다가 20억으로 올렸고, 전두환 대통령에게는 추석에 20억,

연말에는 30억, 6공화국 들어서는 한 번에 50억씩이었다가 90년
에는 추석에 50억, 연말에 100억을 줬다"고, 구체적인 수치까지
들이밀며 정치권을 규탄했다.

"이주일[1]이 정 회장님 당에 들어갔다면서요? 왜 또 코미디언
이 정치를 해요?"

"그러니까. 같은 강원도 출신에, 똑같이 아들을 잃은 정주영
회장에게 동병상련의 정을 느꼈던 거 아닐까?"

이주일은 1977년 11월 11일 오후 9시 15분, 전북 이리시(현 익
산시)의 이리역(현 익산역)에서 발생한 대형 열차 폭발사고 때 가
수 하춘화를 구출한 사건으로 일약 유명세를 타기 시작한다. 유
랑극단 시절 못생긴 얼굴 때문에 간첩으로 몰리기도 하고 경찰
서에 끌려가 매를 맞고 풀려난 적도 있는 이주일은 가수 남진의
전국 순회공연 보조 사회자로 출연하려다가 실패하기도 했다.

못생긴 얼굴로 인해 정상적인 방송의 데뷔가 어려웠던 이주일
은 자신의 단점을 장점으로 승화시켜, 80년대를 주름잡는 "코미
디의 황제"가 되었다. 그는 "못생겨서 죄송합니다."로 대표되는
여러 개의 유행어("콩나물 팍팍 무쳤냐?", "뭔가 보여 드리겠다니깐
요.", "일단 한번 보시라니깐요." 등)를 남겼고, 수지 큐(Susie Q) 음악
에 맞춰 추던, 엉덩이를 흔들며 뒤뚱뒤뚱 걷던 특유의 '오리 춤'
은 오랫동안 많은 사람들에게 모방되었다. 그런 그가 1992년 경

---

1) 이주일(李朱一, 1940년~2002년): 본명 정주일. 희극 배우, 영화배우, 국회의원.

기도 구리시에서 통일국민당 소속으로 14대 국회의원에 선출되며 잠깐 정치인 생활을 하게 된다.

정주영 회장이 그를 간절히 원했던 까닭은 대통령 선거에 출마하기 위해 인지도가 높은 인사들을 대거 영입할 필요성이 제기되고 있었기 때문이다. 정 회장은 통일국민당을 창당한 후 14대 총선에서 수십 명의 국회의원을 배출하는 저력을 발휘하는데, 이때 당선된 인물로는 이주일 씨 외에 배우 최불암 씨, 강부자 씨 등이 있었다. 연예인 출신 인사들이 대거 정계에 입문한 것이다. 정 회장은 여세를 몰아 대선출마를 감행하는데, 이때 중앙당사에서 근무하는 당직자의 태반은 현대그룹 임직원들이었다고 한다. 정주영 후보의 공약은 국민들의 눈과 귀를 끌어 모을 만큼 파격적이었는데, 그 가운데에는 "경부고속도로를 2층으로 만들겠다.", "아파트를 반값으로 공급하겠다.", "학생들에게 무료 급식을 제공하겠다." 등이 들어 있었다.

하지만 정 회장의 도전은 참담한 실패로 끝나고 만다. '돈과 권력을 동시에 소유하려는' 탐욕 앞에 대부분의 국민들이 고개를 돌려버린 것이다. 선거가 끝난 지 얼마 안 되어 통일국민당은 공중 분해되었고, 정 회장을 바라보고 정치에 뛰어든 인사들(연세대 김동길 교수 등)은 '끈 떨어진 연' 신세가 되고 말았다.

1992년 대통령 선거가 끝난 뒤, 정 회장이 찾은 곳은 서산 농장. 유조선으로 물길을 막고 간척사업을 벌여 만들어냈던, 전설과 신화의 장소였다. 부하 직원의 증언에 따르면, "정주영 회장은 15년 동안 매일 새벽 5시에 전화로 영농의 현황을 보고받고, 송아지가 새로 몇 마리 태어났는지, 논에 물은 충분히 차 있는지를 파악했다."고 한다. 과연 그가 이토록 집착했던 까닭은 뭘까? 그의 고백에 따르면, "서산농장은 그 옛날 손톱이 닳아 없어질 정도로 돌밭을 일궈 한 뼘 한 뼘 농토를 만들어가며 고생하셨던 내 아버님 인생에 꼭 바치고 싶었던, 이 아들의 때늦은 선물"이었다.[2]

"정 회장님의 대선 도전 실패가 이주일 씨에게도 부정적으로 작용했겠지요?"

"당연하지. 끝까지 좋을 줄로 알았던 두 분의 사이가 돈 문제로 벌어졌다나 봐. 정 회장께서 후원해주기로 했던 약속을 지키지 않았다고, 이주일 씨가 정 회장을 비토했는데… 가령 모두가 정 회장을 국민당 총재로 추천하자고 했을 때, 혼자서 제동을 걸었다는 거지."

---

[2] 정주영 회장의 인생은 여기에서 끝나지 않는다. 1998년 '통일소' 500마리와 함께 판문점을 넘은 이후, 남북 민간교류의 획기적 사건인 '금강산 관광'을 성사시켰던 것. 특히 트럭에 소를 싣고 북한을 향해 나아갔던, 이른바 '소떼몰이' 사건은 그의 가슴 아픈 사연이 알려지면서 많은 감동을 불러 일으켰다. 이북에서 태어난 그가 가난이 싫어 소판 돈을 가지고 무작정 상경한 후, 막일꾼으로부터 쌀가게의 배달원에 이르기까지 온갖 고생을 다한 끝에 세계적인 기업가가 되었다는 '인간 승리'의 스토리, 소 한 마리가 1천 마리가 되어 그 빚을 갚으려 그리던 고향땅을 찾아간다고 하는 이 드라마틱한 장면은 세계인들의 이목을 집중시키기에 충분했다. 그 결과, 전무후무한 이 이벤트는 남북으로 갈린 조국의 오랜 냉전 분위기에 새바람을 불어넣었다. 반세기 동안 대립과 갈등의 상징이었던 판문점의 빗장을 열어젖힌 사건, 이에 대해 프랑스의 문명비평가 〈소르망〉은 "20세기의 마지막 전위예술"이라고 평하기도 했다.

이주일은 SBS의 심야 토크쇼인 〈이주일 투나잇 쇼〉로 연예계에 복귀하였다. 그의 정치 및 재계, 사회문화에 대한 풍자와 해학은 엄청난 인기를 구가하였다. 그러나 이 프로그램의 100회 특집을 끝으로 이주일은 방송계를 은퇴한다.

그의 프로정신과 관련하여 유명한 에피소드가 있었으니. 1991년 11월 22일 그의 외아들(당시 미국 버지니아 위슬리언 대학교 4학년)이 차량 전복사고로 사망하였을 때 일이다. 장례식이 끝나고 3일 후 SBS 개국특집 프로그램에 출연한 그가 "여러분 죄송합니다. 여러분께 깊은 사과의 말씀을 하나 드리겠습니다. 그동안 김영삼 씨와 박철언 씨의 관계 개선을 해내지 못해 정말 죄송합니다."라는 말로 태연하게 청중을 웃겼던 것이다. 그러나 그 후 이주일은 아들을 잃은 충격 때문에 흡연량이 많아졌다고 고백한 바 있다.[3]

"결국 정 회장은 낙선하고 김영삼 씨가 당선되었는데, 이때 김대중 씨도 떨어졌잖아요?"

"어떻게 보면, 정 회장과 표를 나눠 갖는 바람에 그랬을 수도

---

[3] 이주일은 2001년 11월 17일 폐암을 진단받았고, 이후 금연 명예교사, 범국민 금연운동 추진위원회 공동대표 등 금연운동 캠페인을 전개하였다. 병중이던 2002년에는 당시 서울에서 개최된 2002년 FIFA 월드컵의 개회식에 휠체어를 타고 참관한 것이 방송에 소개되기도 하였다. 그러나 한 시대를 풍미했던 '코미디계의 황제'는 2002년 8월 27일 오후 3시 15분 경, 국립암센터에서 세상을 떠났다. 향년 63세. 장지는 춘천 경춘 공원.

있는데…."

"그거야 민자당 입장에서도 마찬가지 아니었어요?"

"하기야. 당시는 국회의원 선거를 치른 지 얼마 되지 않은 데다, 민자당은 3당 합당으로 국민들의 신망을 많이 잃은 상태였지. 또 정권 내부에서도 문제가 많았대. 당시 대통령 노태우는 '6공 황태자'라고 불리던 박철언[4])을 후계자로 내세우려고 했다는 거야. 그러나 민주당 출신을 중심으로 김영삼 세력이 이에 강력 반발하여, 노태우는 결국 김영삼을 후계자로 지목했다는 거지. 마치 아버지가 군농협장 임명 건을 놓고 박인규 의원에게 항명했던 상황과 비슷했다고 해야 하나?"

대학졸업 후 잠깐 연합통신 기자로 활동하던 이씨는 유산으로 받은 모래땅 세 마지기를 처분하여 영광읍에 연탄공장을 차렸다. 그러나 광주를 지나 화순 탄광까지 오가야 하는 운임에 발목이 잡혀 2년 만에 때려치우고 말았다. 고향 동네로 돌아온 이씨는 30대 초반부터 농민운동을 시작했고, 천신만고 끝에 농협 무리리 지소를 세울 수 있었다. 20여리 떨어진 백수 농협까지 가서 벼, 보리 수매를 해야 하는 지역민들의 수고를 덜어주게 된 것이

---

4) 박철언: 1942년 경북 성주 출생. 검사로 활동하다가 신군부의 등장 이후 국가보위비
상대책위원회 법사위원으로 파견 근무하면서, 제5공화국 헌법의 기초 작업에 참여
했다. 그 후 청와대 정무비서관과 국가안전기획부장 특별보좌관 등을 지내면서
비밀리에 20여 차례 북한을 방문하였다. 1988년 노태우가 대통령에 취임한 후
제13대 전국구 국회의원, 정무 제1장관과 체육청소년부 장관 등을 지냈다. 영부인
김옥숙 여사의 이종 동생이기도 한 그는 '6공의 황태자'로 불리며 3당 합당을
주재하였으나, 김영삼과 사기 후계자 자리를 놓고 다투기 시작했다.

다. 무라리 농협의 초대 지소장을 맡은 이씨는 다른 분야로까지 활동범위를 넓혀나가다가 40대 초반에 민주공화당 영광 장성 함평지구당 수석부위원장이 되었고, 수 년 동안 박인규 의원 선거일을 돕다가 1975년 군농협장 자리를 꿰차게 된다. 그런데 이때 있었던 일종의 항명 파동.

"내가 수 년 동안 박 의원한테 충성을 다했지 않냐? 그런디 이참에도 다른 사람을 천거허는 거여. 그래서 난생 처음이자 마지막으로 '항명'을 했지야. 이참에는 나도 양보 못 허겄다고 배수진을 치고 달라든 게, 본인도 어쩔 수가 읎제에."

그 가상한 용기 덕택에 200여 명의 부하직원 인사권과 12명의 단위조합장 임명권을 한 손에 거머쥐게 되었으니.

"그러고 보면, 무작정 복종하는 것이 능사는 아닌가 봐."

"사람이 때로는 자기주장도 해야지요. 가만히 앉아 있다고 누가 밥을 떠먹여주나요?"

사실 태민 스스로 자신을 돌아보건대, 뭔가를 쟁취하기 위해 저돌적으로 달려든다든가 무엇이 되기 위해 남의 자리를 빼앗는 체질은 아니었다. 돈에 관한 문제라면 더더욱 그랬다. 유산에 탐을 낸다거나 뇌물에 욕심을 부리지 않았다. 이해타산을 해가며 사람을 대한 적도 없었다. 어쩌면 바로 그러한 점이 오늘날의 경제위기를 불러왔는지도 몰랐다. 이 세상은 점잖게, 고고하게 살아가기에 너무나 힘이 들었다.

1992년 대선 당시, '이번에는 바꿉시다!'를 모토로 내건 김대중은 김영삼, 정주영과의 3파전에서 당선이 눈앞에 보이는 듯했다. 하지만 이 시점에서 그 유명한 '초원 복집 사건'이 터지고야 만다. 1992년 12월 11일 정부 기관장들이 부산의 '초원 복집'이라는 음식점에 모여 제14대 대통령 선거에 영향을 미칠 목적으로 지역감정을 부추기자고 모의한 것이 도청에 의해 드러난 사건. 통일국민당 관계자들에 의해 도청되어 언론에 폭로된 내용에는 "부산 경남 사람들, 이번에 김대중이나 정주영이 되고나면 영도다리 빠져죽자.", "우리가 남이가?"와 같은 발언들이 들어 있었다. 당연히 야당 측에서는 이 사건이 당선가도로 향한 낭보라 간주하며 회심의 미소를 지었다.

하지만 바로 이 대목에서 역전의 기운이 뻗치고 말았으니. 김영삼 후보 측은 이 사건을 음모라고 규정하였고, 주류 언론은 '관권 선거의 부도덕성'보다 '주거침입에 의한 도청의 비열함'에 더 초점을 맞추었다. 이것이 효험을 발휘하여 통일국민당은 여론의 역풍을 맞고, 김영삼 후보에 대한 영남 지지층은 결집하는 사태를 낳았다. 심지어 그때까지만 해도 김영삼을 못마땅하게 여겼던 대구, 경북 출신 군부 인사 정호용 같은 인물은 '같은 경상도' 임을 내세워 지지를 호소하기까지 하였다. 이른바 PK와 TK의 합작으로 김영삼은 14대 대통령에 당선되었고, 또 한 번의 '경상도 정권'이 탄생한 것이다. 이 선거에서 김대중은 800만 표를 얻어 당선자와 190만여 표 차이로 또 한 번 낙선의 고배를 마셨다. 그리고 12월 19일 성계은퇴 성명을 발표하기에 이른다.

"존경하는 국민 여러분, 저는 또 다시 국민 여러분의 신임을 얻는데 실패했습니다…. 저는 오늘로서 국회의원직을 사퇴하고 평범한 한 시민이 되겠습니다. 이로써 40년의 파란 많았던 정치 생활에 사실상 종말을 고한다고 생각하니, 감개무량한 심정을 금할 길이 없습니다. …이제 저는 저에 대한 모든 평가를 역사에 맡기고, 조용한 시민생활로 돌아가겠습니다."

그의 은퇴선언은 일견 당연한 것 같으면서도 그에게 기대를 걸었던 유권자들, 특히 호남지역의 유권자들에게는 엄청난 충격으로 다가왔다.5)

"정주영 씨 같은 경우, 혹시 정치보복 당하는 거 아니어요?"

사실 진선이 우려하는 것도 무리는 아니었다. 적어도 한국의 정치풍토 하에서는. 그도 그럴 것이 과거에 그런 일이 비일비재했기 때문이다.

정치란 것이 늘상 복잡하고 위태로운 것임을 일찍이 알았지만, 이 무렵 태민의 삶 또한 만만치 않았다.

"아버지의 정치적 패배 이후 모든 것이 꼬이는 느낌이야. 그때

---

5) 이로부터 한 달 후인 1993년 1월, 김대중은 영국으로 출국하여 케임브리지 대학교 객원교수로 활동하였다. 그리고 6개월 후인 1993년 7월 귀국하여 이듬해 12월, 아시아·태평양 민주지도자회의(통칭 아태재단)를 설립하고 상임공동의장에 취임했다. 그러던 중 3당 합당이라는 태생적 한계와 김영삼 정부의 철학과 비전의 부족, 1995년 6월에 실시된 지방선거에서의 대승 등은 김대중의 정계복귀를 수월하게 만들어주었다. 그리하여 마침내 1995년 7월, 김대중은 정계복귀를 선언함과 동시에 민주당 탈당파들과 함께 새정치국민회의를 창당하기에 이른다.

차라리 무소속으로 출마를 강행했더라면 어땠을까 하는 아쉬움
도 들고.”

“하지만 당시의 상황에서는 어쩔 수 없었잖아요?”

“물론 그렇긴 한데, 요즘 풀이 죽어 계시는 걸 보면 속이 상해
서 말이야. 도의원이나 교육위원에 당선되셨더라도 적응하시기
힘들긴 했을 거야.”

“이제 당신 일에나 신경 쓰라고요. 그나저나 요즘 허리는 좀
어떠세요?”

조금씩 나아지던 허리가 두어 달 전부터 다시 아파오기 시작
했다. 어떤 사람은 ‘의자에 앉아있는 시간이 너무 많아서 그런다’
고도 하고, 또 어떤 사람은 ‘운전을 하는 바람에 운동량이 적어서
그런다’고도 했다.

“병원에서는 제일 좋은 운동이 수영이고, 그 담이 등산이라고
하는데. 일단은 걷는 것이 최고겠지. 수영은 조건이 안 맞고.”

한방병원에서 퇴원한 후로도 꾸준히 통원치료를 받았었다. 그
리고 보행이 자유로워진 이후, 2~3년 동안 등산을 이어나갔다.
맑은 공기를 마시며 사색에 잠기는 시간이 많아지자, 비로소 자
신을 돌아보게 되었다.

‘아버지의 정치 실패, 양식사업 실패, 치루라든가 좌골신경통
등 불쑥불쑥 찾아오는 질병들, 혹시 나에 대한 하나님의 경고가
아닐까? 교수가 되었다고, 그동안 너무 자만하고, 나태했던 것
아닐까? 쓸 데 없이 아버지 일에 너무 깊숙이 관여했고. 이제부

터 서서히 책을 써보는 거야. 내 이름으로 나온 교과서 하나 정도
는 있어야 하잖아?'

이 무렵, 공교롭게도 석사과정에서의 은사 명재남 교수가 세
상을 떠나는 사건이 발생했다. 그로 말할 것 같으면, 태민에게
가장 크게 영향을 준 스승 중의 한 분이었다. 초등학교 때의 심영
진 선생님과 함께. 특별히 명 교수는 이씨와 중학교 동기동창이
기도 하여 태민을 아들처럼 대하곤 했는데, 태민은 대학교수와
학자로서도 충분히 존경할 만한 분이라 여기고 있었다.

그의 경우, 평소에는 새색시처럼 얌전하다가 술이 들어가면
말이 많아졌다. 욕설과 음담패설을 거침없이 내뱉는가 하면, 자
리에서 벌떡 일어나 독일어로 노래를 불렀다. 한참동안 일본말
로 뭔가를 지껄이다가 주먹을 쥐고 힘차게 군가를 부르기도 했
다. 덩실덩실 춤을 추다가 맘에 들지 않으면 술상을 엎어버리기
까지 했다. 하지만 그러한 '치기(稚氣)'마저 태민의 눈에는 순수하
고 진실한 지성인의 멋으로 보였다. 훤칠한 키와 미남형의 얼굴,
흩날리는 머리칼도 멋스러웠거니와 유창한 외국어 구사능력과
요점을 찌를 줄 아는 강의 실력이야말로 태민이 가장 닮고 싶은
부분이었다.

어느 해 늦여름, 박사과정 지도교수 박주동 박사 일행이 무라
리 땅콩집을 찾았을 때. 4천여 평의 밭에서 땅콩이 여물어가고
땅콩집 주변 텃밭 2백여 그루의 나무에 단감이 주렁주렁 열려있
던 때, 초대된 손님들은 잘 장만된 점심을 먹고 넓은 마루에 앉아

있었다.

"명 교수, 자네는 어째 그런가? 남자가 속을 확 터놓고, 이야기 헐 때도 있어야제 원. 고로코 얌전해 갖고, 어디다 써먹는 단가? 자네는 천상, 선생질배키 못허겄네."

이씨의 농담 겸 진담에 명 교수는 빙그레 웃기만 했었다. 누군가로부터 비난을 들었을 때 기어이 분노를 발하고야 마는 이씨와 달랐던 것. 사실 태민에게 아버지 이씨는 항상 호통 치며 군림하는 존재였다. 철이 들어 그의 야망과 고독을 이해하기도 했으되, 그때에도 살뜰한 정과는 거리가 멀었다. 그 때문에 명재남 교수에게서 이상적인 아버지 상(像)을 발견했는지도 모른다. 온화한 성품, 진지한 조언, 학구적인 태도까지.

장례식은 고인이 근무하던 인문사회관 앞 광장에서 치러졌다. 따가운 햇살을 받으며 장의차는 장지인 영광군 불갑면 생곡리로 향했다. 태민은 승용차로 뒤를 따랐다. 좁은 밭두렁을 타고 숨가쁘게 올라온 상여가 불태워지고, 몇 가지 절차를 거쳐 시신은 땅속으로 내려졌다. '낭만적인 유물론자'가 땅속으로 들어가는 장면. 장례식장에서 한 교수가 그를 가리켜 그렇게 정의했었다. 유물론을 주장하면서도 나름대로 인생을 즐길 줄 알았다는 뜻이리라.

숨지기 3일 전. 그는 제자가 보는 앞에서 약봉지들을 죽 늘어놓은 다음 차례대로 먹기 시작했다. 모두 일곱 가지가 넘는데, 밥을 인 먹어노 배가 무르다며 씩 웃어보였다. 다섯 번째이자

마지막 심장 수술이 진행되는 동안, 그는 끝내 마취에서 깨어나지 못했다.

살아생전의 표정, 체취, 음성, 언어, 지식 등은 오간 데 없이, 관을 덮은 빨간 천 위에는 '대학교수'라는 글씨만 덩그러니 얹혀 있었다. 상주에 의해 첫 삽이 떠지고 포클레인이 마무리작업을 하고 있는 동안 혈색이 좋아 보이는 중년남자가 옆에 쪼그리고 앉았다.

"명 박사 제자라고? 나는 그 사람 깨복장이 친군디, 그 친구 그때도 참 공부를 잘했어. 영리허기도 허고. 근디 몸이 조까 약해 갖고, 그것 땜시 평생 고상을 허다가 결국에는 요로코 가구만."

"한 동네 사셨나요?"

"6.25가 나든 해, 우리가 열야닯인가 아홉인가 될 땔 것이여. 해필 그때 동네에서 나허고 명 박사가 폐병에 걸려갖고는, 둘이 쩌 건너편 산에 숨어서 지냈넌디. 쩌그 앞산 보이는가?"

"아, 예. 보이네요."

"썽썽헌 사람도 잽해가먼 죽는 판인디, 몸 할라 성허들 안 해 갖고 갔다 허먼 바로 시체 아니겄는가? 그래서 안 잽해 갈라고 이리 피허고 쩌리 피허고 헌 디다가, 그때는 폐병이 다른 사람들한테 병을 옮긴다고 소문이 나 갖고 동네에 붙어 있들 못했그든. 그래서 산에다가 땅 밑으로 굴을 파 갖고, 우게다가 풀 나부랭이나 나뭇가지 같은 것들을 엮어 덮었제 이. 몇 날 매칠을 숨어 사는디, 명 박사 엄니허고 울 엄니가 교대로 이틀이나 사흘마닥 밥을 해 날랐제 이. 폐병이란 것이 본디 못 먹고 해서 영양실조가 되그나 허먼, 더 덧나는 것이그든. 누구나 그러기는 했제마는, 우리도 사변통에 을마나 잘 먹었겠는가? 명 박사 엄니는 밥뿐만이 아니라 몸에 좋다고 헌 것은 어쭈코 해서라도 갖고 오는디, 하로는 비암을 잡어갖고 쌂아 왔드라고."

"뱀을요?"

"명 박사, 그때 비암 깨나 먹었네 거. 그 덕분에 병이 나슨 것 같어. 전쟁이 끝나고 둘이 다 내래왔넌디, 을마 안 되야 갖고 명 박사는 재발이 되야버렸어. 나같이 빈둥빈둥 놀먼 될 것을, 뭇헐라 공부헌다고 엎어져 있을 것인가? 그래서 도로 올라 갔넌디, 맻 달 만에 아조 죽게 생겼다고 내놔 버렸겄다? 근디 어느 날 썽썽히 살아갖고는 산에서 내래 온 게, 동네사람들이 어쨌겄는가?"

"……."

"머리는 안 깎어서 구신 나오게 생겼제, 옷은 상거지제, 낯바닥은 시컴허제, 몸뚱아리는 뺏뺏 몰라 갖고 내려오는디, 누가 봐도 영락읎는 구신이제 이. 대낮에 구신 나왔다고 뭇이 빠져라 도망을 치는디, 시상에 그런 굿이 읎었네. 히히히…. 명 박사 본인이 더 놀랬다여. '내가 차말로 구신이 되야 버렸디야?' 싶은 생각도 들고…."

이 대목에서 태민은 자신도 모르게 픽 웃고 말았다. 그것이 마음에 걸려 잽싸게 물어갔다.

"그러니까, 전쟁이 끝나고 산에서 내려오셨단 말씀이시지요?"

"그 통에 병뿐만 아니라 전쟁까지 피헌 셈이 되얐제. 글 안했으면 폴세 총이라도 맞어 죽었을 것이네. 사람이 살란 게, 묘허드라고. 우리 동네서 멀쩡헌 친구들은 전쟁터에 잽해가서 거진 다 죽었어. 그런디 병 땜에 곧 죽게 생겼다고 소문난 우리만 산 꼴이 안 되았는가?"

"말 그대로, 새옹지마(塞翁之馬)네요?"

"아따, 자네도 배왔다고 문자 쓰네 이. 그래 갖고 우리 둘이 을마나 좋게 지내고 그랬넌디, 명 박사만 저로코 빨리 가버리니. 참, 사람도 무심허제. 뭇이 급허다고, 친구 놔두고 혼자 갈 것인가? 하이튼 명 박사는 애래서부텅 천재였어 천재. 독일말도 잘허고, 영어도 잘허고, 일본말도 잘허고…. 좌우간 5개 국어를 헌다디야 어찐다디야?"

"연구도 열심히 하시고, 또 강의를 아주 잘하셨어요. 대학에서 소문난 명강의 중의 한 분이었습니다."

"좌우간 이쪽 근방에서는 인물이 났다고 보는 것이제. 요새 박사가 혼해졌닥 해도, 어디 철학박사가 쉽간디? 연구도 많이 허고, 책도 많이 냈는 갑이데?"

"예? 아, 예. 그럼요. 그러셨지요."

그러나 딱히 이렇다 할 저서는 없었다. 이에 생각이 미치자 마음이 급해졌다.

'해박한 지식을 갖추고 아무리 강의를 잘한다 한들, 죽어버리

면 무슨 소용이 있는가? 서둘러야 한다. 저서를 내야 한다!'

집필중인 저서작업에 박차를 가해야겠다는 생각이 들었다.

'교수란 선택된 직업이고, 사회로부터 유형무형으로 많은 혜택을 보고 있다. 그렇다면 뭔가 돌려주어야 한다. 학생들에게는 강의를 통해서, 세상 사람들을 향해서는 저서를 통해서. 책이 나오면 가장 먼저 선생님의 무덤 앞에 바쳐야 한다. 눈물로 선생님을 떠나보내는 것은 제자의 도리가 아니다. 학문으로, 철학으로, 저서로 하직인사를 해야 한다.'

YS의 문민정부 시절은 태민에게 가혹했다. 이씨의 염산 대하 양식장은 매년 실패를 거듭하고, 태민 자신의 경제 또한 위기상황으로 치달았다. 스승의 무덤 앞에서 마음을 다잡은 그날 이후, 만사를 제치고 집필에 몰두했다. 매 학기마다 새롭게 작성해왔던 강의안을 바탕으로 새로운 내용을 채워나갔다. 컴퓨터를 능숙하게 다루지 못하는 터라 그 모든 과정을 수작업에 의존했다. 그러나 수많은 첨삭과 교정을 해야 하는 작업의 속성상 수작업에는 한계가 있었다.

새로 컴퓨터를 살 형편이 못되었기 때문에 연구실에 있던 286 컴퓨터를 집으로 옮겨와 꼬박 2주일 동안 타자 연습을 했다. 그런 다음 서툰 솜씨로나마 천천히 입력을 해나갔다. 사전예고 없이 정전되는 바람에 애써 쳐놓은 내용이 한꺼번에 날아가는 불상사를 제외하고는, 수삭업과 비교가 되지 않을 만큼 **빠르고** 편리했다. 강의시작 직전에 학교에 나갔고, 강의가 끝나는 즉시 집에 돌아왔다. 단 한 시간이라도 허비했다 여겨지면 속이 상했다. 쉬고 싶어질 때에는 스스로 채찍을 가했다.

'차디찬 땅 속에 누워계시는 교수님을 생각해야지. 땅콩밭에서 구슬땀을 흘리고 계실 어머니는 어떻고?'

허리가 뻐근하여 한 시간마다 의자에서 일어설 때에는 반드시 시간을 확인했다.

'지금부터 10분을 넘겨서는 안 된다!'

정신이 맑고 원기가 왕성한 오전시간을 최대한 이용하기 위해, 강의 시간도 가급적 오후에 배정하도록 교무처에 부탁했다. 모든 약속은 점심시간 이후로 잡았고, 불요불급한 만남은 최대한 피했다. 저녁식사 후 간단한 운동을 마친 다음, 자정 무렵까지 작업을 이어나갔다. 수업이 없는 날. 복도 쪽에 접한 아파트의 작은 공부방은 집필에 대한 열기로 달구어지기 시작했다.

"당신이 집에 있는 날은요. 홍인이가 잔뜩 긴장하는 거 있지요?"

"왜?"

"왜는 요. 내가 워낙에 '쉬쉬' 하니까, 자기도 꼰지발(까치발: 발뒤꿈치를 든 발)로 다닌다니까요."

"하하하….."

"당신, 허리도 안 나았으면서, 천천히 하세요."

이마와 등에서만 흐르던 땀이 6월에 접어들면서, 허리와 엉덩이를 거쳐 의자에까지 흘러내리기 시작했다. 급기야 항문을 중심으로 한 사타구니 부분에 땀띠가 나기 시작하더니 앉을 때마다 따끔거렸다. 마음이 약해질 때마다 두 사람을 떠올렸다.

'어머니, 나의 어머니. 단 하루도 맘 편하게 살지 못하신 분, 나를 위해서라면 목숨까지 내놓으실 그 분 앞에… 그리고 먼저 가신 은사 앞에 단 한 권의 책이라도 내놓아야 한다!'

"당신, 팬티에서 무슨 냄새가 나는 것 같아요."

처음에는 온몸이 땀으로 젖고, 그 다음에는 땀보다 더 진한 끈끈한 액체가 흘러나오는 걸 감지했다. 정신없이 자판기를 두드리다 보면 어느 순간 숨이 가빠지고, 머릿속이 텅 비어옴을 느낀다. 그 후로는 손동작이 둔해지면서 오자와 탈자가 연발된다.

"이때에는 쉬어야 해. 정신집중이 안 된다는 뜻이거든."

"그러고 보면, 공부하는 사람들은 독해요."

"아버지 말씀대로, 독종이 되어야 하니까."

둘째 여동생과 딸이 비명 속에 저 세상으로 가던 날, 이씨는 "독하게 살라!"고 독려했었다. 땅콩집 안방에 앉아 눈물을 삼키며, 가족들 앞에서 그 말만 반복했었다.

'그래. 난 더 독해져야 해.'

본래 독한 체질은 아니라 여기고 있었다. 겁이 많고 내성적인데다 마음도 약했다. 그 때문에 남들 하는 일에 쉬이 끌려들어갔는지도 몰랐다. 어려서는 만화, 청소년기에는 영화 보기를 좋아했고, 어행히는 일, 술 마시고 노래하는 일도 둘째가라면 서러워할 정도였다. 축구, 배구, 탁구, 테니스와 같은 스포츠, 고스톱, 당구와 같은 오락잡기 등 남 하는 일은 죄다 따라 했었다. 참외 수박서리 하는 데에도 동참했고, 패싸움에도 가담했으며 친구들과 함께 노래방, 단란주점에도 들렀었다. 하지만 '그날' 이후 모든 것이 변했다. 사랑하는 딸이 하늘나라로 떠난 후, 부친이 정치와 사업에서 죄다 실패한 후, 아침저녁으로 변하는 인심(人心)을 목도한 끝에 '세상살이'에 흥미를 잃고 말았다. 더욱이 존경하는 은사님마저 유명(幽明)을 달리한 마당에야.

집필 작업은 건강을 요구하고, 건강을 위해 운동이 필요하다는 데 생각이 미쳤다. 특히 등산은 체력과 지구력, 인내심을 키우는데 도움이 되고, 무엇보다 허리에 특효약이라 하여 1주일에 2~3회 정도 증심사 쪽 산중턱에 자리한 토끼등을 올랐다. 무등산 경내에서 가장 깨끗하다고 소문난 너덜겅 약수터 물을 한 모금 들이켜고, 약수통에 가득 물을 채워 내려오는 일을 반복했다. 저녁식사 후에는 산책을 나갔다. 즐겨 찾는 곳은 아파트 앞 동의 남쪽 공터. 본래 주차장 정도로 쓰였을 뿐 사람들의 왕래는 뜸한 편인 이곳에서 왕복달리기도 하고, 맨손체조도 하면서 저서와 관련된 구상에 빠져들곤 했다.

가을 무렵 원고가 완성되었고, 광전대 석사과정 1년 선배인 민병채의 소개로 한강 출판사의 피재용 기획실장을 만났다. 그는 원고를 대강 훑어보고 나서 대학교재용으로 출판을 권했다.

나름대로는 심혈을 기울인 역작(力作)으로 대중서를 꿈꾸고 있던 차에, 조금은 실망이 되었다. "저자에게 출판비용을 물리지 않고, 책을 만들어드리는 것에 자부심을 느껴도 된다."는 그의 말을 위안으로 삼기로 했다.

"정치인들이 선거를 앞두고 자서전을 펴내는 경우, 100% 자비 부담입니다. 누가 그런 책을 사겠습니까? 지난번 대통령 선거 때에 모 후보가 자서전을 시중에 거의 뿌리다시피 하지 않았습니까? 출판사 입장에서 보면 노가 난 것이나 다름없지요. 베스트셀러는 아니지만, 누구 돈이 되었든 아무튼 많이 팔려나갔으니까요. 선생님 같은 경우도 대학에 몸을 담고 계시기 땜에 교재로 채택하실 것을 기대하면서 책을 만들어 드리는 것입니다."

"어떤 원고는 출판사에서 서로 사가려고 한다면서요?"

"그건 베스트셀러 작가들한테나 해당되는 말이지요. 나오는 책마다 베스트가 되는데, 누가 사려고 하지 않겠습니까? 그럴 때에는 작가가 배짱을 퉁기고, 출판사들끼리 로비전이 치열해지는 거지요. 선금을 많이 주고라도 원고를 사 가려고 하니까, 공급 수요의 시장원리에 따라 자연히 값이 올라가고요."

6개월 후, 책이 나왔다. 1주일째 되던 날, J일보 문화부장으로부터 전화가 걸려왔다. 책을 지면에 소개하고 싶은데, 서울 한번 올라왔으면 좋겠다는 것.

'아! 이것이 꿈인가 생시인가? 우리나라 3대 메이저 신문사에서, 지방대학 교수에게 인터뷰 요청을 해오다니.'

월요일 아침. 거대한 사옥 안을 한참동안 헤매다가 어렵사리 '문화부' 팻말을 발견했다. 최명훈 부장은 태민을 비교적 조용한 방으로 안내하였다.

"사실 1주일이면 마… 줄잡아 스무 권쯤은 제 데스크 위에 신간들이 놓인다 아입니꺼? 근데 그 중에서 한두 권씩만 소개를 해야 하기 땜에 저도 여간 힘든 것이 아닙니다만, 선생님 책은 마… 지가 주저 없이 소개해도 좋겠다는 생각이 들었십니더. 쉽고도 재미있게 쓰여진 것 같드라… 그 말입니더. 일부러 그렇게 쓰셨지 예?"

"가급적이면, 대중들이 쉽게 접할 수 있도록 쓸려고 노력했습니다만…."

"그것이 중요하다 아입니꺼? 사실 철학 하먼은 우선 어렵다는 생각부터 하지 않습니꺼? 근데 쉽게 쓰여진 책이 나오먼, 을마나 좋겠습니꺼? 아, 그라고 선생님. 지금 저랑 이야그 허시는 중에 카메라 후라시가 터져도 놀라지 마시고 예, 자연스럽게 하이소 이?"

"……."

"전혀 의식하지 말란 말입니다. 그래야 사진이 자연스럽게 나온다는 거 아입니꺼?"

아침 일찍 상경해달라는 요청에 '팔자에 없는' 항공편을 이용했고, 오후에는 시간이 남아 철도를 이용하기로 했다. 서울역에서 호남선 열차에 오르는데, 중학생 시절 생각이 났다.

고등학교 전기 입시에 실패한 후 상경했다가 다시 광주로 내려갈 때, 이종사촌 선영이 누나와 함께 했던 그 길. 서울 시내 소재의 후기 고등학교에 원서를 내려다가 서울 사람들이 '너무 무서워' 지레 겁을 먹고 말았었다. 저녁 7시 무렵 출발한 목포행 완행열차는 만원이었고, 시골의 간이역까지 빠짐없이 들르며 남도길을 느릿느릿 기어가고 있었다. 그때 머리끝에서 발끝까지 검정색 의상으로 치장한 묘령의 아가씨가 나타나 맞은편 좌석에 앉았다.

적어도 태민이 보기에, 그녀는 당시 은막의 트로이카로 불리던 세 여배우를 모조리 닮아 있었다. 문희의 청순함, 윤정희의 지성미, 그리고 육체파 남정임의 섹시함까지. 그 장면은 아무리 보아도 기적이었다. 사춘기 머슴애의 가슴은 마구 뛰기 시작했고, 한시도 다른 데로 시선을 돌릴 수 없었다. 열두 시간 후, 하차해야 할 송정리역과 다음 정차역인 나주역까지 지나친 다음에야 가까스로 영산포역에 내렸고, 이른 아침 시외버스를 타고 광주로 올라왔었다. 누나의 핀잔을 내내 들으며.

"이마빡에 피도 안 마른 놈이 일찌감치 까져갖고 남의 처녀 허벅지만 쳐다보데이, 함바트라면 목포까장 갈 빤 봤네이. 저런 정신 나간 놈이 시상에 어디 있으까이. 이모도 큰아들 잘 두었는가 했데이. 다 틀려버렸구만. 진작 떡 시리 엎어먹었어. 쯔쯔…."

후기 고등학교 입시 전날, 수험표를 받아야 한다고 하여 급하게 차려진 하행길이었다. 어떻든 그 '떡 시리 잎어먹었넌' 까까머리 중학생이 국립대학교수가 되어 최초의 철학저서를 내고, 오늘 그 일로 유력신문사 문화부장과 인터뷰까지 했으니. 겨울잠 자던 개구리가 놀라 깨어나고, 하늘과 땅이 뒤집어질 일 아닌가 말이다.

1주일 후 대문짝만하게 나온 인물 사진과 문화면을 거의 채우다시피 한 기사를 들여다보는 순간, 집필과정에서의 고통이 잊어지고, 삶의 환희가 밀려왔다. 이튿날. 마침 명재남 교수의 1주기 추모일을 맞이하여 영광 불갑으로 향했다. 무덤 앞에는 고인의 이름과 생존연대가 기록된 비석이 우뚝 서 있었다.

'선생님. 제가 왔습니다. 1년 전, 이곳에서 선생님께 약속드렸던 최초의 저서, 철학책을 가지고 제가 왔습니다.'

"사모님. 제가 쓴 책입니다. 모두 선생님의 덕분이고요."

"아이고, 참말로 고상 많이 했소 이. 선생님이 아시면, 을마나 좋아허실 턴디…."

옷고름으로 눈물을 훔치는 그녀의 모습 가운데 어머니 김씨가 들어 있었다.

'아! 이 땅의 어머니들은 왜 이리 서로 닮아 있을까? 사연은 달라도 그 끝은 왜 항상 똑같을까? 스스로의 삶을 왜 남편과 자식들 아래로 숨겨버리는 걸까?'

문민정부와 종말의 징조

정치와 사업에 실패한 아버지, 속절없이 세상을 등진 은사, 늘 어만 가는 부채로 태민은 정신적 공황상태에 빠져들고 있었다.

"우리나라는 지역감정 때문에 글렀어. 김대중 씨가 아무리 '짝 사랑'을 해봐도, 영남에서 그걸 믿어주나? YS도 문제고. 대통령 한번 해 먹으려고, 야합을 하질 않나. 요새는 뭐라드라? 청와대 에 불상(佛像)을 설치했다며?"1)

---

1) 김영삼 대통령 재임 기간에 대형 사고들이 연이어 터지자 세간에서는 "장로 대통령 이 청와대에 불상을 들여놔서 그런다"는 소문과 정반대로, "청와대 뒷산에 있던 불상을 치웠기 때문에, 그러한 대형사고가 자주 발생한다."는 루머가 나돌았다. 그러나 대통령이 불상을 들여놨다거나 다른 곳으로 치웠다는 소문은 사실이 아닌 것으로, 나중에 밝혀졌다.

"그랬대요? 불교 쪽을 달랠라고 그런 모양이지요?"

"그래도 그렇지. 장로란 분이 다른 대통령들도 설치를 반대했던 불상을 들여놓아? 그러니 되는 일이 없잖아? 열차가 탈선하고, 멀쩡한 비행기가 하늘에서 떨어지고, 바다에서는 배가 뒤집히고. 아이구, 나라꼴이 어떻게 되려고 그러는지."

1993년의 비극은 새해 벽두, 육지에서부터 시작되었다. 1월 7일 오전 1시 13분. 모두가 잠든 새벽시간, 충북 청주시내(현 청원구 우암동) 한 상가아파트에 예기치 않은 비극이 찾아왔던 것.

"우르르 쾅쾅…."

사고 현장은 순식간에 아비규환의 생지옥으로 변했다. 수십 명이 거대한 콘크리트 더미에 깔렸고, 곳곳에서 비명소리가 들려왔다. 아파트 전체가 주저앉은 '청주시 우암상가 아파트 화재붕괴사건'. 이 사건은 28명의 사망자와 48명의 부상자, 3명의 실종자, 370여 명의 이재민을 양산해냈다. 사고 원인으로는 무리한 설계 변경과 옥탑의 증축, 불량 골재의 사용 및 철근 굵기의 미달과 같은 부실시공 등이 지적되었다.

그로부터 2개월 남짓 후에는 부산에서 사고가 났다. 1993년 3월 28일 오후 5시 24분경 서울역을 출발하여 부산 구평역에 진입하던 열차가 선로 노반이 침하되어 있는 것을 발견하고 비상제동을 걸었다. 그러나 제동거리가 미치지 못해 총 4량의 차량이 탈선, 전복되었다. 이른바 '부산 구포역 무궁화호 열차 전복사고'. 이 사고로 78명의 사망자와 198명의 부상자가 났는데, 이는

1978년 이리역 폭발사고 당시의 사망자수를 경신한 한국 최악의
철도사고로 기록되었다.

이 사고가 일어난 지 채 한 달이 못되어 또 한 번의 대형사고
가 터진다. 1993년 4월 19일에 발생한 논산 정신병원의 화재 사
고. 이 사고로 34명이 사망하고 2명이 부상을 당했다. 실화(失火)
에 의한 화재로 추정되는데, 여성 환자 수용실 사물함 부근에서
담배꽁초가 발견되었고, 병동관리인의 입에서 "여자 환자에게
담뱃불을 붙여주었다"는 진술이 나왔기 때문이다. 수용 가능한
인원보다 더 많은 인원을 수용한 점이 추가로 드러나 원장이 구
속되었다.

석 달 후, 이번에는 공중에서 사고가 났다. 1993년 7월 26일
오후 3시 50분 경. 승객과 승무원 등 1백6명을 태우고 1시간 여
전 김포공항을 출발한 아시아나 항공기는 목포공항 착륙을 3차
례나 시도하였다. 그러나 강한 바람과 안개로 인하여 번번이 실
패하던 중, 조종사는 시계(視界) 확보를 위해 고도를 낮춰 착륙지
점을 향해 접근하고 있었다. 이때 갑자기 악화된 기상으로 인하
여 항공기는 균형을 잃고 전남 해남군 마산리 뒷산(운거산)에 추
락하고 말았다. 66명의 사망자와 5명의 부상자를 낸 아시아나
보잉 737 여객기 사고. 블랙박스 분석 결과, 사고의 원인은 당시
강풍을 동반한 폭우로 인해 기상상태가 좋지 않은 데다 무리한
착륙시도로 기체가 산 중턱에 추락하게 되었다.

지상, 공중에 뒤질세라 이번에는 바다에서 대형사고가 터졌

다. 1993년 10월 10일 군산 서해 훼리 소속의 110t급 여객선 서해 훼리호가 전북 부안군 위도 앞바다에 침몰하여 292명의 귀한 목숨을 앗아가 버린 것이다. 이 철선은 부안과 격포 사이를 하루 한 번씩 정기 운항하는 중이었고, 정원은 승무원 14명을 포함하여 221명이었다. 그러나 훼리호는 이날 오전 9시 40분경 362명의 승객과 16톤의 화물을 싣고 위도 파장금항을 떠나 부안 격포항으로 출발하였다. 10시 10분 무렵 임수도 부근 해상에서 돌풍을 만났고, 회항하려고 뱃머리를 돌리던 도중 파도를 맞아 심하게 흔들리면서 곧바로 전복, 침몰되고 말았다. 이 배 안에는 모두 9개의 구명정이 있었으나, 그 가운데 2개만이 작동되었다. 생존자들은 2척의 구명정에 나누어 탔고, 부유물에 매달렸다. 사고 직후 인근에서 조업 중이던 어선들이 조난 사실을 알리고, 40여 명의 생존자를 구조해냈다. 1시간여 후, 강풍과 파도 속에서 어선과 헬기와 군경 함정을 동원한 수색작업이 시작되어, 당일 밤 10시까지 모두 70명의 생존자가 구조되고 51구의 시신이 인양되었다. 그러나 시간이 갈수록 사망자 수가 늘어나 11월 3일, 최종적으로 292구의 시신이 인양되기에 이르렀다.

사고의 원인으로는 기상 여건이 좋지 않은데도 무리하게 운항을 감행한 점이 지적되었다. 선박의 운용에도 문제점이 지적되었다. 승객은 정원을 초과하였고, 승무원은 규정된 인원보다 부족했다. "사고 직전, 배가 흔들린 후에 승객들에게 안전하게 선실에 있으라는 안내방송이 있었고, 그래서 피해가 더욱 커졌다"

는 일부 생존자들의 주장과 "선박회사가 연료를 줄이기 위해 위험한 항로를 운항했다"는 현지 주민의 주장도 나왔다. 배가 급회전한 것은 조종 미숙에 따른 것이라는 추측도 가세했다. 보다 근본적인 이유로 열악한 운용 환경이 지적되었다. 선박회사 자체가 영세한 업체인 데다 크게 의존하던 국가 보조금은 중단되었고, 선장이 업자의 눈치를 보는 환경 속에서 운항 횟수는 승객에 비해 적을 수밖에 없었다. 배의 구조 또한 불안정했지만, 어찌된 영문인지 1990년 선박기술업체의 복원력 시험에는 통과되었다고 한다.

"요즘 육해공군 모두 동원되었다고 그런다면서요?"

"지도자 잘못 만난 백성들의 슬픈 이야기지. 그래서 플라톤이 뭐라 한 줄 알아? 자고로 정치인들은 '지혜'가 있어야 한다고 했어. 다른 건 다 용서해도, 지혜롭지 않은 대통령은 용서할 수 없다는 뜻이지."

이와 관련하여, 시중에는 YS와 DJ의 언쟁을 희화적으로 구성한 유머(?)도 나돌았다. 1992년 대선 당시 YS는 "머리는 빌릴 수 있어도, 건강은 빌리지 못한다."라며, 다리가 불편한 DJ를 겨냥하였다. 동시에 조깅 등으로 다져진 자신의 건강을 은근히 자랑했음은 물론이다. 이에 대해, DJ는 "정치는 머리로 하는 것이지, 다리로 하는 것이 아니다."라며, YS를 의식한 발언으로 대응한다.

"이래저래 사람들이 싱숭생숭한가 봐요. 작년부터 무슨 선교회에서 '휴거'라는 말이 자꾸 나오니까, 사람들이 불안해하고요."

"그 말이 나와서 불안한 게 아니라, 사람들이 불안해하니까 그런 말이 나오는 거겠지."

이른바 휴거 소동. 1992년 다미('다가올 미래'의 줄임말) 선교회 등의 시한부 종말론자들이 10월 28일 휴거설을 퍼뜨리며, 사회에 물의를 빚은 사건을 가리킨다. 그들에 의해 주창된 휴거(携擧: 예수의 공중 재림 때, 허공으로 들려 올라가는 현상)설은 그해 10월 10일 또는 10월 28일 휴거설로 이어지면서, 사회의 관심을 집중시켰다. 종말론에 심취해 몇 개월째 행방불명된 사람이 있는가 하면, 휴거 날에 대비해 수십 명씩 집단생활을 하거나 다니던 회사에 휴직계를 내고 선교활동을 하는 사람들이 생겨났다.

"그때 참 대단했지. 대인동 공용터미널 앞 같은데 크게 글씨 써놓고, 지나다니는 사람들에게 홍보하고…. 오죽해서 경찰에서 갑호 비상령까지 내렸겠어?"

드디어 1992년 10월 27일 24시, 다미선교회 본부에는 구경꾼들이 몰려들었는데, 선교회측은 이들의 소동을 우려하여 자진해서 경찰에 병력 배치를 요청했다. 밤이 깊어지면서 신도들은 '지상에서의 마지막 예배'인 종교 행사를 시작했는데, "평택에서 예수님이 공중 재림했다는 전화를 받았다"는 말이 터뜨려졌다. 하지만 거기까지였다. 더 이상의 '이상증후'는 이 지상에 생겨나지 않았던 것. 이에 신도들은 하나둘 주저앉아 통곡하기 시작했다. 이 휴거설의 장본인인 이장림은 그해 9월 25일, 신도들의 재산 34억여 원을 헌납 받아 가로챈 혐의로 구속되었다. 그는 경찰 조사 과정에서 스스로도 휴거가 일어나지 않을 것이라 생각했다는 점을 자백하였다.

"세상에, 그런 뻔뻔한 거짓말도 다 하네요?"

"사이비 교주나 이단에 대해서만 욕을 할 건 아니야. 사회 지도층의 부정부패, 가치관의 혼란, 전쟁, 지진, 기근, 질병 등 오늘날의 환경이 사람들을 불안으로 몰아가고, 마음의 의지할 곳이 없다 보니 종말론에 심취하는 거거든."

"작년엔가, 그 무슨 교수라는 사람이 야한 소설을 써서 한바탕 난리가 나고 그랬잖아요?"

"마광수 교수라고 있었어."

1992년의 『즐거운 사라』 파문.2) 소설의 내용 가운데 여대생이 대학교수와 관계를 갖는다는 것이 문제가 되어 보수적 언론과 문인들, 대학교수들의 반발을 초래했던 사건을 말한다. 작가 이문열은 그의 작품에 대해 "구역질을 동반한다."고 평가하기도 했다. 마 교수가 구속되는 사태에까지 이르자 사람들은 호기심 때문에 이 책을 사기 위해 동분서주했고, 나중에는 책이 없어서 못 파는 지경이 되었다. 하지만 문학이나 예술 작품이 외설 시비

---

2) 소설 『즐거운 사라』가 외설적이라는 이유로 마광수는 1심에서 징역 8월에 집행유예 2년을 선고 받았으며, 1992년 12월 28일 석방되었다. 그러나 1993년 연세대학교로부터 직위 해제되었고, 1995년 대법원에서의 상고도 기각되어 결국 교수직에서 해직되었다. 이후 1998년 교수직에 복귀하였으나 2017년 9월 5일 스스로 목숨을 끊었다.

에 휘말린 건 한두 건이 아니었다.

1980년대 3S정책의 일환으로 영화검열이 완화되고 심야극장 상영이 허가되었는데, 1982년에 개봉된 영화 〈애마부인〉은 그 시대의 새로운 아이콘이자 한국 에로물의 상징이 되었다. 이 영화가 개봉되던 1982년 2월 6일, 종로 3가의 서울극장에는 극장 유리창이 깨질 정도의 인파가 몰려들었다. 장장 4개월간 무려 31만 5000명의 관객을 동원하며 1983년도 한국영화 흥행순위 1위를 기록한 이 영화 이후, 무려 12편의 시리즈가 등장하기도 했다.

1995년 영화관에서 개봉하지 않고 비디오로만 제작, 배포된 〈젖소부인 바람났네〉 역시 공전의 히트를 기록하며 후속 시리즈 물들이 계속 만들어졌다. 이 영화를 계기로 대한민국에서 만들 어지는 16mm 에로 영화가 비디오 대여점에서 큰 인기를 끌었으 며, 이 영화의 제목을 본 따 '꽈배기부인 몸 풀렸네', '자라부인 뒤집혔네' 같은 식의 수많은 아류작이 만들어지기도 했다.

취임 직후부터 김영삼은 대한민국의 정통성 확립에 중점을 기 울였고, 바로 그것이 임시정부에 있음을 명시하였다. 이 때문에 보수인사들로부터 "이승만, 박정희를 건너뛰었다"는 반발을 불 러오기도 했다. 그러나 그는 이에 아랑곳하지 않은 채 임정 요인 들의 유해환국 사업을 추진했다. 조선총독부는 청사 중앙돔에 자 리한 랜턴(불을 밝히는 등)의 해체를 시발점으로 철거에 들어갔다.

군사 정권에 의해 수감되었던 시인 김남주와 노동 시인 박노해를 석방하였고, 마광수 교수에게도 무죄판결을 내려 활동을 보장하였다. 김영삼 대통령은 5.16 군사 정변을 쿠데타로 정의한 뒤, 각 교과서를 그렇게 고치도록 지시하였다. 박정희 정권에서 강제로 국유화, 국영화한 도로와 철도, 항만 등의 시설을 민영화하였고, 농지개량조합(농업기반공사)과 한국통신 등에 대해서도 점점 민영화하는 방향으로 밀고 나아갔다.

"김영삼 대통령이 다른 건 몰라도, 그 하나회 하고 금융실명제는 잘한 것 같아요."

"앞뒤 재지 않고 달려드는 김 대통령이나 되니까 하지, 그렇지 않으면 할 사람도 없어."

1993년 초. 육사 31기생들이 동기회장 선출을 두고 하나회와 '비(非)하나회'로 양분되어 물리적 충돌까지 빚은 사건이 발생했다. '군정종식'을 슬로건으로 내걸었던 문민정부는 이 사건을 계기로 하나회에 대한 대대적인 숙군작업에 들어간다. 3월 8일, 김 대통령은 당시 권영해 국방부 장관(육사출신, 예비역 소장)을 청와대로 부른다. 이때 대통령과 장관의 대화.

"군인들은 그만둘 때 사표를 제출합니까?"

"각하! 군대엔 사표 내는 일 없이, 인사 명령에 따라 복종하는 각오가 언제나 돼 있습니다."

"아, 그래요? 그럼 잘 됐구만. 내가 지금 이 순간, 육군참모총장하고 육군 기무사령관을 바꾸려고 합니다."

"……?"

"그리 아시고, 두 사람에게 지금 당장 예편준비를 하라고 하세요. 그 자리에는 새로운 사람이 오늘 보임이 될 겁니다. 취임식도 준비하라고 하시구요."

그 말과 동시에 육군참모총장 김진영(하나회 출신)과 기무사령관 서완수(하나회 출신)는 즉각 전역 조치되고, 그 빈자리에는 비(非)하나회 출신인 김동진 연합사 부사령관(육사 17기)과 김도윤 기무사 참모장이 보임되었다. 또한 바로 그날, 취임식이 열렸다. 여기까지 걸린 시간은 단 3시간. 전광석화와 같은 인사단행이 아닐 수 없었다.

4월 2일, 김영삼 대통령은 안병호 수방사령관(육사 20기, 하나회)과 김형선 특전사령관(육사 19기)을 전역시킨 후 교체했다. 4월 8일에는 하나회 출신들이 차지하고 있던 1군사령관, 3군사령관, 2군 작전사령관까지 모조리 전역시키고, 곧바로 비(非)하나회 출신의 후임자들을 보임시켰다. 하나회 출신 군단장, 사단장들을 모두 날려버린 4월 15일까지 한 달 사이에 벌인 세 번의 기습작전으로 하나회 출신들은 순식간에 밀려났다. 이 모든 과정이 극비리에 진행되었음은 물론이다.

그런데 7월 9일. 유일하게(?) 남아있던 하나회 소속 이충석 함참 작전국장(소장)이 회식석상에서 "대통령이 군을 함부로 대한다."며 술병을 집어던지는 등 난동을 부렸다. 이 소식을 접해들은 김영삼 대통령은 대로(大怒)했고, 이충석 소장은 다음날 가차

없이 보직해임 되었다. 이후 하나회 출신의 장성들은 진급에서 멀어진 것은 물론 아예 강제전역까지 당하는 2차 숙청을 당했으며, "전군에서 하나회 출신 영관, 위관급 장교들을 색출하라"는 지시가 떨어져 하나회 출신들은 대부분 예편 조치되거나 좌천된다. 상대에게 대응할 시간조차 주지 않는 기습적전의 하나회 숙청이야말로 김영삼 대통령만이 할 수 있었던 일처리 방식이었다.

박정희 전 대통령의 온실에서 자라난 독버섯이 12.12 쿠데타와 5.18광주 학살을 양분 삼아 몸집을 키우더니 제5, 6공화국에서 그동안 축적해놓은 독을 뿜어내기 시작했다. 그런데 김영삼, 그 문민정부에 들어와 그 싹을 없애고 뿌리마저 뽑아버리려 시도한 것이다. 그러나 과연 그 '뿌리'까지 뽑혔는가에 대해서는 이견이 분분했다.

"이제 군대 내에 사조직은 모두 없어진 거예요?"

"겉으로는 그런데, 속을 들여다보면 그렇지도 않은가 봐. 하나회 외에도 청죽회니, 만나회니, 알자회, 나눔회 등이 있다가 사조직 금지조치 이후 별다른 움직임이 없었지. 하지만 내부적으로 알력은 아직도 남아 있는 데다, 예비군의 세력다툼이 심각하다는 소문도 있고. 또 김영삼 대통령이 TK인맥을 잘라낸 대신, 그 자리를 PK인맥으로 채웠다는 말도 있으니까."

TK와 군홧발이 물러난 자리에는 PK와 오랜 야당생활을 함께 한 민주계 인사들이 대거 중용되었다. 그 때문에 김영삼의 역사 바로세우기는 대구, 경북 사람들에게는 '정치보복'일 뿐이라는 비판이 있었다.

"그럼에도 YS가 또 하나 잘한 게 있어. 금융실명제라고, 가짜 이름이나 다른 사람 이름 쓰면 안 되게 법을 만든 거야."

"왜 자기 이름 놔두고, 다른 사람 이름을 써요?"

"나도 이번에 알았는데, 당신이나 나나 대부분의 서민들에게는 남의 나라 이야기지. 돈 많은 사람들이 세금 안내려고도 그러고, 또 정치인들이나 기업인들, 범죄 조직들이 은밀하게 돈을 주고받기 위해 가명이나 차명을 쓰는 거야."

금융실명제는 '금융실명거래 및 비밀보장에 관한 긴급명령'에 의거, 1993년 8월 12일 이후 모든 금융거래에 도입되었다. 1982년 '장영자 이철희 사건'이라는 대형 금융사고가 터졌을 때 처음 논의되었고, 1983년 '7.3조치'로 그 실시 방법이 공식적으로 거론된 이후 많은 논의와 시행착오의 과정이 있었다.

"역시 이것도 YS 특유의 결단에 의한 것인데, 긴급명령이 발동된 이유는 복잡한 법개정 절차를 거치는 동안 금융시장이 동요되는 부작용을 최소화하기 위한 것이었다고 봐야지. 어쨌든 음성적 거래를 위축시키는 데에는 기여했다고 할 수 있고."

금융실명제가 실시되면서 증권가를 중심으로 전직 대통령의 비자금 보유설이 나돌기 시작했다. 노태우가 재임시 비자금을 조성, 정치활동과 권력유지를 위해 쓰고 남겨 둔 돈이 있다는 것. 이 일은 1994년 서석재 총무처 장관이 일찌감치 제기하였으나,

민정계의 반발로 인해 서장관이 경질되면서 수면 아래로 가라앉아 있었다. 이러한 상태에서 1994년 7월 YS가 대법원과 감사원 등에 공개수사를 지시하지만, 1995년 7월 18일 검찰은 국민들의 기대와 정반대되는 5.18 사건 수사 결과를 발표하고야 만다.

"신군부가 5.18 광주민주화운동을 강경 진압하는 과정에서 무고한 양민이 사살됐고, 비상계엄 확대·정치인 체포와 연금·정치활동 금지·국보위 설치와 운영 등은 전두환의 정권장악 의도에 따라 최규하 대통령의 사전지시 없이 기획·입안해 추진되었다."

여기까지는 매우 상식적이었다. 하지만 "성공한 쿠데타(내란)는 처벌할 수 없다."는 논리로 관련자들을 불기소 처분해버린 것이 문제였다.

그로부터 석 달 쯤 후. 민주당 소속 박계동 의원이 국회 대정부 질문에서 신한은행 서소문 지점에 예치된 110억 원의 예금계좌 조회표를 제시하며, "노태우의 비자금 4,000억 원이 여러 시중은행에 차명계좌로 분산 예치되어 있다"는 의혹을 제기하기에 이르렀다. 박계동의 폭로를 들은 전두환은 태연히 등산을 가는 등 무반응으로 일관했고, 노태우는 해외순방 출국 길에 "그러한 일은 있을 수 없다"라며 박계동을 강력하게 비판했다. 그러나 검찰이 수사에 착수한 지 이틀 후인 10월 22일, 노태우의 경호실장이었던 이현우가 비자금의 실체를 최초로 확인해준다. 이에 노태우는 재임 중 기업체로부터 정치자금을 받은 사실과 남은 비자금의 액수를 밝힌다. 노태우에게는 포괄적 의미의 뇌물죄가 적용되어 1995년 11월 16일 구속 기소되었고, 항소심에서 징역 15년에 2,628억 원의 추징금이 선고되었다.

1995년 11월 24일 YS는 대통령 명령으로 5.18 관련 특별법 제정을 지시하였고, 같은 해 12월 헌법재판소는 "성공한 쿠데타도 처벌 할 수 있다"고 하는 새로운 결정을 내렸다. 12월 21일에는 5.18 특별법이 국회에서 제정되었고, 이에 따라 검찰은 5.18 사건 공소시효 만료 하루 전인 1996년 1월 23일 노태우와 전두환을 구속 기소하기에 이르렀다. '5.18 특별법'에 따라 광주사태로 기록된 광주민주화운동은 '광주항쟁', 또는 '광주민중항쟁'으로 공식 격상되었고 학교 교과서에도 실리게 되었다. 또한 이에 따라 검찰은 전두환을 비롯한 1980년 당시 신군부 측 핵심인사 11명에게 '군 형법상 반란 수괴죄'를 적용, 구속기소했다. 이듬해인 1997년 4월 17일 대법원 상고심에서 전두환 사형, 노태우 징역 12년의 형량이 확정되었다. 하지만 12월 22일, YS는 국민대화합의 명분으로 관련자를 모두 특별 사면했다.

"비록 YS가 노태우의 도움을 받아 당선되긴 했으되, 검찰 등에 12.12 군사반란, 5.17 비상계엄 확대조치, 광주민주화운동에 대한 수사를 지시하고, 이 사건 관련자들의 재판 회부와 처벌까지 이끌어낸 것은 평가할 만 해. 대통령의 의지 없이는 그런 일이 절대로 불가능하거든."

"전두환 전 대통령은 정치보복이라고 주장했다면서요?"

"YS 앞에서 고개 빳빳이 쳐든 채 큰소리 치고 그랬지. 치졸한

정치보복이라나 뭐라나. 근데 불가사의한 일은 우리나라 정치풍
토야. 그가 교도소 들어가면서 대구, 경북 지역에서 '고난 받는
영웅'으로 부활했다잖아?"

"자기가 무슨 예수님도 아니고 부활은요. 근데 그 두 사람은
지금도 대통령 대우를 받는 거여요?"

"대우는 무슨. 우리나라의 전직 대통령과 유족은 '전직 대통령
예우에 관한 법률'에 의해 연금, 비서관 임명, 경호 등의 각종
혜택을 받도록 되어 있어. 심지어 교통·통신비도 지원받고 사무
실도 제공받고. 그러나 재직중 탄핵결정을 받아 퇴임한 경우, 금
고(禁錮: 강제노동을 과하지 않고 교도소에 구금하는 일) 이상의 형이
확정된 경우, 형사처분을 회피할 목적으로 외국 정부에 대하여
도피처 또는 보호를 요청한 경우, 대한민국의 국적을 상실한 경
우에는 필요한 기간의 경호·경비 외에는 예우를 하지 않도록 되
어 있어."

"그럼 두 사람은…."

"대우를 못 받는 거지. 당연한 일 아니야? 어떻든 호남에서는
YS를 별로 좋아하지 않는데, 그건 지역감정 때문인 것 같고. 잘
한 건 잘했다고 해주어야지."

1993년 8월 12일 금융실명제가 실시되기 3일 전, 김영삼 대통
령은 "민족정기 회복을 위해 조선총독부 청사를 해체하여 경복
궁을 복원하고, 새로운 국립중앙박물관을 국책사업으로 건립하

라"고 내각에 지시하였다. 이에 극우 진영은 신경질적으로 대응하였으나 김영삼 대통령은 이를 모두 무시하였다.

"일본인들이 우리 민족정기를 막아버린다고, 쇠말뚝을 박았다면서요?"

"일종의 괴담인데, 우리 땅에 쇠로 된 말뚝을 박아 풍수지리적 맥을 끊는다는 것이지만, 이런 이야기는 조선시대부터 있었대. 실제로 쇠말뚝을 뽑아놓고 보니, 토지 측량용이거나 군부대 훈련 때 밧줄을 매기 위해 박아놓은 것인 경우가 많았고. 또 YS가 잘한 일에는 율곡비리 사건 수사도 들어있어."

1993년에 터진 율곡비리 사건이란 군 전력의 현대화 사업인 '율곡사업'과 관련하여 국방부장관과 장성들이 뇌물을 받은 사건을 일컫는다.

"아니, 장관이나 참모총장쯤 되면 월급도 많을 거 아니어요?"

"월급도 월급이지만, 판공비나 수당도 솔찬할 걸. 하지만 그걸로 만족치 못하고 좋은 자리에 있을 때, 한몫 챙기려고 하는 욕심이 문제지. 다른 것도 아니고 나라를 지키는 일에서 그랬으니, 율곡 이이 선생이 저 세상에서 통곡하실 일 아니야?"

"그러니까요. 훌륭한 분 이름을 갖다 쓰지나 말든지…."

1974년 박정희 대통령 시절, 율곡 이이 선생의 10만 양병론, 유비무환(有備無患) 정신을 본받아 자주국방 차원의 군사력 건설을 위해서라는 명분으로, 1993년까지 무려 32조 원이라고 하는 천문학적인 예산을 투입한 사업.

"문제는 그런 홍역을 치렀음에도 불구하고, 아직도 방산 비리가 전군에 걸쳐 독버섯처럼 피어있다는 사실이야. 국방 전반을 부정부패의 온상으로 만들어, 군의 존재가치를 유명무실하게 만들고 있는 것이 문제라는 거지."

"세상에, 국민들은 적의 침입을 잘 막아 달라 세금 내고 귀한 자식들 군대 보내고 하는데, 별자리들이 회전의자에 앉아 돈 먹을 궁리만 하고 있으니…. 참 우리나라가 큰일이어요."

"나라의 근간은 결국 먹고사는 문제 하고 국방이거든. 교육이니 민주화니, 복지니 하는 것들은 그 다음 문제고. 그래서 국민들이 우루과이 라운드에 신경을 곤두세우는 거고."

"백수 무라리 분들은 그것 때문에 걱정이 많다면서요?"

"우리 농수산물 수입에 막대한 피해가 예상되니까. 그래서 아버님이 새우 키우신다 했을 때, 내가 그렇게 반대했던 거고."

"또 뭐 다른 라운드도 있다면서요?"

"그린라운드라고 환경문제를 들고 나온 건데, 결국 이것도 오래 전부터 준비해온 선진국에 유리한 거야. 개인 간에도 그렇지만, 나라 사이에서도 부익부, 빈익빈 현상이 갈수록 심화되는 것 같아."

"은행에 예금 넣어두고 배 두드려가며 사는 사람들이 얼마나 많아요? 반면에 우리처럼, 돈 빌어다 쓰고 그 이자 갚느라고 허리가 휘는 사람도 있고요."

"눈도 없고 코도 없고 생각도 없는 돈이 스스로 돈을 버는 세상이니까, 뭔가 잘못되어도 한참 잘못된 거지.”

"재벌 아들이나 가족들 보세요. 평생 일 한번 안하고, 떵떵거리고 사는 거.”

"꼭 재벌이 아니더라도 어느 정도 돈만 있으면 대한민국처럼 살기 좋은 나라가 없다잖아? 있는 사람에게는 천국, 없는 사람에게는 지옥. 그래서 지존파 사건 같은 일이 일어나는 거고.”

1993년 4월부터 9월까지 지존파가 저지른 엽기적인 연쇄살인 사건. 이름은 1989년에 상영된 홍콩영화 〈지존무상〉에서 따왔단다. 현실사회에 대해 일찍부터 불만을 품어 온 김기환은 학교 후배 강동은, 교도소 동기 문상록 등과 함께 전남 함평군 대동면에서 대학입시 부정사건에 대해 의견을 나누다가 부유층에 대한 서로의 증오심을 확인한다. 그 후 1,200여 명에 달하는 백화점 고객 명단을 입수한 일당 6명은 같은 해 7월, 충남 논산에서 최모 씨를 성폭행한 후 연습 삼아 살해 암매장하였다. 이어 8월에는 같은 조직원 송봉은을 역시 살해, 암매장했다. 이 무렵부터 이들은 전남 영광군 불갑면 금계리의 아지트 지하실에 창살 감옥을 설치하고, 화장터나 다름없는 사체(死體) 소각시설을 갖추었다. 1994년 9월에는 두 부부, 네 사람을 납치 감금하였다가 가까스로 탈출한 이모 여인을 제외한 3명을 모두 살해하고, 사체를 토막내어 불태웠다.

이들은 탈출한 이모 여인의 제보로 9월 19일, 모두 체포되었다. 붙잡히자마자 주범 김현양은 수많은 취재진들 앞에서 "어머니를 내 손으로 못 죽여 한이다.", "인육(人肉)을 먹었다"는 등 상상을 초월한 발언들을 쏟아내 국민들을 경악케 했다. 강동은 역시 "강남의 오렌지족,3) 야타족4)을 다 못 죽여 한이 된다."고 이를 갈아 부쳤다. 이들은 재판 과정에서 회개하며 눈물을 흘리는 모습을 보이기도 했으나, 두목 김기환만큼은 마지막 순간에서마저 뉘우치는 모습이 전혀 없었다고 한다. 재판 결과, 두목 김기환을 비롯하여 강동은, 김현양, 문상록, 강문섭, 백병옥 등 전원이 강도살인죄로 사형을 선고받고, 항소심과 대법원의 최종판결에서도 1심의 형량이 확정되어 11월 2일 교수형이 집행되었다.

"뭐 돈 많은 것이 죈가요?"

"우리나라처럼 부정부패가 많고, 세금 제도가 공평하지 못한 나라에서는 죄라 여길 수도 있지. 친일파를 제거하지 못한 때부터 역사가 굴절되기 시작한 거 아닌가 싶어. 그들 가운데 머리 좋은 사람들은 해방되고 나서도 제1공화국 때부터 고관대작 다 해먹고, 독재정권 받들어주는데 법 만들고 집행하는데 앞장섰을

---

3) 오렌지족: 1990년대 부모가 주는 넉넉한 용돈으로 해외 명품 트렌드를 소비하고, 고가의 자가용을 타고 다니며 유흥을 즐기던 젊은이들을 가리킨다. 이 말의 어원에 대해서는 수입 과일인 오렌지가 해외 명품을 소비하는 이들의 행위와 비슷하다 하여 만들어진 말이라는 의견과 외제차를 타고 다니며 거리에서 여성들을 유혹할 때 오렌지를 들고 있었다 하여 붙여진 말이라는 설이 있다.

4) 야타족: '야! (차에) 타!'를 간결하게 붙여 만든 말. 1990년대 고급 승용차를 몰고 압구정동이나 홍대 입구 거리를 지나던 오렌지족이 길거리에서 마음에 드는 여성을 발견하면, 차를 세우고 유혹하는 상황으로부터 만들어진 용어이다.

테고. 정부에서는 금융, 세제, 재정 정책으로 대기업 밀어주고, 재벌들은 거기에서 나온 이익금을 정치자금으로 갖다 바치고, 족벌체제 구축해서 문어발식으로 기업 확장하고. 그래서 중소기업이나 골목상권 다 잡아먹고, 서민들 등 쳐먹고…. 뭐 그런 거 아니겠어?"

"재벌 2세들은 일반 서민을 발가락 사이에 낀 때 정도로 보는 것 같아요."

"나라 덕에, 국민들 덕분에 돈 번 주제에 은혜를 모르는 거지. 그래도 창업주는 고생을 해봐서 조금 나은데, 2세들이야 태어난 순간부터 황태자 대우를 받으니 눈에 뵈는 게 없는 거야. 대통령 선거 때에는 여당이건 야당이건 '될 성 부른 놈' 찍어 돈으로, 정보로 밀어주어 계속 부를 축적하고. 세상사는 일이 그들에겐 땅 짚고 헤엄치기인 셈이지. 오죽했으면 '정권은 유한해도, 재벌은 영원하다'는 말이 나왔겠냐고? 그래서 요즘 S그룹이나 H그룹 회장들은 몇 년짜리 정권을 우습게 본다는 말도 있어."

초등학교 동창회 모임 후, 홍식이 함께 무라리로 내려가자 권했다. 추석 때 서촌에서 콩쿠르 대회가 열리는데, 심사위원장을 맡아달라는 것. 내려가는 중에 '지존파'들의 아지트엘 들르자는 의견이 나왔다. 삼학검문소에서 불갑 쪽 산길로 빠지니, 10분도 채 걸리지 않았다. 마침 해가 서산에 넘어갈 무렵. 야트막한 뒷산을 배경으로 들어앉은, 대여섯 채 되는 자그마한 동네에서도 가장 끝자락에 아지트는 웅크리고 있었다. 바로 옆집에는 눈이 어두운 어느 할머니 한 분이 살고 있었다. 호기심이 발동한 홍식이 짓궂게 물었다.

"할매, 뽀짝 옆에서 사람을 죽애서 불로 태우고 그랬단디, 냄새도 안 납디요?"

"아이, 나사 고놈들이 사람 죽인지를 알았간디? 그냥 괴기나 구워먹는 갑다 했제. 나도 몇 점 얻어먹기는 했넌디, 그것도 죄가 될란게라우?"

"문 고기를 얻어 먹어라우?"

"그 뭇이라드라? 삼겹살인가 뭇인가. 냄새가 허천나게 나서 요로코 디래다본 게, 오락 헙디다. 징허게 맛 납기는 헙디다마는…."

"그것이 다 사람 타는 냄새 옰앨라고, 역불러 그런 것이라우. 혹시 사람 고기 아니었는가도 몰르겄소."

"시상에, 이거이 시방 문 일이까 이."

"인자 우리 할매 큰일 났소. 곧 형무소 가야 헐 것이요. 히히히…. 그나저나 어쭈코 생겼습디요? 사람 죽일 놈들같이 보입디요?"

"나는 눈이 침침해서 잘 뵈도 않는디, 말짱허게 잘생긴 것 같던디. 그런디 그런 짓을…. 시방은 꿈자리 사나우까 봐서, 잠도 잘 못 자겄어."

마당에 들어서며, 홍식이 이번에는 태민 쪽을 돌아보았다.

"이 교수. 여그 조까 보소. 아따, 이 징헌 놈들, 담배락을 요로코 뚜껍게 쌓았네 이. 1미터도 넘겄넌디? 뭣헐라고 그랬으까?"

"글쎄…."

"혹시나 경찰들 허고 쌈이라도 붙으면, 여그를 진지 삼어 전쟁이라도 헐라고 그랬으까? 실허고 튼튼헌 것이 로케트포를 맞어도 끄떡 읎겄넌디?"

나중에 알려진 바로는, 경찰의 출동에 대비해 다이너마이트까지 설치해놓은 상태였다고 한다. 분홍색 페인트로 단장된 슬래브 형태의 1층 건물 안에 들어서자 으스스 몸이 떨려왔다. 벽에서 튀어나온 녀석들이 칼이라도 목에 들이댈 것 같았다. 방 안에는 붓글씨 연습하던 종이들이 아무렇게나 널려 있었는데, 벽에 세로로 걸린 글씨 하나가 시선을 끌었다.

'天上天下 唯我독存.'

"허어이…. 이놈들. 홀로 '독'(獨)자를 한자로 쓰지 못해, 한글로 표기해 놓았구만."

"김 모라는 애기는 우리 사는 쪽 근방에서 초등학교를 나왔다여. 공부도 솔찬히 잘허고 반장도 허고, 상다히 똑똑했든 모양이드라고. 테레비에 보면, 낯바닥도 잘 안 생겼든 갑네?"

"미남형이더라고. 영리하게도 보이고. 그런데 왜 그랬대?"

"애랬을 때 장터에서 짜장면 집을 허고 있었넌디, 즈그 아부지가 일찍 죽었든 모양이여. 근디 즈그 어메가 어뜬 남정네허고 눈이 맞었단 소문이 난 게, 이 놈 눈이 홱 돌아버린 것이여."

"소문이 사실이었어?"

"떠도는 소문들이 늘 그러제, 사실이겄는가? 아무튼 그때부터 이놈아가 세상을 뒤집어 엎어버릴라고 맘을 먹었는가 어쨌는가, 가진 놈들 다 잡어죽인다고 명단을 작성했든 생이데. 그래 갖고, 여그서 꼬실라버린 것 아니여? 여그 요 지하실에서… 이리 와봐."

반 지하로 내려가는 계단 오른쪽에 뭔가를 태운 흔적이 남아 있었다. 동행했던 친구들이 한 마디씩.

"허기사, 요놈들 보고 나쁘단 말도 못해.[5] 돈 있는 놈들이 문제그든. 니미 씨벌, 어뜬 놈은 빼빠지게 일해봤자 입에 풀칠허기도 심든디, 어뜬 놈들은 카마이 안거서 디룩디룩 살만 찌니. ×같은 새끼덜, 살 뺀다고 헬쓰크럽 댕기고 골프장 나댕기는 꼴 조까 보소. 나 같어도 법에만 안 걸릴 것 같으면, 망치로 대갈통 깨버리고 싶네. 니미…."

"나는 솔직히 잘해 버렀다 싶데. 쪼까 더 있다가 걸렸어야 허는디. 버러지 같은 놈들 개안허게 소제해버리고 나서 걸렸으면, 오죽이나 좋은가?"

"글 안 해도 살인명부를 작성해갖고, 하나씩 제거해가는 중이었닥 안 허든가?"

"씨벌 놈들, 인공(6.25) 때 꼴 안 날라먼, 몸조심해야 써. 죽창으

---

[5] 당시 이들을 가까이서 지켜보았던 수사 담당자는 "한편으로 너무 순진한 모습에 애처로움까지 느꼈다. 경제적으로 풍요로워진 사회에서, 빈곤 계층이 사회에서 받는 냉대와 면시로 비롯된 사선이라는 생각도 들었다."고 말한 바 있다.

로 뱃가죽 안 뱃개질라면."

지존파 사건 이후 발생한 성수대교 붕괴사건과 1995년 발생한
삼풍백화점 붕괴 사건은 그 본질상 동일했다. 그들 사건의 이면
에는 '돈을 향한 치열하고 충실한 욕망'이 들어있었던 것. 서울시
성동구 성수동과 강남구 압구정동을 연결하는 성수대교는 한강
의 11번째 다리이며, 길이 1,161m, 너비 35m의 왕복 8차선으로
1979년 10월 준공되었다.

말짱하게 보였던 이 다리가 1994년 10월 21일 아침 7시 40분
경, 중간 다섯째와 여섯째 다릿발 사이의 상판 50여 미터가 속절
없이 무너져 내린 것이다. 이때 사고 구간을 달리던 승합차 1대
와 승용차 2대는 현수 트러스[6]와 함께 한강으로 추락했고, 붕괴
되는 지점에 걸쳐 있던 승용차 2대는 물속으로 빠졌다. 지나가던
한성운수 소속 16번 시내버스는 뒷바퀴가 붕괴지점에 걸쳐 있다
가 차체가 뒤집혀 추락한 후, 떨어진 상판에 박혀 찌그러졌다.
이 바람에 등교하던 학생들을 비롯한 승객들이 사고를 당하였
다. 버스 추락으로 사망한 사람은 24명, 부상자는 17명이었다.

---

6) 트러스(truss): 직선봉을 삼각형으로 조립한 일종의 빔(beam) 재(材). 교량, 건축물
등의 골조 구조물로 널리 사용된다.

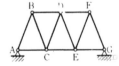 위런 트러스(warren truss)의 예.

180

"소 잃고 외양간 고친다[7]더니, 그 다리 무너지고 나서 대한민국 전체 다리가 왼통 점검을 받고 난리가 났지. 우리 고향 무라리로 들어가는 길목에 '터진게'라고 아주 위험한 다리가 있었는데, 일제 때 지어진 그 다리도 이때 처음으로 점검받지 않았을까 싶어. 아니나 다를까. 이 사건의 배경에도 부정부패가 있었지. 건설사의 부실공사와 감리담당 공무원의 부실감사, 정부의 안전검사 미흡 등 3박자가 맞아 떨어진 거야."

"우리나라는 그런 사고가 나도, 책임지는 사람이 없어요."

"아무리 많이 죽어나가도, '업무상 과실치사'로 마무리되니까. 세상에, 수십 명이 죽어나갔는데, '업무상 과실치사'가 뭐야? 이게 교통사고 하고 같아?"

성수대교 붕괴와 삼풍백화점 붕괴 사고 사이에 김일성 사망이라고 하는 사건이 자리하고 있었다. 1994년 초, 김일성은 잠시 의식을 잃기도 하고, 심근경색 및 목 뒤의 물혹이 심해져 입원하기도 했던 것으로 알려졌다. 그의 병세가 악화되자 1994년 초로 예정되었던 김영삼 대통령과의 회담은 무기한 연기되었다. 대신 같은 해 6월, 김일성은 평양에서 전 미국 대통령 카터의 방문을 받고 핵문제와 관련한 북미협상을 진행하는 한편 남북정상회담을 제안하였다. 같은 해 7월초에는 묘향산으로 휴양을 다녀오기

---

7) 성수대교 붕괴사건이 있은 지 3년만인 1997년 7월, 새로운 성수대교가 완공되었다. 2004년 9월에 왕복 8차선으로 확장했다.

도 했다. 그런데 남북정상회담 준비가 착착 진행되던 7월 8일 새벽 2시, 평양 집무실에서 갑작스럽게 사망하고 만 것이다. 김 주석과의 정상회담을 논의하던 김영삼은 그러나 김 주석이 사망하자 전군에 비상경계령을 내리는 한편, 조문을 공식적으로 거부하였다.

"그때 한바트면 전쟁 날 뻔 했다면서요?"

"나중에 들은 바로는 그래."

1994년 여름, 미국의 빌 클린턴 행정부는 북한 영변 원자로 시설에 대한 정밀폭격을 검토하기 시작했다. 북한이 NPT(핵 확산 금지조약)를 탈퇴하고 영변 핵시설이 발견되자 핵시설이 밀집한 평안북도 영변 일대를 크루즈 미사일(미사일 자체의 힘으로 날아가는 순항 미사일. 몸체가 작은 데다 명중률이 매우 높다. 초저공비행이 가능하여 레이더로 포착하기도 힘듦)과 F-117 스텔스(미국은 걸프전 첫날인 1991년 1월 17일, F-117 스텔스를 동원하여 이라크군을 집중 포격했음)를 동원해 폭격하려는 계획이었다.8) 전임 레이건, 부시 행정부에 비해 훨씬 유화적인 클린턴 행정부가 굳이 영변폭격을 시도한 이유는 무얼까?

---

8) 이후 2013년 북한의 지하핵, 미사일 시설을 파괴할 수 있는 '레이저 유도폭탄 GBU-28 벙커버스터'가 한국에 도입된다. 이 무기는 사거리 6마일 이상으로 자체 추진력이 없는 활강식 유도 폭탄으로, 전투기에서 투하하면 레이저로 유도돼 지하 30m(콘크리트는 6m)까지 뚫고 들어가 폭발하도록 설계됐다. 200발 안팎이 도입되면, 우리 공군의 F-15K 전투기 등에 실어 유사시 지하에 있는 북한의 핵·미사일 시설을 파괴하는 데 이용된다.

그것은 북한 측이 고조시킨 한반도의 위기 상황과 관련이 있다. 1994년 3월 19일 특사 교환을 위한 8차 실무접촉에서 남쪽 수석대표인 송영대 통일원 차관이 "전쟁을 선포하는 거요?"라고 묻자, 북쪽 수석대표인 박영수 조평통 부국장은 "당신이 먼저 전쟁을 선포했잖아. 서울은 여기서 멀지 않아. 전쟁이 나면 서울도 불바다가 될 거요. 송 선생도 무사하기 힘들 거요."라고 협박한 것. 이른바 '서울 불바다' 발언이다. 미국은 한국에 살고 있던 자국민을 한반도 밖으로 빼내는 계획을 세웠고, 이 소문이 퍼지면서 남한에서는 전쟁이 일어날지도 모른다는 두려움에 쌀, 라면 사재기가 벌어지기도 했다.

일촉즉발의 위기 속에서 김영삼 대통령은 클린턴 대통령에게 전화를 걸어 폭격 중지를 건의했다. 영변 핵시설에 대한 정밀 폭격이 전면전으로 번질 수 있고, 이 경우 초기 3개월간 미군 사상자 5만 2000명, 한국군 사상자 49만 명에 엄청난 수의 민간인과 북한군 사상자 발생이 불가피하다는 시뮬레이션 결과가 나왔기 때문이다. 이처럼 위중한 국면에서 지미 카터 전 미국 대통령은 특사 자격으로 6월 15일부터 6월 18일까지 북한에 머무르며 김일성 주석과 담판을 벌였고, 김 주석이 궁극적으로 한반도의 평화를 바란다는 발언을 하면서 북핵 문제는 삽시간에 대화로 전환된다.

"그때 만약 폭격을 했으면, 어떻게 되었을까요?"

"상상할 수 없는 일이 일어났겠지. 전쟁이란 것이 원래 예측

불가능한 거니까. 김영삼 대통령이 '우리 국군 단 한 사람도 참전시킬 수 없다'고 고집을 부리는 데다, 폭격개시 출발 1시간 전에 북한을 방문 중인 카터로부터 '핵사찰 받는다'는 소식이 전해져 왔기 때문에 주저 앉혔다는 거 아니야?"

"지금 생각해도 끔찍하네요."

"만약 핵시설 폭격이 일어났다면, 북한은 남한을 전면적으로 공격했겠지. 대한민국 전 국민도 국민이지만, 한 시간 거리에 있는 서울시민들 마음이 어땠겠어? 물론 당시 북한의 경제사정이 여의치 않은 가운데, 1989년 세계청년축전에 쏟아 부은 돈 때문에 '고난의 행군'이라 불릴 만큼 주민들이 굶어죽을 때였고. 또 북한에 우호적인 소련도 금방 해체된 상황이었던 데다, 중국 역시 이제 막 경제개발을 시작한 단계였기 때문에 미국과 등을 돌리기가 쉽진 않았을 거야."

"영리한 미국 사람들이 그런 사정을 미리 다 알지 않았을까요?"

"그랬을 수도 있지. 근데 만약 그때 실제로 핵폭격이 일어났다면, 다소간의 피해는 있을지언정 남북통일을 앞당길 수도 있었을 거라는 의견이 있어."

"그건 그렇고. 여보. 아무리 그렇다고 그 큰 백화점이 어떻게 한꺼번에 무너질 수 있어요?"

"갑자기 무너졌다기보다 서서히 무너졌는데, 사람들이 그걸 몰랐던 거지. 어렴풋이 알면서도 설마하고 안이하게 생각했을 수도 있고. 개장 초기부터 미세한 진동이 울리고, 아무 이유도 없이 물이 샜다고 하잖아? 그럼에도 신경 쓰는 사람이 없고 하니까."

이른바 삼풍백화점 붕괴사고. 1995년 6월 29일 오후 5시 57분경 서울특별시 서초구 서초동에 있던 삼풍백화점이 무너져 1,445명의 종업원과 고객들이 다치거나 죽었으며, 주변 삼풍 아파트, 서울고등법원, 우면로 등으로 파편이 튀어 주변을 지나던 행인 중에 부상자가 속출해 수많은 재산상, 인명상 피해를 끼쳤다.

"그 회장이란 분도 기가 막히겠어요."

"물론. 하지만 그 양반이 경찰조사를 받는 과정에서 기자를 보고, '백화점이 무너졌다는 것은 손님들에게도 피해가 가는 것이지만, 우리 회사의 재산도 망가지는 거예요'라고 하여 국민들의 분노를 샀어."

집계 결과, 사망자는 502명(남 106명, 여 396명, 사망확인 472명, 사망인정 30명), 실종 6명, 부상자 937명이었다. 피해자 가운데 최명석(1975~)은 11일, 유지환(1977~)은 13일, 박승현(1976~)은 17일 동안 갇혀 있다가 극적으로 구조되었다. 특히 유지환 양은 구조 직후 "지금 가장 먹고 싶은 게 무엇이냐?"라는 질문에 "냉커피가 마시고 싶다."라고 대답하여 이슈가 되기도 하였다. 삼풍백화점 붕괴 사고 이후 1980년대와 1990년대 초에 지어진 건물들에 대한 공포가 확산되었다. 이에 정부는 전국의 모든 건물들에 대한 안전평가를 실시했다.

부채와 베스트셀러

새로운 저서 집필에 착수하였다. 하지만 마음은 늘 불안하고 초조했다. 팔리지 않는 나주 땅 문제도 그렇거니와, 매달 갚아야 할 이자만 수백만 원에 이르다보니 한강에 돌 던지기나 마찬가지. 두 달이 멀다 목돈을 빌리고, 그 때마다 동료 교수들과 동생 태국, 처남한테까지 보증을 세웠으니.

'부도를 낸다? 그리 되면, 아버지의 한을 풀어드리겠다는 야망도 끝장날 테고, 집안의 운명마저 참담한 꼴이 되고 말 것이다. 어떻게 얼굴 들고 학교에 나갈 것이며, 무슨 낯으로 제자들 앞에 설 것인가? 나를 믿고 보증 서준 사람들을 과연 피해자로 만들어야 하는가? 여러 차례의 입시낙방과 자살 시도, 비무장지대의 수색소대장 근무 등 숱한 위험을 극복하며 살아온 인생인데, 조교경합에서의 패배, 여동생 둘과 딸의 죽음이라는 역경을 이겨내며 얻어낸 교수자리인데…. 이 지점에서 인생의 종지부를 찍을 수는 없다. 초등학교 동창생들, 나를 가르쳐주신 선생님들, 부모형제와 친척들 앞에, 무라리의 하늘 아래 낙오자의 모습으로 설 수는 없다!'

하지만 마음의 각오만으로 누적된 부채가 해결되지는 않았다. 책 속의 활자가 눈에 들어오지 않았고, 음식의 맛이 느껴지지 않았으며, 잠자리에 누워도 쉬이 잠이 오질 않았다. 주변에서 차라리 터버리는 것이 낫다는 충고를 해왔다. 이른바 빚잔치. 하지만 혀 깨물고 죽는 한이 있어도 그럴 수는 없다 생각했다. "어느 구름에 비 올지 알 수 없다."는 말을 굳게 믿으며, 일확천금을 꿈꾸어 보았다.

'굳이 복권이 아니라도 좋다. 나주의 땅값이 오르기만 해도…'

나주시청에 근무하는 친구를 찾아가 도시개발 계획서를 본 적이 있었다. 캐비닛 속 깊은 곳에 보관해놓은 서류를 꺼내 보이며, 나주역이 계획대로 옮겨오기만 하면 땅 앞으로 큰 도로가 뚫릴 것이고 그리 되면 평당 족히 100만 원씩은 받을 것이라 했다.

'운수 대통하여 400만 원, 500만 원으로 뛴다면, 그야말로 팔자 고치는 일이 될 테고. 모든 빚을 다 갚고도 남을 것이다. 그 가운데 절반만 팔고 남은 땅에 2층 양옥집을 짓고, 고급승용차를 빼어 광주까지 출퇴근을 해도 될 것이다!'

그 사이 염산의 새우 양식장에서 대박이 터지든지, 양식장이 통째로 팔리는 일도 기대해볼 수 있을 터. 왜? 이씨는 틈이 날 때마다 이렇게 말하곤 했으니까.

　"한 해만 잘 떠먹어도 3억이나 4억은 단번에 벌그든. 이것은 투기사업이여. 3년 망허다가 1년만 건져도 수지가 맞는다는 사업 아니냐? 그러고 정 안되면, 아조 사업장을 팔아버리제 어째야? 사람들이 서로 살라고 달라들면, 10억도 받을 수 있어야."

　"그렇게나 많이…요?"

　"아먼. 몇 년 전에 평당 3만 원에 팔라고 해도 내가 안 팔었지 않냐? 평당 3만 원이면, 에 1만 5천 평 잡고 을마냐? 이찌, 니, 산, 시, 고, 로꾸, 벌써 4억 5천 아니냐? 그러고 앞으로 서해안고속도로가 뚫리고 무안에 국제공항 들어서봐라. 그러면 여그서 생산되는 물고기가 서울로도 빠지고, 일본 같은 디로 즉각즉각 수출도 되고 허그든. 그런 게 땅값이 사정읎이 뛴다고 봐야제."

　"아따, 당신도. 뻥튀기 조까 그만허씨요. 누가 3~4만 원씩 준 닥 해라우? 지내가는 말로, 그냥 한번 물어본 소리제."

　"아이, 저 노모 애팬네가 믄 말을 허먼, 꼭 방거 질르드라(반대하더라) 이."

　"텀턱 아구창 같은(어처구니없는) 소리를 헌 게 그러제, 어째라우? 내가 고 노모 새비 땜에 시방 허리가 뿌러지게 생겠소."

　"어머니, 아버님 말씀에도 일리가 있어요. 사람 일은 아무도 모르잖아요?"

스스로를 합리적인 성격이라 진단해놓은 태민은 어느새 대박을 꿈꾸는 몽상가가 되어 있었다. 그러나 찬란한 무지개를 꿈꾸는 중에 꼭 산통을 깨트리는 이는 금융기관 대출담당자였다.

"왜 안 된다는 겁니까?"

"교수님, 죄송한데요. 그동안의 거래실적이 불량해서 그럽니다. 안 된다는 것은 아니고요. 그동안의 원금 하고 밀린 이자를 갚아 주셔야 허고요, 보증인도 한 명으로는 부족허거든요."

벌써 서줄만한 사람은 다 세웠는데, 또 누굴 세우라는 말인가? 가난보다 더 속상한 일은 '불공평'이었다.

'좋은 게 좋다며 세상과 타협하는 인간들은 떵떵거리며 잘만 사는데, 왜 나는 이 모양일까? 여자의 조건을 보고 결혼한 녀석은 빚 걱정 없이 잘만 사는데, 사랑 하나 보고 결혼한 나는 왜 이 모양일까? 시간강사, 조교 하나 쓰는 데도 돈을 밝히던 목양대학 교수들은 얼굴에 개기름이 번지르르한데, 후배 교수 채용할 때 쓴 커피 한 잔 얻어먹지 않은 나는 왜 이 모양, 이 꼴인가?'

기회가 없었던 건 아니다. 아들이 혼자 있는 집에 1,500만 원 현금다발을 놓고 간 교수 지망생도 있었고, 자신의 제자를 심어달라며 현금 1,000만 원을 억지로 떠맡긴 원로교수도 있었다. 그러고 보니 세상은 늘 불공평했던 것 같다. 나중에 들은 바로, 중학교·고등학교 입시에서 '뒷구멍'으로 들어간 여우들(?)은 한둘이 아니었고, 병역면제 받은 '신의 아들들' 또한 부지기수였다. 태민 자신의 조교경험에서나 이씨의 공천과정에서도 도덕과 양심은 돈과 **빽**을 결코 이기지 못했다.

'아! 거추장스러운 양심 나부랭이 때문에 이 고통을 당해야 하는가? 독야청청하고자 하는 이 바보에게 손 내밀어줄 사람은 정녕 없는 걸까? 혈육을 잃은 슬픔은 시간이 지날수록 줄어드는데, 이 빚이란 괴물은 시간이 갈수록 눈덩이처럼 커지기만 하니…'

교수발령을 받았을 때, 절체절명의 순간에 역사해주신 위대하신 하나님께 감사를 드렸다. 오갈 데 없는 몸뚱이를 받아준 대학이 한없이 고맙고, 동료 교수와 학생들이 너무나 소중하게 느껴졌다. 부지런히 연구하고 열심히 가르치며, 한평생 이 곳에서 성실하게 근무하다가 건강한 모습으로 정년퇴임하는 미래의 장면을 그려보았다. 학교생활에도 적극적으로 참여하였다. 연구실에 찾아오는 학생들과 대화를 나누고 오후 늦게까지 책을 보다가 해질 무렵에는 캠퍼스를 산책하며 젊음의 공기를 맘껏 들이마셨다. 개인 사정으로 휴강한 적은 한 번도 없었고, 강의시간 역시 준수하려 노력했다. 어렵고 딱딱한 과목이라는 고정관념을 깨뜨리기 위해 최선을 다했다. 학생들을 진정으로 사랑해야 한다 생각했다. 신입생 환영 체육대회나 졸업생 환송회, 과 학생회 출범식과 MT, 답사와 수학여행, 졸업여행, 각종 축제와 사은회 등 학생들과 관련된 행사에는 빠지지 않았다. 아름다운 캠퍼스에서 싱싱한 젊음들과 함께 삶과 철학을 논할 수 있다는 사실에 감사했다.

하지만 이자 때문에 빚을 내어 이자를 갚고, 다시 그 빚에 대한 원금 상환과 이자를 위해 다시 빚을 내야 하는 악순환이 이어지고 있었다. 수시로 날아오는 최고장, 시도 때도 없이 걸려오는 독촉전화가 삶을 비참하게 만들었다.

"나는 자세한 내용을 모르니, 아내에게 말하세요!"

"아니, 본인이 본인 부채를 모른다는 것이 말이 됩니까? 여기 도장하고, 사인을 교수님이 직접 안 하셨어요?"

"내가 하긴 했는데, 잘 모른다니까요."

스스로 생각하기에도 너무나 이율배반적인 대답, 그에 황당해진 상대는 할 말을 잃곤 했다. 그러나 놀랍게도 태민은 자신의 부채 상황에 대해 거의 모르고 있었다.

"도대체 우리 빚이 얼마냐고? 본인에게 가르쳐주질 않으니, 애통터질 일 아니야?"

"당신이 알아서 뭐해요? 당신은 전화 오면, 그저 공손히 대하고요. 내가 간다고 말만 하면 돼요. 오늘은 어디 은행이었어요? 내가 내일 찾아가서 사과 해야겠네요."

"살림을 어떻게 하는데, 그러냔 말이야?"

"다 이자로 들어간 돈이라니까요."

"이자가 들어가는 원금이 애초부터 왜 생겼냐고?"

"그야 당신 대학원 다닐 때부터 조금씩 빌려 쓰다 보니까, 커진 거지요."

"왜 빌려 썼는데?"

"나 참. 당신 뒷바라지 하는데 들어가고, 아이들 키우고 살림

하느라 그랬지요. 아버님이 생활비를 대주시다가 말아버리셨잖
아요?"

　평소 가깝게 지내는 교수들은 많았다. 하지만 보증을 부탁할
만한 사람은 없었다. 우선 거절하지 않을 사람이어야 하고 비밀
을 지켜줄 사람이어야 하는데, 그런 '조건'을 갖춘 사람은 흔치
않았다. 더욱이 상호보증 관계로 끈끈한 인연을 맺은 심춘식 교
수와 같은 학과의 후배교수 최종학에게는 한 차례 신세를 진 상
태. 이리저리 궁리하다가 선택한 카드가 지찬진 교수.
　'내 덕분에 이 학교에 왔다고 말하는 사람, 서로 형제처럼 의지
하고 지내자는 말도 여러 차례 했었지. 나이도 들었으니, 금전적
인 어려움에 대해서도 이해할 거고. 더욱이 돈을 빌려달라는 것
도 아니고….'
　신용금고 대출의 보증인으로 그는 군말 없이 응해주었다. 은
행을 비롯한 제1금융권에서는 신용대출을 꺼리는 데다 보증인
을 두 명 이상 요구했다. 반면 신용금고는 한 사람이면 충분하다
고 하는 데다, 마침 그 이사장이 같은 고향 사람이었다. 어떻든
지찬진 덕분에 당장 차압이 들어오는 위기는 모면할 수 있었다.
하지만 워낙 이자가 비싼 데다 매년 원금을 갚아도 그 돈으로
원금을 차감하는 대신 따로 적금을 들게 했다. 그러고 나서 이자
는 본래의 원금에서 계산을 해대니, 이중 삼중으로 불리했다.
　"본래 신용금고란 데가 예금과 대출 모두 이자가 높아요. 돈이

급한 사람에게서 높은 이자를 받아 예금자에게 높은 이자를 주는 거지요. 그래야 예금주들이 위험을 무릅쓰고 돈을 맡길 거 아니어요? 그러니까 우리처럼 뜯길 염려가 많은, 리스크가 큰 사람들은 높은 이자로 돈을 빌릴 수밖에 없고요. 그래서 없는 사람이 서럽다고 하지요."

"이런 망나니 같은 경우가 어디 있냔 말이지. 지 교수도 해년 마다 보증을 갱신하라고 하니, 짜증이 안 나겠어?"

어렵사리 마련한 돈을 이자 갚는 데 소진해야 한다는 사실, 월급쟁이 신분으로서 몇 천만 원, 아니 억 단위에 육박하는 부채를 짊어지고 살아간다는 것은 지옥이나 진배없었다. 대추나무에 연 걸리듯 한 부채로 인하여 금남로 일대의 금융가를 누비고 다녀야 하는 심정이라니.

'교수란 작자가 강의나 저서로 얼굴이 팔리는 것이 아니라, 빚쟁이로 팔리고 있으니.'

한 달 월급 몽땅 털어봐야 한 곳 이자 내고 나면 남아나질 않았다. 은행에 가면 진이 빠지고, 집에 돌아오면 심신이 피곤했다. 당장에 들어가야 할 홍인의 교육비며 생활비는 또다시 빌려 충당해야 했다. 초조해지는 아내의 표정과 압박해오는 은행 담당자들의 독촉 속에서 강의에 대한 열정도, 학생들에 대한 관심도 식어갔다. '빚쟁이'이라는 사실이 알려질까 봐, 출근하는 일 자체가 두려웠다. 스스로를 지탱하기 위해 억지 희망을 품어도 보았다.

'내 주변 어디엔가 파랑새와 무지개가 있을 거야. 하늘이 무너져도, 솟아날 구멍이 있다는데….'

이 무렵 교수휴게실에서 자주 마주치는 수학과의 한 원로교수가 있었다. 기상천외한 언행으로 주변을 놀라게 하는 사람. 태민이 일곱 번 만에 운전면허 시험에 통과했을 때 선물로 만년필을 주고, 총장선거에 낙선한 날 저녁에는 안주도 없이 소주 두 병을 들이켜고 "제자가 나를 배반했다"며 울분을 토했던 사람이다. 필터 반대편의 담뱃갑을 뜯어 입으로 담배를 물고, 화장실 출입문을 발로 차서 열만큼 결벽증이 심했던 사람이다. 광림대 역사를 줄줄 꿰고 있는 데다 평소에도 걸쭉한 입담으로 유명했던 그가 태민을 볼 때마다 "옛날 철학자들은 대부분 수학자였다"며, 그들에 얽힌 신변잡기와 에피소드를 들려주곤 했다. 철학교수가 모르고 있었던 부분까지 감칠맛 나게 풀어나가는 그 이야기 앞에서 자책감이 일었다.

'명색이 철학 전공자로서 그만 못해서야 되겠는가?'

이런 심사로 착수한 작업이 철학자들의 삶과 에피소드를 엮어보는 일. 전공인 철학을 살리면서 문학적 요소를 가미하면, 의외의 작품이 나올지도 모른다는 기대감이 생겼다. 여기에는 학생들의 반응도 한몫 거들었다. 강의 중 어느 부분이 흥미로웠냐고 물어보았을 때, 돌아온 대답은 거창한 이론이나 심오한 사상이 아니었다. "칸트의 키가 그렇게 작았어요?"라든가, "헤겔이 정말 하숙집 여주인과 바람이 났어요?" 같은, 지극히 인간적인 장면이었다. 꾸벅꾸벅 조는 학생들을 깨우기 위해 무심코 던졌던 잡담 수준의 이야기들이 학생들의 뇌리 속에는 그 어떤 고매한 이론보다 깊이 각인되어 있었던 것이다. 더욱이 철학자의 에피소드만을 따로 모아놓은 책이 국내에 없다고 하니, 잘 정리해두면 한국 철학사의 한 페이지를 장식할 수도 있지 않을까 하는 생각이 들었다.

'근엄하게만 느껴지던 철학자의 인간적인 약점들을 소개한다면, 대중들에게까지 어필할 수 있을 것이고….'

소장하고 있던 책들을 뒤져 관련된 내용을 발췌하여 복사하기 시작했다. 학교 도서관에서, 시내 서점에서, 그리고 서울대와 국회 도서관에서까지 자료들을 끌어 모았다. 실질적인 집필 작업은 고강도로, 그리고 급속히 진행되었다. 봉선동 26평형 임대 아파트의 복도 쪽으로 난 작은방은 퀴퀴한 땀 냄새로 뒤덮이기 일쑤였다. 여름철, 엉덩이에서 진물이 묻어나고 땀띠가 솟아났다. 유난히 가문 날씨와 고온 탓에 선풍기에서는 더운 바람이 뿜어져 나왔다. 하지만 끊임없이 가슴을 짓누르는 것은 사람들의 반응에 대한 불안감이었다.

'혹시 내가 엉뚱한 짓을 하고 있는 것은 아닐까?'

초등학교 6학년 때, 담임선생님과 아랫동네 송정에 갔다가 올라오는 길이었다. 서촌과의 중간 지점에 도달했을 때, 갑자기 앞이 캄캄해졌다. 반쯤 얼이 빠신 선생님은 엉뚱한 방향인 오른쪽

밭으로 가자 했고, 태민은 그의 손을 잡아끌며 앞으로 나아갔다. 얼마나 걸었을까. 드디어 서촌 동네가 나타났고, 가슴을 쓸어내린 태민은 그날 밤 그의 하숙방에서 함께 자야 했다. 귀신에 홀렸다는 깨달음이 엄청난 공포로 다가왔기에.

가을 무렵. 한성동네와 남촌 사이의 공터 모래밭에는 가설극장이 설치되곤 했다. 그런 날은 대낮부터 요란한 스피커 소리가 사람들을 유혹했으되, '문화와 예술을 사랑하는' 무라리 주민들이 모두 다 영화를 볼 수 있는 건 아니었다. 그런데 태민이 기적적으로 이곳에 간 적이 있었다. 이씨의 손을 잡고. 휑하니 뚫린 농촌의 밤하늘 아래 하얀 천을 네모지게 둘러친 가설극장, 여러 차례의 안내방송 끝에 필름은 돌아가기 시작했고, 필름이 끊기기를 수도 없이 되풀이하다가 영화는 겨우겨우 끝을 맺었다. 어느새 천막은 걷혀 있었고, 태민은 벌판의 한 복판에 서 있는 자신을 발견했다. 아늑하던 영화관이 시끌벅적한 장터로 바뀌면서 "영자야!, 순자야!, 아부이! …." 하는 외침이 무라리 밤하늘에 메아리쳤다. 한참 만에 붙잡은 이씨의 손, 하지만 그의 방향감각은 신기하리만치 둔했다. 늘 서촌의 반대편으로만 가려고 기를 썼다. 태민은 무릎을 굽혀 주변의 스카이라인을 살폈다. 산(봉덕산) 봉우리가 높이 솟아있는 쪽은 분명 남촌일 것이고, 어슴푸레한 솔밭 형태가 바로 서쪽에 자리한 서촌일 터. 허둥대는 이씨의 손을 힘껏 잡아끌었고, 그렇게 한참을 가다가 서촌을 만났다.

"그때처럼 눈 감고 한없이 걷다 보면, 언젠가 끝이 나올까?"

"지난번에도 그랬지만, 결국 잘 됐잖아요?"

"그때에는 내 이름으로 책 한 권 나왔으면 좋겠다 하는 정도였지. 하지만 이번에는 뭔가를 해내야 하잖아?"

"당신은 부지런히 책 쓰고, 나는 열심히 은행 아르바이트 하다 보면 좋은 일이 있겠지요. 잘하면 정규직으로 올라갈 수도 있대요. 그리되면 우선 빚부터 갚고, 아파트도 큰 평수로 옮기고요. 부모님에게 용돈도 많이 드리게요. 그리고 동생들 사업도 팍팍 밀어주고요."

고교 졸업 후 4년여 동안 은행에 나가던 진선은 결혼과 동시에 퇴사하였다. 그때에는 그것이 최선인 줄 알았다. 결혼한 여자는 당연히 직장을 그만두고 집에서 아이 잘 키우고 살림 잘하면 그만인 줄 알았다. 하지만 시대가 바뀌면서 어느새 맞벌이가 대세로 자리를 잡다 보니, 그 일이 한없이 후회스러워졌다. 결국 아는 선배를 통하여 일용직이나마 겨우 얻어놓았으되, 벌이는 시원치 않았다.

"그래. 그래야지 대파 밭에서 땀 흘리는 어머니도 계시는데. 그에 비하면 이런 작업쯤이야 신선놀음이나 마찬가지니까."

투자에 비해 수익성이 높았던 땅콩 작물은 오랜 동안의 '전설'을 뒤로 하고 자신의 텃밭을 대파에게 물려주었다. 중국산 땅콩이 물밀듯 들어오면서 땅콩값이 폭락했기 때문. 물론 그 중간에 감자를 재배하여 실패한 때도 있었고.

'내 몸뚱이는 쉴 자격이 없다. 나만 효율적인 작업을 위해 잠시

휴식을 허락할 뿐….'

한 시간 간격으로 일어나 운동을 했다. 이쪽저쪽으로 몸통을 돌려보고, 두 팔을 무릎 아래에까지 내려 보고, 목을 전후좌우로 돌려주었다.

'미국에 가보지 않은 사람도 미국이 있다는 사실을 믿는 것처럼, 저 언덕 너머 어딘가에 파랑새가 있음을 믿어야 한다. 이 원고가 한 권의 책으로 세상에 나오리라는 사실, 사람들로부터 각광받으리라는 사실을 의심하지 말아야 한다. 만약 실패하면? 망설임 없이, 또 다시 시작해야 한다. 무엇으로? 비장의 무기, 자서전적 소설로. 그것도 실패하면? 또 시작하는 거고….'

1978년에 나온 조세희 씨의 연작소설집 '난장이가 쏘아 올린 작은 공'이 생각났다. 노동자 계급의 소외로 요약되는, 1970년대의 사회적 갈등에 대한 문학적 보고서. 하지만 태민이 주목한 건 사회계층의 대립이 아니라, 끊임없이 투쟁하며 살아가는 주인공의 모습이었다.

"요즘 홍인이는 어때? 중학교는 초등학교와 많이 다를 텐데."

"놀기를 워낙 좋아하는 것이 걱정되긴 하지만, 그런 대로 학교생활에 잘 적응하고 있고요. 성적도 상위권을 유지하고 있으니까. 담임이 그런대요. '야, 너는 어떻게 공부도 안 하는 것 같은데, 성적은 잘 나오냐'고요. 그런 데다 성격이 좋고, 운동이면 운동, 그림이면 그림, 노래면 노래… 못하는 게 없어요. 홍인이는 우리가 엄청 부잔 줄로 알거든요."

"내 아들에게는 절대로 가난을 물려주지 않을 거야."

물려주기 싫은 것은 가난뿐만이 아니었다. 움츠러드는 성격도, 입시 지옥도, 알량한 자존심만 내세우는 옹고집도, 뒤틀린 운명도 죄다 물려주기 싫었다. 대학노트 20여권에 **빼곡하게** 들어찬 원고를 컴퓨터로 옮겨 놓으니 양이 만만치 않았다. 그 후의 작업은 그걸 다시 10분지 1정도로 줄이는 일.

완성된 원고 다섯 부를 복사하여 제법 이름이 알려진 다섯 개의 출판사 앞으로 우송했다. 한 달쯤 후, 전화가 걸려왔다. 솔잎 출판사의 기획실장 남희수. 이튿날 음식점에서 만난 그는 대뜸 100만 원 짜리 수표를 코앞에 들이밀었다.

"저희 출판사는 주로 대학교재를 출판해 왔습니다. 이제부터 단행본을 시작하려던 참이었는데, 마침 교수님의 원고가 도착한 겁니다. 저희들로서는 첫 작품인 만큼 교수님의 책에 '사운(社運)' 을 걸겠습니다."

권종복 생각이 났다. 대학 시절, 같은 반 여학생 최리나를 죽도록 짝사랑하여 집 앞에서 죽치고 앉아있던 친구, 그가 지금은 제법 유명한 시인이 되어 있었다. 양림동 골목을 헤매다가 마주한 어느 허름한 집 2층.

"아따, 이 사람. 자네 그때 ROTC 훈련받을 때 보고, 첨인가? 한 20년 되얐는 생이네?"

"자네 소식은 간혹 신문에서 보고 있네마는…."

"집에 있으면 정신집중이 안 돼서. 작업실을 두고, 문인 지망생들 허고 같이 생활허고 있네…."

"어째 리나 소식, 듣고 있는가?"

"그 전에 지역 신문사에 쪼까 있다가, 대학원에 진학했다는 말은 들었네마는…."

명문여고 출신에 날씬한 키, 볼륨 있는 몸매, 하얀 피부에 커다란 눈망울, 오똑한 콧날, 빨간 입술 등 이목구비가 뚜렷한 미인. 안경을 낀 것은 오히려 지성미를 더해주었다. 태민네 반 아이들 치고 그녀를 좋아하지 않은 경우가 없을 정도. 하지만 그녀가 캠퍼스 안에서 괴한들로부터 집단 성폭행을 당했다는 소문이 나돌았다. 소문의 진위 여부를 떠나, 그때부터 '한 송이 백합화'에 대한 관심이 시들해진 건 사실이었다.

그런데, 그런데 이 '별종'이 소리 소문도 없이 그녀에 대한 연정(戀情)을 불태우고 있을 줄 누가 짐작이나 했겠는가? 수많은 러브레터를 보내다가 마침내 뒤를 밟아 그녀의 집까지 따라갔단다. 그리고 어느 날 '천사'와 그 아비가 마당에서 나뒹굴며 짐승처럼 싸우는 꼴을 기어이 보고야 말았다나? 당연히 실망하여 돌아서야 마땅한데, 이 유별난 종자는 그때부터 더욱 마음이 뜨거워져 숫제 집 앞에서 죽치고 앉아있었다는 것. 소설 같은 이 스토리를 태민은 대학 4학년 때, 군복무중 휴가 나온 그의 입을 통해 직접 전해 들었다. 어떻든 사랑하는 여인을 따라 국문과로 진학까지 감행한 이 작자는 내로라하는 시인이 되어 있었으니, '사랑'이 엄청난 순기능으로 작동했다고 해야 할까.

"이번에 나도 책을 한 권 내려 하는데, 그 인세 부분 말이야."

"아이구, 내가 인세 때문에 속상헌 적이 한두 번이 아니네. 오죽했으면 작가 본인이 직접 출판사를 채리는 경우가 다 있겄는가? 출판사에서는 어쭈코 해서든지, 인지를 안 찍을락 허그든. 귀찮기도 허고, 비용도 들고. 또 둘레먹도 못허고. 자기들한테 이익 될 것이 하나도 읎그든."

"비용이 많이 들고, 일 자체가 엄청 번거롭다고 그러긴 하더라고."

"인지 찍는 일은 다 사람을 사서 해. 그러고 비용이나 아니나, 장당 10원 꼴이나 쳐 줄란가? 어이, 인지를 붙여놓아도 복사를 허는 세상이여. 옛날에는 도장을 저자 것 허고 똑같이 파서 찍었넌디, 세밀허게 보먼 테가 났그든. 그런디 요새는 컴퓨터로 복사를 해버리기 땜에 원본허고 구별헐 수도 읎단 게."

"그래도 개중에 양심적인 사람들은 있을 것 아닌가?"

"바로 그 생각이 잘못 되얐다는 것이여. 출판사도 먹고살아야 허기 땜에 흑자를 내야 허고, 그럴라먼 인세에서 빼먹는 수배키 읎그든. 왜 그 자네도 알제? 한정수 씨라고…."

"잘 알지. 『소백산맥』인가…?"

"우리나라에서 둘째 가라먼 서러워헐 작가 아닌가? 오죽했으면 출판사를 상대로 소송을 걸었겄어? 벌써 수년 동안 투쟁을 허고 있넌디. 그 양반 말로는 인지에 임노 볼르게 비표를 했다는 것이여."

"비…표?"

"자기만 알아보게끔 가령 인지 왼쪽이나 오른쪽에 쪼그맣게 표시를 해두었다는 것이제. 그래 갖고 서점에 가서 사본 게, 그 비표가 옳드란 말 아닌가?"

"그러면?"

"결국 출판사에서 작가에게 판매량을 줄여서 말을 허고, 지들 멋대로 인지를 찍어 팔아먹었다는 증거제."

"야, 세상에. 출판사나 그 양반이나 돈도 많이 벌었을 텐데?"

"한두 권도 아니고, 그 책이 여섯 권인가 일곱 권인가 시리즈로 나왔그든. 거그다가 베스트셀러가 되야 갖고 200만 부가 나갔다고 헌 게, 출판사는 노다지 캤을 것 아닌가? 그 양반도 솔찬히 벌었제. 인세 비율도 10프로가 아니고, 그보다 훨씬 높다고. 심지어 20프로, 25프로까장 받는 경우도 있은 게, 그 돈이 장난이 아니제."

"권당 1000원 씩만 잡아도, 200만 부면 20억? 거기에다 여섯 권이면, 120억? 야… 그런데도 싸운다고?"

"돈도 돈이제마는, 뻔헌 사실을 두고 안 했다고 발뺌을 헌 게 작가 입장에서는 꼬라지가 날 것 아닌가?"

"한씨가 이길 수 있을까?"

"작가가 문 심이 있는가? 대형출판사야 전속변호사도 있을 것이고, 그런 방면으로는 똑소리 나는 사람들이 포진해있을 턴디.

새우허고 고래허고 쌈허는 꼴이나 마찬가지제."

며칠 후, 역삼동의 르네상스 호텔 커피숍. 일전에 대비하여 전
의를 불사르고 있는 중.

"여기 계약서를 두 통 가져왔습니다. 통상의 예대로 책값의 10
퍼센트를 인세로 저자, 그러니까 교수님에게 지급하기로 하고
요. 10만 부가 초과할 경우, 일정한 비율로 가산해주기로 하는
것이 어떻겠습니까?"

"일정한 비율이라면…?"

"15퍼센트나 20퍼센트일 수도 있다는 뜻입니다."

'10퍼센트만 잡아도, 10만 부가 나가면… 1억?'

더 이상 계약을 미룰 이유가 없었다. 그러나 인지는 발행해야
한다며, 끝까지 고집을 피웠다. 두 장의 계약서에 서명하고 날인
한 다음, 각각 한 통씩 나누어 가졌다. 태민 쪽에서 출력된 원고
와 내장된 디스켓, 그리고 철학자 한 사람에 한 장씩 들어갈 삽화
100장을 넘겨주었다. 그림은 태민이 대강 뼈대를 잡은 다음, 미
술과 여학생에게 부탁한 것이었다.

계약 후, 출판사에서 작업한 내용에 다시 수정을 가하는 일이
수도 없이 반복되었다. 사나흘씩 밤을 새우는 일도 허다했다. 남
실장 또한 최선을 다하는 모습이 역력했다.

"저희는 지금 책을 만드는 것이 아닙니다."

"……?"

"하나의 작품을 만들고 있습니다. 작업을 하면 할수록 히트할 것 같다는 예감이 더 듭니다. 전 직원이 이 일에 매달리다시피 하고 있거든요. …아! 그리고 그림은 프리랜서 한 분 고용했는데요. 한 장당 5만 원을 달라고 하니까 500만 원 정도 들 것 같아요. 표지도 따로 맡겨야 하니까 보통의 단행본보다 7배 가까이 들어가지 않나 싶네요. 물론 대박만 터뜨려 준다면 그런 것쯤이야 무슨 문제가 되겠습니까? 하하하…."

"감사하기도 하고, 은근히 걱정도 되네요."

"너무 부담은 갖지 마시고요. 동양 철학자, 서양 철학자 따로 해서 두 권으로 만들려고요. 보통의 책과는 달리 표지를 코팅처리 할라고 하는데, 거기에도 엄청난 비용이 들어갑니다. 지질(紙質) 역시 국내 최고급품으로 할 거고요."

6개월 동안 출판사와 원고 주고받기를 무려 일곱 번. 제목은 출판사의 제안에 따라 『2500년간의 고독과 자유』라 붙였다. 노벨문학상 수상작가인 콜롬비아 출신의 가르시아 마르케스가 1966년 펴낸 『100년 동안의 고독』과 많이 닮은 제목이었다. 며칠 후. 요란하게 벨이 울렸다.

"교수님, 『2500년간의 고독과 자유』가 베스트셀러에 올랐습니다!"

"…정말이요?"

"오늘자 조간신문 못 보셨습니까? 교보문고에서 발표하는 베스트셀러 목록에 인문분야 5위로 진입했다니까요."

베스트셀러라. 유명 작가들의 이름 앞에나 붙는 것으로 여겨 왔던 그 단어를 듣는 순간, 숨이 막히는 것 같았다. 혹시나 내가 꿈을 꾸고 있는 것은 아닐까?

"대개 다른 출판사에서는 사재기를 하면서 장난을 치는데요. 사실 저희들은 그런 짓은 안 하거든요. 교수님께 죄송한 말씀이지만, PR도 안 했고요. 안 한 것이 아니라, 못했지요. 저희 출판사가 아직은 영세해서 그런 일은 꿈도 못 꿉니다. 돈이 웬만치 들어야지요. 그래서 관행대로 각 언론사에 한 질씩 배부한 것뿐인데, 거의 모든 신문사의 문화부 기자들이 추켜들고 관심을 보이며 대서특필하고 있는 것이지요. 책을 보고 주위 사람들이 그랬었거든요. 표지 그림이나 제목이 아주 좋은 데다 오자, 탈자도 없다고요. 어떻든 지금도 출판사로 계속 문의전화가 오고 있습니다. 서울 시내의 서점 가판대에 올린 지 1주일 만에 뜨는 책은 또 처음이랍니다. 아무튼 또 연락드리겠습니다."

구름 위를 나는 기분. 야, 세상에. 이런 일이. 내가 베스트셀러 작가가 되다니.

'이제 부채 청산은 따 놓은 당상이고, 이러다가 벼락부자가 되는 것은 아닐까?'

대학 수능고사가 있던 날 아침, 한 통의 전화를 받았다. 상대는 모 입시학원 원장으로서 종친회 청년회장을 역임했던 사람. 태민보다 이래 항렬이었으뇌 나이가 더 많아 서로 간에 양존(兩尊)

하던 사이였다.

"아따, 우리 아제 책이 텔레비전에 나옵디다."

"그래요? 무슨 텔레비전에요?"

어제 저녁 SBC TV 신간서적 소개란에 크게 소개되었다는 것. 수화기를 내려놓자마자 다시 벨이 울린다. 남 실장.

"방송국에서 미리 연락도 안 하고 방송을 내보냈더라고요. 교수님 얼굴은 책표지 사진으로 대체하고, 직접 인터뷰한 것인 양 편집을 하고요. 아무튼 알아서 띄워주니까 좋긴 하네요. 중앙방송 한번 타면 그 효과가 엄청나거든요. 전국 방송에서 그 정도의 시간을 할애했다면, 대단한 평가여요. 그리고 국민일보, 중앙일보, 경향신문에서도 책표지와 함께 교수님의 인물사진까지 덧붙여 대서특필하였고요. 동아일보와 조선일보 등에서도 상당한 지면을 할애하여 보도가 되었습니다."

"근데 아직 지방지는 조용한 것 같지요?"

"서울에서 워낙 빨리 떠서 그래요. 아직 지방서점까지 책이 깔리기도 전이거든요. 중앙지에서 이렇게 띄우면 지방지에서는 자동으로 뜹니다."

2~3일 후, 드디어 지역의 언론사에서 연락이 오기 시작했다. '즐거운 비명'이라고 해야 하나? 광주일보와 무등일보에서는 직접 인터뷰하는 사진을 실어야겠다며, 저자더러 내방을 해 달라 했다. 그때 또다시 전화벨이 울렸다.

"남 실장입니다. 저희들이 전국 언론사를 체크하고 있는데요. 부산일보와 경북일보 등, 영남권에서까지 대대적으로 소개되고 있습니다. 앞으로 얼마나 확산될 지 그 끝을 모르는 형국이거든요. 대학의 신문사에서도 경쟁하듯 막 실어대고요."

"대학신문사에서도요?"

그밖에 '뉴스 플러스'와 '뉴스 메이커'와 같은 시사 잡지, '주간 동아'와 '퀸'과 같은 여성잡지, 그리고 평소에 이름도 듣지 못했던 잡지사에서까지 인터뷰 요청이 들어온단다. 무엇보다 전국에 잡지사 수만도 600개가 넘는다는 말에 입이 벌어졌다.

"만일 교수님이 서울에 계셨더라면 아마 대단한 센세이션을 일으켰을 겁니다. 사실 지방이라 아쉬워요. 인터뷰하고 싶은 언론사에서는 아무래도 지방이라 망설여지고, 그러면 크게 낼 것도 작게 내지고 그러거든요. 측정할 수는 없지만 매출에서도 몇 배 차이가 납니다. 큰물에서 노시면 교수님 같으신 분이야 금방 크시지요. 출판사에도 직접 만나볼 수 없냐고 여러 차례 문의가 왔거든요."

"책은 얼마나 나갑니까?"

"오늘 아침에도 교보문고와 종로서적에서 200세트, 영풍문고에서 150세트 주문이 들어왔고요. 부산이나 대구에서도 계속 신청부수가 늘고 있습니다. 어제 이미 초판이 매진되었고, 계속 책이 나가고 있기 때문에 오늘 중으로 인지용지를 내려 보낼 테니까요. 가급직 빨리 썩어서 보내주셔야겠습니다. 이번에는 우선

3만 부만 더 찍어 보내셔요."

야! 3만 부라면 한 부당 1,000원 씩만 잡아도 3천만 원 아닌가? 드디어 '대박'이 터졌구나. 이제 돈방석에 앉게 되었구나! 빠른 우편으로 배달된 용지를 받자마자 연구실에 앉아 인지를 찍기 시작했다. 며칠 후.

"남 실장입니다. 순위가 막 올라갑니다. 첫 주 5위에서 둘째 주에는 3위로, 그리고 그 다음 주에는 2위로 뛰어올랐거든요. 이 제 1위 자리를 차지하는 것은 시간문제인 것 같습니다. 가판대에 오른 지 불과 2주일밖에 안 됐는데요. 중앙지와 전국의 지방지에 보도되지 않은 곳이 없을 정돕니다. 라디오 방송에서도 책 소개 코너에 빠지지 않는다는 연락이 왔고요."

살맛이 났다. 축하전화도 많이 걸려오고, 학교에서 마주치는 교수들과 직원들, 학생들까지 알은 체를 해주었다. 다시 남 실장의 전화. 광주에서 출판기념회를 열자는 제안.

"모든 경비는 저희들이 대겠습니다. 당일 하객들에게 나누어 줄 증정본과 기본 경비는 출판사에서 부담할 테니까요, 가급적 많은 사람들이 올 수 있도록만 해주십시오. 지역의 유지나 유명 인사들도요. 각 언론사에 연락하여 대대적으로 보도하게 하면, 비용을 상쇄하고도 남는 광고효과가 있을 겁니다."

출판사와 날짜를 협의하여 신양파크 호텔에 장소를 예약했다. 당일 오후 4시 무렵. 태민은 승용차로 호텔 정문을 통과했다.

"단결!!!"

정문에서 현관에 이르기까지 검정색 단복에 베레모를 눌러쓴 학군단 후보생들이 도열한 채 절도 있는 동작으로 거수경례를 붙였다. 500석 규모의 그랜드볼룸에는 하얀색 식탁보가 씌워진 원탁이 30개 정도 배치되어 있었고, 식장 정면에는 파란색 병풍이 둘러쳐져 있었다. 그 옆으로 저서 명칭이 새겨진 얼음조각이 세워져 있었고, 소 관현악단 연주석도 따로 마련되어 있었다. 예정시간인 5시가 가까워지자 하객들이 몰려들기 시작했다. 정신없이 악수를 나누던 중, KBC 광주방송국 카메라가 들이닥쳤다. 저녁 8시 20분경 뉴스가 나가므로 지금 녹화를 해도 충분하다는 것.

개식선언 순서에서 채 교수는 태민을 한껏 추켜세웠다. 1년 전 학과의 인사파동 당시 자신의 제자를 밀어주지 않는다며 '배신자'라 욕하고 다니던 그 입술에서, '찬사'가 흘러나오고 있다. 약력보고를 맡은 교무처장은 특별히 진선을 일어서도록 하여 청중들의 박수를 이끌어냈다. 총장은 축사에서 태민을 '차분하고 부드러운 성격, 학문에 대한 뛰어난 열정, 양심과 지조, 고집 있는 성격, 대쪽 같은 선비 기질'로 묘사했다. 고교 교장을 역임했던 신흥대 총장은 격려사를 통해 "고등학교 때부터 두각을 나타냈고, 그래서 늘 기대해마지 않았으며, 이제 신흥의 상징적 인물이 되었다"고 말했다. 도가 지나친 '뻥튀기'였음은 물론이다. 마지막으로 축사를 맡은 박사과정 지도교수 박주동 박사는 '신진학자가 등장했다'며, 입에 침을 튀겼다. 드디어 행사의 하이라이트, 저자의 인사말 순서가 닥쳤디. 되도록 건조한 음성을 발하고자 애썼다. 그러나 중간쯤에 이르렀을 때, 목이 메고 말았다. 10여 년 전 통곡으로 보낼 수밖에 없었던 그날밤 일을 생각하니, 참았던 눈물이 터졌다.

'아빠의 가슴에 대못을 박고 가버린 나의 사랑하는 딸 홍은, 100원 짜리 하드를 사주지 못했던 일, 금남로 금융가를 누비며 원금과 이자를 갚고 나면 한 푼도 남지 않았던 대학교수 봉급….'

식이 끝난 후 미니 관현악단의 은은한 연주를 들으며, 진선과 함께 테이블을 돌았다. 어느 때부터인가 꿈꾸어왔던 주빈(主賓)의 역할.

'나는 왕자, 내 아내는 공주. 오늘은 우리들 생애 최고의 날이다!'

식사시간이 끝나기 바쁘게 하객들은 하나둘 자리를 뜨기 시작했다. 남 실장, 사장과 함께 호텔 바로 향했다.

"인세 부분은 곧 정리해서 보내드릴 텐데요. 사실 교수님의 글도 좋았지만요, 저희들 공로도 인정해주셔야 합니다. 베스트셀러란 쓰여지는 것이 아니라 만들어지는 법이거든요. 지난번 히트했던 『S대 수석 합격기』라는 책도요, 그 학생이 직접 쓴 게 아닙니다. 그의 이야기를 대강 주워들은 출판사에서, 말하자면 '소설'을 쓴 거지요."

"그랬어요?"

"일반 독자들은 잘 모르지요. 막노동꾼 출신으로 S대에 수석으로 합격했다니, 얼마나 드라마틱합니까? 어려운 가정형편 때문에 일찌감치 대학은 포기하고 술집으로, 당구장으로 싸돌아다니며 싸움질이나 하다가 고교 시절을 보냈는데, 어느 날 갑자기 미친 듯 공부가 하고 싶어졌다, 그래서 가장 역할과 더불어 수험생 노릇을 병행하면서 코피 쏟아가며 공부하여 서울대에 수석으로 합격하였다… 커어! 그럴듯하지 않습니까?"

"아이큐도 높지 않고, 키도 작고 몸도 왜소한 데다 고등학교 때 성적도 좋지 않았다면서요?"

"그런 데다 포클레인 조수에 택시기사, 공사장 막노동꾼 등 안해 본 일이 없다는 거고요. 그런데 오직 의지 하나로 성공했다는 스토리인데, 거의 신화나 전설 수준이지요. 유명인들 저서는 작가들이 대필하는 것이 보통이고요. 베스트셀러의 상당 부분은 출판사에서 콘셉트를 잡아 갖고 만들어버립니다. 역사적인 위인이나 영웅도 실은 각색한 측면이 크거든요. 그때그때 정권의 입맛에 맞추어 실제보다 부풀릴 부분은 부풀리고, 깔아뭉갤 부분은 사정없이 깔아뭉개는 거지요. 그리고 책이란 타이밍이 중요하거든요. 같은 내용이라도 언제 나왔느냐가 성패를 좌우합니다. 그래서 어떤 작가는 미리 써두었다가 이때다 싶을 때 책을 내기도 하고요. 또 어떤 사람은 앞으로 언제쯤 이런 내용의 책이 히트할 것이다 계산해 갖고, 미리 준비하기도 하고 그래요. 몇 년 전에 나왔던 책이 한참 시간이 흐른 다음에야 각광을 받는 경우도 많잖아요?"

"베스트셀러의 자격요건 중에 '서너 시간 만에 읽혀야 한다'는 항목도 있다면서요?"

"대중소설 같은 경우는 그렇지요."

"소비자들 입장에서는 가격 문제도 있을 거 아닙니까?"

"1만 원짜리 한 장 범위 내에서 살 수 있으면 좋고요. 그 선을 넘어서면, 특히 학생들의 경우 부담을 느끼지요."

"제 책은 두 권인 데다 합쳐서 1만 4천 원이나 나가니, 그게 좀 악영향을 끼치지 않을까요?"

"그래서 애초에 저희들이 한 권으로 줄이는 방법을 모색했던 거 아닙니까? 결국 교수님께서 안 된다고 허셔서…."

일행을 배웅하고 무등산 호텔로 향했다. 화려한 룸에 들어서는 순간, 신혼여행 생각이 났다. 1980년 2월 2일, 광주 지역에 엄청난 눈이 내려 꼼짝도 못하고 시내 호텔에서 묵었었는데.

"당신과 살면서 언젠가 이런 날이 올 줄 알았어요. 당신하고 테이블 돌 때요. 우리 둘이 하늘에서 내려온 선남선녀인 듯한 느낌도 들었고요, 다이애나[1] 왕빈가, 그 여자의 결혼식이 부럽지 않더라고요."

---

1) 다이애나 스펜서(1961년~1997년): 영국 왕실의 전 왕세자빈. 1981년 7월 29일 찰스 황태자와 세기의 결혼식을 치렀다. 그러나 1996년 8월 28일 이혼하였으며, 이후 AIDS 퇴치, 아프리카 빈민 구호, 적십자 활동, 대인지뢰 제거 운동 등 자선활동과 봉사활동에 전념하였다. 그러나 1997년 8월 31일 프랑스 파리에서 이집트의 억만장자 도디 알파예드와 함께 저녁 식사를 마치고 차를 타고 가던 중, 뒤쫓아 오는 파파라치를 따돌리려다가 교통사고가 발생하여 36세로 사망하였다.

"몇 달 전 이혼했지. 어떻든 오늘 승자의 쾌감이 어떤 것인지, 고진감래(苦盡甘來)의 기분이 무엇인지, 사람이 살아생전에 맛볼 수 있는 영광이 얼마나 큰지를 경험했어."

"이런 말은 좀 그렇지만, 오르가즘이 느껴지더라고요. 호호호…. 책 한 권 냈다는 사실에 그치는 것이 아니라, 국내의 매스컴으로부터 베스트셀러 작가로 소개되고 돈과 명예가 한꺼번에 주어지는 상황 아니어요?"

"이제 빚을 갚는 것은 시간문제고, 엄청난 돈을 거머쥘지도 몰라. 나를 아는 사람들이 선망의 눈초리로 바라보겠지. 어렸을 적부터 나를 휘감아온 패배의식과 좌절감을 말끔히 씻어내고, 이제 새로운 미래를 향해 출발하는 거야."

며칠 후. 진선과 함께 서울행 새마을 열차에 몸을 실었다. 인문 분야 베스트셀러 1위, 마침내 정상을 밟고 말았다는 소식이 당도한 다음날이었다. 우리나라를 대표하는 서점에서 그 '영광의 현장'을 두 눈으로 확인하고, 출판사에 들려 이런 저런 일도 상의할 요량이었다. 진선의 손을 끌며 식당칸으로 건너갔다.

"당신, 먹고 싶은 것 있으면, 마음대로 골라 봐."

"그래도… 돼요?"

"제일 비싼 것 먹으라고."

결혼한 이후, 마음 놓고 음식을 시켜본 적이 없었다. 그 흔한 불고기도 대접을 받거나 회식 자리에서였을 뿐, 가족끼리 함께 먹어 본 적은 한 번도 없었다. 아내는 '제일 비싼 음식'으로 비후가스를 시켰다. 새마을열차 안에서 나이프와 포크를 잡는 기분이란.

교보문고의 넓은 매장 안에는 발 디딜 틈도 없이 사람들로 붐비고 있었다. 서울의 한복판, 대한민국에서 가장 크고 유명한 서점의 베스트셀러 코너에 『2500년간의 고독과 자유』가 꽂혀있었다. 출판사는 종로서적에서 불과 5분 거리에 위치해 있었다. 허름한 4층 건물의 계단을 올라 문을 밀치고 들어서는 순간, 남실장이 함박웃음을 지어 보였다. 일제히 자리에서 일어나 인사를 하는 직원들을 보니, 피로가 싹 가셨다. 하지만 책 나가는 속도가 줄었다는 소식에 맥이 팔렸다.

"책이란 것이 원래 그렇습니다. 잘 나가다가도 뜸해지고, 그러다가도 또 잘 나가고 그러니까요. 곧 또 좋아질 겁니다."

"저야 뭐 상관없습니다만, 솔잎 출판사가 빌딩이라도 하나 지어나가야 할 텐데요."

"하하하…. 그렇게 되면 교수님도 돈방석에 앉으시게 되는 겁니다. 근데 저희들은 아직 서점에서 책값을 받지 못했습니다."

"아니, 왜요?"

"대형서점에서 곧바로 책값을 주나요? 아무래도 출판사 쪽에서 아쉽다 보니까, 서점 하자는 대로 끌려가는 수밖에요. 대개 빨라야 한 달, 혹은 3개월, 심지어 6개월짜리 어음을 끊어주는 경우도 있어요."

"책을 안 주어버리면 되잖아요?"

"저희들도 책을 팔아야 할 입장인데, 그럴 수 있나요? 물론 출판사도 대형은 좀 덜한데요, 저희들 같은 소형은 서점의 횡포에 찍소리도 못해요."

골목으로 들어가 자그마한 식당에 자리를 잡았다.

"사실 시라든가 인문과학 분야의 책들로는 승부내기가 힘들어요. 결국 대박은 소설에서 터진단 말입니다. 요즘에 『아버지』[2]라는 책이 센세이션이잖아요? 워낙 경제적으로 어려운 시절이라 심금을 울리는 그런 책이 각광을 받는 거지요. 그 책 땜에 망한 출판사들이 많습니다. 교수님 책도 그 영향을 좀 받는다고 봐야지요. 하하하…."

'베스트셀러'는 IMF전야의 폭풍이 불어오면서 곤두박질치기 시작했다. 어려워진 경제 형편에서 사람들은 '필수품'이 아닌 문화상품 쪽에서부터 소비를 줄여나갔던 것. 다른 분야보다 먼저 출판시장이 직격탄을 맞았다. 돈방석에 앉고자 했던 꿈은 한낱

---

2) 『아버지』: 영화로도 만들어질 정도로 독자들의 사랑을 많이 받았던 김정현의 소설. 문화재청 관리인 한정수 사무관은 지방의 대학교를 나오고도 행정고시에 합격하여 유명해진 인물이다. 하지만 그에게 돌아온 것은 승진이 불가능한 직장에서의 한계와 가족들과의 단절이었다. 특히 대학생 딸 지원은 아버지를 '당신'이라고 부르며 혹독하게 비난한다. 그러던 어느 날 정수는 췌장암 선고를 받고 죽음을 준비하기 시작한다. 이를 안 가족들은 가족여행 등을 통해 가장을 위로하는데, 특히 아내 영신은 남편의 애인인 요정 아가씨에게 남편을 부탁하기까지 한다. 하지만 췌장암이 주는 고통은 가혹했고, 주인공 정수는 친구 의사인 남 박사에게 안락사를 요청한다. 오랫동안 고민하던 남 박사는 결국 친구의 뜻을 받아들여 안락사를 간행하고, 가족들은 못내 슬퍼한다는 내용이다.

백일몽으로 끝났다. 요즘 왜 출판사에서 연락이 없냐고, 진선이 물어왔다.

"요새 경기가 안 좋은 데다, 홍보를 안 하니까 그런가 봐."

"홍보하는 데 돈이 많이 들어요?"

"라디오는 몇 십 만 원 수준인데, 중앙 일간지 같은 경우는 제1면 통에 1천만 원씩 한다잖아?"

"하루…에요?"

신기루: 12만 평의 땅

베스트셀러로 '대박'을 터뜨렸다는 기대가 물거품으로 변해가는 와중에 집안의 경제 형편 또한 악화일로를 걷고 있었다. 이씨더러 정치적 재기를 권유하는 사람들이 없는 것은 아니었지만, '이제 그의 시대는 끝났다'고 하는 것이 대체적인 여론이었다. 땅콩집 안방에서 늘어지는, 김씨의 넋두리.

"아이고, 그 전에 떵떵거리고 살 때는 우리 식구들 눈에 들라고 눈뻔덕 코뻔덕 그 난리를 쳐쌓데이, 돈이 읎다 본 게 인심 할라 읽는 생이다. 나이는 늙어가고 몸 할라 안 좋닥 헌 게, 누가 돈도 안 꾸어줄라고 헌단 게. 보증 한번 서 주락 해도 이리 빼고 쩌리 빼고…."

"아버님이 지금도 어디 아프세요?"

"당뇨병이사 옛날부텀 있는 병이고, 몸이 불다 본 게 혈압도 높고 그러지야. 빚은 차코 늘어가는디, 이빨 빠진 호래이가 되야 갖고 있은 게 애통이 터진단 마다."

"아버님이야 가만히 계시는 것이 오히려 더 좋잖아요?"

"어디 안 나댕긴 게 돈은 밸라 안 드는디, 집안에 있어도 밤나 어디로 전화허고 하루 종일 텔레비전이나 틀어놓고. 보다 못해 내가 그랬다. 당신은 소비헐라고 생개난 사람 같소. 어디 가서 한 푼이나 벌어올 생각은 않고 뭇헐라 카마이 놈시로 전기를 고로코 쓰요, 그랬단 게."

"그건 좀 심하셨네요."

"솔직히 이날 이때까장 평생 놈(男) 좋은 일만 시캤제, 자식들 앞가림을 허게 했냐? 늘그막에 먹고살 돈을 맹글어 놓았냐?"

대학졸업 후 신문기자 노릇도 해보고 영광읍에서 연탄공장도 운영해보았지만, 모두 신통치 않았다. 하는 수 없이 고향 무라리로 찾아든 이후, 회갑이 지나도록 스스로는 이렇다 할 직업을 가져보지 못한 이씨였다. 대신 김씨의 푸념대로, 무라리 일대에 전기를 끌어온다, 전화선을 가설한다, 관정을 판다 하며 광주로, 서울로 뻔질나게 올라 다녔다. 그것도 본인 돈 들여가면서. 그럼에도 좋은 소릴 듣지 못했고, 더욱이 지역민을 위해 한 몸 바치겠다고 나선 도의원 선거에서는 공천 탈락, 교육위원 선거에서는 본선 탈락의 쓴잔을 마신 뒤로 더욱 옹색한 처지가 되고 말았으니.

"그래도 생각은 늘 앞서가셨잖아요? 칠산 바다에서 잡아 올린 작은 새우들 싸게 사들여 염장하여 백해젓 만들었다가 비싼값에 파시고, 수확기 때 벼 수매했다가 춘궁기 같은 때 높은 가격에 내시고, 솔밭에서 소나무 베어내어 땅콩밭 만드시고, 또 망망대해 막아 간척지 논 만드시고요. 경제학과 졸업하신 보람은 하신 거지요."

"본인 몸으로 꿍꿍 일은 못해도, 밥값은 했다고 봐야지야."

"막판에 정치하고 사업만 하지 않으셨어도…."

"그런 게 말이다. 요새는 그러시드라. 태민이 말을 들을 것인 디 그랬다고. 철든 게 망령 난다고 허데이, 그 좋은 전답 다 팔아 먹고 인자사 정신이 드는가 어쩐가. 하이고, 내 팔자야. 배까테 돌아댕길 때는 돈땜에 성가시더니, 집에 붙어만 있은 게 그 꼴도 못 보겠다."

"가까운 데 운동이라도 나가시면 좋을 텐데요."

"새복에 일어나 남촌 쪽 산에도 올라가고 초등학교 운동장도 가고 그러데이, 또 작파(포기)해버렀는 생이다. 그것도 참을성이 있어야 허제, 느그 아부지 같은 승질에 허겄냐?"

"이왕 이렇게 된 마당에, 더 이상 실덕(失德)하지만 않으시면 언젠가 좋은 날이 올 거예요. 조용하게 여생을 보내면서 전성기 때에 쌓았던 덕을 잃어버리지 않는다면, 자식들 대에라도 빛을 보지 않겠어요?"

"쥐 구먹에도 볕 들 날 있다고, 고로코만 뵘사 을마나 좋겄냐?

그래도 너 하나 대학교수 만들고 박사 만들었다고, 앉은 자리마 다 하도 자랑을 헌 통에 내가 그랬다. 여보시오. 당신 아들만 교 수고 박사요? 옆엣 사람들 미안해서 그랬단 게. 이상허게 나이 먹을수록 말만 많애지고, 이김질만 늘었단 게는."

그때 솟을대문 쪽에서부터 기침소리가 나는가 싶더니, 이씨가 들어온다.

"어이, 물 조까 떠 와."

"당신은 손이 옰소, 발이 옰소? 다지금(각자) 먹을 물이나 떠 먹으씨요. 평생 이 날 이때까장 종같이 부려먹기나 허고…."

"저 노모 애팬네가 또 무시라고 구시렁댄디야?"

마지못해 김씨가 부엌으로 나가자 태민에게 묻는다.

"느그 어메가 또 무시락 허디야?"

"아니요."

"모다들 내 인생이 끝났다고 그런 모양인디, 끝나기는 뭇이 끝 나야? 새비(새우)가 잘 되면 한 몫에 쥘 수도 있고, 정 안 되면 그 땅만 팔아도 을만지 아냐? 에… 만 오천 평인 게, 평당 3만 원씩만 잡아도, 이찌, 니, 산, 시, 고, 로꾸…."

"그렇게 해서라도 두 분이 편히 사실 수 있으시면, 얼마나 좋 겠어요?"

"내가 나 한 몸 팬허게 살자고, 그러간디? 이 지역사회를 위해 서, 군민들을 위해서 살아야제. 내 한 입 잘 먹자고 그러면 쓰겄 냐?"

항용 입버릇처럼 되뇌는 그 소리. 그로부터 며칠 후.

"아이, 태민아. 이참에 군(郡)에서 연락이 왔넌디, 내 앞으로 땅이 12만 평이나 있다고 안 허냐?"

"…12만 평이요?"

수화기에서 흘러나오는 이씨의 목소리를 듣는 순간, 황당하기 그지없었다.

'서촌에서 전답이 가장 많다고 소문이 났을 때에도 3~4만평이 고작이었는데, 난데없이 12만 평이라니? 워낙에 궁하다 보니, 실성을 하셨나?'

하지만 그것이 사실이라면 꿈같은 일이 눈앞에 펼쳐질 수도 있겠다는 생각이 들었다. 도둑질만 빼고 무슨 짓이라도 하고 싶을 만큼 궁한 처지로서는 설령 낭설일지라도 사실로 믿고 싶었다. 아니, 사실이기를 간절히 기원했다.

'12만 평 가운데 절반을 털어낸다고 해도 6만 평, 평당 1만 원씩만 잡아도 6억?'

강의를 마치는 즉시 무라리로 달려갔다.

"이참에 정부에서 임시로 특별조치법인가, 뭇인가를 제정했는 갑이드라. 그 도막 못 찾었든 땅들을 찾어서, 주인 앞으로 돌려주는 작업을 허는 모양인디…."

1994년 9.1일자부터 시행에 들어간 「부동산 소유권 이전등기 등에 대한 특별조치법」은 1985닌 이선에 사실상 양도된 부동산을 간편하게 소유주 앞으로 등기할 수 있도록 한 법이었다. 군청에서 전산을 담당하는 큰집 누나 아들, 호식이 '이신만'이라는 이름을 쳐보자 엄청난 땅이 등재되어 있었다. 세금이 다른 농지와 함께 섞여 나오는 바람에 30년 동안 아무 것도 모른 채 세금을 내왔다고 한다. 조카는 핀잔부터 늘어놓았다.

"삼촌이 나서서라도, 진작 이런 땅은 찾으셨어야지라우. …아무튼 지금 같은 때에 정리해서 팔면 엄청날 거여요. 토지대장을 본 게, 쉰(50) 군데나 되더라고요."

복사잉크 냄새 진한 서류를 한 장씩 꿰어, 책으로 묶었다. 땅콩집을 중심으로 사방에 널려있는 땅 가운데 큰 덩어리는 2~3천 평, 작은 덩이는 100평이나 50평이었다. 15평짜리 자투리땅도 있었다. 지목(地目)별로는 공동묘지와 전답(田畓), 도로, 수로 등 다양했다. 그 가운데 주로 큰 평수는 공동묘지였고, 전답의 경우에는 많아야 수백 평에 불과했다. 논밭 중에는 현재 서촌 사람들이 벌고 있는 네모반듯한 모양도 있었고, 경지정리 중에 잘려나간 자투리땅도 있었다. 하지만 이씨 단독보다는 마을 주민 4명이나 태민, 김씨를 포함한 4~5명의 공동명의가 더 많았다.

"이거 혹시 속 빈 강정 아니야?"

"그래도 찾아놓으면, 괜찮을 텐데요."

"그럴까? 근데 왜 이렇게 많은 땅들이 아버지 앞으로, 오랫동안 남아 있었지?"

그 내막에 대한 김씨의 설명은 이랬다.

"1968년인가 너 초등학교 졸업헐 무렵이나 되얐을 턴디, 그때 군에서 이쪽 무라리 근방을 경지정리헐라고 헐 때, 느그 아부지가 추진위원장이 되았그든. 그래서 느그 아버지 명의로 땅값을 옴막(몽땅) 갚았는 갑이드라고."

"군(郡)에서 미리 사라고 그랬을까요?"

"군에서 누구를 믿고 경지정리를 해줄 것이냐? 그때는 땅들이 모다 나라 앞으로 되야 있은 게, 개인이 돈을 주고 사야 쓸 것 아니냐?"

"그 당시에도 벌어먹고 있던 사람들이 있었을 거 아니어요?"

"조상 대대로 내래온 땅이라, 등기나 토지대장 읎이 그냥 농사 지어먹고 살았제. 그래서 제대로 땅 주인을 정해야 헌 게, 땅 평수에 따라서 일일이 돈을 걷어야 헌디… 하도 복잡허고 시간도 읎고 헌 게, 느그 아부지가 대신 납부를 헌 것이란 게."

"그 많은 돈을 어디에서 났을까요?"

"땅 주인들한테 걷기도 허고, 부족헌 돈은 느그 아부지가 대신 내고. 물론 난창(나중)에 주인들한테 받기로 허고. 그런게 모다들 안 헐란다고 반대허고, 느그 아부지한테 욕도 많이 허고 그랬어야. 그때까장 아무 일 읎이 팬허게 벌어먹고 살았넌디, 새로 돈을 내고 사락 헌 게 싫을 것 아니냐? 또 작업허는 동안 벌어먹도 못허게 생겼고. 근디 너도 알다시피, 이쪽이 경지정리를 안 허먼 농사를 짓기나 허겄디야? 비가 오먼 물난리 나고, 가물먼 타죽고…."

"오죽했으면 '물둠벙'이라 불렀겠어요?"

홍수가 지는 때면, 허리께까지 차오른 물길을 헤치며 '물둠벙'을 건넜다. 고무신을 벗어 건너편 쪽으로 던진 다음, 책보를 동동 치켜든 채로. 반대로 날이 가물면, 쩍쩍 금이 간 논밭에서 벌겋게 타죽는 농작물을 지켜보아야 했다.

"그랬던 땅들이 느그 아부지 고집으로 경지정리를 해논 게, 살게 된 것이여. 얼마 후에는 관정¹⁾도 파도록 해서 물 걱정 읎이 농사 잘 짓고 있제. 그래서 나중에사 사람들이 알아주고 그랬제마는. 그때도 내가 그랬그든. 당신은 뭇헐라 욕먹어 감시로, 다른 사람들 일만 허요? 돈이 나오기를 허요, 밥이 나오기를 허요? 속 모른 사람들은 느그 아부지가 땅 한 평이나 더 먹을라고 그런다냐 허고, 눈에 불을 키고. 그때도 실은 우리 땅은 더 좋아 먹었그든. 막상 말로 그때 욕심을 부랬으면, 시방 새끼들이라도 이 고상은 안헐 것 아니냐?"

"어머니도 참···."

---

1) 관정(管井): 지하수를 이용하기 위하여 만든, 둘레가 대롱 모양으로 된 우물. 충적층 또는 암반층까지 깊이 파서 우물관의 아랫부분에 뚫린 공극(孔隙: 토양 입자 사이의 틈)을 통하여 지하수를 모으고, 이를 퍼내어 관개수로 사용하기 위한 소규모 수원공급시설. 1967년부터 1968년 사이의 영·호남지역의 큰 가뭄이 계기가 되어 한해(旱害) 대책으로 지하수 개발이 추진되면서 등장했다. 이 무렵 무라리 일대의 들녘에 약 200여 개의 관정이 파졌는데, 이는 나주 남평과 더불어 전국 최초의 일이었다. 노천에 관정을 방치하지 않도록 하기 위해 그 주변을 삥 돌아가며 콘크리트 건물로 에워쌌다. 이 때문에 관정 1기를 완성하는 데 당시 시세로 200만 원 이상 소요되었다고 한다.

"하도 폭폭증 난 게, 허는 소리다. 좌우간 이쪽 근방이 모다 영광군수 앞으로 되야 있다가 경지정리를 해 논게, 제대로 농사를 벌어먹고 싶은 사람은 느그 아부지한테 나머지 돈을 다먼 을 마라도 내고 불하를 받어야 헐 것 아니냐? 그때 돈을 낸 사람은 즈그덜 이름으로 땅을 받어갔넌디, 형편이 어려웠든지 돈 내고 사기가 싫었든지 좌우간 돈을 안낸 사람들이 지금 까정 공짜로 벌어먹고 있었든 것이제."

"그러니까 서류상으로는 대표로 계셨던 아버지 앞으로, 그 땅들이 지금까지 남아있었단 말이네요? 그러면 아버지 것이라기보다 군 소유라고 해야 하는 것 아니어요?"

"군에는 느그 아부지가 돈을 다 냈단 게는. 빚을 내서, 사비(私費)로 들인 돈이 있단 게."

잠자코 듣고 있던 이씨가 끼어들었다.

"이참에 본 게, 경지정리헐 때 내 개인 돈이 68만 원이 들어갔다고 안 허냐? 그때 쌀 한 가메이가 을마 안 갔그든."

"액수는 어떻게 아셨어요? 그 증거가 있답니까?"

이에 대한 김씨의 설명은 이랬다.

"사등에 사는 주경학 씨라고, 그 전에 국민학교에서 선생질도 허고…."

"아, 주 선생님이요? 지금도 생존해 계세요?"

"몸은 뼬라 안 존디, 아직도 정신은 총총해야. 그 양반이 이참에 그 말을 허드란 마다. 본인이 직접 꾸어주어서 역력히 기억헌다고. 사람들이 돈을 안내고 농사만 지어먹을락 헌 게, 느그 아부지가 그 양반한테 꾸어다가 대납을 했지야. 근디 그것이 인자 와서 문 소용이 있겠냐?"

"저 애팬네는. 어째서 소용이 읎어? 난중에 다 갚았은 게, 내 돈이제."

"영수증 같은 것은 있어요?"

"그때가 은젠디, 영수증이 있겠냐?"

"그러면, 법적으로 어떻게 증명을 해요?"

"그 양반이 시방 눈이 시퍼렇게 살아있단 게는. 늙기사 했제마는, 그때 일을 기억 못 허겄냐? 나도 눈에 선헌디…."

"그 분이 증언만 해주시면, 법적으로도 효력이 있을 텐데요."

"내가 해주락 허먼, 은제든지 해 주만다고 허드란 게."

"이번에 말씀해보셨어요?"

"전화를 했지야. 그 양반은 틀림 읎어. 선생들이 을마나 꼼꼼허고 기억력이 좋냐? 그 양반, 너 모르냐?"

"저를 직접 가르치시진 않았지만, 저희 다닐 때에 학교에 계셨어요. 증언을 받으시려면, 그 선생님이 살아계실 때에 받으셔야 할 것 아닙니까?"

"사람이 고로코 쉽게 죽는 디야?"

"당신은. 오늘내일 일도 모르는 것이 사람 목숨인디, 헐라면 후딱 해야지라우. 아이고, 그 돈도 내가 밤중에 가서 꾸었다 거. 느그 압씨는 일만 저질러놓고, 나 몰라라 헌 게. 점빵 봄시로 그 돈 갚니라고, 을마나 똥줄이 탔는지….”

  그러나 수십 년 전 일을 증명해내기란 현실적으로 거의 불가능했다. 물증(物證)이 없어 전적으로 증언에만 의존해야 하는데, 한 사람의 증언으로 과연 얼마만한 효력이 있을 것인지. 그리고 증언을 뒷받침해주어야 할 지역주민들이 과연 호의적으로 나올지 모두가 의문부호였다.

  “그때가 벌써 27~8년 되얐을 것이다. 나는 위원장이라 배까테로 일만 보러 댕기고, 남촌의 문신우가 서긴가 회겐가를 맡었넌디…. 그 불량헌 놈은 뒤에서 서류나 꾸미고 돈이나 받어 퍼먹음시로, 지 볼 속만 보고 댕기고.”

  “아버님 성격은 잘 알지만요. 그래도 서류 같은 것은 꼼꼼히 훑어보시는 것이 좋지요.”

  “나는 큰 줄기만 잡어주고, 복잡헌 사항은 아래 사람에게 맽기는 스타일이그든.”

  “현대를 살아가는 이 마당에, 그런 타입의 분들은 항상 손해라니까요.”

  “느그 아부지가 고로코 무관심헌 게, 오늘날 집안 살림도 요로코 안 되얐냐? 서류상 땅이 어디 붙어 있는지조차 모르니….”

  “느그 어메 말대로, 나는 세상을 헛살았어야. 낀낀…. 누가 나한테 등기권리증이 있냐고 해서, 그것이 무이냐고 물었지야. 그랬데이 그 사람이 죽겄다고 안 웃냐? 그 나이 먹도록 등기가 뭇인지, 등기권리증이 뭣인지도 모르고 살았냐고….”

"그것을 시방 자랑이라고 허고 있소? 나 같은 여자도 그 정도
는 알겠소. 땅이 있은 게 등기소에서 끊어주는 것이 등기고, 개인
이 서로 땅을 사고팔 때에 주고받는 것이 등기권리증 아니겠냐
고라우?”

“…그래요?”

"너도 아직 모르냐? 하이튼, 부전자전이라고 허데이, 어찌면
고로코 한 테기도 안 틀리냐?”

"킥킥…. 그리고 무슨 토지대장도 있다고 해서 그런 것도 있냐
고 했데이, 자네 이북에서 살다 넘어왔냐고 허드라. 그런디 신우,
그 종자는 그런 일에 철저허그든. 바늘로 찔러봤자, 마빡에 피
한 방울 안 난 게. 촌 땅이라 세금이 그리 비싸든 않제마는, 그래
도 30년 동안 내왔은 게 그 돈만 해도 솔찬헐 것 아니냐?”

"이제 땅을 아버지 앞으로 돌려놓으시든지, 현재 농사짓고 있
는 분들이 와서 돈을 내고 사 가든지 해야 하겠네요?”

"그러기는 헌디, 한 동네서 고로코까장 허먼 쓰겠냐?”

"그렇게 해도, 법적인 하자는 없지요. 서류상 엄연히 아버지
명의로 되어 있고, 세금을 낸 기록까지 있는데요. 그동안 내온
세금이 아깝지 않으세요? 그에 대한 이자만 해도 엄청날 텐데요.
양심이 있는 사람이라면, 30년 동안 공짜로 농사를 지어먹었으
니 그에 대해 도세라도 내야 헐 것 아니어요?”

"아먼. 솔직히 즈그덜이 우리 어려울 때, 한 푼이라도 보태준

것 있디야? 인자 촌사람들도 옛날 안 같고 돈이락 허먼 눈에 쌍불을 키는디, 우리라고 인심만 쓰고 살 것이냐?"

두 사람이 한창 의기투합하고 있을 무렵, 김씨가 말을 자르며 끼어든다.

"아무리 그래도 현재 우리가 여그 살고 있넌디, 그럴 수가 읎지야. 그때 느그 아부지는 주민들의 대표였던 것뿐이고. 경지정리허라고 돈을 모아 느그 아부지한테 준 게, 그 돈을 군청에다 갖다준 것 뿐이제."

"어머니도. 내야 할 돈을 내지 않은 사람들이 있다면서요? 그것을 아버지 개인 돈으로 충당했다면서요?"

"그것이사 인자 와서 어쩔 것이냐? 차라리 맘 팬허게 벌어먹으라고, 명의라도 이전해 주어야겄지야."

"자, 자. 그러지 말고. 태민이 니가 법적으로 어쭈코 되는지, 한번 알아 보그라."

올라오는 즉시, 고등학교 후배인 법대 교수를 만났다.

"요는 아버님 앞으로 땅을 찾어와도, 법적으로는 전혀 문제가 없거든요. 그동안 바치신 세금 명세서를 근거로, 소유권을 주장할 수 있다는 말씀입니다. 그러나…."

"그러나?"

"그동안 농사 지어먹는 것을 그냥 두고 본 것은 그 사람에게 소유권을 인정하는 꼴이 될 수 있다는 것이지요. 아버님께서 1년에 한 번, 또는 수년에 한 번씩이라도 도세를 받으셨더라면 이야기가 달라지는데요."

"몰라서 그랬다니까."

"그게 실수였다는 거지요. 법이란, 몰라서 한 일에 대해서도 책임을 묻잖아요? 액수는 상관없이, 현금이 아닌 곡식으로라도 도세 명의로 받기만 하셨으면 강력히 소유권을 주장할 수가 있단 말입니다. 그러나 아버님이나 상대방이나 서로 모르는 상태에서 20여 년의 세월이 지났다면, 경작자에게 기득권을 인정하는 법이 있거든요."

"20년이 아니라, 30년 다 되었다니까. 이참에 무슨 특별법을 제정한단 말은 무슨 소리야?"

"땅 주인을 제대로 찾아주자는 거지요. 그러나 이쪽에서 소유권을 주장하실 때, 그 분들이 가만히 있겠느냐는 거지요. 법적으로 소송을 낼 것이고, 판사는 경자유전 원칙에 따라 판결을 내릴거라는 이야기지요."

"…경자유전?"

경자유전(耕者有田)이란 '농지는 농업인과 농업법인만이 소유할 수 있다'는 것으로서, 우리나라는 1948년 정부수립 후, 농지개혁법이 제정되면서 이 원칙이 적용되어 왔다.[2]

---

2) 1996년 1월 1일 개정된 농지법에 따라 도시거주인도 농지를 소유할 수 있게 되었다. 단, 303평 이상의 농지경작자로 규정되어 있다. 또한 2003년부터는 '주말농장' 제도가 도입되어 도시인 등 비농업인이 농지를 주말, 체험영농 등의 목적으로

"이런 방법도 있긴 합니다. 가령 어르신들께서 다투시기가 곤란하면, 그대로 놔두는 거여요. 그랬다가 아버님께서 돌아가신 후, 자식들이 상속받는 거지요. 그때에는 막말로 안면몰수하고 소유권을 주장하더라도, 아무도 할 말이 없는 거지요."

"경자유전인가 뭔가 하는 원칙이 있다며?"

"그것은 전답일 경우고요. 아까 무슨 공동묘지도 있고 그러신다면서요?"

"있지. 덩치가 커."

새로운 희망 앞에서, 두뇌는 빨리 돌기 시작했다.

'고향을 그토록 사랑하신 아버지, 꼭두새벽부터 찾아온 사람들의 민원을 해결하기 위해 사비를 들여가면서까지 동분서주하셨던 나의 아버지에게 돌아온 것은 과연 무엇인가? 빚과 냉소뿐이다. 반면에 커피 한 잔도 사지 않는 구두쇠에, 칠산 바다 앞 간척지를 두 번씩이나 팔아먹었다고 소문난 김팔봉은 연거푸 도의원에 당선되었고. 거짓말을 밥 먹듯이 하는 인간, 도의원 한 번만 해먹고 그만둔다는 말은 애초부터 틀린 소리였지. 나 역시 누구보다 고향을 사랑하고 아낀다. 하지만 정작 고향은 우리에게 무어란 말인가? 넘어지고 자빠질 때마다 뒤에서 흉이나 보고 욕이나 퍼부었을 뿐, 과연 손잡아준 일이 한번이라도 있었던가? 어떻든 돈이 있어야 한다. 그래야만 권력도, 명예도, 인심도 얻을

취득하고자 하는 경우에는 일정한 범위 안에서 취득할 수 있다.

수 있다. 돈을 얻으면 모든 것을 얻고, 돈을 잃으면 모든 것을 잃는다. 돈 따라 부초(浮草)처럼 떠다니는 인간들, 돈을 향해 달려드는 고약한 인심을 응징하기 위해서라도 돈을 챙겨야 한다. 소유권을 찾아와 모든 빚을 다 갚은 다음, 떳떳하게 사는 거야. 폼 나게 회사금도 척척 내고….'

"아버님. 후배 교수 말이 전답은 몰라도, 공동묘지 같은 땅은 찾을 수 있답니다. 법적으로 하자가 없대요."

"그러면, 두말 헐 필요 읎이 찾어야지야."

"빚 때문에 설움 받는 이 마당에, 법적으로 보장된 땅을 왜 포기합니까? 자기 권리를 당당하게 주장하는 것도 민주시민의 기본이거든요. 이 기회에 그 땅들을 찾아오지 않는다면, 못난 조상을 두었다고 후손들한테마저 손가락질 받을 거 아닙니까?"

"아먼. 글 안 해도 내가 동촌, 서촌 이장들을 불러 내 뜻을 전달했다."

"뭐라 하셨는데요?"

"우리 서촌 사람들에 대해서는 미안허드라마는, 일이 요로코 된 것을 어쩔 것이냐? 아무리 공동묘지락 해도 2천 평, 3천 평이나 되는 땅을 그냥 주겠냐? 정히 동네에서 필요허면, 다먼 을마라도 내고 사가라고."

이씨의 '소신'이 이 순간처럼 아름답게 보인 적은 없었다. 그러나 김씨는 여전히 '초'만 치고 있었으니.

"사람이 팔자에 읎는 횡재를 헐라고 허먼, 안 되는 법이다. 지금 묻혀있는 묘들을 어쭈코 파 가락 헌디야? 그것을 파다가 어디다 묻겄냐고?"

"요즘은 화장터도 많이 생기고요. 납골당 시설도 잘되어 있어요."

"고난시(괜히) 애문 사람들 눈에 눈물 빠치게 허먼, 내 눈에 피눈물 나올지를 알아야 해."

아무리 다급한 상황일지라도 평정심을 잃지 않는 김씨, 매사를 합리적으로 판단하는 어머니에 대해 늘 존경의 염을 품어 왔었다. 하지만 이번만큼은 영 맘에 들지 않았다.

며칠 후, 초등학교 동창생 장수로부터 전화가 걸려왔다. 땅콩집과 가까운 동네(한성)에 사는 녀석이 이씨의 말동무가 되어준다는 말을 들은 적이 있었다. 서둘러 아파트 앞 다방으로 나갔다.

"농사일도 바쁠 턴디?"

"요새는 트랙타에 콤바인, 이양기까지 나왔지 않은가? 사람 손 읎이도 잘 해나가."

"그래. 그런데…?"

"내 말, 오해허지 말고 듣소 이. 동촌 사람들이 '이신만 씨가 공동묘지를 집어먹을락 헌다'고, 들고 일어났단 말이시."

"동촌 사람들이?"

"이장이 주동 나 갖고, 신작로에다가 자네 아부지 욕허는 프랑카드까지 걸었단 게."

"플래…카드를?"

대학가에 나붙은 대자보가 연상되며, 피가 거꾸로 솟았다.

"자네네 땅콩집 허고 한성으로 들어가는 껄막, 삼거리 그 입새에다가 떡 걸어 논 게, 지내 댕기는 차며 사람들이 모다 볼 것 아닌가?"

고속화된 국도를 따라 영광읍까지 내달린 승용차는 서쪽으로 방향을 꺾어 길룡리 입구인 만곡을 지나쳐 백수읍 소재지인 중앙교와 대전리까지, 그리고 영화 〈서편제〉의 촬영장소가 되었던 소봉메 언덕을 넘어 무라리 경계로 진입하였다. 인공(6.25사변) 때 '터진 게' 사람들이 많이 죽었다고 하여 붙여진, 아슬아슬한 터진게의 구 다리 대신 (성수대교, 삼풍백화점 사고 여파로) 새로이 건설된 신교량을 통과한 자동차는 오른쪽으로 칠산 앞바다 간척지를, 왼쪽으로 가을걷이가 끝난 들판을 끼고 포장도로를 질주했다. 핸들을 잡은 태국이 백미러로 힐끗거리며.

"아부지는 뭣헐라고, 공동묘지 갖고 그러신대요?"

"우리 땅이니까 그러시지."

"아무 씨잘 데기도 읊을 턴디…."

"모래만 팔아도 얼마고, 밭 만들어서 농사를 지어도 몇 마지기가 나올 텐데. 혹시 아냐? 석유라도 펑펑 쏟아질지…."

"형님도…."

"땅은 고하간에, 플래카드까지 내걸었다니까 그런 것 아니냐? 아비가 모욕을 당하는 판국에, 자식 된 도리로 피를 토하고 죽을

지언정 그냥 두고 볼 수는 없잖아? 부자간에는 옳고 그름을 떠나는 법이야."

"……."

"내가 대학생 때였던가? 군농협장 전용승용차 마크4 타고 갈 때니까. 아버지에게 제발 이 먼지 나는 비포장도로 좀 아스팔트로 깔아주세요, 그리고 저 위험한 터진게 다리도 새로 좀 놓으시고요라 말씀드렸더니, 그 일은 네가 하라고 그러시더라. 나는 지역의 큰일은 항상 아버지가 하셔야 한다고 여겼고, 아버지는 이제 본인도 늙으셨으니 나에게 바통을 넘겨준다는 마음을 그렇게 표현하셨던 것 같아. 지금 생각하면 늙으신 나이도 아니지. 40대 후반이셨으니까. 어떻든 길도 포장되고 다리도 놓였지만, 이제 와서 지역사회에 대한 아버지의 애정이라든가 사명감을 누가 알아주기나 하냐?"

터진게 다리에서 광백사 염전까지의 직선도로 중간쯤에 자리한 삼거리, 그곳에서 좌회전하여 땅콩집 바깥마당에 브레이크 소리도 요란하게 차는 멈춰 섰다. 안마당에 들어서는 순간, 김씨는 태민의 소매를 붙잡고 통곡을 해댔다.

"시상에, 내가 서러워서 못 살겄다. 끅끅…. 니가 검판사가 되었던들, 저 놈들이 이럴 수 있겄냐? 심도 읎고, 빽도 읎는 선생이라고… 요로코 사람을 무시해도 된단 말이냐?"

감정에 북받쳐, 설움에 겨워 내뱉는 한탄이라 치부하면서도 한없는 자괴감을 느끼지 않을 수 없었다. '이 세상의 모든 진리'

를 탐구하는 철학에 인생을 걸고 외길을 달려왔건만, 현실에서는 한갓된 '선생'으로 불릴 뿐이로구나. 상아탑에 거하며 이 우주의 운행 원리, 섭리를 연구하는 학자가 법정의 높은 곳에 앉아 '세상 법'으로 죄인들을 호령하는 법관에 비할 바가 못 되는구나. 현실 정치에서 '이상'만을 추구해온 이씨는 오늘따라 유난히 초췌해 보였다.

"팔봉이 사우(사위) 중에 검사가 있다디야, 어쩐다디야? 그 말을 듣고 느그 어메가 그런 생 아니냐? 애팬네들이란…."

"……."

"그랬다고, 저 인간들을 고소헐 수도 옳고, 글 안허냐?"

"왜요? 명예훼손죄로 고발해야지요."

"문 고로코 까장 해야?"

평소의 이씨답지 않게, 점잖게 나오는 모양새가 차라리 낯설었다.

'선거에 떨어지고, 사업에 실패하고, 살림 없어졌다고, 타고난 기백마저 사라지신 걸까?'

누구에게랄 것 없이 섭섭했고, 모든 일에 속이 상했다. 기울어져가는 가세, 힘이 빠져가는 이씨, 늘어만 가는 부채, 불안과 고독 등 뒤죽박죽이 된 기분.

이튿날 아침. 플래카드를 내건 장본인을 만날 시간이 다가오고 있었다. 아무리 화가 나더라도 체면 없이 굴지 말라는, 김씨의 충고도 귀에 들어오지 않았다. 칠산 바다 쪽에서 매서운 바람이 불어왔다. 코트 깃을 높이 세우고, 동촌 입구에 자리한 농협창고로 향했다. 몇몇이서 쌀가마니를 트럭에 옮겨 싣고 있었다. 일이 끝나기를 기다리는 동안, 태국은 늘 그렇듯이 말이 없었다. 이윽고 이쪽을 향해 다가오는 큰 키의 사나이. 초등학교 선배라고, 태국이 귀띔을 한다.

"자네, 왔는가? 나 모르겠는가?"

"아, 예. 선배님… 되시지요?"

엉겁결에 대답해놓고 보니, 괜스레 한풀 꺾이고 들어가는 느낌.

"혹시나 오해가 있었는가 모르겠네마는, 물론 자네 어르신 생각이 옴막 다 틀렸다는 것은 아니네. 그러나 난들, 어쩔 것인가? 이장을 맡고 있다 본 게, 동네 사람들이 허란 대로 해야제. 어디 내 뜻대로 세상 살겠든가?"

"……."

"그러고 동네에서 대대로 묘를 써 왔넌디, 아무리 서류상 고로코 되어 있닥 해도, 어찌 됐건 동네 공동묘지 아닌가?"

"아버님의 사비를 들인 데다, 그동안 쭉 세금을 내왔다지 않습니까?"

"다른 디는 몰라도, 우리 공동묘지에 대해서는 따로 개인 돈을 지불허지 않으셨단 게. 어쩌다 자네 아부지 앞으로, 여그 명의가 휩쓸려 들어가 버린 것이제."

"…그래요?"

"우리 동네 단독으로 된 묘지는 우리가 돈을 냈고, 자네네 동네 서촌 것 허고 공동으로 되야 있는 것이 문젠디…."

"사정이 그랬다면, 아버님도 굳이 본인의 소유라고 주장하시진 않으셨을 텐데요?"

"첨에는 모르시고 당신 것이라고 우게싸신 게, 우리가 그랬던 것이제."

"아무리 그래도 하실 말씀이 있으면 좋게 말로 하시지, 플래카드까지 내걸어야 쓰겠습니까?"

"아무리 말씀을 디래도 못 알아들으시고, 소리만 치시고 그런 게 그랬제. 밸 말을 쓴 것도 아니네. 그 이튿날, 곧 걷어 버렸고…."

"그럼… 하루 동안만 걸었다는 건가요?"

"누가 본 사람도 밸라 읎을 것이네."

따지고 어쩌고 할 명분이 사라지고 말았다. 호들갑을 떨던 장수 녀석의 얼굴이 떠오르며 쓴웃음이 나왔다. 코가 쑥 빠져 집에 들어서는데, 김씨는 아직도 분이 덜 풀린 기색이다.

"그래도 오장육보가 뒤집어질 일 아니냐? 시상에, 느그 아부지 살아생전에 비석은 못 세와줄 망정, 프랑… 그것까장 걸어야 쓰겄냐?"

"제 생각에는 서로 소통이 잘 안 되었던 것 같아요."

이때 '폭탄' 발언이 이씨의 입에서 뿜어져 나왔다.

"정식으로 희사헐란다. 이런저런 소리 안 듣고, 깨끗이 주어 버리제 어째야?"

"아버님. 3천 평이나 되는 땅을 아무 대가도 없이 주어버려요?"

"동촌, 서촌 양쪽 동네가 공동으로 되야 있어 논 게, 서로 미루고 그런 생 아니냐?"

"이장 말로는 서촌과 공동으로 된 묘지는 몰라도, 자기네 동네 것은 자기들이 돈을 냈다 하더라고요."

"그래도 옴막 다 내 명의로 되야 있단 게. 쭉 세금도 내 왔고. …나도 그 땅을 내 앞으로 헐라고 헌 것은 아니고, 서류상으로 고로코 되야 있은 게 동네 대표라도 와서 사정을 허든지 해야 쓸 것 아니냐 그런 뜻이었제."

"이장 말로는 아버님에게 부탁도 여러 차례 하고 그랬다던데요?"

"부탁을 헐라면, 정식으로 찾어 와서 허든지 해야제. 전화로만 이러니저러니 해싸니, 너 같으면 기분 안 나쁘겠냐?"

"직접 오지도 않았다고요?"

"어쨌든 지금까장 무라리 땅에서 인심 안 잃고 살라고 애썼넌디, 이까짓 것 땅 몇 평 갖고 말년에 추접기 내서야 쓰겠냐? 이왕에 줄라면 깨끗이 주어 버려야제, 뭇헐라 시끄럼 내고 그래야?"

며칠 후. 진선이 수화기를 건네준다.

"내가 동촌 이장을 불러 갖고, 공동묘지 땅을 동네에다가 '희사'헌다는 내용의 자술서를 써주었다. 정식으로 서명도 허고, 도장도 찍고…"

"……."

"전화로 오락 했데이, 새복같이 탐박질해 왔드라. 내 자의적인 뜻에 의해서 느그덜한테 준다, 내가 내 것을 내 손으로 준다 그 말이그든. 그랬데이 고맙다고, 고개가 땅 닿게 절허고 가드라."

그로부터 다시 며칠 후.

"태민이냐? 동촌 이장, 그 사람이 내 말을 허고 댕긴닥 안 허냐?"

"또요?"

"욕을 허는 것이 아니라, 이신만 씨가 이참에 이러저러해서 땅을 돌려 주었은 게, 을마나 훌륭허신 분이냐고. 그런게 앞으로 우리 동네 사람들은 그 어르신을 만나면, 코가 땅 닿게 절을 허라고 그랬닥 허드라."

"그러면, 우리 동네(서촌) 공동묘지 땅은 어쩌시게요?"

"그것도 이전해주락 허면, 동네 앞으로 이전해주제 어쩌야? 2,700평이나 된 게, 그 땅에서 모래만 파내도 몇 천 도라꾸는 나올 것이다마는. 요새 모래값이 금값이 그든…. 그래도 느그 큰아부지랑 우리 조상들이랑 동네 사람들이 묻혀있는 땅인디, 어쭈코 돈을 받고 팔겄냐?"

이씨는 아무 조건도 없이, 몽땅 이전해주고 말았다. 서촌 단독의 공동묘지와 동촌, 서촌의 공동명의로 되어있는 묘지까지 몽땅. 물론 김씨 생각도 이씨와 동일했다.

"아이고, 애린 이빨 빠진 것 같이 시언허다. 팔자에 옳는 땅이

볼가져 갖고 고냔시 구설수에 올르고, 인심만 잃고 그랬는 갑이다. 그럴라고 꿈자리가 고로코도 사나왔든 갑이구만. 느그 아부지도 주어버리고 난 게, 영판 기분이 좋다고 허신다."

결국 12만 평의 땅 가운데 남은 것은 도로에 물리거나 수로에 묻힌 자투리 땅 뿐이었다. 횡재 소식에 놀랐던 가슴을 쓸어내리며, 태민은 허허롭게 웃고 말았다.

'그래. 신기루였어. 잠깐 나타났다가 거짓말처럼 사라지는 신기루…'

공유수면 매립사업

"태민이, 자네 아부지랑 작은아부지랑 간척사업 허신디, 아는
가 모르는가?"

추석 무렵. 서촌 동네 홍식의 집에 들렀을 때, 녀석이 느닷없이
꺼낸 말이다.

"아따 이 사람, 인역네 집일을 동네 사람들보당 더 모르네 이.
멫 년 전부터 종부 씨 허고 막은 뻘 땅 말이시."

"염산 말고?"

"새비 키우는 거그 말고, 우리 동네서 맞바래기로 보이는, 칠
산 앞 바다 갯땅 말이시."

어렸을 적 친구들을 따라 두어 번 가보았던 시오리 길의 그곳.

호미를 모래땅에 꽂은 채 뒷걸음질 치면, 툭툭툭 작은 꼬막들이 눈앞에 튀어 올랐었다. 스무 살 때에는 그물에 걸린 숭어를 손으로 따내어 된장에 찍어 먹었다. 소주를 안주 삼아. 그 앞바다의 공유수면 매립공사를 하고 있다는 소식은 어렴풋이 들어 알고 있었다. 하지만 본래 전답이나 재산에 대해 이씨가 자세히 설명해주지도 않았거니와 태민 또한 묻지도 않았었다.

"자네가 몰르고 있는 것 같어서 말을 꺼냈네. 지금까장은 공부 허니라고 그랬닥 허제마는, 인자 고향에다가도 관심을 가져야제. 거그 면적도 솔찬헐 것인디, 하루 빨리 허가 받어서 물고기라도 키워야 헐 것 아닌가?"

"허가를 아직도 못 받았어?"

"물막이 공사만 해놓고 준공허가가 안 떨어진 게, 암 것도 아니제. 막상 말로 원자력발전소에서 보상을 해준닥 해도, 허가가 읎는 땅을 어쭈고 받겄는가? 그도막 돈을 암만이나 꼴아 박었을 턴디, 태고시라(내던짐) 해버리먼 쓰겄는가? 자네도 마흔이 넘어 세상물정 알 때도 되얐은 게, 으런들한테만 맽게 노먼 안 된단 말이여."

"원자력에서 보상이 나온다고?"

"아따, 요새 난린디, 자네는 신문도 안 보는가? 이쪽 사람들의 어장 피해가 어쭈고 저쭈고 헌다고 해싼 게, 정부에서 몇 푼 땡개줄락 허그든. 이럴 때 낚아 채야제, 우두게이 쳐다보다가 닭 쫓든 개 신세 될라냐고? 자세힌 깃은 자네 어무이한테 가서 물어보고…"

그 날 밤. 흥분하여 잠을 설치고 말았다. 이튿날.

"칠산 간척지가 어떻게 되어 가는가요? 어저께 홍식이가 말을 꺼내서요."

"니가 알아 봤자 문 소용 있었냐 싶어서 그랬다. 고냔시 공부 허는 디, 방해되는 것 같고 해서. 벌써 6, 7년 되얐는가? 느그 아부지 형제 허고 신종부 씨 형제 허고 막은 것인디, 다해서 5만 평 정도 된다든가?"

"그렇게나 많아요?"

"필요헐 때마다, 네 사람이 갹출했제 어쨌디야? 그 쪽으로도 구래이 알 같은 내 돈, 많이 들어갔다. 허가 받을라고 밤나 회의허고 그랬제마는, 느그 아부지는 건성이고 작은아부지는 관심이 읇고. 그런게 종부 씨 혼자 광주로, 서울로 올라댕김시로 심을 쓴다고 썼지야. 이왕 말이 나왔은 게, 네가 일응 종부 씨를 먼저 만나 보든지 허그라."

백수읍 소재지에 있는 그의 정미소를 찾았다.

"내가 이 일만 생각허면, 잠이 안 오네. 자네 아부지는 그저 내라는 돈만 내고 소리만 치실 줄 알았제, 실질적인 일은 내가 다 허지 않았는가?"

"아, 예…."

"나는 나대로 죽어라 고생만 허고 한 살림이 다 들어가 버렸제 마는, 생색도 안 나고 그런 게 참 면목도 읇고 그러네."

"그동안 어르신 고생이 막심하셨겠습니다."

"내 필생의 사업이라 생각허고, 밤이나 낮이나 이 일만 궁리허고 그랬넌디. 이 빌어먹을 놈오 새끼덜이 행정 일을 요로코 엉터리로 헌단 말이세. 우리가 전라남도 도지사로부터 엄연히 공유수면 매립면허를 받어 갖고, 사업을 벌였지 않냐 그것이여. 그런디 물막이 공사를 마무리허고 수문허고 수로까지 다 내놓았는디, 인자 와서 불법 매립이니 어쩌니 험시로 허가를 내주지 않는다 이것이여."

"허가를 내주지 않을 때는 그럴만한 이유가 있을 것 아닙니까?"

"면적을 초과해서 막었다는 것이제. 허가받은 면적이 4만 6천 평이나 될 것이네. 그런디 실제로 막어진 것은 6만 평 정도 될란가? 허제마는 우리가 초과허고 싶어서 초과했단가? 원래 설계도면대로 뚝을 막을라고 본 게, 그 자리가 물구덕이드란 말이세. 아무리 돌덩이를 집어넣어도, 땅이 차올라 오들 않는 자리여. 그래서 그 자리를 피해 돌려서 막다 본 게, 본의 아니게 쪼까 초과했단 말이시. 또 많이 초과헌 것도 아니여. 1만평 정도나 될란가?"

"그래도 법에 어긋나긴 했네요?"

"그러기야 했제마는. 가령, 초과헌 면적이 있으면 그 부분에 대해서만 우리가 벌금을 물면 될 것 아닌가?"

"원래 그래도 된답니까?"

"이 근방 간척지들이 다 고로코 해서 막었제 어쨌단가? 눈에 암 것도 안 뵈는 물 우개를 막넌디, 어쭈코 자로 잰 듯이 맞출 수 있난 말이여? 허다 보면, 삐틀빠틀 틀어지기도 허고 그러제."

"그런데 왜 저희들 것만 허가를 내주지 않는다고 해요?"

"그래서, 그 새끼들이 문 오군(오기인)지 모르겄단 말이제. 군에서 허는 말은, 아예 뚝을 부서갖고 막어놓은 땅을 다 메꾸라는 것이여. 원상복구를 해놓은 담에, 첨부터 설계대로 다시 해야 허가를 내주겄다고. 어이, 대한민국에 이런 법이 어디 있단가? 그 공사를 헐라고 들어간 돈이 을만디, 그 뚝을 허물고 다시 쌓으란 말이 시방 말이 되는가? 허무는 디만 쌓는 공사비만치 들어갈 것이네. 이것은 결국 허가를 내주지 않을란단 소리그든."

"다른 공사에 대해서도 똑같이 그랬던가요?"

"다 그러면 억울허기라도 않제. 염산면 야월리에서 똑같은 공사가 있었넌디, 거그는 애초부터 허가를 받지도 않고 시작헌 공사였그든. 그런디 막다 본 게, 애초보다 헐썩 많이 막어 버렀그든. 우리는 비교도 안 될 만치 더 초과해버렀단 게. 그런디도 거그는 정식으로 허가를 받어 갖고, 시방 농사를 짓고 있지 않난 말이여."

"어떻게 그런 법이 있답니까?"

"그래서 분허고 억울허단 소리제. 자네, 시간이 있는가? 아조 내가 그림을 기래 감시로, 말을 헐라네."

그는 부리나케 볼펜과 종이를 찾았다.

"우리가 1989년에 전라남도 도지사로부터 공유수면 매립면허를 받어 갖고, 1990년에 매립공사 실시계획을 인가 받었지 않은가? 그리고 1991년 3월에 외곽방조제를 완공했그든. 그런디 면적을 초과했다고 해서 군수한테 네 번 시정지시를 받었넌디, 그 지시에 따르지를 안 했제. 안 헌 것이 아니라, 못했제. 아까 말헌 대로, 지질히 막어논 방조제를 어쭈코 허물 것인가? 그랬데이 이참에는 '기한 내에 준공처리하지 안 했다'는 명목으로, 1992년 6월 도지사로부터 '면허효력이 상실되었다'는 내용 허고 동시에 '원상을 회복하라!'는 통보를 받었제. 그래서 내가 1992년 9월에 즉각 '효력회복 신청서'를 군에 접수했넌디, '초과매립 부분을 원상회복하지 않었다'는 이유로 반려를 해 버리드라고. 그래서 1993년 5월에 다시 접수시키고, 동시에 보완서를 제출했지 않은가? 근디 역시나 불승인 통보를 받고 말었다 그 말이여."

"왜요?"

"그 이유는 '원상회복 지시에 불응했을 뿐만 아니라 준공기간이 초과했으며, 불법 확장지구를 포함하여 공정률이 35퍼센트에 지나지 않어, 65% 이상을 달성해야 한다는 규정에 어긋났다'는 것이여. 그러고는 1993년 11월, 군으로부터 '그 지구를 국유화 조치하겠다'는 일방적인 통보를 받고 말었지 않은가?"

"국유화 조치하겠다는 것은 나라에서 뺏어가겠다는 말이 아닙니까?"

"두 말 허면 잔소리. 손 안 대고, 코 풀었다는 말 아닌가? 어이,

어디 자본주의 민주국가에서, 눈 번히 뜨고 있는 백성들 사유재산을 뺏어간단가? 순 날강도같이….”

“그러나 우리 쪽에서도 초과매립을 했고 또 시정지시에도 따르지 않았으니, 군에서 내린 조치는 나름대로 타당한 것 아닙니까?”

“자네도 그런 말 말소. 이쪽에서 간척사업은 다 요런 식으로 허는 것이란 게는. 심지어 우리같이 미리 허가를 받지도 안 해. 무조건 공사부터 해놓고, 몇 년 동안 벌금을 물다가 소유권을 찾어온단 게.”

“벌금도 꽤 많을 거 아닙니까?”

“삥아리 눈물만치나 되야. 벌금이 비싸 버리면, 누가 달라들겄는가? 그런게 나라에서도 눈 개리고 아웅 허는 식으로 처리해버리고 그러제. 생각해보소. 망망대해 바다를 막어 농사짓는 땅을 만들었단디, 그것도 나랏돈으로 해야 헐 것을 개인들이 돈을 내서 막는다는디, 나라 입장에서 나쁠 것이 뭇 있겄는가? 국토 면적을 늘려 주었은 게 표창장이라도 줄망정, 그러지도 않음시로 카마이 있다가 뺏어가 버러? 동냥은 못 줄망정 쫓박은 안 깨야 헐 것 아닌가? 그런 디다가 요상허게 우리 건만 걸고넘어진 단 게는. 그러니 폭폭증이 안 나겄는가?”

“듣고 보니, 그렇네요.”

“염산에서는 우리보다 헐썩 많이 초과했어도 허가가 나왔단 게. 막은 시기도 비슷허고, 또 군수도 똑같은 사람이었고, 면적은 앨라 우리보다 더 많았는디 말이세."

"그들에게도 똑같이 시정조치가 내려졌을 것 아닙니까?"

"그랬제. 그런디 그 쪽에다가는 군수가 어뜬 의견서를 딱 붙였냐 허먼, '원상회복의 필요가 없음, 초과매립지는 국유화 조치하되 당초 면허면적은 피면허자에게 준공 인가함이 타당함' 이라고 때래 낳어. 아마 1989년 6월인가 될 거이네."

"야, 완전 날강도네요? 그런데 군수에게 그런 막강한 권한이 있나요?"

"자네도. 명색이 자치 단체장 아닌가? 요새 군수 우습게 보면 안 되네 이. 직선제 되고 난 뒤로는 더 요지경 속이그든. 국회의원보다 더 실속 있다고 안 그러든가? 왜냐허먼, 수하에 부릴 수 있는 부하 직원이 수백 명인 디다 승진 및 보직 변경권을 갖고 있그든. 또 사업 하나 헐락 해도 일일이 군수 도장이 들어가야 헌 게, 옛날 원님허고 똑같단 게는. 군 안에서 일어난 일은 모다 군수 명의로 나가제 어찐단가?"

"그러니까, 그 쪽에다는 초과한 면적만 국가에서 뺏어가고, 허가된 면적은 아무 벌금도 물리지 않은 채 사업자에게 돌려주었다는 뜻 아닙니까?"

"그런 게, 내가 미쳐 버리겄단 말이제."

"혹시, 정치적 배경이 있었던 것은 아닌가요?"

"내가 허고 싶은 말이 바로 그 점이여. 자네가 물어본 게 말허네마는, 사네 아부지가 도의원 선거에서 실패헐 때가 1991년쯤

인가 되았을 것이네. 솔직허게 탁 까놓고 말허먼, 그때부터 일이 꼬이기 시작헌 것이여. 증거는 옰제마는, 팔봉이가 개입허지 안했냐 나는 고로코 보는 것이제."

"김팔봉 씨가 왜, 그런 일에까지 끼어들었을까요?"

"자네 아부지가 미운 게, 사사건건 시비를 거는 것이제. 공무원들이 도의원 말이락 허먼, 요새 촉을 못 쓰네."

"도의원이 행정 일에도 관여를 한다고요?"

"그러제. 나발 부는 재미로 못 헌다고, 그런 일에나 개입헐라고 돈 뿌래감시로 선거 나오제, 문 좇 났다고 나오겄는가? 전라남도에서 일어난 사건에 대해 심원가 뭇인가 허는 권한이 있은게, 가령 군에서 올라오는 서류를 좀 보자 해갖고, 이 건이 어쭈코 되았냐고 족친다 이것이여. 그러고 나서 신호를 보내먼, 군수라도 말을 안 들을 수가 옰을 것 아닌가? 호남은 모다 평민당이라, 군수도 같은 당 도의원 말을 들어야 다음 선거에서 공천을 받을 틴게. 여그는 완전히 일당 독재란 게."

생채기에 소금이 뿌려진 듯, 가슴이 저려왔다.

'인간 말종이 따로 없다더니, 도의원 자리를 도둑질했으면 최소한의 양심이라도 있어야지. 교육위원 선거에서 그 비열한 정치공작을 꾸며대더니, 정치와 아무 상관도 없는 사업에까지 더러운 손을 뻗쳐? 천한 구멍에서 나와 천한 생각, 천한 짓만 한다는 숙부 말씀도 옳았고. 이런 쓰레기들에겐 말이 필요 없어.'

"어르신. 이제부터 모든 법적인 조치를 찾아보시게요. 제 친구나 후배 중에 판사도 있고, 변호사도 있거든요."

"내가 그 말 들은 게, 천군만마를 얻은 것 같네. 좆 같은 놈들이 힘깨나 있다고, 사람을 고로코 무시허고 그런단 말이세. 자네 허고 내가 손잡고, 어쭈코 해서든지 이 일을 성사시키세. 시방 돈이 문제가 아니세. 자네 아부지도 말은 안 해도, 뒤에서 누가 장난치고 있는지 짐작은 허실 것이네. 살림을 다 바쳐서라도, 이 억울헌 일을 풀어야 헐 것 아닌가? 내가 이 일 땜에, 죽어도 눈을 못 감겄네. 그동안 변호사도 만나보고 그랬제마는, 자네 친구들이 나스먼 헐씩 낫지 않겄는가?"

목이 맨 채로 울분을 털어내는 그를 바라보고 있자니, 마음이 바빠졌다.

"이 땅을 찾으셔야 어르신도 경제적으로 회복하실 것 아닙니까?"

"솔직히 요새 살림이 말이 아니시. 갈수록 방아 찧는 일도 못 해 먹겄고. 정부에서 여그 저그 방앗간만 지서 놓고 물량이 옰은 게, 아조 죽겄네."

"물량이요?"

"가령 1년에 몇 천 석 이상을 정미해야 수지가 맞을 턴디, 한 군(郡)에다가 여러 곳 허가를 해논 게, 서로 물량이 딸릴 것 아닌가? 문 좆 났다고, 허가를 고로코 많이 내줄 것인가?"

"사람의 운이 트이려면, 작은 일을 통해서도 얼마든지 트이거든요."

"그것은 자네 말이 맞네. 어느 구름에 비 올지 안단가? 몇 년간 이 사건 땜에 몸서리를 쳐놔서, 여기저그 아는 사람들은 많네. 그 중에 도청 담당계장이 있넌디, 몬차 그 사람부터 만나 보기로 허세. 공무원이제마는 아조 사리가 밝어. 어디 그럴 수가 있냐고 본인이 더 흥분해갖고, 이 일은 반드시 되아야 헌다고 더 난리를 쳤그든."

며칠 후. 전남도청 지하찻집에서 만난 문 계장은 전형적인 공무원처럼 보였다.

"저도 나라의 녹을 먹고 있습니다마는, 솔직히 말해서 이 일은 억울헐 일입니다. 법적으로 문제를 제기허면, 반드시 이기게 되어 있고요. 교수님도 생각해보십시오. 똑같은 일을 두고 어느 한 쪽은 허가를 내 주고, 다른 쪽은 허가를 내주지 않는다니 이것이 말이 됩니까?"

"맞습니다."

술이 한잔 들어가자, 그는 더욱더 적극적으로 나왔다.

"이 일로 신 사장님께서 고생을 많이 허셨습니다. 그것만은 알아주셔야 헙니다."

"우리 어르신은 물론이고, 또 계장님께서 그동안 많이 도와주셨다는 말씀도 들었습니다."

"제가 뭐 도운 게 있나요? 다만 저는 정당한 사람이 잘 살아야 헐 것 아니냐 해서…. 아마 잘될 것입니다. 저는 왜 진작에 본격적으로 일을 추진허지 않으신가 했었거든요.”

“나 혼자 헐락 헌 게 팍팍해서 그랬제마는, 인자 이 교수까장 있은 게 좋네. 그런 게 문 계장이 끝까지 일을 봐주셔야 헌단 게라우.”

“물론이지요. 그러나 우리가 일을 제대로 보게 헐라먼, 군에서부터 서류가 잘 올라와야 헌단 말입니다. 그런 게, 신형께서 군 직원들을 잘 구슬려야 허고요.”

“이 박사. 그 새끼들이 문 일을 그 따위로 처리허는지 알 수가 읎단 말이시. 썩을 놈들. 내가 군청 문턱이 닳아져라 드나들었네. 내 아들 뻘 배끼 안 되는 놈들한테, 머리 숙애감시로 사정을 했네. 근디 이 육실헐 놈들이 **빡빡**해갖고, 통 말이 맥혀야제.”

“……?”

“무슨 말인고 허니, 군에서 도청으로 서류를 올리는 공무원이 있넌디, 통 우리한테 불리헌 내용만 올린단 말이시. 말허자면, 그것이 군수의견이 되는 것이여. 그런 게 여그 계시는 문 계장도 어쩔 수가 읎는 것이제.”

“무슨 개인적인 감정이라도 있는 걸까요?”

“봉투를 안 준 게 그러겄제.”

“봉투를 달라면 주면 될 것 아닙니까? 그게 몇 푼이나 된다고….”

“나도 줄라고 했제. 근디 이 자식이 만나주도 안 헌단 게는.”

“왜요?”

"내가 그 속을 어쭈코 알 것인가? 자네가 한번 만나 볼란가? 젊은 사람들끼리 통헐지도 모른 게."

이틀 후. 군청에서 만난 정 과장은 신씨와 얼굴 대면하는 것조차 꺼리는 것 같았다. 그에게 명함을 건넸다.

"잘 부탁드립니다."

"…예."

"어떻게… 여기가 고향이십니까?"

"…예."

그리고는 끝이었다. 어색한 침묵을 견디기 힘들어, 청사 밖으로 나왔다. 신씨는 담배부터 꺼내 물었다.

"그 사람의 태도가 왜 그러지요? 기분 나쁜 표정을 짓는데요."

"하이튼, 이상헌 종자란 게. 이 사건 초창기에, 해필 그 자식을 만났지 않은가? 나도 기분이 나뻐 있는 판에 내 입에서 존 말이 나가겠는가? 자네 아부지도 승질이 급허시제마는, 실은 나도 못지 않그든. 내 입에서 험헌 말이 나간 게, 그 자식도 카마이 있을 것인가?"

"그렇겠지요."

"둘이서 타시락타시락허다가 내가 그랬제. 야이, 호로자식아. 너는 애비도 옳고, 성(형)도 옳냐? 승헌 상렬어 새끼라고, 욕이 나가 버렸네. 매칠 후에 화해를 헐락 허는디, 이 자식이 코를 칵 숙이고 안 들어주드란 말이시. 어이, 사람 사는 시상에 욕도 허고, 맥살도 잡제 어쩐단가? 그래도 상대방이 사과를 해 오먼, 혼연스럽게 받아주는 것이 인지상정 아닌가? 나 살다가, 그런 독종도 생전 첨 보네 이."

"그 뒤로 어떻게 됐어요?"

"도청으로 서류를 냉기도 않고, 그냥 갖고 있단 게. 몇 날 매칠 지연만 시키고 있어서, 내가 여러 번 독촉을 안 했는가? 그랬데 이 포도시 올린 의견서에 뭇이라고 사족을 달았는고 허니, 불가라고 딱 붙여놓은 것이여."

"불가…요?"

"안 된다는 것이제. 지가 뭇이라고, 되고 안 되고 헌단가?"

"그 사람 개인 의견을 도청에서는 그대로 받아들인 거예요?"

"그것을 군수 의견으로 본단 게는. 그래서 비록 말단이제마는, 담당자가 중요헌 법이그든. 그것은 어느 관공서를 막론허고 그래."

"그러면 현재로서는 이 사람한테 기대할 것이 더 이상 없는 셈이네요?"

"그런 폭이제."

"그래도 보직의 임기가 있을 거 아니어요?"

"그것이사 군수 소관인 게. 암만 해도, 군수 입김이 들어가는 것 같단 게. 현 군수도 김팔봉이 사람 아닌가?"

"……?"

"아무튼 씨벌 놈들이여. 정치가 뭇이라고…."

"정 그러면, 다른 방법을 찾아봐야지요. 이대로 주저앉을 수는 없잖아요?"

"그야 그러제. 톡 까놓고 말해서, 우게서 눌러 버리먼 숨도 제대로 못 쉴 놈들이 까분단 게. 저나 나나, 촌놈들이 뭣 뺄 것 있단가? 달랑 불알 두 쪽만 차고 댕기제."

"하하하…. 어르신도. 좌우간 행정이란 것이 윗선에서 해결되는 경우도 있지만, 그것은 어디까지나 담당자에게 영향력을 행사할 수 있는 경우고요. 그러지 못하는 상황이라면, 담당자의 비위를 거슬러 좋을 것이 없지요."

"그야 말해 뭣허겄는가? 지당헌 말씀이제."

"죄송합니다만, 사실 이번 일만 해도 긁어 부스럼 만드는 격이 아니었나 싶네요. 그보다 인제 어떻게 하시렵니까? 정상적인 방법으로는 안 될 것 같은데요."

"뺄 수 있는가? 행정심판이라도 청구허세. 국가를 상대로 재판을 거는 것이여."

"재판이요? 재판이라면…."

"이것은 민사재판 허고 달라서 비용도 뺄라 안 들고, 신속허게 처리해준다고 안 헌가?"

"다른 수가 없다면, 그 방법이라도 써야지요. 그러면 구체적으로 누구를 상대로 하는가요? 군순가요? 도지산가요?"

"그야 당연히 도지사제."

그러나 며칠 후.

"이 교수. 그럴 것이 아니라, 우선 국민고충처리위원회에 이의를 제기해서, 의견을 들어보는 것이 나슬 것 같네. 마침 내 사우

(사위)가 거그 있단 말이시. 사촌 사운디, 친사우나 마찬가지세. 그 쪽에다가 이의신청을 해보면, 대강 답이 나올 것 아닌가? 거그도 위원들이 모다 변호사나 판사 출신이그든. 평생 그것으로 벌어먹고 산 사람들인디, 법에 대해 오직 빠삭 허겄는가?"

"거기에서 내린 판결이 어떤 법적인 구속력을 갖는가요?"

"꼭 그런 것은 아니제마는, 재판 이상의 뭇이 있는 생이여. 말 허자면, 어떤 기관장도 그 쪽 의견을 무시헐 수 읎다는 것이제. 그러고 우리 입장에서는 비용이 안 들어간 게, 그것이 큰 장점이고. 행정심판을 헐라면 변호사를 사야 허는디, 자네 씨나 우리 집에 문 돈이 있는가? 문 계장도 허는 말이, 거그서 영광 군수한테 이 사건을 도에 올리도록 권고허고, 군에서 올라오면 나머지 일은 자기가 책임 질란다는 것이여. 국무총리실 산하기관에서 허는 일인디, 군수 지 까짓 것이 말 안 듣고 배긴단가? 거그서 시정지시가 떨어지기만 허면, 일은 끝나는 것이여. 그 땅을 평당 1만 원씩만 잡어도 을만 가? 6억, 아니 4억 5천이 넘지 않은가?"

"그런가요?"

그 돈이라면 빚을 갚고도 남을 액수. 그러나 아내 진선은 당장에 들어갈 차비부터 걱정했다.

"없으면 어디서 빌려서라도 와. 이번에는 뭔가 일이 잘 풀릴 것 같단 말이야."

위원회는 광화문에서 그리 멀지 않은, 정부종합청사 근방에 있었다. 진행 중인 사건 심리를 방청하던 도중, 신씨가 자리를 박차고 일어섰다.

"박 과장. 자네가 웬일인가?"

"아이고, 이거 신 사장님 아니십니까? 오늘 그러잖아도, 사장님 일 때문에 파견 받아 요로코 올라 왔습니다 이."

"그래? 나는 정 과장이 올 줄 알았데이. 좌우간, 우리 나가서 이야기허세. 참, 서로 인사허소. 여그는 이 교수라고…."

"교수님 성함은 알고 있습니다."

"저를…요?"

"지역에서 아버님 모르는 사람이 있습니까?"

"지금은 많이 늙으셨지요. 어쨌든 좀 도와주십시오."

"자, 자. 여그서 이럴 것이 아니라, 어디 가서 차나 한잔 허세. 순서를 본 게, 아직 시간이 많이 남았드만."

이런저런 이야기 끝에 드디어 본 사건으로 화제가 옮아갔다. 정감 어린 대화가 오가는 동안 무척 가까워진 느낌. 경직되어 있던 그도 차츰 마음을 열기 시작했다.

"실은 저도 두 분의 주장에는 어느 정도 공감합니다."

"그런가? 그러면 아조 잘 되얐네. 아먼! 삼척동자라도 양심이 있는 사람 같으면, 우리 팬을 안 들 수가 읎제. 그러면 오늘 께임은 끝난 것이나 마찬가지구만."

"이제 두 분의 뜻을 충분히 알았습니다. 올라가 보시지요."

태민은 신씨와 함께 원고석에, 박 과장은 피고석에 자리를 잡았다. 위원 중 하나가 사건개요를 읽어준 다음, 먼저 원고 측 의견을 물었다. 신씨의 경우, 다소 흥분하긴 했지만 저간의 사정을 상세히 설명했고, 태민은 그의 진술을 조금 보충해주는 데 그쳤다. 어떻든 항의의 요점은 '행정당국의 처사가 불공평하다'는 것이었다.

"잘 알았습니다. 그에 관한 내용은 소장에 상세히 나와 있으니까요. 이번에는 피고 측 의견을 말씀하시지요."

"에… 저희 군 입장에서는 원고 측 의견에 찬성할 수 없습니다. 분명히 실정법을 어겼고, 시정조치에도 따르지 않았습니다. 불허조치가 정당하다고 봅니다."

"……?"

기대를 한순간에 날려버린 그에 대해 심한 배신감이 느껴졌다. 위원들이 모여 잠깐 구수회의를 한 다음, 중앙에 앉아있던 재판장이 입을 열었다.

"에, 원고들의 입장은 충분히 이해가 가나, 우리나라의 현행법상으로는 어쩔 수 없는 측면이 있습니다. 현재 공유수면 매립에 관한 법률이 대단히 미흡하다고 보이지만, 그러나 군에서 내린 행정절차에 하자가 있다고는 볼 수 없습니다."

"아니, 왜 똑같은 공사를 두고, 조치가 서로 다르냐 그 말입니다."

"저희에게 배정된 본 건 외의 다른 사건에 대해 저희들이 왈가왈부할 수는 없고요. 아마도 이와 유사한 사건들이 전국적으로

도 많은 것으로 압니다. 그러나 그에 관한 권한은 전적으로 도지
사나 군수와 같은 해당 기관장에게 있는 것이고요. 저희 위원회
에서는 이렇게나 혹은 저렇게 했으면 좋겠다는 의견서만 첨부할
수 있을 뿐, 이래라 저래라 강제할 권한이 없습니다. 널리 이해해
주시기 바랍니다."

심문장을 나서자마자 신씨가 화를 냈다.

"아니, 박 과장. 어찌면 그럴 수 있소?"

"사장님. 용서허십시오. 공무원이라는 것이 다 그러지라우. 자
기의 개인적인 생각을 말헐 수가 읎단 말입니다. 물론 두 분의
입장을 모르는 바는 아니제마는, 저는 엄연히 군의 대변자로 이
자리에 파견된 사람이 아닙니까? 그러기 때문에, 군수의 입장을
대변헐 수배키 읎단 말이지요."

"그래도 그렇지, 아까 저희들과 말씀을 나누실 때와 그렇게 달
라지실 수 있어요? 아무리 공무원이라도 자기 소신껏 말할 수
있는 거 아닙니까?"

"공무원에게는 '영혼'이 읎다고 허지 않습니까? 죄송헙니다.
저로서는 어쩔 수 읎었습니다."

"자네가 마르고 닳도록 그 자리에 있을 것도 아니고, 군수도
평생 해먹는 단가? 시방 우리 형편이 요런다고, 사람까지 무시허
먼 안 되네. 내 사우가 해필 오늘 출장 가서 얼굴도 못보고 가네
마는, 여그 이 교수도 앞날이 창창헌 사람이여. 뭇을 알고나 처세
허소 이."

"아이고, 사장님. 제가 그걸 모릅니까? 그래도 어쩔 것입니까? 전임자가 해놓고 간 것을 후임자가 뒤집어버릴 수는 옳고요. 고로코 되먼 온 골이 시끄럽거든이라우. 그 사람 불려와서 시말서 써야 허고요."

"좌우간 알았네. 우리는 고속버스로 내래갈란디, 자네는 어찔 란가?"

"저도 고속버스 타야지요."

강남터미널에서 버스가 출발하는 것을 기다려, 태민은 옆에 앉은 박 과장에게 소주잔을 권했다. 연거푸 석 잔을 마시고, 그는 속내를 털어놓기 시작했다.

"솔직히 저도 지금의 군수가 맘에 들지는 않아요. 물론 교수님의 이번 건은 이 앞전 군수 관할이었제마는, 서로 연결되어 있거든이요. 저도 그 사람을 모셔봤넌디, 그 사람 평이 되게 안 좋아요. 돈을 무지하게 좋아허고, 지 조카를 막 승진시캐 갖고 좋은 자리에나 앉히고. 교수님의 선친과 사이가 좋지 않은 대신에 김 팔봉 씨 허고는 가까운 것으로 알고 있습니다. 하마 모르먼 몰라도, 이 사건에 그 김 의원의 입김이 작용했지 않은가 싶네요."

"……."

"톡 까놓고 말해서, 염산 간척 건하고 이 건이 뭇이 틀리냐고요? 댑뚜루(도리어) 염산 것이 더 불법이 많지라우. 근데도 결국 그 쪽 것은 허가를 내주고, 교수님네 땅은 아직도 허가를 못 받고 있지 안 해요?"

"그래서 억울하다는 것 아닙니까? 혹시 신 사장님이 담당 공무원하고, 그 정 과장이라던가요? 그 분과 싸운 것이 결정적인 이유가 아닐까 하는 생각이 들어서요."

"물론 그럴 수도 있겠제마는, 내가 볼 때에는 아니어요. 고로코 큰일을 일개 과장이 틀 수는 읎거든이라우. 그 정 과장이란 사람, 이전 군수의 조카거든요."

"또 그런 사이였어요?"

"그런 게 아까 말씀드린 대로, 고속승진을 했지라우. 조카가 즈그 삼춘 말 안 듣고, 누구 말을 듣겄어요? 물어보나 마나지라우. 실은 나도 그 새끼 땜에 승진에 지장을 받고 그랬단 게라우."

"그래요?"

"내가 그 생각만 해도, 이가 갈리고 치가 떨리요. 시방."

"그러시겠네요. 그건 그렇고, 군수가 도의원 말을 그렇게 잘 들어야 합니까?"

"아따, 교수님도. 세상 물정을 고로코 모르요? 도의원들이 군수 정도는 고양이 쥐 잡득끼 허지라우. 군수가 문 힘이 있다요? 우리나라는 정당정치라고 안 헙디요? 지금 호남에서는 야당이 여당 아니요? 당 바람을 무시 못허는 거지요. 왜냐 허면, 인자 군수도 당에서 공천을 받아야 되지 않습니까? 좌우간 이 사건이 정치바람 맞었다는 사실을 군내에서 알만헌 사람은 다 압니다."

"……!"

"사람들은 공무원이 큰 힘이나 갖고 있는 줄로 생각허제마는, 솔직히 공무원 같이 약헌 사람들이 세상에 어디 있습디요? 아무리 열심히 해도 윗사람이 짤르면 옷 벗고 나가야 허잖어요? 한번 나가면 다시 들어온다는 보장도 읎고요. 돈도 읎고 경험도 읎은 게, 어디 가서 사업 허기도 심들고요. 그렇다고 선거에 나가 당선되는 것도 아니고요. 집에 들어가면, 쩍쩍 벌리는 새끼덜 입만 쳐다보고 있을 것이요? 뭇이라도 집어 넣어주어야 헐 것 아니요? 자기 힘으로 못 산 게, 권력자 눈치 봄시로 간사허게 살아갈 수배키 읎지라우."

'역시 그런 메커니즘이 작동했던 거로구나. 호남에서의 야당 일당독재와 거기에 기생하여 살아가는 무개념 정치인들, 김팔봉의 치졸한 개인감정, 공무원들의 정치적 편향성과 자기 보신 본능, 먹이사슬로 연결된 지역사회… 이 불합리한 틀 속에서, 다름 아닌 우리 집안이 희생양이 되었구나. 대명천지 밝은 세상에 이럴 수는 없지. 반드시, 반드시 사건의 전모를 밝혀야 해.'

"이 교수. 인자 마지막으로 국가를 상대로 행정심판이라도 청구해야제, 달리 수가 읎는 갑이네."

"그렇게 해야지요. 그래도 안 되면 언론에 트고, 그래도 안 되면…."

'목에 피켓 걸고, 1인 시위라도 해야지요.' 하려다가 참았다.

다음 날. 고등학교 후배 판사의 사무실을 찾았다.

"정 판사. 나, 이태민 교수네. 자네 말은 많이 들었네마는…."

"아, 예. 선배님. 조금 전 전화하셨지요? 일단 앉으시지요."

신 사장과 셋이서 상견례가 끝나는 대로 자초지종을 설명했고, 신 사장은 보충설명을 가했다. 그러나 법조인의 사태 파악은 냉정했다.

"참, 억울하시겠습니다. 그러나 반드시 승소하리라는 장담은 못 하겠는데요."

"어째서 그런가?"

"행정상으로는 하자가 없거든요. 애초의 허가 면적보다 초과된 면적을 막으셨고, 행정지시도 이행하지 않으셨기 때문에요. 행정기관에서 잘못한 것은 없다는 말입니다. 물론 형평성에 문제가 있긴 하지만, 그야 뭐 다른 사람에 관한 건이라 이쪽에서 문제를 제기하기도 그렇고요."

"그러면 어떻게 해야 쓰겠는가?"

"여기는 고등법원이라 2심부터나 해당되고요. 일단 제1심 재판을 받아야 하니까, 제 사법고시 동기동창생을 소개해드리겠습니다."

그는 즉시 수화기를 들었고, 사무실을 나오는 태민의 어깨에는 절로 힘이 넘쳤다. 신 사장 역시 고무된 표정이 역력했다.

"커어, 어뜬 사람은 머리가 좋아, 그 나이에 판사가 되야 갖고. 참, 세상은…."

"어디 머리만 좋다고 되는 일입니까? 그만큼 노력을 했겠지요.

원래 판사란 변호사로부터 로비를 받는 자리 아닙니까? 그런데 오늘은 거꾸로 되었네요."

"그래서 아는 사람이 무섭단 말이제. 에, 판사가 사건 의뢰인의 편에 서갖고, 변호사한테 부탁한다는 것은 있을 수 읎는 일이제 이."

"어떻든 그 변호사가 우리 사건을 소홀히 할 수는 없을 거란 말이지요."

"두 말 허먼 잔소리고, 시(세) 말 허먼 입 아프제 이. 백짓장도 맞들먼 낫다고, 자네가 힘을 합쳐준 게 을마나 일이 수월헌가? …그나저나, 판사나 변호사나 한통속인 것 같어 이."

"같은 솥에 밥 먹는 식구들 아닙니까? 겉으로는 싸우고, 속으로는 서로 통하고 그러지요. 정치도 여(與)나 야(野)나 마찬가지 아닙디까?"

"낮에 텔레비 앞에서는 죽어라 쌈허고, 저녁에 술자리 가서는 형님 동상 헌다고 안 허든가? 짜고 치는 고스톱이라고. 그러니 결국 우리같이 땅이나 파먹고 사는 무지렁이들이 불쌍허제 이. 이리 당허고 쩌리 채이고 삼시로, 그런 줄도 모르니."

"어디 농민뿐이겠습니까? 가진 것 없고, 배운 것 없는 서민들은 다 마찬가지지요."

변호사 사무실은 법원 정문에서 멀지 않았다. 목례를 하고 들어가는데도, 멀뚱한 표정으로 바라보는 시선에 주눅이 들었다.

"정 판사에게서 전화를 받긴 했는데, 솔직히 이긴다고 장담은 못합니다.”

“그 이유는요?”

“어찌됐든, 국가의 시정 명령을 이행하지 않은 책임이 사업자에게 있기 때문이지요. 국가에서 내린 조치들이 법적으로는 하자가 없다는 말씀입니다.”

“똑같은 사건에 대해, 어떤 쪽은 허가를 받았는데 말입니까?”

“그 역시 권한을 갖고 있는 군수가 타당하다고 여겼다면, 다른 사람이 이의를 제기할 수는 없고요.”

“그나저나, 우리 사건을 맡어 주실랍니까? 말랍니까?”

불편한 심기를 못 참고, 신씨가 퉁명스럽게 몰아세웠다. 흠칫 놀란 그가 겨우 평정을 되찾은 다음.

“맡아 달라면 맡지요. 그러나 자신은 못한다는 말씀이지요. 시간도 오래 걸리고, 또 비용도 만만치 않거든요. 못 잡아도, 1천만 원은 잡아야 할 겁니다.”

숨이 꽉 막혀왔다.

“좀 더 저렴하게는 안 되나요?”

“1심에서 이기고, 상대방이 항소를 포기하면 몰라도요. 근데 나라에서 선임한 변호사가 도중에 그만두겠습니까? 제가 말씀 드린 금액은 대법원까지 갔을 때인데, 그래서 제가 이래라 저래라 말을 못한단 말입니다.”

사무실을 나서며, 신씨가 투덜거리기 시작했다.

“에이, 나는 뺄라 맘에 안 드네.”

"미리 부탁을 받은 상태라, 오히려 부담스러웠지 않은가 싶네요."

"돈을 많이 못 빼먹게 생겼은 게, 우리 일이 맘에 안 드는 것이여. 내가 잘 아는 변호사가 있넌디, 거그나 한번 가보세."

비탈길로 내려가다가 옆 골목으로 꺾어 조금 걸어 들어가니, 제법 번듯한 빌딩이 나타났다. 숨을 헉헉거리며 4층까지 올라갔다.

"제가 사무장입니다만, 우선 착수금으로 500만 원을 마련허시고요. 그 담에 재판의 진행상황을 봐가며 비용은 조절허도록 허고요."

"500만 원이요?"

"착수금으로는 최하한선인데요."

"저희가 생각한 기준보다 많이 높아서요."

"그럼 얼마를 예상하고 오셨는가요?"

"쌀수록 좋지만, 200만 원…?"

"좋습니다!"

"예?"

"200만 원만 가져오시라고요."

계단을 내려오는데 쓴웃음이 났다. 그러나 신씨는 다방에 앉자마자 인상을 찌푸렸다.

"개 같은 놈들, 칼만 안 들었제, 순 날강도들 아닌가? 500만 원에서 금방 200만 원으로. 근디 200만 원은 누 애기 이름이간디…."

"그 정도도 예상 안하셨어요? 어르신. 가난한 사람이 왜 가난을 벗어나지 못하는 줄 아십니까? 이럴 때 돈을 쓰지 못하니까 큰돈을 못 버는 것이고, 그러다 보니 계속 가난해지는 겁니다."

"그래서 빈익빈 부익부라고 안 허든가? 씨벌 노모 시상. 일이 요로코 되았는디, 헐 수 있는가? 자네가 아부지허고 작은아부지 한테 잘 말씀 디래서, 100만 원만 마련허소. 그러면 내가 동상허고 상의해서 나머지는 마련헐라네."

집에 돌아와 며칠을 고민하다가 수화기를 들었다. 태국과 태문 두 동생이 합쳐 50만 원, 나머지는 자신이 부담하여 겨우 100만 원을 마련했다. 그러나 며칠 뒤 다방에서 만난 신 사장은 돈 이야기는 쏙 뺀 채, 귀가 닳도록 들은 이야기만 반복했다.

"어르신. 시간이 없으니, 변호사 사무실로 가십시다."

"100만 원 갖고, 어쭈코 간단가?"

"예?"

"내가 요새 가정경제가 통 말이 아니란 말이시. 동상도 어째 돈줄이 맥혔는가 어쨌는가. 어쭈코 자네 씨가 나머지까장 안 되겄는가? 난창에 내가 다 갚으께."

어이가 없어 말문이 막힐 지경. 비로소 그의 실체가 똑똑히 보이는 듯 했다. 사실 이씨가 그를 가리켜 '신 변호사'라고 부르며 조롱할 때만 해도 일종의 편견이려니 여겼었다. 막상 만나 이야기를 나누어보니, 합리적인 구석도 있고 경우도 밝아 보였기 때문. 그런데 아들뻘 되는 사람과 철썩 같이 한 약속을 손바닥

뒤집듯 하다니.

"저희들 또한 얼마나 어려운지, 어르신도 잘 아실 텐데요. 이긴다는 보장도 없으려니와 언제 끝날지도 모를 재판을 이런 식으로 끌고 갈 수는 없을 것 같네요."

"그러면, 어찌잔 말인가?"

"이대로 눌러두는 수밖에요. 돈이 없는데 어떻게 합니까? 소송 비용을 벌든지 훔치든지 해야 재판을 할 것 아닙니까? 저도 바쁘고 하니, 이만 가십시다."

지금 태민의 경우, 말은 젊잖게 하되 화를 내는 중이었다.

칠산 바다 공유수면 매립사건은 깨끗이 잊기로 했다. 신씨와도 일체 연락을 끊었다. 돌아보건대, 엄연한 땅주인이 되어도 복이 굴러 들어오진 않았었다. 염산 간척지의 경우. 이씨가 영광군 농협장 시절(1970년대)부터 심혈을 기울였던 땅이 20여년 만에 수중에 들어오긴 했다. 하지만 그로 인해 얻은 이익은 고사하고, 잔뜩 손해만 보고 말았지 않은가 말이다. 여기저기 빌린 돈을 들여 새우 양식장을 만들고 연거푸 투자를 해 보았음에도, 계속되는 실패로 인하여 가산이 탕진되고 말았다. 결과적으로 그 땅은 저주받은 땅이 되었다. 그걸 보면, 이번 칠산 간척지 사건은 차라리 잘된 일일지도 모르겠다는 생각이 들었다.

'힘이 없어, 돈이 없어 패배할 수밖에 없는 현실…. 오! 이 땅에 신의 섭리가 살아 숨 쉬게 하소서. 권력에 눌려 억울한 일 당하는 자 없게 하시고, 돈이 없어 눈물짓는 자 없게 하소서. 공평과 진리가 제 자리를 잡고, 정의가 강같이 흐르는 세상 되게 하여주소서. 물질로 인하여 다른 사람을 미워하지 않게 해주소서!'

장돌뱅이

　베스트셀러도, 12만 평의 땅도, 칠산 앞바다 공유수면 매립지도 상처만 남긴 채 아침안개처럼 사라졌다. 금융기관이 신용금고(오늘날의 저축은행)에서 제1금융권인 은행으로 일부 바뀌었을 뿐, 부채의 규모는 더욱 불어나 있었다.

　"이럴 줄 알았으면, 아버님이 아파트 사주신다 할 때 사주시라 할 걸 그랬지요? 당신 석사과정 밟기 직전, 그리고 얼마 전에도 논 판 돈이 있었거든요."

　"매년 임대아파트 인상분으로 나가는 150만 원도 적은 돈이 아니고. 내가 그쪽으로 궁냥이 없으면, 당신이라도 악착스러운 맛이 있어야지. 이건 둘 다 똑같아 갖고는…."

"아들이니까 당신이 말해야지, 며느리인 내가 어떻게 돈 말을 꺼내요?"

"누가 조르라 그랬어? 주시려고 하면 막지나 말았어야지. 그리고 돈 풍풍 쓰지 말고, 당숙모를 배우라니까."

언젠가 그녀는 두 사람을 앉혀놓고 이렇게 말했었다.

"자네들은 아무리 어렵다 어렵다 해도, 나 같이는 못 살 것이네. 1년 사시사철 몸뻬 하나 걸치고, 밥알이 수채 구멍으로 못 나가게 체로 다 걸러 먹었네. 심지어 수채 구멍에 들어간 김치 쪼가리까장 주서 갖고, 물에 시쳐 먹기도 안 했는가?"

"지금이 어느 시댄데, 또 그 소리를 해요? 나는 당숙모같이 못 살아요. 그리고 그렇게 산다고 해서 우리 형편이 좋아질 것 같으면, 백 번이라도 그러지요. 그리고 내가 언제 돈을 풍풍 써요? 풍풍 쓸 만큼 돈이나 주어봤어요? 당신이나 엉뚱한 데 쓰지 마세요."

"내가 뭘? 그러면 교수가 양복 안 사 입고, 구두 안 신을 거야?"

"누가 그런 돈 말해요? 뭐 하러 동창회 같은 데에 희사를 허냐고요? 이번에도 고등학교 동문회에 50만 원인가, 100만 원인가 냈다면서요?"

"억지로 부회장에 올려놓고, 돈을 내라는데 어떡해?"

"그러니까 아예 그런 자리를 나가지 않아야 한다고요."

"절약한다고 해서 문제가 해결될 단계는 지났어. 도박을 해야 해. 승부를 걸어야 한다고. 심영진 선생님 말씀 기억 안 나? 한 아버지가 두 아들에게 돈을 암만 주면서 그랬다잖아?"

장성에 갔을 때, 초등학교 은사로부터 들었던 말. 아들 둘을 불러놓고, "이 돈을 갖고 니들 쓰고 싶은 대로 쓰라"고 했단다. 그러자 큰아들은 그대로 남겨오고, 둘째 아들은 몽땅 다 써버렸다. 이에 그 아비는 "큰아들, 너는 그렇게 절약해 살면, 작은 부자는 되겠다. 그런데 둘째, 너는 큰 사업을 해라. 모름지기 돈을 쓸 줄 아는 사람이 돈도 버는 법이니까."라고 했다는 것.

"그래서 당신이 무슨 사업을 하겠다고요?"

"내가 하겠다는 것이 아니라, 당신이 사업을 하면 뒤에서 도와줄 수 있단 말이지."

"하기야 이제 당신 월급 갖고 이자 갚기도 힘들어요. 앞으로 벌고 뒤로 밑지더라도 버는 것이 낫다는 말도 있고요. 이왕 사놓은 차도 있고. 음식점 쪽으로 나가보면 어떨까요? 흥하건 망하건, 짧은 시간에 승부를 내기는 음식점만한 곳이 없다고들 그러거든요."

"그만한 돈이 어디 있기나 해?"

"그럼 이대로 앉아서 죽어요? 이왕에 빚진 거, 주변에서 조금씩만 빌려 동네 구멍가게부터 시작하는 거여요. 성경에도 그런 말씀 있잖아요? 네 시작은 미약하였으나, 그 끝은 심히 창대하리라고요."

"날라리 집사인 주제에 그건 또 어떻게 알았대? 어디서 뭘 팔겠다는 거야?"

아파트 앞 학원 건물. 같은 건물의 학원이나 초등학교 아이들을 상대로 라면, 떡볶이, 오뎅을 팔겠다는 것. 변두리라서 임대료도 쌀 것이고, 어린 홍인에게는 집이나 학교가 가까워 좋고.

"오늘 건물 주인인 학원 원장님을 만났는데요. 1층에 있는 비디오 가게가 곧 빌 것 같대요. 열 평 남짓 되는데요, 그 건물이 온통 초, 중고등학생들이 다니는 학원인데 2천 명도 넘는대요. 또 홍인이 초등학교로 가는 길목, 우리가 주일날 은혜교회 가는 길목이기도 하고요."

작년 어느 날 갑자기 교회를 옮겨야겠다는 생각이 들었었다. 그동안 양림동 호산교회에서 세례도 받고 집사직분도 받았다. 성가대에 서고 구역장 역할을 감당하는 동안 교수도 되고 박사도 되었다. 목사님 역시 태민네 가정을 많이 아끼고 사랑해주었다. 연구실에까지 와 몇 번씩 예배도 봐주고, 집안에 불행한 일을 당했을 때는 집에까지 찾아와 간절히 기도해주었다. 하지만 바로 그 점이 마음에 걸렸다. 가정사에 대해 속속들이 알고 있는 목자와 교인들 얼굴 보기가 부담스럽고, 또 과거 목양대학 학과의 어른이었던 신 장로와 주일마다 마주쳐야 하는 것도 껄끄러웠다. 형편이 절박한 만큼 집과 가까운 교회로 옮겨, 저녁예배에도 참석하고 필요할 때에 새벽기도회에도 나가보자는 심사도 작용했다.

"장로나 권사처럼 교회 중직자들이면 또 몰라도, 우리 같은 서리집사야 아무 교회면 어때? 언제 어디서나 동일하신 하나님이신데. 새로운 곳에서 새로운 마음으로 신앙생활 하고 싶다는 생각이 들어. 교회는 가까워야 한다는 말도 있고, 양림동 골목이 좁아 주차하기도 힘들고…."

"목사님이 점잖으시고 고상하시긴 한데, 특별히 은혜를 받거나 하지는 못했지요."

"그야 우리가 주일날 한번 나가고 마니까, 그랬을 거고."

교회에서 무슨 은혜를 받는다거나 인생의 가치관이 바뀐다든가 하는 일은 기대조차 하지 않았다. 새로 옮겨온 봉선동의 이 교회에 대해서도 마찬가지. 단골 목욕탕이나 이발소를 옮기듯, 태민은 아무 부담 없이 교회를 옮겼다. 집에서 걸어가도 5분 거리. 교회 규모 또한 작지 않았다.

가게의 경우, 3면이 유리로 되어 있어 사람들의 눈에도 잘 띨 것 같았다. 둘은 그 곳을 '새로운 도약의 자리'로 점찍은 다음, 한 달여 동안 밤마다 주위를 돌았다.

"어머니도 맨 처음 코딱지만한 방에다가 사과 궤짝 엎어놓고, 그 위에 공책 몇 권하고 연필 한 타스로 장사를 시작하셨어. 나 일곱 살 때, 서촌 한복판에 동네 사람들이 울력으로 지어준 집에서. 아버지는 여편네가 궁상떨고 있다면서 몇 번이나 궤짝을 뒤집어버리셨지만, 어머니는 그때마다 다시 놓고 다시 놓고. 결국 그 가게 때문에 그 많은 식구들 먹여 살리고 우리도 가르치시고 그랬잖아?"

"아이들 코 묻은 돈이 모이면, 무섭다고 그러더라고요."

적은 돈이 모여 종자돈 구실을 하면서 나락장사도, 백해젓 가공업도 성사시켰다. 솔밭 개간 사업도, 만주인들로부터의 땅콩밭 및 땅콩집터 인수도 가능했다. 그러나 예상치 못한 '복병'을 만나고 말았으니. 학교 가는 길목에서 엄마가 라면, 떡볶이를 팔거라고 하자 홍인이 기겁을 했다. 친구들에게 창피하다며, 학교를 안 가겠다고 통을 팠다. 100원짜리 하드조차 맘껏 사 먹이지 못했던 홍은을 생각하며, 웬만하면 청을 다 들어주겠노라 속으로 다짐했던 아들. 세상에 하나 뿐인 자식에게 남부럽지 않은 뒷바라지를 해주고 싶었고, 친구들 앞이나 학교에서 기죽지 않게 만들어주고 싶었다.

"나도 어렸을 적, 어머니가 가게 보는 일에 대해 지독히 싫어했던 기억이 나. 그냥 농사짓는 집 친구들이 부럽고."

"그러면 이야기 끝났네요 뭐. 홍인이도 홍인이지만, 당신 체면도 생각해야지요. 아무리 그래도 교수 부인이 라면장사 하고 있으면 되겠어요?"

"뭐가 어때? 오히려 겸손하게 보이고 좋지. 젊었을 적 고생은 은 주고라도 산다고 하잖아?"

"은 주고 살 필요 없이, 그동안 많이 했다니까요."

"사람이. 가난은 죄가 아니고 그저 불편할 뿐이다라는 말, 못 들었어? 남의 돈 쓰고 졸리는 것보다야 백 번 낫지, 뭘."

"그래서 가난은 죄라는 거지요. 빚진 죄인이라는 말 땜에, 이렇게 졸려도 말 한 마디 못하는 거 아니어요? 서울에서는 햄버거나 피자가 한창 유행이래요. 머지않아 광주에도 바람이 불 거라고…."

햄버거 제조 사업을 하고 있던 태국은 깜짝 반가워했다.

"진작 그러셨어야지요. 형수님도 한 푼이나 벌어야 놀면 뭐해요? 제가 거래하는 김 사장이라고 있는데요. 식품재료 같은 것을 공급하는 사람이거든요. 다른 사람보다 형수님에게는 훨씬 싸게 줄 거여요. 그러니까 거기서 일단 남고요, 형수님이 피자 만드는 기술자 하나만 데리고 직접 만들어 파시면, 마진이 솔찬허거든요. 우리는 재료를 떠어다가 가공만 해서 학교 매점에 도매로 넘긴 게, 사실 벨 이익이 옰고요. 소매를 해야 이익이 생기거든요. 고생헌 만큼 수익성도 높아지는 거니까요."

"어떻든 내 몸으로 공을 들여야 남겠지요."

"또 다른 것보다 먹는 음식 장사가 많이 남고요. 예를 들면, 100원어치 재료를 들이면, 500원이나 1,000원을 받을 수 있는 것 아닙니까? 아버지는 농사같이 숱헌 것이 옰다고 허시지만, 농사는 1년에 한 번뿐이잖요? 그러나 장사는 한 달이나 1주일, 단 매칠 만에 자본이 회전되니까, 그만큼 부가가치가 높다는 거지요."

"야, 너 언제 그렇게 많이 배웠냐? 어디 가서 경제학 강의해도 되겠다 야."

"형님도. 제가 벌써 몇 년입니까? 인자 장똘백이 다 되얐지요."

"아무튼 우리가 성공해서 돈을 벌어야 해. 아버지가 선거에서 지신 것도, 다 돈 때문 아니냐?"

"일단은 점포부터 잡아놓고 봐야지요."

그러나 우물쭈물하는 사이, 점포는 다른 사람에게 넘어가고 말았다. 비디오 가게에서 호프집으로 상호가 변경된 지 얼마 되지 않아 진선은 주인을 만났다. 다시 가게를 내놓았다는 소문을 들은 후였다. 그 까닭을 묻자, 쉬고 싶어서 그랬다는 것. 진선은 '혹시 장사가 안 되어 그런 것 아니냐'는 태민의 의심을 가당치 않은 것으로 치부했고, 태민은 한 달여 동안 계약금 500만 원을 마련하기 위해 동분서주했다. 그러나 가게를 내는 데에는 임대료 외에 많은 추가비용이 필요했다. 주방을 비롯한 실내의 인테리어, 탁자, 의자와 같은 비품, 대형 냉장고, 오븐 등 필수적인 장비 구입경비로만 최소한 2천만 원이 더 필요했다.

"이럴 때, 당신이 사촌 형님들에게 부탁 좀 하세요. 그동안 친하게 지냈잖아요? 특히 태봉이 시숙은 돈을 많이 벌었다는데…."

명절이나 형제계 때에는 고스톱을 치면서 친밀한 관계를 유지해온 것은 사실이었다. 하지만 돈 이야기는 차원이 다른 문제 아닌가? 며칠간 고민하다가 수화기를 들었다.

"이번에 목이 좋은 가게가 나와 집사람이 사업을 한 번 해보려 합니다. 학생들을 상대로 간단한 간식을 파는 건데요. 괜찮을 것 같아서요."

"허허이…. 교수 봉급 갖고 못 살겠디야? 장사는 아무나 허는 것이 아닌디?"

두 주먹 불끈 쥐고 상경하여 20여 년 만에 자수성가한 경력의 소유자, 형제간의 의리를 강조하며 맏형을 자처하는 위상에 걸맞게 그는 흔쾌히 1천만 원을 변통해주었다. 여세를 몰아 고종사촌형인 천재진에게 전화를 걸어 5백만 원을 송금 받았다. 나머지 5백만 원은 이씨의 도움을 받았다.

인테리어 공사는 전문가에게 맡겼다. 주방을 새로 꾸미고 실내구조를 변경한 다음, 벽과 천장에 합판을 대어 산뜻한 컬러로 페인트칠을 했다. 블라인드 커튼을 달고, 유리에 선팅을 하고, 의자와 탁자 등의 비품을 들여왔다. 인테리어 공사에만 5백만 원이 소요되었다. 그밖에 대형 냉장고와 오븐, 믹서기, 10여 개의 피자판과 스푼, 젓가락 등 비품 구입에 다시 5백만 원이 더 들어갔다.

"야! 이거 한이 없네. 대강 페인트칠이나 하고, 중고의자 몇 개 들여놓고 라면이나 끓여준다던 애초의 구상과는 많이 다르잖아?"

"이왕이면 다홍치마라고요, 고생할 바에야 조금 더 투자하여 승부를 내야 해요."

"또 김 사장이 상호를 주는 대가로 5백을 요구한다며?"

"프리미엄이라 하는 건데요. 없어지는 돈이 아니어요. 우리가 장사 잘해서 남에게 넘길 때, 또 받으면 되거든요. 체인점 권리금인 셈이지요. 피자라든가 햄버거, 그밖에 일체의 재료를 공급해주는 데 따른 대가이기도 하고요."

"꼭 거기서 재료를 떼어 와야 하나?"

"그게 편하니까요. 어떻게 일일이 시장 다니면서 그런 걸 다 사오겠어요? 자기들이 시간 맞추어 척척 배달해주니까, 이리저리 따져보면 그게 훨씬 더 싸게 먹히는 셈이지요. 그 사람들도 그런 맛으로 상호를 내주는 거고요."

하지만 그것으로 끝이 아니었다. 진선은 일정 기간 보건교육을 받아야 했고, 태민은 사업자등록증을 발급 받기 위해 국세청과 동사무소 등 관공서를 부리나케 뛰어다녀야만 했다.

"그동안 건성으로 봐왔는데, 유흥음식점이냐 대중음식점이냐 아니면 휴게음식점이냐에 따라 판매할 수 있는 음식의 종류가 달라진다며?"

"그런 거래요?"

"어떻게 할 거야? 유흥음식점으로 허가내기는 좀 그렇고, 대중음식점으로 내면 술 같은 주류를 판매할 수가 있고, 휴게음식점일 경우에는 그런 것을 못 팔고 한다는데. 우린 신앙인으로서 어차피 술 종류는 팔지 않을 테니, 이미지가 깨끗한 휴게음식점으로 내도록 해."

"술은 팔지 않기로 약속하고요, 대중음식점으로 내게요. 그리고 음식점은 청결한 이미지가 생명이니까 금전등록기도 새로 사

야 할 것 같아요. 요즘에는 계산서를 착착 찍어주고 그래야 하는
데다, 세금문제도 있고….”

밝고 산뜻한 색깔의 최신형 전화기를 들이고, 외모가 단정한
아가씨 둘을 여직원으로 채용하여 깜찍한 유니폼을 입혀놓았다.

“요즘 아이들은 매장 아가씨들 얼굴을 엄청 많이 본대요. 담임
선생님이 못 생겼으면 바꿔 달라 조른다잖아요? 호호호…. 그리
고 피자나 햄버거는 어른들도 얼마든지 올 수 있으니까요, 장사
만 잘되면 초기비용 정도는 금방 뺄 수 있어요.”

일곱 살 무렵 서촌 한복판에 새집을 지을 때, 가슴이 부풀어
잠을 이루지 못했었다. 꼭두새벽에 일어나 셋방살이 하던 집에
서 김씨의 신발을 가져다가 송진 냄새 그윽한 새집에 갖다놓기
를 반복했다. 그 통에 김씨로부터 여러 번 퉁을 맞았지만.

“그동안 동창회, 향우회, 종친회, 친목회 같은 데 들어갔던 돈,
몇 배로 빼먹어야지. 하하하…. 아버지가 늘 그러셨거든. 내가 돈을
쓰고만 다니는 것 같아도, 그 돈은 다시 돌아오게 되어 있다고.”

3면의 유리에 품목과 가격을 매직펜으로 써 붙이는데, ‘라면
1000원’, ‘햄버거 1500원’, ‘콜라 1000원’, ‘우유 1000원’, ‘불고기
피자 8000원’ 하는 식이었다. 진선은 딱딱한 인쇄체의 정자(正字)
는 멋이 없어, 신세대의 취향에 맞추기 위해 옆으로 뉘인 필기체
를 사용했다며 눈을 반짝거렸다. 품목마다 색깔을 달리해야 한
눈에 알아볼 수 있다는 진선의 설명에 태민은 연신 고개를 끄덕
였다.

'내 아내의 몸속에 저런 DNA가 들어 있었다니….'

자정 무렵 하숙집 앞 공터에서 만나 새벽까지 풍향동 골목을 함께 거닐던 고3 단발머리 여학생, 선암사에서 20리 산길을 걸어 도착한 송광사 입구에서 라면을 끓여 먹고 텐트 안에서 밤하늘의 별을 보며 미래를 약속했던 처녀, 정읍 내장산에 단풍구경 갔다가 첫눈을 만나 둘만 남은 단란주점에서 목청껏 '고래사냥'을 불렀던 추억, 충장로의 생맥주집 '그랑 나랑'에서 DJ가 틀어주는 신청곡을 들으며 젊음을 불태웠던 그 이야기들이 빨간 석류알처럼 주저리주저리 맺혀있는데…. 보성 율어의 부잣집 만딸로 태어나 고생 모르고 자란 아가씨가 오늘날 생활전선의 최전방수 '억척 아줌마'가 되어 피자 굽는 법을 배운다며 송정리까지 왔다 갔다 하고, 개업 이틀 전부터는 '기술자'를 아예 가게로 출근하도록 조치하였으니. 사람 팔자 알 수 없다더니, 옛말이 하나도 틀린 데가 없구나. 몇 차례의 '시운전'을 성공적으로 마친 후, 드디어 개업식 날이 내일로 다가왔다. 초청대상자들에게는 일체의 축의금을 사절한다는 단서를 붙였다.

"봉투 하나 휙 던져버리고 가는 것보다 직접 와서 피자 한 판씩 사주는 것이 훨씬 낫거든요. 체면치레 하객들보다는 지속적으로 이용해줄 고객이 필요하니까요."

"왜 홍인이 초등학교 자모들에게 알리지 않았어?"

"내가 적극적으로 활동하지 않았거든요. 총무라도 맡아 달라 했는데, 매번 거절했지요. 이것저것 마음이 바쁘기도 하고, 돈도 꽤 들고 해서요. 이럴 줄 알았으면 열심히 하는 건데….”

“나도 봉선동 방범대원이나 자율소방대, 하다못해 아파트 자치관리위원이라도 할 걸 그랬다 싶어.”

당일 아침. 거리 입구와 가게 정문에 걸린 플래카드를 다시 한 번 점검하였다. 오전에 뜸하던 하객들이 정오 무렵이 되어 모여들기 시작했다. 그나마 좁은 가게는 발 디딜 틈조차 없었고, 밖에 내놓은 간이의자도 턱없이 부족했다. 가게 앞에서 사람들이 서성이는 동안 갑자기 소나기가 쏟아져 근방의 탁구장을 빌렸다. 이씨는 한껏 들뜬 얼굴로 바쁘게 서둘고 다녔다.

“자고로 장사를 헐라면, 에… 첫째가 장소여. 뭐니 뭐니 해도, 목이 좋아야 허그든. 어째서 비싼 충장로에 점포가 많이 모여드는지 아냐?”

“……”

“사람들이 많이 댕긴 게, 그만헌 가치를 물고 있그든. 여그는 변두리긴 해도, 그런 대로 목이 갠찮은 팬이라고 봐야제. 그러고 둘째는 가격이 싸야 해. 요새 사람들이 을마나 영리 허냐? 여그 저그 댕김시로, 가격을 다 비교해보고 사그든. 심지어 10원짜리까장 계산을 다 해. 안 그럴 것 같아도, 그것이 사람 마음인 것이다. 그래서 느그 어메 장사헐 때도 내가 그랬제. 좌우간 영광읍이나 백수장보다 싸게 받어야 헌다. 그래야 장사도 되고 인심도 안 잃는다. 바리다매(薄利多賣)라는 말 있지 않냐? 싸게 이역을 보고 많이 파는 것이 진짜 장사꾼인 것이여."

"예…."

귀에 못이 박히도록 들은 이야기.

"그러고 마지막 셋째는 품질이 좋아야 헌디, 느그들은 먹는 음식인 게 일트라면 맛이 좋아야 헌다 그 말이여. 얼굴 안다고 인사로 찾어가는 것도 한두 번이제, 음식맛이 읎으면 절대로 더 갈수가 읎는 법이여. 그러고 무조건 친절해야 허고. 손님 중에는 밸 까탈스런 사람이 다 있그든. 그래도 간, 쓸개 빼놓고 웃어야제, 어쩔 것이냐? 손님들은 뒤꼭지에도 눈이 붙었다 생각을 해야돼. 먹고 나감시로도 주인이 인사를 허는가 안 허는가, 다 보그든."

장황한 이씨의 '일장훈시'에 비하면, 김씨의 추억담은 그래도 나은 편이라고 할까.

"옷 보따리를 머리에 이고 행상 댕길 때에는, 다지금(각자) 점빵 갖고 있는 사람이 시상에서 젤 부럽드라."

"어머니가 언제 그런 일도 하셨어요?"

"점빵 채리기 전에 몇 번 그랬지야. 나는 하루 종일 다리품 팔아감시로 돌아댕기는디, 점빵에 카마이 안거서 오는 사람만 받는 것이 을마나 큰 복이냐?"

"가게 하시는 동안 고생 많이 하셨지요."

"옛말에 장사허는 사람 똥은 개도 안 먹는다고 안 허디야? 다른 사람 손에 들어있는 돈을 뺏어올라면, 그만치 내 속이 썩어야

해. 아무리 손님이 시비를 걸어와도 무조건 참어야 허고. 손님허고 주인허고 쌈허먼 누구든지 주인이 잘못했다 허그든. 그것이 세상 인심이여."

"아, 예⋯."

"그런게 애비 너도 학교 끝나는 대로 가게 와서 거들어 주고. 아무리 대학교수라도 지 마누래 고상허는 지 알고, 같이 심(힘)을 써주어야 사람들이 '되았다'고 허는 것이여."

저녁 무렵에는 집중적으로 하객이 몰렸다. 친척, 친구, 교수들의 경우 대부분 화분이나 꽃다발을 들고 왔으며, 피자를 맛보고는 반드시 값을 치렀다. 그러나 교회의 청년회 멤버들은 빈손으로 온 데다, 잔뜩 먹은 후 값도 치르지 않은 채 훌쩍 나가버렸다.

사실 큰맘 먹고 교회를 옮겨왔지만 '선데이 크리스천'이라는 말처럼, 새로 옮겨온 교회에서도 주일 대예배 한 시간 보는 것으로 모든 것을 대신했다. 그것이 신자로서의 '의무'를 다하는 것으로 간주했기 때문에. 주일저녁 예배와 수요일 밤 예배에 참석치 않는 것은 당연했고, 금요철야나 새벽예배는 시간조차 알지 못했다. 교회에서 주관하는 봉사활동이나 체육대회, 야유회, 수련회 등은 믿음이 좋은 몇몇 교인들만 참석하는 것으로 여겼다. 교회 운영에 관한 관심 같은 것은 아예 없었다. 공동의회, 제직회와 당회에 어떤 사람들이 참석하는지, 또 무슨 일을 처리하는지도 몰랐다. 집사와 권사, 장로로 교인들을 구분하는 것도 어린 시절 병정놀이 할 때가 생각나 혼자서 웃을 때가 많았다.

소득의 10분지 1씩이나 떼어 바치는 것은 '굶어죽기를 작정한' 일부 광신도의 어리석은 소행이며, 작정헌금을 하는 것은 '교회에 미쳐도 단단히 미친' 사람의 행위로 치부하였다. '차라리 그런 돈이 있으면, 거리에 나앉은 걸인에게 적선하는 것이 훨씬 낫다'고 생각했다. 성도들 사이의 교제는 전혀 불필요한 것으로 간주했다. 성가대에 서보기도 하고, 구역장 역할도 맡아보았다. 그럼에도 교인과 함께 음식을 먹고 대화를 나누는 시간은 몸에 맞지 않은 옷처럼 늘 어색했다. 모태(母胎) 신앙이라 자부하는 사람이나 어려서부터 교회에 다닌 사람들하고는 체질 자체가 다르다 여겼다. 10년 이상 교회에 출석하면서도 늘 그 믿음이다 보니, '서당개 3년이면 풍월을 읊는다.'는 속담도 들어맞지 않을 때가 있구나 여겨졌다. 열정적으로 찬양을 부르는 사람은 위선자처럼 보였고, 무슨 일이건 기도로 시작한다는 것이 우스꽝스럽게 생각되었다.

은혜나 기쁨, 감사함이 없는 교회생활은 사람을 무척 피곤하게 만들었다. 아무리 좋은 말씀도 강퍅한 마음과 닫힌 귀에는 들어오지 않았다. 설교 시간만 되면 온몸이 쑤시는데, 마치 인내심을 테스트 받는 것 같았다. 그러나 희한하게도 예배 시간만 지나고 나면 육체의 힘이 솟고, 영혼이 맑아졌다. 지루한 수업을 마치고 귀가하는 초등학생에게 마치 1주일간의 휴가가 주어지는 것처럼 마음이 홀가분했다. 그러나 예상 밖으로 너무나 자주 돌아오는 주일에 짜증이 났다. 태민에게 있어서 주일은 결코 '안 식일'이 아니었다. 그럼에도 주일성수라도 하지 않으면 또 큰일을 당할지도 모른다는 불안감에, 죽으나 사나 주일은 지키려 노력했다. 물론 부부끼리 교회 가면서 다투고, 돌아오면서 싸우는 일이 반복되긴 했지만. 교회에 나가지 않으면 불안했고, 나가보았자 소득이 없었다. 딸과 여동생의 죽음이라는 인생 최대의 위기 앞에서, 신앙이 큰 힘이 되었던 건 사실이었다. 시간강사와 조교를 거쳐 전임교수가 될 때에도 하나님의 도우심을 직접 체험했었다. 그럼에도 흔히 말하는 중생(重生), 거듭남의 역사는 경험하지 못한 상태. 셔터를 내리고 걸어오는 길에 진선의 어깨를 꼭 껴안았다.

"당신, 오늘 고생 많았지?"

"고생은요. 돈 때문에 졸리는 일만 아니면, 이런 일쯤이야 감사하면서 할 수 있지요. 대충 세어 봤는데, 100만 원은 넘은 것 같아요."

"오늘 매상이? 햐! 이대로 가면, 우리 금방 부자 되겠는데?"

그러나 개업식 이후, 매상은 급속도로 줄어들기 시작했다. 이튿날은 30만 원으로, 또 그 다음날은 20만 원으로 축소되었다. 한 달 정도는 그런 대로 수지를 맞춰나갔다. 하지만 여름철이 다가오면서 곤두박질치기 시작하던 매상은 5만 원대로까지 뚝 떨어지고 말았다. 진선은 모든 것을 날씨 탓으로 돌렸다.

"올해는 왜 이렇게 덥데요? 가게에 앉아 있으면, 땀이 속옷까지 다 내려와요."

"불을 피워 음식을 만드니까, 아무래도 더 덥겠지. 선풍기로 안 되면 에어컨을 설치하지 그래?"

"돈이 얼만 데요?"

"그래도 이왕에 투자된 돈을 생각하면, 그게 낫잖아?"

"하기야 가게가 시원하면, 손님들도 더 오긴 할 거예요."

100여만 원을 주고 중고를 들여놓았다. 그러나 도통 효과가 없었다.

"에어컨을 잘못 샀나? 아니면 3면이 유리로 되어 있는 데다, 해가 뜰 때부터 질 때까지 하루 종일 햇빛을 받아 그러나? 그나저나 이렇게 손님도 없이, 장사를 계속해야 하는 거야?"

"그럼 어떻게 해요? 시원해질 때까지 기다려보는 수밖에요."

"이 근방에 무슨 아파트가 들어선다며?"

"바로 요 옆에요. 1~2년 안에 공사를 시작할 모양이어요."

"무슨 장사든지 2년이나 3년은 해보라고 했으니까, 참고 기다려 봐."

진선은 아침 설거지를 마치는 즉시 가게로 출근했다. 엎어지면 코 닿을 곳인데도 기어이 승용차를 끌고 나가는 모습이 눈에 거슬렸다. 하지만 배달도 있고, 일부 피자 재료도 사야 하고, 무엇보다 돈 연락이 오는 통에 할 수 없단다.

"금융기관에서 이자 내라 연락 오고 원금 갚아라 전화 오는데, 어떻게 편안히 앉아있어요?"

저녁 무렵이면 아파트 복도로 나와 가게의 불빛을 내려다보며 간절한 기도를 드렸다. 손님 드는 장면이 눈에 들어오면 기분이 좋아졌다. 밤 11시 조금 넘으면 가게로 향했다. 셔터를 내려주고 진선을 데려오기 위해서였다.

"아니, 오늘 매상이 5만 원도 안 된단 소리야? 그럼 아까 단체로 들어간 손님들은 뭐고?"

"어차피 그 손님들이 올린 매상이어요. 참, 나. 그런 줄은 모르고, 사람들 하는 소리 들으면⋯. 뭐라더라? 홍인이네는 욕심도 많다고, 남편이 교수면 됐지 뭐 하러 장사까지 하냐고, 있는 사람들이 더 무섭다고 한다네요."

"남의 속도 모르면서⋯."

"여보, 우리도 통닭에 캔 맥주를 끼워 팔면 어른 손님들도 제법 올 것 같은데, 당신 생각은 어때요?"

"술은 팔지 않기로 했잖아?"

"캔 맥주가 술이나요? 음료수나 마찬가지지요. 여자들도 그 정도는 한잔씩 해요."

"말은 바로 해서, 술은 술이지 그게 음료수야? 우리가 돈만 바라보고 장사할 수는 없잖아? 커가는 홍인이도 있고 어머님 말씀대로 사람팔자 알 수 없다는데, 내가 정치하지 말라는 법도 없고⋯."

"그건 그때 가서 생각할 일이고요. 우선 급한데 찬밥, 더운밥 가리겠어요?"

"체면 던져버리고 돈만 벌려면, 무슨 짓을 못해? 도둑질하고 몸 팔면, 돈이야 벌지."

"그런 것하고는 차원이 다르잖아요?"

"한 번 원칙이 무너지면 걷잡을 수 없다는 이야기야. 캔 맥주만 팔았다 쳐. 세상 사람들이 뭐라 하겠어? 누구누구 마누라가 술장사를 했다네 하는 식으로, 소문이 날 게 빤하다고."

"알았어요. 그나저나 차츰차츰 자금도 딸리고…."

"그날 들어온 돈 갖고 운영하면 되지, 뭐가 또 필요해?"

"아이고, 당신도. 음식 재료는 사와야 하고 종업원 봉급은 주어야 하는데, 매상은 오를 기미가 보이지 않으니까 말이지요."

"봉급은 그렇다 치고, 물건이 안 팔리는데 왜 재료가 필요하냐고?"

"안 팔려도 피자는 만들어야 할 거 아니어요? 준비해놓은 재료를 다음날 쓸 수 있나요? 다 굳어버리는데. 그런 데다 오물세, 전화비, 수도세… 등등 말도 못해요."

"……."

"실은 가게 운영비보다도 우리 빚이 문제여요. 매년 원금의 20퍼센트를 상환해야 하는 데다…."

초가을의 선선한 바람이 불어왔다. 그러나 가게의 형편은 조금도 나아지지 않았다. 잔뜩 기대를 걸었던 아파트건설 역시 회사의 부도로 무기한 연기되고 말았다. 가게에서는 날마다 적자가 쌓여갔다. 일을 할수록 손해 보는 현상을 봉급쟁이 머리로는 이해할 수 없었다.

'수입이 좀 적을 수는 있지만, 0이 되거나 마이너스(-)가 되는 현상이라니. 무라리의 광호 아버지는 하루 종일 펄 땅을 파기만 해도 돈을 받던데….'

서촌의 큰집 앞에 자리한 광호네 집. 초가삼간에 세간도 별로 없는 곳. 태민은 그곳에 갈 때마다 늘 불편하고 미안했었다. 하지만 오늘날 생각해보니, 그곳은 그래도 괜찮은 편이었다. 남에게 졸리거나 적자 볼 일은 없었을 테니.

아내는 곧 좋아질 거라고 했지만, 그 말을 믿을 상황이 아니었다. 돈의 노예가 되어 허덕이다 보니, 모든 일에 짜증이 났다. 부부싸움 횟수도 늘어났다. 이 모든 비극이 가게 때문이란 생각이 들었다. 하지만 진선은 가게문을 닫는데 한사코 반대했다. 대책 없이 문을 닫으면, 프리미엄조차 받을 수 없다는 것. 계약 당시 임대보증금 외에 프리미엄으로 5백만 원을 얹어주었는데, 그 돈은 이전의 가게 주인이 갖고 가버렸다는 것이다.

"그래도 우리가 나가겠다고 하면, 건물 주인이 보증금은 내 줄 거 아니야?"

"무슨 현찰이 있다고, 그 돈을 내주겠어요? 현찰이 있어도 안 줄 테고요. 어차피 우리 뒤에 들어오는 사람이 있어야 우리가 그 돈을 받아 나가는 거예요. 우리도 건물 주인에게 돈을 준 것이 아니었잖아요?"

"프리미엄은 고하간에 보증금조차? 이거 완전히 코가 꿰었네.

계속 적자만 보고 있을 수도 없고, 금방 가게가 나가는 것도 아니고…."

"물건은 팔리지 않아도 네온사인과 실내등은 켜 놓아야 하지요. 또 냉장고를 꺼놓을 수 없으니, 전기세는 똑같이 나가는 거고요. 영업정지 당하지 않으려면 세금은 꼬박꼬박 내야 하고요. 아르바이트생들에게 수당을 안 줄 수도 없고요."

"잃어버린 본전 생각에 자리를 뜨지 못하는, 도박꾼과 똑같네 뭐."

오랜 세월 금맥을 찾다 지친 광산업자로부터 어떤 사람이 금광을 인수했는데, 불과 1미터를 더 파들어가 노다지를 캤다는 스토리가 생각났다. 가게를 그만두는 순간부터 피자가 날개 돋친 듯 팔려나가는 장면이 연상되었다. 더욱이 이대로 문을 닫는다면, 가만히 앉아 몇 천만 원을 날리는 꼴이라니. 어떻게 하면 피자집을 성공적으로 운영할까 연구에 연구를 거듭하고, 궁리에 궁리를 더했다.

모든 것을 '매상'과 연관 짓는 스스로를 발견하고, 흠칫 놀라기도 했다. '식생활 패턴, 서구식으로 변화!'라는 신문 타이틀을 보면, 기분이 좋아졌다. '인스턴트식품, 건강을 해친다!'고 주장하는 학자는 적으로 간주되었다. 주변 사람들을 평가할 때에도 매상을 얼마나 올려 줄 것인가가 가치판단의 중요한 기준이 되었다. 매상을 올려주는 사람은 '우리 편'이고, 그렇지 않은 사람은 '남의 편'이었다. 정식으로 음식값을 계산해주는 사람은 '군자,

대장부, 신사'였고, 어영부영 얼버무리는 사람은 '소인배, 졸장부, 깍쟁이'였다. 개업소식을 듣고 코빼기도 비치지 않은 사람들에 대해서는 서운함을 넘어 적개심까지 일었다.

"점점 속물이 되어가는 것 같아. 이건 내 체질이 아닌데. 오르지 못할 나무를 쳐다보았지 않은가 하는 생각이 들고, 늦었다고 생각할 때가 가장 빠르다는 말도 떠오르고…."

"당신에게 말을 못하고 있었지만, 하루라도 빨리 문을 닫는 것이 상책이어요. 사업이 쉽지 않다고 사람들이 그랬는데, 이렇게까지 어려울 줄은 몰랐어요."

무라리 둠벙에서 물고기 잡으러 다니는 데, 이쪽으로 가면 저리 도망치고 저쪽으로 가면 다시 이쪽으로 도망치는 장면이 연상되었다.

"피자에 대한 인식이 덜 되어 있는 데다, 가격도 비싸고. 가게 위치도 그리 좋지는 않았던 것 같고."

"은근히 후미진 곳이거든요. 그래서 앞엣 사람들이 손을 든 거 아니겠어요? 학원생들 수도 애초에 원장이 말했던 것보다 훨씬 적더라고요. 많을 때 2천 명까지 온다는 말은 어림 반 푼어치도 없는 소리고요."

"교회 가는 길목이라서 기대를 했는데, 그동안 교인들은 별로 안 왔지?"

"개업식 날 그냥 와서 먹고만 가버렸지요. 당신이 청년회장이라고 또 와서 실컷 먹고 기고. 그 뒤로 한두 사람 와서 커피대접

받고 가버리고요. 나중에는 염치가 없었든지, 바로 앞을 지나다 니면서 들여다보지도 않는 거 있지요? 그런 데다 어른을 상대로 해야 승부가 나는데, 코 묻은 돈만 만지작거리다 보니 한계가 있을 수밖에요."

"친구나 동료 교수들이 도와주고 싶어도 도울 방법이 없다고 해. 떼로 몰려와 결판지게 먹어줄 음식이 없잖아? 차라리 고깃집 이나 식당을 했으면, 조금 더 나았을까 싶고. 돈을 없애 먹으려 우리 눈에 콩깍지가 씌었던 것 같아. 그리고 당신, 기분 나쁘게 들지는 말고. 사람이 무슨 일을 하든지 전념해야 하는데, 당신은 가게에 붙어있는 시간이 별로 없잖아?"

"내가 비우고 싶어 비웠어요? 금융기관 일을 보느라고…."

"알아. 아는데…. 어떻든 주인이 가게에 붙어있을 때하고, 비 워둘 때하고는 천양지차가 난다 그 말이야."

"은행 일도 일이지만, 각종 세금에 또… 사채 준 사람들에게서 삐삐나 독촉전화가 오면, 아르바이트생 눈치 보느라 가게 안에 서는 말도 못해요. 그래서 다시 전화 드리겠다고 말한 다음, 밖에 나가서 공중전화로 하고 그랬거든요."

"그러니까 전화비는 전화비대로 더 들고. 근데 은행은 그런다 치고, 뭐 하러 사채까지 빌려 쓰냐고?"

"당장에 1~2백만 원씩이 필요한데, 그때마다 다른 교수들 보 증 세우고 돈을 빌려요? 첨에는 빚이라 생각도 안 했지요. 그런 데 그걸 제때에 갚지 못하니까 지옥이 되더라고요. 신용은 떨어

지고 이자는 올라가고요. 원금까지 갚아라 독촉전화 오고, 더 이
상 빌려주는 데도 없고요. 나중에는 나도 모르게 사람들을 피하
게 되더라고요. 언젠가 슈퍼 아줌마한테 전화 왔었지요?"

"……."

"그 날이 돈을 갚기로 약속한 날이었거든요. 근데 돈이 없다
보니까, 집에 들어가기가 겁이 나더라고요. 집까지 쳐들어온다
는 소식을 사전에 들었거든요."

"쳐들어 와?"

"당신 속상할까봐 말을 안 했는데, 실은 그때 난리 났었어요.
당신이 교수니까 직접 가서 따지겠다고 방방 뛰어 겨우 말려놓
았더니, 나중에는 가게로 쫓아왔더라고요. 그래서 내가 아이들
도 있고 하니까 나가서 이야기하자고 그랬더니, 나서자마자 내
머리카락을 잡아채는 거 있지요?"

"뭐야? 그래서? 당하고 있었단 말이야? 그런 무식한 여자한
테?"

"그럼 어떡해요? 빚진 죄인인데. 가게를 하다 보면, 노이로제
걸리기 딱 좋겠더라고요. 실제로 건강도 안 좋아졌고요. 생각해
보세요. 돈 땜에 속 끓이지요. 손님 기다리는 일도 지긋지긋하거
든요. 꼭 고문당하는 기분이라니까요. 차라리 손님이 많으면 신
바람이 나는데, 파리 날리고 있으면 숨이 턱턱 막혀요. 아이고,
장사하는 사람 속은 암도 몰라요."

"어머니두 늘 그런 밀쓺하시긴 했는데…."

"밤 10시에 문을 닫기로 했지만, 늦게 찾아오는 사람을 내칠수가 있나요? 이상하게 꼭 그 시간에만 찾아오는 사람들이 있더라고요. 그 사람더러 우리 영업시간 지났으니, 나가라고 해보세요. 얼마나 기분 나빠하겠어요?"

"두 번 다시 안 오겠지. 어디 가서 악선전이라도 안 하면 다행이고. 그래서 어머니가 두고 쓰시는 말씀 있잖아? 장사하는 사람 똥은 개도 안 먹는다고."

"항상 12시 넘고 1시 다 되어, 잠자리에 들지요. 아침 일찍부터 서둘러 밥해 먹고, 설거지하고, 홍인이 학교 보내고, 빨래하고, 서둘러 가게에 나가야 하지요. 하루가 어떻게 지나가는지 모르겠더라고요. 물론 나 고생한 거야 보람이 있었으면 묻혀갈 일인데, 그것도 아니고…."

진선의 눈에는 어느새 눈물이 글썽거렸다. 풍향동 2층집에서 죽어라 고생하며 뒷바라지를 해준 시누이 둘과 딸이 주검으로 돌아왔던, 그 쓰라린 과거를 떠올리고 있는지도 모르겠다는 생각이 들었다. 사람이 살아가는 동안 가장 속상한 일은 자기의 한 일이 아무 소득도 없음을 깨닫는 순간이 아닐까 싶었다.

"2년 동안 실속 없이 바쁜 꼴이 되었어."

"그리고 젤 속상하는 일이 뭔지 아세요? 수시로 드나드는 아르바이트 학생들이요. 며칠 동안 죽어라 교육시켜 부려먹을 만하다 싶으면, 나가 버리고. 또 며칠 수소문해서 쓸 만한 애다 싶어 기껏 가르쳐놓으면, 나가 버리고."

"부리는 사람들 땜에 못해 먹겠다고 한다더니, 그 말이 영락없구먼."

"은행 일이다, 재료를 떼어온다 해서 밖으로 나갈 일은 많은데, 내가 걔네들 감시하고 있을 틈이 어디 있어요? 걔네들은 걔네들대로, 오지 않는 손님 기다리느라 차라리 친구들에게 전화하는 것이 낫겠다 싶어 종일 전화통만 붙들고 있지요. 그래서 전화비도 많이 나오고요."

"걔들 입으로 들어간 것도 솔찬했을 거 아니야? 자기네들끼리 있으면, 아이스크림이다, 햄버거다 이것저것 다 먹고 할 텐데…."

"첨에만 먹다가 나중에는 별로 안 먹어요. 자기들도 입에 물리거든요. 피자 냄새를 오래 맡고 있다 보면, 먹고 싶은 생각이 없어져요. 우리 홍인이도 첨에만 뻔질나게 드나들다가 나중에는 들어오지도 않고 그랬거든요. 그리고 진옥이랑은 꼴에 몸 난다고, 얼마나 음식을 조절했는데요."

"그 빼빼한 몸에 뭘 조절해?"

"본인들은 살쪘다고, 엄청 고민하고 그래요. 그 알량한 아르바이트 수당마저 제때에 지급하지 못했으니…. 당신, 혹시 친구들이나 교수들에게 가게가 안 된다는 말은 절대 하지 마세요."

"왜? 하나 안하나, 다 알 텐데 뭐. 가게가 잘되는데, 그만두는 사람이 어디 있어?"

"나중에 알더라도 지금은 하지 말라고요. 안 된다는 소문이 나면 가게가 안 나가거든요. 지금은 피해를 최대한 줄이면서 가게를 넘기는 길밖에 없어요. 그러니까 집으로 물어오는 전화가 오더라도 무조건 잘된다 하라고요."

"나보고 거짓말 하라고?"

"거짓말이 아니라, 그게 바로 삶의 지혜라니까요. 말은 가까운 데서부터 새나가는 법이거든요."

"당신, 완전히 장돌뱅이 다 됐네. 세상에 어떤 사람이 양심도 없이 가게를 속여 넘기는가 했더니, 바로 우리가 그런 꼴이구만."

"조용히 좀 해요. 누가 들으면 어쩌려고 그래요? 우리도 500만 원을 프리미엄으로 주었으니까, 최소한 그만큼은 받아야 하잖아요? 물론 더 받으면 좋고요."

"아이고, 도둑년."

복덕방에 가게를 내놓으면서부터 간혹 전화가 걸려왔다. 진선이 전화를 받는 동안 태민은 옆에서 숨을 죽였다.

"아, 가게가 안 되어서 그런 것이 아니고요. 가게는 진짜 잘되거든요. 근데 제 몸이 좀 피곤해서 그래요. 아이도 아직 어리고요. …정말이어요. 제 말 못 믿겠으면 한번 와보세요. 호프집이요? 진짜 잘될 거여요. 저희 가게 아래에서 허술하게 소주를 파는 사람이 있는데요. 하루 매상이 30만 원, 40만 원씩 오르거든요."

수화기 내려놓는 것을 기다려, 따지듯 물었다.

"뭐가 30만 원, 40만 원씩이나 오른다고 그래? 당신이 확인해

봤어?"

"일단은 뺑을 쳐놔야 계약이 될 거 아니어요? 우리도 그렇게 해서 당했는데요, 뭘."

"완전히 타락했구만, 타락했어. 그나저나 누구야? 계약하러 온대?"

"모르겠어요. 소주집이 그런 대로 잘된다는 소문을 들었나 봐요. 호프집을 경영해보겠다는 여잔데요."

"아무리 그래도, 그건 사기잖아?"

"호호호…. 필요하면 사기도 쳐야지요."

"사람이. 얼마에 내놓았어? 5백만 원?"

"내가 미쳤어요? 8백만 원요."

"뭐? 프리미엄으로 8백이나? 야…."

"그동안 비품 구하고, 인테리어에 돈 들고 한 것이 모두 해서 얼만데요? 인테리어 값만 해서 5백 넘게 들었어요."

"그거야 우리 입장이지, 새로 들어온 사람에게 그게 무슨 소용 있어?"

"호프집이라면, 인테리어 그대로 살려도 괜찮아요. 그리고 비품 중에서 냉장고라든가 에어컨 같은 것은 그대로 쓰고요."

"그것까지 계산하자면, 우리가 손해지."

"그래도 중고로 파는 것보다는 나아요. 아무튼 당신은 구경만 하고, 떡이나 먹으라니까요."

밀고 당기는 협상 끝에 7백만 원 낙찰. 우선은 가게를 넘길 수 있게 되었다는 사실이 반가웠다.

"투자된 돈에 비하면 턱없이 모자라지만, 그나마 다행이네."

"오늘 가게로 나온다는데, 같이 가볼래요?"

여전히 불안한 기색을 감추지 못하는 여자를 향해 진선은 침을 튀겼다.

"다른 것은 몰라도요. 호프집 같은 것을 하면 꽤 괜찮을 거예요. 왜냐면, 요즘 음주운전 단속이 심해져서 집에 차를 세워놓고 나오는 남자들이 많거든요. 급하면 가게 앞에 차를 대기도 하고요. 또 같은 동네인지라, 이왕이면 으슥한 데가 낫고요."

"많이 도와주세요."

"그럼요. 저희들이 PR 많이 하고요, 자주 들를 게요."

돌아오는 길.

"당신, 가게가 교회 가는 길목인데, 어떻게 자주 들려?"

"아이고, 그냥 말 대접하는 거지요. 선금만 받은 상태라 나머지 잔금 받을 때까지는 안심할 수 없다고요. 만에 하나, 계약금을 포기하면서까지 인수를 안 하겠다고 하면 어쩔 거여요?"

가슴 졸이며 가게를 인계하는 데까지는 성공했다. 그러나 어쩐지 마음은 허전했다. 결과적으로 1년 동안 고생했으면서도 손에 쥔 것은 하나도 없었으니, 아내의 인건비를 제외하고도 1천만 원 이상 손해 본 장사였다. 경험도 없는 주제에, 시장조사 같은 기본적인 준비조차 하지 않은 채 허겁지겁 시작한 것부터 잘못이었는지 몰랐다.

"돈을 벌려는 욕심에, 마음이 급해서 그랬지요. 근데 사업을 해도 일단 빚이 없어야겠더라고요. 실컷 벌어 이자로 다 들어가 버리는 것도 문제지만, 정신이 산란해서 전념할 수가 있어야지요."

"소비자들의 기호를 고려하지 않은 것도 실패의 한 원인이고. 광주 지역에서 피자는 아직 일러. 또 단위가 적은 것도 문제였고. 그건 그렇고, 사람들 말 바꾸는 데에는 선수들이야. 뭐라더라? 처음에는 가게 목이 좋다, 푼돈이 모여 목돈이 된다, 노느니 생활비라도 벌면 그게 어디냐고 하더니…. 이제 와서는 어쩐지 느낌이 좋지 않았다느니, 위치가 가장 중요한데 큰길에서 쑥 들어가 있어서 외져 보였다느니, 또 절약해서 살면 되지 무슨 떼돈을 벌겠다고 교수 부인이 그런 장사를 했느냐느니 하고 떠들어대니."

뿌리째 뽑히다: 땅콩집 처분

불안하고 갈급한 심령에도, 어김없이 성탄절은 찾아왔다. 성탄축하 대예배를 마치고 한 가정에서 친교를 나누던 중, 학군동기인 대산건설 지사장을 만나게 되었다.

"지금 일곡동에 지어놓은 아파트가 꽤 괜찮거든. 근데 이상하게 분양신청이 저조해. 아마 쓰레기 매립장이었다는 소문이 나서 그런 모양인데…."

"아, 언제 뉴스에 나왔던 것 같은데?"

"텔레비전에는 쓰레기를 그냥 묻어버렸다고 나왔지만, 그 쓰레기들 다 파냈어. 매스컴을 탄 탓도 있고, 우리 회사로서는 광주지역에 처음 지은 아파트라서 회사 이미지도 있고 해서 철근이며, 콘크리트를 엄청나게 많이 썼어. 일단 분양 받아놓고 두어 달만 지나면, 가만히 앉아서 2천만 원 정도는 벌 거야."

진선은 어느새 마음이 들떠 있었다.

"어젯밤 꿈이 좋더니. 그렇지 않아도 우리 아파트 축대도 위험하고 시끄럽고 해서, 이사해야겠다 맘먹고 있었거든요. 요즘 들어 홍인이도 이사 가자는 소리를 자주 하고요."

바람도 쐴 겸, 모델하우스를 방문하였다. 32평 분양가가 8,300만 원. 평당 3백만 원이 넘어가는 요즘 시세로는 매우 싼 가격이란다. 21층 가운데 19층. 스위스나 오스트리아 등 유럽에서 높은 지대의 집이 더 비싸다는 말을 들은 기억이 났다.

"여보, 지금 살고 있는 아파트 처분하면, 5천만 원 정도는 받을 것 아니어요? 나머지는 대출 받으면 되지요 뭐."

"이 판국에, 또 빚을 지자고?"

"정 안 되면, 몇 달 안에 되팔아도 돈을 번다잖아요? 그리고 당신 학교에서 공무원우대 대출 같은 것이 있다면서요? 좌우간 올라나 가보게요."

온화한 기운이 밀려왔다. 이 집에 살면, 뭔가 잘 풀릴 것 같다는 예감이 들었다.

'느낌이 중요해. 음침하게 느껴지는 집은 결국 끝이 안 좋더라고. 땅콩집? 그 집 짓고, 좋은 일 별로 없었지. 막내 여동생의 교통사고 사망, 딸과 둘째 여동생의 화재 사망사고, 아버지의 정치적 몰락, 염산 대하양식장 실패, 피자가게 적자 등등….'

32평형으로 이사를 오게 되자 모든 것이 바뀌었다. 그동안 장소가 좁아 몸을 움츠려야 했던 자개농이며, 화장대, 책상이 활개를 치며 제자리를 차지한 반면, 14인치 텔레비전이며 소형 냉장고 등은 천덕꾸러기 신세로 전락하였다.

"넓은 거실에서 텔레비전 앞에 쪼그리고 앉아있는 당신 폼이 얼마나 웃기는 줄 아세요?"

"텔레비전 작은 것 부끄러워하지 말고, 돈 때문에 남에게 손가락질 받는 것을 부끄러워해야지. 선진국 국민들일수록 옛 것을 소중히 여기고, 또 얼마나 절약하는 줄 알아? 우리나라 사람들, 몇 년도 안 되어 냉장고 교체하고 텔레비전 새로 사고 차 바꿔 타는 것, 다 반성해야 해. 돈은 돈대로 들고, 자원은 자원대로 낭비하고, 삼천리금수강산에 쓰레기만 넘쳐나고…."

"저 텔레비전, 15년도 넘었네요. 냉장고는 물이 줄줄 새고. 이왕에 넓은 데로 이사를 왔으면, 집에 어울리게 가구를 배치해야 할 거 아니어요?"

"언제 우리가 격식 갖춰가며 살았어?"

"솔직히 다른 돈에 비해서 가구 값이 얼마나 된다고 그래요? 겨우 수십만 원대인데…."

"수십만 원이 '겨우'야? 당신 사고방식이 그 모양이니, 한 집에 차를 두 대나 굴린다고 욕을 먹지."

"비싼 건 다 비싼 값을 해요. 냉장고만 해도 구식이라 김치 들어갈 자리도 없지요, 전기세는 많이 나오지요. 절전형 냉장고를 들여놓으면, 얼마 못 가 결국 들어간 값 뺀다고요. 화면 칙칙 거리는 텔레비전 보면, 홍인이 눈도 나빠지고, 혹시 누가 오더라도, 교수 사는 집에 14인치 텔레비전이 뭐여요? 어디 박물관에라도 들여놔야겠네요."

"학자에겐 가난이 미덕인 줄 몰라? 옛날 선비들은 밥 끓일 쌀이 없어도 유유자적하며 살았다는데, 당신은 그런 데 협조할 생각 없냐고?"

"나는 그럴 생각, 손톱만큼도 없어요."

"하이고, 마누라 하나 있는 것이 말하는 뽄대 하곤. 교수들에게 보증 부탁할 때 쥐구멍에라도 들어가고 싶었던 심정, 당신이 알기나 해? 당신도 슈퍼 아줌마에게 쫓겨 봐서 그 심정 알 거 아냐?"

"아이고, 그 독한 년."

"다른 사람 욕할 것 없어. 제발 허황기 좀 버리라고. 먹을 것 없으면 굶고, 새 옷 없으면 헌 옷 입고, 쓸 돈 없으면 안 쓰면 되잖아? 여기저기서 돈 빌려 사치스럽게 사는 거, 내 생리에 안 맞단 말이야."

"우리가 언제 사치스럽게 살아요? 옛날에 침대 샀다고 어머니한테 혼이 났지만, 아파트에서 침대 없이 생활할 수 있어요? 침대 없으면 난방비가 더 들어요. 남자들이 몰라서 그렇지, 가구도 다 필요하니까 나온 거라고요."

"얼씨구, 또 시작하네."

"남들은 뭐 우리보다 특별히 잘 살아서 꾸며놓고 사는 줄 아세요? 누군 돈 때문에 고생 안 하고 풍족해서 그러냐고요. 그리고 우리 홍인이 지금 한창 사춘기인데, 당신이 강조하는 아들 교육에도 너무 찌들게 살아 좋을 것 없다고요. 아이가 뭐 우리 사정 알아요? 남들 집에 다 있는 것 없으면, 기가 죽고 그러는 거지요."

"자식이 집안 어려운 줄도 알아야지. 부모는 **뼈 빠**지게 절약하는데, 자식이라고 호의호식하면 되겠어?"

지금 태민은 이씨 흉내를 내고 있는 중이었다. 중학생 시절 많지 않은 용돈을 주며 금전출납부를 쓰게 한 일, 무리리 도착하자마자 작업복 갈아입고 논밭으로 향하게 한 일, 수십 명 일꾼 불러 모내기 하는 날에는 기어이 못줄이라도 잡게 한 일 등 이씨는 태민을 가만 놓아두지 않았다. 그때는 야속한 마음이 들었는데, 나중에 생각해보니 그 역시 '교육'이었다.

"그야 나중 일이고요. 그렇지 않아도 누나 잃고 혼자 되어 잔뜩 외로움을 타고 그러는데, 남보다 더는 못해줄 망정 남들 하는 만큼은 해주어야 할 거 아니냐고요."

어느새 진선의 눈가에 이슬이 맺혔다.

며칠 후.

"아빠, 친구들이 우리 텔레비전 보면 웃겠네요."

"화면 잘 나오고 보는데 지장 없으면 되는 거지, 왜들 난리야?"

"아빠, 친구들이 저한테 뭐라 하는 줄 아세요? 지금도 엘란트라 차 있냐고 물어보고요, 딸콩이 아직도 살아 있냐고 물어봐요. 보신탕 끓여먹어도 맛이 없겠다고요."

"떼끼! 넌 보신탕 먹으면 안 돼."

태민이 보신탕과 인연을 끊은 것은 무라리 서촌 가게에서 일어난 비극과 관련이 있다. 하늘이 무너지고 땅이 꺼지던 그날 아침, 땅콩집 안방에서 육촌형 태열이 그랬었다.

"그저께 밤에라우 이. 그 방, 사고가 난 점빵 방에서 보신탕을 먹었넌디, 그때 태민이 너도 같이 안 먹었냐? 그리고 그 날 밤에 꿈을 꾸었넌디, 점빵집 나락창고를 열어본 게 시커먼 생애(상여)가 두 개 있습디다."

그의 눈가가 불그레해지더니, 큰 눈망울에서는 금방 눈물이 뚝뚝 떨어졌다.

"진짜 겁나네요 이. 내 꿈이 영락없이 맞춘 것 아니요? 생애가 두 개 나간다는 것은 둘이 죽어나간다는 것인 게 이"

수북이 쌓아놓은 개뼈다귀와 영안실에서 언뜻 보았던 막내 여동생 향순의 시신이 겹쳐 떠올랐다.

'몽둥이로 두들겨 맞고 칼로 난자당하여 밥상에 놓인 개고기, 그 처참한 죽음들을 내 입 속으로 쳐 넣다니. 땅콩집 담 주변에 잔인하게 베어 넘어진 고목들, 쇠똥이의 칼에 등이 찔려 즉사한 보미로, 영안실에서 확인한 향순의 시신, 그리고 시커멓게 타버린 채 직각으로 세워진 경희의 오른쪽 다리, 불 속에서 살려 달라 비명을 질러야 했던 나의 사랑하는 딸…. 이들 사이에 대체 무슨 연관이라도 있단 말인가? 그리고 육촌형의 꿈속에 왜 하필 마당 서쪽 사랑채의 나락창고에 들어있는 상여가 나타났을까?'

"어쨌거나 딸콩이야 지가 건강해서 장수하는 거고, 엘란트라 가 어때서? 아직 10년도 안 되었는데…."

"아이고, 네 아빠 말하는 것 좀 봐라. 요새 세상에, 10년 타는 차가 어딨어요?"

며칠 후. 퇴근하여 집에 들어서는데 대형 TV가 눈에 띄었다. 깜짝 놀라 돌아보니 대형 냉장고까지. 제주도에 있는 막둥이 처 제가 부쳐왔다는 것.

"다른 데로 이사를 가는데, 이렇게 큰 냉장고와 텔레비전은 들 어갈 데가 없다고요. 언니가 이참에 이사했으니까, 필요하면 갖 다 쓰라고 해서…."

"새 것 같은데?"

"그야 깨끗이 썼으니까 그렇지요. 산 지도 얼마 안 됐대요."

"택배로 부쳐왔단 말이야? 언제 부쳤는데, 이렇게 빨리 와?"

"……."

"배로 왔을까? 집에까지 배달해주었어? 올라오느라 고생했을 텐데?"

"엘리베이터에 다 들어가잖아요?"

"야, 오래 살다 보니까, 처갓집 덕을 볼 때도 다 있네. 내가 장 가 하나는 잘 들었구만."

그러나 1주일쯤 지난 날. 혼자서 책을 보고 있노라니, 전화가 걸려왔다.

"아, 아버님 되세요? 안녕하십니까? 여긴 냉장고회산데요. 사모님께서 구입하신 냉장고 때문에 전화 드렸습니다. 아직 입금이 안 되어서요."

"거기서 냉장고를 샀다고요? 그런 적 없는 데요. 혹시 전화를 잘못 거신 거 아니어요?"

"저희들이 1주일 전에요. 댁에 옮겨드렸었거든요. 그때 텔레비전이랑 같이 들어갔는데요."

"텔레비전이랑…요?"

"저희들이 갔을 때, 티브이 회사에서 가져왔더라고요."

화를 삭이고 있노라니, 초인종이 울렸다.

"아이고, 더워. 날이 점점 더워지네. 당신, 집에 있었으면서 문도 안 열어주고 그래요? 아이, 가만히 있지만 말고 짐 좀 받아요."

"당신, 어디 갔다 오는 거야?"

"왜요? 저녁 먹으려면 찬거리라도 있어야지요."

"저 인간이. 당신, 왜 냉장고 티브이 샀으면서 거짓말했어?"

"왜 소리부터 지르고 그래요? 기왕에 말이 나왔으니까, 어디 한번 해봅시다. 있어야 할 물건을 못 놓게 하는데, 그럼 어떻게 해요? 당신에게 말을 해봐야 끝까지 반대할 것이 뻔하고, 그래서 할 수 없이 거짓말을 했는데 그게 어째서요?"

"뭐야? 이 인간이 그래도 잘했다고, 큰소리를 치네."

"홍인이가 쫓아다니면서 소르는데, 어떻게 하냐고요?"

"애가 그러면 좋게 달래든지, 교육을 시켜야지. 조른다고 그때마다 낼름낼름 사 주어?"

"당신이 교육자니까, 어디 교육 한번 시켜보세요. 말을 듣나. 괜히 억울한 소리 하지 말고, 제발 소리 좀 치지 말라니까요. 이웃집에서 대학교순 줄 다 아는데, 창피하지도 않으세요?"

"당신이 인격적으로 행동해야, 나도 인격적으로 대할 거 아냐?"

"나는 인격 같은 것 없고 배운 것도 없지만, 당신같이 성질내는 사람과는 살기 싫어요."

"얼씨구! 인제 바른대로 말씀하시는구만. 진작 말하지, 그랬냐? 나도 너같이 허영심 많고, 골이 빈 여자하곤 하루도 더 살기 싫어. 도대체 마누라라는 인간이 평생 걸리적거리기만 하니…."

"그래요. 나는 밤낮 까먹기만 하고 그러니까, 이참에 갈라섭시다."

"갈라설 거 뭐 있어? 당신이 그냥 나가면 되지."

"왜 내가 나가요? 나가려면 당신이 나가야지."

"내 집에서 왜 내가 나가냐?"

"이것이 당신 집이요? 같이 벌어서 산 거지."

"하이고, 지나가던 소가 웃겠다. 당신이 생전 벌어온 적도 없거니와, 이 집도 절반 이상이 빚이야. 홍인이는 내가 잘 키울 테니, 아무 염려 말고 빨리 나가."

"홍인이야 내가 낳았으니, 나하고 살아야지요."

"어째서 홍인이를 당신이 낳아? 당신은 아버지 날 낳으시고, 어머니 날 기르시니란 노랫말도 몰라?"

"내 배 아파 내 뱃속으로 낳았지, 당신이 아파보기라도 했소?"

"아이고, 저러니까 무식하다고 하지. 씨가 없이 어떻게 싹이 나냐?"

"그러면, 밭도 없이 씨가 어떻게 난데요?"

"아이, 그만두어!"

"당신이 그만두어야, 나도 그만둘 거 아니어요?"

"저 인간이 말만 늘어 갖고. 칵안, 으이구…."

침대에 드러누워 화를 삭인 후, 거실로 나갔다.

"이번 한번만 용서할 테니까, 앞으로 제발 거짓말 좀 하지 마. 애가 뭘 보고 배우겠어? 그리고 제발 절약 좀 하라니까. 우리가 언제까지 빚지고 살아야겠어? 그나저나 무슨 돈이 이렇게 많이 든 거야? 이사 비용으로."

"다들 예상보다 많이 든다고 해요. 얼른 계산해보세요. 샷시 값만 해도 200만 원 다 되지요, 양도소득세와 취득세 합쳐서 500만 원 들었지요. 그리고 남쪽과 북쪽 방에 딸린 베란다에 마루를 까는 데에도, 비용이 솔찬히 들어갔잖아요?"

"그러게 뭐할라, 그런 걸 까느냐고?"

"거기 안 깔면, 집이 어디 쓸모가 있습디까?"

그밖에 커튼이며 거실의 니스 등, 이리저리 집 값 외에 1천만 원 이상이 들어가고 말았으니.

"우리도 우리지만, 도련님도 요즘 햄버거 판로 때문에 고민을 하는 것 같아요. 당신이 한번 만나 보세요."

납품에 대한 결정은 교장과 서무과장이 하는데, 그 중에서도 기관장(교장)의 입김이 셀 것은 자명한 이치. 태민은 교장을 만나자마자 명함부터 내밀었다.

"제 동생이라서가 아니고요. 양심에 어긋나게 일을 하거나 그러지는 않을 겁니다. 좋은 제품을 싼값에 공급하리라 믿으시고요…."

"글쎄요. 저 혼자 결정허는 것이 아니고, 서무과장 말도 들어 봐야 허니까요."

상견례가 끝난 다음, '로비'는 태국의 몫이었다.

"일이 안 될라먼요. 서로 핑계를 대더라고요. 교장은 서무과장한테, 서무과장은 교장한테 서로 미루는 거지요."

"공무원들의 통상 수법이지. 해주기는 싫고 탓 듣기도 싫으니까, 공을 떠넘기는 거야."

"인간적으로 아무리 부탁을 해도 소용없어요. 뭉태기 돈을 갖다 주든지, 아니면 사둔네 팔촌 친척이라도 되든지 해야 되요."

"교육계도 그렇게 썩었으니, 다른 분야는 말해 뭐하겠냐?"

"학기 시작되기 훨씬 전에 선정되는 것 같드라고요. 서무과장이 업자에게 받아서, 교장한테 상납허고요."

"악어와 악어새처럼 공존공생 관계라니까. 우리나라에서 교장

자리만큼 무풍지대도 없다 하잖아? 1년이면 수십 차례씩 출장 내고서는, 집에 가서 낮잠 자든지 골프 치고 다니든지. 엉뚱한 술자리나 화투치는 자리에 끼기도 하고. 교장실에 앉아 스트레스 받지 않아 좋고, 또 출장비는 출장비대로 다 타먹어 좋고. 교감이나 평교사 입장에서도 시어머니 노릇하는 교장 얼굴 안 보는 편이 더 낫겠지. 그러다보니 심지어 평교사들 출장기회까지 사그리 뺏어먹는다는 소문이 있어. 임기젠가 뭔가 떠들어 대더니, 또 흐지부지 되어버리고….”

“……”

“친목모임 만들어 밥 사먹고, 법 만드는 국회의원들께 로비할 자금 마련하고, 판공비 가져다가 살림에 보태 쓰고, 교사들이나 업자들로부터 상납 받아 꿍쳐 놓고. 물론 다 그런 것은 아니겠지만.”

“아무 이유도 모르고, 비싼 값에 사 먹어야 허는 애기들만 불쌍허지요.”

“매사가 이런 꼴이라, 삼풍백화점이 무너지고 성수대교가 끊어지는 거야.”

“업자들이 중간에서 다 빼먹고 허니까 그러지요. $7 \times 7 = 49$라는 공식이 있거든요. 결국 전체 공사대금 100에서 실제로 들어가는 돈은 49밖에 안 된다는 거지요.”

“없으니까 못 배우고, 못 배우니까 또 없이 살고. 악순환이지 악순환이야. 성수대교에서도 1초 간격으로 산 사람이 있고 죽은 사람이 있다는데, 한강에 떨어지는 순간 그 사람들이 뭘 알았겠어? 결국 건설업자들에게 죽임을 당한 꼴 아니냐고? 물론 사후 관리하지 못한 공무원들 책임도 있지만."

"우리나라에서 돈이 읎으면 죽은 목숨이나 마찬가지여요."

"요즘 굶어 죽는 사람이 어디 있냐고 하지만, 사람이 꼭 굶어서만 죽냐? 병들어도 돈이 없어 병원에 못 가면 돈 땜에 죽는 거고, 보일러 대신 연탄 때다가 가스 중독되어 죽으면 그것도 돈 땜에 죽는 거지. 부자들의 생명은 납보다 무겁고, 가난한 자의 목숨은 새의 깃털보다 가볍다는 말도 있으니까."

"가진 사람들은 무공해 건강식품, 오염되지 않은 생수 사먹고, 시시때때로 병원 가서 진찰받고요, 대형병원에서 이름 있는 의사들한테 진찰받고 헌 게 오래 살 수배키 읎고요, 읎는 사람들은 패스트푸드니 라면이니 길거리음식 등 싼 것만 먹고, 물도 대충 마시고요. 또 미루고 미루다 병이 도진 뒤에사 병원엘 가고 허니까, 명이 짧을 수배키 읎지요."

"재벌들 하는 꼬락서니 좀 봐라. 꼼짝없이 죽을병도 비행기 타고 미국이네, 독일이네 날아가 고치고 오는 것 보라고. 서민들은 얼척도 없는 병으로 죽어가고 있는데. 그래서 사람들이 돈이라면, 눈에 불을 켜고 달려드는 거야. 하기야 어제오늘 일도 아니지. 인류역사가 시작된 이래, 모양만 다를 뿐 원리는 똑같았으니까. 배우고 가진 놈들은 사람들 머리 꼭대기에 앉아 이리저리 지시하고 조종하고, 못 배우고 없는 사람들은 그들이 시키는 대로 아무 영문도 모른 채 우왕좌왕하다가 밀쳐 죽고 밟혀 죽고.

지도와 나침반 갖고 길을 찾아가는 사람과 눈 감고 걸어가는 사람의 차이라고나 할까. 신창원 같은 사람이 하늘에서 떨어지길 했겠냐, 땅에서 솟아나길 했겠냐? 결국 우리나라, 우리 땅에서 태어나 자란 사람이거든."

신창원은 어렸을 때 모친이 사망하는 등 매우 가난하고 열악한 환경에서 성장하였다. 제대로 된 교육도 받지 못했다. 그가 열다섯 살에 절도죄를 짓자 그의 아버지는 경찰에게 구속 수감하라고 요구했다. 주변의 만류에도 불구하고. 이는 아들 신창원이 소년원에 가서 새사람이 되길 갈망하였기 때문이다. 그러나 신창원은 오히려 이 사건으로 인해 본격적으로 반항적인 인생을 살게 된다.

그리고 1997년 1월 20일 부산교도소의 화장실 쇠창살을 쇠톱날로 끊고 탈출하기에 이른다. 경찰은 신창원의 검거를 위해 헬리콥터를 띄우고 전경을 동원했다. 그러나 신출귀몰한 그의 도피 행각에 속수무책으로 당하기만 하였고, 열세 번을 눈앞에서 놓쳐 많은 경찰관들이 이에 책임을 지고 사퇴했다.

(1999년 7월 16일, 마침내 신창원은 전남 순천의 아파트에서 가스관 수리공의 제보를 받은 경찰에 검거되었다. 체포 당시 그가 입었던 화려한 빛깔의 쫄티가 유행하기도 했다. 교도소에서 모범적인 수감생활을 하는 중에 중졸, 고졸 검정고시를 연이어 우수한 성적으로 합격하였는데, 그가 쓴 일기에는 이런 내용이 나온다. "내가 초등학교 때 선생님이 너 착한 놈이다 하고 머리 한 번만 쓸어 주었으면, 여기까지 오지 않았

을 것이다. 5학년 때 선생님이 이 쌍놈의 새끼야, 돈 안 가져왔는데 뭐 하러 학교 와? 빨리 꺼져 하고 소리 쳤는데, 그 때부터 내 마음속에 악마가 생겨났다."-『신창원 907일의 고백』 가운데서)

"사회 지도층 인사들, 가진 자들, 교육자들, 어른들… 모두 반성해야 돼. 아래에서 보면 위가 잘 보이거든."

"좌우간 선생들도 교장 앞에서는 꼼짝 못 허는 것 같더라고요."

"법적으로는 교장한테 권한이 집중되어 있으니까. 정부에서도 그 사람들 권리를 보장하려 저 난리고. 본래 기득권자들은 같은 기득권자들을 보호하게 되어 있거든. 어떤 사람이 장관 되자 했단 말이 있어. '야! 이렇게까지 좋은 자리인 줄 미처 몰랐다'고. 그러니까 죽을 동 살 동 모르고 달려드는 거고."

"그럴 만 허겄드라고요. 헐 수만 있으면, 벨 수단을 써서라도 허겄드라니까요."

"우리가 수년 전 김팔봉 씨를 욕하고 그랬지만, 따지고 보면 그 사람더러 나쁘다고 할 수도 없어. 그 사람도 오죽 설움을 받았으면 그랬겠냐? 억울하면 출세하라는 말도 있듯이, 너도 부지런히 돈 벌어 도의원도 하고, 군수도 하고 그래. 그래야 세상에 나와, 사람 산 것 같이 살아볼 것 아니냐?"

아침 일찍 걸려온 김씨의 전화.

"태민이냐? 난디. 아이고, 인자 집에까장 차압이 들어왔는 갑이다."

"차압…이라니요?"

"벌써 한 10년이 넘었넌디, 그때 땅콩집을 새로 지슴시로 400만 원을 주택자금으로 빌려 썼지 않냐? 근디 원금 케이는 이자도 못 갚었데이, 그새 연체에 연체가 붙어갖고는 원금 **빼놓고** 이자만 1,000만 원이 넘었닥 안 허냐?"

"1,000만 원이요? 무슨 이자가 원금보다 많대요?"

"연체가 붙기 시작허먼, 그런단 마다. 염산사업장을 담보로 해서 조합에서 빌려 쓴 2,800만 원에 대해서도, 넬모레 쨰 또 차압이 들어올 것이다."

"그래서 못 갚으면 어떻게 되는 데요?"

"경맨가, 뭇인가 불르겠제."

"경매요? 우리 땅콩집이 넘어간다고요?"

한껏 희망에 부풀어 집 지을 때 생각이 났다.

"집은 고하간에 사업장이 아조 넘어가게 생겼은 게, 그것이 꺽정이란 게는. 개인한테 빌려 쓴 돈이사 막상 말로, 띠어 먹으면 띠어 먹제 어쩔 것이냐? 그런디 조합놈들은 을마나 징헌고, 한 푼도 애수가 읎단 게. 끌텅(뿌리)을 파서라도 기어코 받어내고 말어."

"왜 그런 돈을 썼대요?"

"그때만 해도, 다른 사채보당 이자가 싸고 그래서…."

"그 땅콩집 지을 때, 아버지는 원불교에 희사하시고 백수고등학교에 장학금도 내놓고 그러셨잖아요?"

"그때도 정치바람 들어갓고 그랬제 어쎘디야! 그러면 한 표라도 더 나오까 해서….”

내 코도 석자인데, 나도 빚에 몰려 숨조차 못 쉬는 판국에 고향 집에마저 차압이 들어오다니. 며칠 우울해 있는 중에 다시 전화가 걸려왔다.

“시방 땅콩집을 살라고 허는 사람이 있은 게, 을마가 되든지 팔고 봐야 헐 것 같다마는….”

“살 사람이 있으면, 백 번이라도 팔아야지요.”

“팔고 나면, 우리는 어디로 가고야?”

“어머니, 지금 그것이 문제여요? 정 없으시면, 우리와 함께 계셔도 되지요.”

“하이고, 느그 아부지 승질을 니가 받기나 허겠냐?”

“이번에 이사한 집이 넓기도 하고요, 그래서 함께 생활하셔도 불편하지 않을 거예요.”

“쪼그만 방 한 칸 얻어서 살면, 다 늙은 삭신들 누울 자리 하나 옰을라디야마는….”

“거처는 다음에 생각하시더라도, 우선 팔아야 해요. 그냥 놔두었다가 경매 들어가는 것보다는 낫잖아요? 그리고 지금이니까 하는 말이지만, 그 집 짓고 나서 좋은 꼴 본 적 있어요?”

“생각만 해도 끔찍허고, 시방도 자다가 깜짝 깜짝 놀래 깬다. 문 구신이 붙었는가 어쨌는가 싶기도 허고. 동네에서 뚝 떨어져 있어 갖고, 나도 이 집이 지긋지긋허단 마다.”

“다른 사람들한테는 그런 말씀 마시고요.”

"뭣헐라 그런 소리를 해야? 그러고 주인이 바뀌면, 잘 살기도 헌단다."

"그런데 누가 산다고 그래요?"

"너한테 말허기는 뭣허다마는, 그 기출이라고 있지 않냐? 느 그 친구냐, 동창이냐?"

"조기출이 말이지요? 제 후배지요. 제가 재수해서 1년간 함께 다니긴 했지만, 저보다 한 살 아래여요."

비극의 그 날 밤. 태민은 그의 집에서 함께 자려다가 동네 스피커 소리를 들었고, 내복차림으로 내달려 처참했던 현장을 두 눈으로 똑똑히 보았었다. TV폭발로 화재가 난 가게방 안에서 부둥켜안은 채 시신으로 변한 둘째 여동생 경희와 딸 홍은을.

"그런디 집만 살라고 허는 것이 아니라, 밭까장 끼여서 살라고 허그든. 허기사 허허벌판에 집만 땡그렇게 사놓고, 거그서 뭣을 헐 것이냐?"

"우리 입장에서도 땅콩밭을 팔 수 있을 때, 파는 것이 좋지요. 어차피 농사지을 사람도 없는데, 땅만 가지고 있으면 뭐해요?"

"그런디 밭은 지금도 평당 2만 원에 서로 살라고 허그든. 심지어는 2만 5천 원에도 살 사람이 있단 마다. 우리 밭이 모다 해서 4천 평 정도 된 게, 고놈만 해도 벌써 8천만 원 아니냐? 그러고 채전 붙여먹는 텃밭도 1,000평은 될 것이고, 집터만 해서 600평이 넘은 게 돈으로 계산허면 상당허지야."

"얼른 계산해도 밭 값이 8천에, 집터를 밭 값으로만 계산해도 1천200만 원이니까, 합치면 9천2백만 원이구만요. 텃밭 **빼**더라도요."

"거그다가 땅콩집 값이 1,000만 원만 나가겠냐?"

"지을 당시, 현금으로 3천만 원도 더 들었다면서요?"

"난중에 기와 얹어서 담장 쌓았제, 연못 파서 잉어 넣어 놓았제. 화단에 나무 값만 해도 수백만 원 들었다 거. 그런디 기출이는 모다 해서 1억이나 줄라고 생각허는 생이여."

"그래요?"

"밭 값 8천만 원에다가 집터 허고 집값을 모다 해서 2천만 원 배키 안 쳐준다는 소리 아니냐?"

"집값으로 1,000만 원도 안 쳐준다는 말이네요? 텃밭 값은 **빼**더라도요."

"그저 먹을락 헌단 게. 허기사 뭇헌다고 집에다가 고로코 쳐바를 것이냐? 살먼 을마나 산다고…."

"그때야 평생 사실 것으로 생각하셨으니까요."

"우리 새끼덜허고 손지들허고 오순도순 천년만년 살라고 했데이, 문 년의 팔자가 요로코 사난지 원. 시상에, 내 평생에 이사를 또 허게 생겼으니…."

"……"

"그때 우리 솔밭에서 서까래 허고 웬만헌 나무는 다 비어다 쓰고, 황토니 모래니 일꾼들 밥값은 계산에 늫도 안 했어야. 그런

디도 현찰로만 3천만 원 들어간 집이여."

"지금의 가치로 따지자면, 5천만 원도 더 들었을 걸요?"

"5천만 원이 뭇이냐? 헐썩 더 들었다고 봐야지야. 그런디 텃밭까지 합쳐서 2천만 원만 줄란다고 허니. 우리 처지가 어려운지 알고…."

시체를 향해 달려드는 하이에나가 생각났다.

"걔 심보가 그렇게 사납지는 않은데, 그러네요?"

"사람이사 싹싹허고 갠찮허지야. 지금까장 우리한테 잘 했고. 그런디 형편이 요로코 되야논 게…. 누구나 마찬가진디, 그 아그만 탓허겄냐?"

"옆에서 가격을 내리니까, 덩달아 그러겠지요."

"말만 무성허제, 그 아그 아니면 살 사람도 읎이야. 그런게 고맙게 생각해야제, 어쩔 것이냐?"

"아버지는 뭐라 하셔요?"

"1억 2천만 원 이하로는 절대로 안 된다고 난리지야."

"참 아버지도. 세상물정을 너무 모르셔요."

"그 전에 파농사도 실컷 지어노먼, 가격이 올라갈 때까장 안 판다고 고집부리다가 맻 번이나 로타리 쳐버리고. 새비도 지질히 잘 키웠다가 썩혀버리고 그랬제, 어쩼디야?"

"아버지한테는 더 받기로 했다 하고, 흥정을 성사시킵시다. 집이야 나중에 다시 지으면 되지 않겠어요?"

"은제 또 짓겄냐 마는, 집보딩 염산 양식상을 지켜야 헌단 게.

어찌 됐거나 니가 한번 내래와야 쓰겄다.”

　동생과 함께 곧장 서촌으로 향하여 작은집으로 들어갔다.
　“태민이 왔냐? 태국이까장? 어서 들어오니라. 느그 어무이도
와 계신다. 좌우간 이참에 집을 팔어야 헌다. 날마닥 졸리는 통에
느그 어메 까딱허면, 뿌뜨라 돌아가시게 생겼다. 나라고 해서 성
님이 고향을 뜬다고 헌디 속이 좋겄냐마는, 느그 집 형편이 그런
디 어쩔 것이냐?”
　“제 생각도 그렇습니다.”
　“어찌됐거나 장남인 게 니가 모셔간다고 허면, 다른 사람들도
고개를 끄떡끄떡 헐 것이고. 남한테 말허기도 좋제. 큰아들이 교
순게 도시로 모실란다고 헌디, 누가 무시락 헐 것이냐? 실은 진
작 모셔 갔어야 해. 생각해 봐라. 허허벌판에 있는 집에 두 양반
이 우두게이 앉어 갖고 뭇헐 것이냐?”
　“…….”
　“막상 말로 몸이 아프거나 돌아가신닥 해도, 누가 알 것이냐?
동네 나가서 술 한 잔 드시면 옛날 가락은 있고 헌 게, 돈을 쓸라
고 허제. 그러다가 누가 말기면(말리면), 쌈이나 허고. 그런 디다
가 술이 취허면, 죽은 새끼들 생각난 게 혼자서 울기나 허고…”
　이 대목에서 그 역시 목이 멘 듯, 잠시 말을 끊었다.
　“그 땅콩집 지서 갖고 재미를 못 본 것이여. 느그 집이. 그러고
느그 아부지같이 활동했든 양반들은 시골에서 무장 못 산다. 그

노모 애경사 땜에. 1주일이면 열 통이 넘는디, 그 많은 디를 쫓아 댕김시로 어쭈코 살림을 헐 것이냐? 한 군디라도 **빼** 먹으먼, 서운허다고 난리고."

"친구들도 애경사 땜에 죽겠다 하더라고요."

대화가 자꾸 곁길로 새는 것이 안타까웠든지, 김씨가 나섰다.

"나도 몸이 그전 같지가 않고, 무장(갈수록) 일허기가 싫단 마다. 인자 나도 낼모레 70 아니냐?"

광대**뼈** 튀어나온 얼굴이 유난히 검어 보였다. 미인은 아니었지만, 비교적 팽팽하던 피부에 어느새 주름진 세월이 새겨져 있었으니. 벌써 10여 년이 흘렀을까? 이씨의 회갑일, 태민은 김씨를 등에 업었다가 새털처럼 가벼워진 무게에 가슴이 아팠었다. 그런데 그 사이에 또 얼마나 몸이 더 축 났을까?

"기출이한테 도장 갖고 이리 오락 했다. 느그 아부지한테는 1억 1천만 원까지 허락을 받았그든. 그런디 기출이도 5백 이상은 못 주겄닥 해서, 그러자고 해버렸다."

"나머지 5백은 어떻게 하시려고요?"

"헐 수 있냐? 어쭈코 해봐야제."

잠시 후. 기출을 매수자로, 태민과 태국, 김씨는 매도자로 하여 계약서에 도장을 눌렀다. 땅콩밭과 대지는 김씨와 태민의 공동 명의로, 집 건물은 태국의 명의로 등재되어 있었다.

"아제, 혹시 태민이 아부지가 물어보먼 더 주었다고 말을 허씨요 이."

"염려 마씨요. 아짐씨. 여그 계약서에는 1억 1천만 원이라고 썼은 게라우."

"고상했소. 그나마 아제가 있어서 이만헌 갑이요."

"문이라우? 아짐씨, 죄송허구만이라우."

"밸 소리를 다 허요. 어찌 됐든 간에, 복 많이 받고 잘 사씨요 이."

이 대목에서 김씨는 끝내 울먹이고 말았다. 경매를 막기 위해 파는 데에만 열중하다가, 막상 서류를 교환하고 보니 허탈감이 밀려왔다.

'드디어 우리가 고향을 뜨는구나. 조상 때부터 살아오던 이 무라리 땅을, 이제 영영 떠나는구나. 꿈속에서도 그리워할 땅콩집을 빚으로 넘기고 사람들의 비웃음을 뒤로 한 채, 정처 없이 떠나가는구나.'

차가 출발하자마자 김씨는 앞고름으로 눈물을 훔쳤다.

"너무 속상해 하지 마세요, 언젠가 다시 찾을 날이 있을 거예요."

"내 생전에 그러기만 헌담서야, 을마나 좋겠냐마는. 시상에, 어뜬 사람들이 고향을 뜨는고 했데이, 우리가 그 팔자 될 줄을 누가 알았겠냐?"

"어머님은 뙤약볕에서 일 안 하셔서 좋고, 아버님은 원래 도시 체질이시잖아요?"

"느그 아부지도 어쩌다 한 번씩 간 게 그러제, 광주나 서울 가서 사흘만 벗어져도 깝깝해서 못 살겠다고 그래. 70 평생을 여그다 뿌리박고 사셨넌디, 오죽허겠냐? 이참에 돈도 돈이제마는, 그래서 더 안 팔라고 공구리신(버틴) 것 같어."

태국이 뒤를 돌아보며 물었다.

"아부지가 혹시 받은 돈, 다 내놓으라고 허시면 어찔라고요?"

"적당히 둘러대야제, 어찔 것이냐? 느그덜 혹시나 눈도 깜짝거리지 말그라 이. 느그 아부지가 알아버리면, 나는 맞어 죽은 게."

텔레비전을 보고 있던 이씨가 큰기침을 하며 돌아앉는다.

"당신 고집대로 1억 1천만 원 받어 왔소."

"계약서 갖고 왔간 디? 어디 조까 보드라고."

일순 방안에는 긴장감이 돌았다. 돋보기를 걸치고 한참 동안이나 들여다보던 그는 힘없이 말했다.

"어디다 깍 보관해라. 옰어지면 안된 게."

"오늘 낮에 기출이가 농협에 가서, 이 집 허고 전답 앞으로 대출 받은 것 싹 갚었는 생입디다."

"그런 게, 매매가 성립 했겄제에. 알았어. 느그들이 고상했다."

그로부터 한 달 여가 지난 후. 김씨의 전화.

"오늘 까장 잔금 다 들어왔는 생이다. 그 아그도 엉겁전에 계약은 해놓고, 똥줄깨나 탔는 갑이여. 급헌 게, 논도 내놓고 그랬닥 안 허냐?"

"염산 사업장 거 제한 나머지 갖고, 동네 사람들 빚 좀 갚을 수 있나요?"

"그동안 보증세우고 빌렸던 돈들도 다 갚어야 쓰겄고, 여그 저그서 사채로 빌려 쓴 돈도 안 갚을 수 읎지 않냐?"

"동네 사람들 것이야 나중에 갚아도 되지 않아요? 영영 안 볼 것도 아닌데."

"여그서 살고 있으면 아침저녁으로 낯바닥이라도 본 게 믿는다고 허제마는, 몸뚱아리가 아조 뜬다고 헌디 사람들이 카마이 있겄냐? 벌써부터 우리를 쳐다보는 눈치가 틀린디."

전화를 끊고 나자 진선이 다그쳐 물었다.

"어머님이 뭐라…셔요?"

"궁금해? 당신은 어머니, 함께 살아요. 제가 잘 모실께요라는 말도 못해?"

"무슨 말씀 하신 지도 모르는데, 어떻게 그런 소리를 해요?"

"아무튼 나는 불효자고, 나를 이렇게 만든 것은 당신이니까 알아서 해."

"아이고, 살다가 별소릴 다 듣겠네. 누군 뭐, 지금 속이 좋은 줄 아세요? 부잣집으로 시집갔다고 소문났었는데, 이제 부모님들 도시로 와서 하꼬방 같은 데서 사시면 뭐라고 소문나겠어요?"

"당신은 소문나는 게 그렇게도 무서워?"

"누가 무섭다고 그래요? 속이 상한다는 거지."

"…동네에서 아버지는 효자로 소문 나셨어. 할머니가 큰집에 12년 동안이나 누워계셨는데, 아버지는 매일처럼 들르셨지. 여름에는 평상 만들어드리고, 겨울에는 솜옷 지어드리고. 시간만 나면 우리더러 자주 찾아뵈라 말씀하시고. 어렸을 적부터 효자 밑에 효자 난다는 말을 듣고 자랐고, 그래서 나도 커서 효자 말 듣고 싶었는데, 그게 맘대로 안 되네."

"아무리 말로는 큰 소리쳐도 막상 실천하기는 힘든 법이어요. 그리고 옛날하고 지금이 어디 같아요? 사실 좁은 아파트에서 사시면, 자식들보다 부모님들이 더 불편하시다 그래요."

"그러고 보면, 부모님 모시고 사는 사람들은 대단한 효자들이야. 다른 말이 필요 없어."

이씨가 이사 오던 그날. 태민은 유희정 교수와 약속이 잡혀 있었다. 화순에 있는 부모님 집을 화실로 꾸며 놓았다며, 동료 교수들을 초대한 것. 유 교수의 고향집은 산골이었다. 비포장도로를 따라 한참을 들어간 동네에서도 고샅을 따라 올라가다가 막다른 골목에 자리 잡고 있었다. 그러나 집 자체는 규모도 크거니와 깨끗하였고, 신식 주방과 화장실이 갖추어져 있었다.

"부모님이 사시던 집인데, 우리가 샀어요. 그림도 그리고, 가끔 와서 쉬기도 헐라고. 이참에 싹 수리를 했거든요. 오늘 오신 분들이 마수를 허는 거예요. 호호호…."

"동네에서 젤 큰 집 같은데요?"

"여기가 워낙 촌이라서요. 어릴 때 동네에서 하늘을 쳐다보면 보자기만 허다가 금방 손바닥만 해지고, 그러다가 없어져버려요. 그러니까 해도 유난히 빨리 지고 그랬지요. 저쪽 산하고 이쪽

산이 가로막고 있어서 앞도 안 보이고. 오죽했으면 양쪽에 간짓
대를 올려 놓겠다고 했겠어요? 난 촌년이어요. 호호호….”

그러나 그녀는 늘 ‘귀족’ 티를 냈었다. 오늘만 해도 시내가 좁
다며 싸돌아다니는 인텔리 친구들과 더불어 언더그라운드 가수
를 대동하고, 그림 동아리의 제자들까지 동원하지 않았는가? 그
녀는 태민을 소개할 때에도 ‘베스트셀러 작가’라는 말을 빼지 않
았다. 그녀의 주변에는 뭔가 빵빵한 스펙을 갖춘, 그러면서도 그
녀의 존재를 한껏 높여줄 수 있는 사람들이 에워싸고 있었던 것
이다.

6년쯤 전이었을까. 유 교수와 심춘식 교수를 포함하여 여섯
명의 교수들이 무라리 땅콩집에 내려간 적이 있었다. 그때 이씨
는 ‘태민네 대학에서 동료 교수들이 몰려온다’며, 동네방네 소문
을 다 내 놓았었다. 그리고 온갖 반찬을 장만하여 성대히 대접을
했고, 마침 익기 시작한 단감을 마음껏 따 가라며 객기를 부렸다.
후한 인심에 녹아난 교수들은 입에 침이 마르도록 덕담을 늘어
놓았고.

“진짜 아버님, 멋쟁이시다.”

“이렇게 크고 멋있는 한식집은 첨 보네요. 꼭 대궐 같아요.”

“무슨 반찬이 이렇게 맛있대요?”

“와, 감 밭이 이렇게 넓어요? 천국이다. 천국.”

그 아름답던 날들조차 가슴 아픈 추억이 되고 말았으니. ‘개념’
있는 노랫말과 성량이 풍부한 가수의 히트송을 들을 때에도, 모

신문사 주필의 객쩍은 소리를 들을 때에도, 학생들과 더불어 모닥불 주위를 돌며 춤을 출 때에도 태민의 기분은 내내 씁쓸했다.

'한때는 나도 늘 주인공이었는데….'

꿈에서 깨라는 듯, 핸드폰이 울렸다. 늦게라도 부모님을 찾아뵈어야 할 것 아니냐는, 아내의 전화. 이사 잘하셨느냐고 묻지도 않았다. 오늘 같은 날, 없는 핑계라도 댄 다음 멀리 도망치고 싶었다. 짜증이 났다. 속이 상했다.

'부모님도 밉고, 내가 장남이란 사실도 싫다. 현실로부터 벗어나고 싶다.'

한때는 동교교수들을 웃기며 분위기를 주도했었다. 하지만 부채 문제로 골머리를 앓기 시작할 때부터 점점 말수가 줄어들었다. 교수들 만나는 일이 부담스러워졌다. 소외될까 두려워 이리저리 끌려 다니는 것 같아, 그 역시 자존심이 상했다. 그 심사는 오늘도 마찬가지. 캠파이어, 특기자랑, 유머와 익살, 진한 성적인 농담이나 서로 다른 정치적 견해들, "교수님, 정말 멋있어요."라며 애교를 부리는 학생들, 밤하늘로 퍼져나가는 웃음소리 등등. 모두 다 싫었다. 위선의 탈을 쓰고 가식의 언어를 씨부렁거리며 광대놀이를 하고 있는 것 같은 느낌, 초대받지 않은 잔치에 와 있는 그 기분이 몸서리쳐지도록 싫었다.

이튿날. '국민주택'에 들렀다. 주공아파트보다는 낫다고 들었는데, 자세히 들여다보니 이느 곳 하나 성한 구석이 없었다. 천장

부근의 벽지는 빗물에 젖어 얼룩이 져 있었고, 벽의 귀퉁이마다 헐어 있었으며, 엉덩이가 걸쳐질까 싶을 정도로 변기는 작았다. 세면대마저 떨어져나간 통에 맨바닥에 쭈그리고 앉아 얼굴을 씻어야 한단다. 어울리지 않게 방은 3개씩이나 되었지만, 코딱지만 한 거실이며 지저분한 베란다가 '몰락한 가세'를 여실히 보여주고 있었다.

"죄송해요. 제가 부족해서⋯."

"아이고, 문 소리냐? 이만헌 것도, 다행으로 생각해야제. 니가 어디다 쟁애놓고 우리한테 그런 것도 아니지 않냐? 나 아직도 썽썽해갖고 느그 아부지 밥 해주는디 아무 지장 읎고 그런디, 뭇헐라 좁은 디서 한테 살아야?"

"아버지는 어떠서요? 어디 가셨어요?"

"벌써 근방 지리 익힐란다고 나가셨다. 느그 아부지도 갠찮 해야. 어디 기분이사 나겄냐마는, 생각보다는 잘 참으시드라."

"조금만 더 고생하세요. 저희들이 좋은 데로 옮겨 드릴게요. 부모님이 저희 집에서 사셔야 하는데⋯."

"대학교수 사는 집이 그만히는 되아야 허고, 다 늙은 우리사 어디서 살면 어쩐디야? 너야 사람들 이목도 있고 학생들이라도 한 번씩 올 턴디, 집이 짜잔허먼 쓰겄냐? 하이고, 나는 지발(제발) 일 안 헌 게, 살겄다."

"⋯어머니."

"⋯오메이, 너 시방 우냐? 남자가 눈물이 히프먼, 못 쓰는 법이다. 느그 부모 시퍼렇게 살아 있넌디, 뭇헐라 우냐? 싸게 뚝 그치란 게."

"그동안 어머니 고생만 하시고, 편히 모시려 했는데…."

어린 시절 '터진게' 다리 근처 외막까지 따라온 큰아들에게 어린아이 머리통만한 참외를 두어 개씩 쥐어주며 기어이 다 먹으라 채근하던 김씨, 중·고등학생 시절 한 달에 한 번씩 하숙비 타러 무라리를 내려가면 이씨가 잡은 암탉의 뒷다리를 뜯어주며 양껏 먹으라고 독촉하던 어머니, 일요일 오후 광주행 완행버스에 오르기 직전 이씨 몰래 500원짜리 지폐를 장남의 허리춤에 잽싸게 찔러주던 어머니였다.

"이만 허면 팬허제 어쩐 디야? 촌 같으면 시방 한창 일헐 때다요. 실은 내가 요 몇 년 사이에 일을 했제. 그 전에는 점빵이나 보고, 잘해야 일꾼들 밥이나 해주고 그랬지 않냐? 애랬을 때에는 막둥이로 커갖고, 손에 물 같은 것도 안 묻히고 컸넌디. 그래서 그런가, 무장 일을 못 허겄어야. 올라온 게, 나는 시상도 좋다."

김팔봉의 얼굴과 염산 양식장이 스쳐갔다.

'상놈오 새끼, 개자식, 인간 말종, 버러지 같은 놈….'

그 후로 자주 들러야 한다 하면서도 국민주택 들어서기가 싫었다. '가난'을 피부로 실감해야 한다는 사실이 두려웠다. 죄송스러움과 함께 참담한 심정을 가눌 길이 없었다.

"부모님하고 함께 있는 시간들이 고문이라도 당하는 것 같아. 빈손으로 가기도 그렇고, 뭘 좀 사들고 가면 돈도 없으면서 뭐

하러 그런 걸 사왔냐고 타박하시고."

"타박은 무슨 타박이어요? 걱정되시니까 그냥 하시는 말씀이지요. 그리고 우리 형편 다 아시니까, 빈손으로 들려도 아무 상관 없어요. 어머님은 전화라도 자주 하든지, 오다가다 부담 없이 들리라고 하시잖아요? 얼굴 보고 싶어서 그러지, 꼭 뭐가 드시고 싶어 그러시겠어요?"

"부모님이야 그러시겠지만, 어디 자식 입장에서 그럴 수 있냐고?"

"시골에 계실 때에는 어쩌다 가니까 빈손으로 가는 것이 실례지만, 같은 시내니까 괜찮다고요."

"어렸을 적 '터진게' 근방에 외막이 있었는데, 왜 거길 따라 갔는지는 기억이 안 나. 근데 어머니는 참외를 계속 먹으라 하시는 거야. 배가 터지려 하는데. 나중에 오시면서 그러더라고. 태민아, 외막에서 먹는 참외는 모두 공짜란다. 그래서 하나라도 더 먹이려 그랬다고…. 하숙비 타러 집엘 가면 동생들을 휘어이 휘어이 물리치면서 나에게만 닭고기를 뜯어주시고. 암탉 뱃속에 마늘과 삼을 집어넣어 삶은 국물을 마시라고 얼마나 재촉하시든지. 그걸 억지로 다 마시고 나면 반드시 설사를 하는 거야. 배고픈 하숙밥만 먹다가 갑자기 기름기가 들어가니 안 그러겠어? 흐흐흐…. 그래서 설사 났다고 했더니, 안색이 싹 변하는 거야. 그 담부터는 몰래 변소 가느라 또 진땀 빼고. 실망하는 어머니 얼굴 보고 싶지 않아서. 버스에 오르기 직전에 아버지 몰래 500원짜리

332

를 찔러주시는데, 아버지는 하숙비 6천원, 고향에 왔다갔다하는 버스 차비 500원, 한 달 용돈 500원씩 계산해서 주시고 금전출납부를 쓰라 하시니까, 나로서는 군것질할 돈이 없는 거지. 그걸 아시고 어머니가 일종의 비자금을 주신 거야. 용도를 기재하지 않아도 되는 돈…. 그때 풀빵 하나에 1원씩, 10원에 12개씩을 주었거든. 그러니까 그 500원이 얼마나 고마왔겠어?"

"저는 지금도 당신 임관식 날, 호탕하게 점심을 사시던 아버님의 모습을 잊을 수 없어요."

1979년 2월 상무대에서 임관식이 끝난 후, 이씨는 영광군 출신 장교 10여 명을 데리고 광주 시내에서 가장 유명하다는 중국 식당으로 향했다. 그리고 "오늘 배터지게 양껏 먹어버리라!"고 호기를 부리며, 옆에 앉은 진선을 멋들어지게 소개했었다.

"충장로 2가 왕자관이라고, 시내에서 젤 크고 유명했지. 내 동기 소대장들이 두고두고 화제로 삼았고."

"우리도 자식 키우고 있지만, 그만하기가 어디 쉬워요? 누구나 나이가 들면 힘이 없어지게 마련인데, 이런 때를 위해서 자식 키우고 가르치고 그런 것 아니냐고요."

"건강한 육신 주신 것만 해도 감사할 일이지. 지금까지 가르쳐 주시고…."

"다른 친구들처럼 촌에서 농사나 짓는 아버지 만났더라면, 당신 인생이 어떻게 되었겠어요? 당신도 별 뾰족한 수가 없었을 거 아니어요?"

"알았어. 하여튼 마누라가 어디서 말만 늘어 갖고, 이젠 아주 남편을 가르치려 든다니까."
　"당신이 학문적으로는 나보다 더 배웠을지 몰라도, 세상물정은 나보다 몰라요."

절망의 골짜기

전화벨이 울렸다. 영광의 재수 형님.

"그나저나 이자라도 넣어주제 그런가?"

"형님. 제가 옴짝달싹 못하겠습니다. 이자는커녕 생활비도 없으니. 형님, 저 용돈 좀 주세요."

"허허, 이 사람, 완전히 적반하장이시?"

"죄송합니다. 지금 심정으로는 별짓이라도 다 하고 싶습니다."

"떼끼! 교수가 그런 말 허먼 쓴단가? 허허허…. 어이, 이 교수. 내가 잘 알고 있는 과부가 하나 있넌디, 돈이 무저게 많다고 소문이 났그든. 어째 한번 만나 볼란가?"

"그래요? 제발 한번 만나게 해주셔요."

"뭇이여? 이 사람, 큰일 날 사람이세. 그랬다가 내가 제수씨한 테 원망을 을마나 들으라고?"

"집사람도 돈 때문이라면 이해할 걸요."

"허허허⋯. 인자 돈 땜에 사람 다 배리게 생겼네. 허허허⋯."

세상 명예와 부귀를 위해 영혼을 팔았다고 하는, '파우스트'[1] 의 고백이 결코 허투루 들리지 않았다. '빈 말'이일지언정 이런 소리까지 내뱉어야 하는 자신의 영혼은 이미 망가질 대로 망가 져 있었다. 열아홉 꽃다운 청춘 때 진선을 처음 만났고, 인적이 끊어진 골목에서 손을 잡은 채 둘은 여름밤을 함께 지새웠다. 상대방 집안 형편 따위는 알지도 못했고, 알려고 하지도 않았다. 밤하늘의 별을 바라보며, 문학과 철학 이야기를 나누며 그저 함 께 있는 것만으로 행복해했다. 취직이나 결혼, 자녀 낳는 문제 등은 남의 나라 이야기였다. 사랑하는 거 하나로 충분했고, 더 이상의 것들은 보석을 둘러싼 테에 불과했다. 둘의 우정, 아니 두 사람의 사랑이 하늘에 박힌 별들처럼 그렇게 영원하기만을 바랬다.

'그런데, 그런데. 그건 지난날의 아름다운 꿈에 지나지 않았는 가? 일생일대의 꿈, 대학교수가 되었건만 연구나 강의는 뒷전이

---

1) 〈파우스트〉: 독일의 작가 괴테가 지은 희곡. 독일 전설을 바탕으로 한 것으로, 학문과 지식에 절망한 노학자 파우스트가 악마 메피스토펠레스의 꾐에 빠져 현세적 욕망과 쾌락에 사로잡히지만, 마침내 잘못을 깨달아 영혼의 구원을 받는다는 내용 이다. 2부작으로 되어 있다

고, 자나 깨나 돈 벌 궁리뿐이니. …떼돈을 벌어야 해. 대박을 터뜨려야 한다고. 복권을 사볼까? 무등산 꼭대기에서 던진 돌에 맞아죽을 확률이라는데, 괜히 또 돈만 날리게?'

어렸을 적, 부모님이 항아리에 묻어두고 쓰는 줄 알았다. 퍼내도, 퍼내도 마르지 않는 샘물처럼, 계속해서 토해내는 돈 항아리가 마당 어딘가에 묻혀있을 것으로 상상했다. 필요할 때마다 늘 주어지는 돈이었기에, 살아가는 동안 돈 때문에 어려움을 당하리라고는 상상조차 하지 않았었다.

모 은행 조 상무 생각이 났다. 이씨의 정치적 대부 박인규 의원의 사위. 베스트셀러 출판기념회 때 축의금을 보내주고, 따로 저녁까지 사준 분. 은행 본점의 7층에 자리한 사무실 복도에는 붉은색 카펫이 깔려 있었다. 널찍한 방을 향해 나아갈 때, 그는 가볍게 웃음만 지어보였다. 따뜻한 악수도, 과장된 제스처도 없었다. 도리어 그 점이 신뢰감을 품게 했다.

"상무님, 제가 이런 말씀을 드려야 할지….."

"뭔데요? 기탄 없이 말씀허세요."

"대학원 공부하는 동안 빌려 쓴 돈에 대해 이자가 많이 나가는데다 아버지 사업을 도와드리기 위해 보증 선 돈도 있고요. 아내가 이런저런 사업을 하기도 했는데, 손해만 잔뜩 보고 말았습니다. 부채가 늘어나서….."

"혹시 우리 은행에도 부채가 있는 가요?"

"많지요."

그의 전화를 받은 직원이 들어와 A4 용지 한 장을 건네준다. 한참을 들여다보던 그가 마침내 입을 열었다.

"제가 월광동 지점에 연락하여 최대한 편리를 봐드리도록 하겠습니다."

이튿날. 지점장은 조 상무로부터 전화를 받았다며, 최선을 다해 편의를 봐 주겠다 말했다.

"그동안 밀린 이자만 내주시면, 연장조치 해드리지요."

"이자가 얼만 데요?"

"연체로 나갔으니까, 700만 원 쪼끔 넘네요."

억장이 무너졌다.

'미친 놈, 지랄하고 자빠졌네. 그만한 돈이 있으면 상무에게까지 부탁하러 갔겠냐? 이거 혹시 혹을 떼려다가 붙이는 거 아니야?'

아니나 다를까. 그 다음날.

"원금은 고하간에 이자도 못 내실 형편이라니, 법대로 처리하는 수밖에 없습니다. 교수님 앞으로 되어 있는 부동산, 지금 살고 계시는 아파트와 나주의 땅, 그리고 월급에 차압이 들어갈 겁니다. 저희로서는 어쩔 수 없습니다. 다른 금융기관에서 가압류가 들어가기 전에 손을 써야 하거든요."

정신이 혼미하여 우두커니 앉아 있는데, 전화벨이 울렸다. 소파에서 벌떡 일어선 지점장은 연신 고개를 조아렸다.

"아, 사모님이십니까? 예, 접니다. 지점장입니다…. 예, 염려 마십시오. 제가 이율이 젤 높은 상품에 넣어놨으니까요. 세금면제 혜택도 받으시게 하고요. 예, 암요. 언제든지 전화만 주십시오. 제가 달려가겠습니다."

앞에 앉아 있는 가난한 교수 따위는 안중에도 없었다. 오늘도 화풀이 대상은 죄 없는 아내.

"에이, 뭐 같은 세상. 전쟁이라도 일어나 인간 말종들 싹 쓸어버리고, 지진이라도 일어나 거머리 같은 놈들 묻어버리든지 해야지. 대기업에는 몇 천 억씩 뜯기고도 말 한마디 못하는 종자들이 우리 같은 사람들은 마지막 한 방울 피까지 다 짜내려고 하니. 돈이면 최고라는 천민(賤民) 자본주의가 문제야. 확 뒤집어 새 판을 짜든지 해야지. 이거 원, 숨이 막혀서 살 수가 있어야지…."

"은행 사람들도 부지런히 일하고 정당한 대가를 받는 거예요."

"시끄러! 이자뿐만 아니라 원금까지 다 갚지 않으면 차압 붙이겠다는데, 결국 상무 그 자식에게 일급정보 누설하여 자금회수 독촉하게 한 꼴 되지 않았냐 말이야. 칼만 안 들었지, 순 날강도 같은 놈들이야. 이자로도 부족해 연체이자에, 꺾기에…."

"내가 당신 혼자 보낸 게 잘못이어요. 그나저나 또 싸운 거예요?"

"싸우긴 누가 싸워? 내가 누구랑 싸울 권리나 있어?"

작년부터 몰아치기 시작한, 이른바 아이엠에프(IMF: 국제통화기금) 경제위기. 1997년 대한민국 정부가 IMF에 자금 지원을 요

청한 사건을 일컫는다. 그동안 경제개발 과정에서 많은 외국자
본을 빌려 썼던 대한민국은 외환관리 정책에 실패하여 마침내
외환보유고가 바닥나는 사태에까지 이르고 말았다. 이에 따라
국가신용도가 떨어지고, 국제적 경제활동이 어려운 상황에 처하
였던 것이니. 화폐가치와 주식 가격이 떨어지자 금융기관이 부
도에 직면하였고, 이어서 기업이 줄줄이 문을 닫으면서 실업자
가 급격히 양산되어 사회 전체가 불안에 떨기 시작했다.[2]

"세상에, 대통령은 IMF가 뭔지도 몰랐다면서요?"

"당시 부총리와의 통화 이전까지 외환위기의 심각성조차 모르
고 있었다나 봐."

"근데…. 구제금융을 받으면 좋아지는 거지, 왜 문제가 되는
거여요?"

"생각해 봐. 누가 함부로 돈을 빌려주겠어? 다 조건을 붙이는
거지. 국제통화기금에서도 우리에게 요구하는 조건들이 있고,

---

2) IMF구제금융 요청: 이 사건이 일어난 직후인 1997년 12월 18일에 제15대 대통령
선거가 치러졌고, 이 선거에서 여당은 야당에게 패배하여 정권교체가 이루어졌다.
1998년 2월, 김대중 대통령은 취임 이후 계속해서 IMF의 개입을 전면적으로 받아들
이고 경제개혁에 착수했다. 대한민국은 IT산업 장려정책이나 대기업 간의 사업교환
및 통폐합으로 경제 재건을 도모했다. 위기발생 때 충격을 흡수하는 완충장치로서
외환보유액도 꾸준히 늘려갔다. 그리하여 39억 달러까지 떨어졌던 외환보유액은
이듬해인 1998년 말 520억 달러로 늘어났고, 12월 IMF 긴급보관 금융에 18억
달러를 갚은 것을 계기로 금융위기로부터 서서히 빠져나가기 시작했다. 2000년
12월 4일, 김대중 대통령은 "국제통화기금의 모든 차관을 상환하였고, 우리나라가
'IMF 위기'에서 완전히 벗어났다"라고 공식발표하기에 이르렀다. 마침내 2001년
8월 23일, 대한민국에 대한 IMF 관리체제가 종료되었다.

우린 그걸 수행해야 하거든. 돈을 빌려주는 대신 구조조정을 통해 근로자 수를 줄이고, 비대해진 회사 몸집을 줄이라 하는 거야. 그렇게 해서 기업이 살아나야 빌려준 돈을 받을 수 있으니까. 이 과정에서 많은 회사들이 부도와 경영위기를 경험하고, 대량해고와 경기악화로 인해 온 국민이 어려움을 겪는 거지. 결국 여당이던 신한국당은 대선에서 패배하여 정권교체가 되고 말았잖아?"

'단군 이래 최대의 국가적 위기'라고 불리는 상황 속에서, 생활고를 이기지 못한 서민들이 자살하는 비극적인 상황. 생존경쟁이라고 하는 처절한 세태 속에서 사람들의 눈빛부터 달라졌다. 인심은 각박해지고, 서로가 서로를 믿지 못하는 불신풍조가 만연해 있었던 것이다.

이러한 국가적 위기사태와 보조(?)를 맞추어, 작년 하반기부터 태민의 가정에도 경제적 쓰나미가 몰려오고 있었다. 부친 이씨의 정치적 몰락과 사업 실패, '베스트셀러' 도서의 판매 저조, 피자가게 투자비 미회수 등으로 부채는 눈덩이처럼 불어나 있었다. 그 사이사이 무라리 일대 12만 평의 땅이 불거지기도 하고 칠산 앞바다 공유수면매립지 건이 떠오르기도 했지만, 아무런 소득이 없었다.

"노숙자니, 자살자니 하는 사람들의 처지가 남의 일 같지 않아."

"여보….."

"에이 씨, 날마다 서민들은 죽어 나자빠지는데, 가진 놈들은

'이대로!'를 외치며 건배를 한다니. 쳐 죽일 놈들. 아버지는 죽어
라 김대중 씨를 미워하시지만, 이번 신문에 보니까 일본에서 온
몸이 묶여 자루째 물속에 빠지는 순간, 예수님 얼굴을 봤다잖
아?3) 그걸 읽고 나니까, 사람이 좀 달리 보이더라고."

"요즘 인동초4)라는 말이 유행이잖아요? 그 분은 천주교 다니
면서도 그러는데, 같은 예수님 믿는 우리도 열심히 기도해야지
요. 이번에 대통령도 바뀌고 그랬으니까, 아마 잘 될 거예요."

1년쯤 되었을까. 남구 봉선동에서 북구 끝자락 일곡동 32평으
로 이사할 때 든 생각은 이랬다.

'모든 것이 새롭고, 깔끔하고. 새집의 페인트 냄새처럼 어둡고
칙칙한 과거일랑 모두 떨쳐버리고, 이제 새 출발을 하는 거다.
일곱 살 무렵 서촌 한복판에 우리 집을 지을 때, 중학생 시절
마당 서쪽에 기다란 사랑채를 짓는다 할 때, 그리고 땅콩집 지붕
위에 경주에서 구워낸 기와를 올릴 때에 한껏 희망에 부풀어 있

---

3) "팔목에 힘을 주었다. 하지만 양 손목을 묶고 있는 밧줄은 꼼짝도 하지 않았다.
모든 것이 소용없었다. 눈앞이 깜깜했다. 그때, 바로 그때 예수님이 나타나셨다.
나는 기도드릴 엄두도 못 내고 죽음 앞에 떨고 있는데, 예수님이 바로 옆에 서
계셨다. 아, 예수님! 성당에서 봤던 모습 그대로였고, 표정도 그대로였다. 옷도
똑같았다. 나는 예수님의 긴 옷소매를 붙들었다."-「1973년 납치사건 중에 만난
예수님」, 대통령 김대중 자서전 중.
4) 인동초(忍冬草): 인동덩굴. 한반도 각처의 산과 들의 양지바른 곳에 흔한 덩굴성
낙엽관목으로 길이 5m이다. 겨우살이덩굴, 금은등(金銀藤), 금은화(金銀花) 등으로
도 불린다. 가을 또는 겨울까지 잎이 붙어 있으며, 꽃은 처음에는 흰색이나 나중에는
노란색으로 변한다. 꽃과 잎은 약용으로 이용된다.

었어. 하지만 그건 어디까지나 아버지 집이었을 뿐, 이제 난생처음 내 이름으로 집을 샀으니, 평생 여기서 살 수 있으면 원이 없겠구나.'

학교 출퇴근 길 차창 밖으로 스쳐가는 새로운 풍경들을 바라보며, '바로 이거야. 이걸 얻기 위해, 그 먼 길을 돌아왔던 거야.'라 여겼었다. 문제는 교회. 북구의 끄트머리에서 남구의 가장자리까지 가기 위해서는 광천동 버스터미널을 지나 한 시간 남짓 길에서 소모해야 했다. 그 코스의 주행이 1주일에 한 번뿐이라는 사실이 그나마 다행이라 해야 할까.

항용 그렇듯이, 교회 일에는 관심 밖이었다. 집이 가깝다는 구실로 교회를 옮긴 후, 청년회장직을 억지로 떠안아 몇 번 나가다가 그마저 흥미를 잃고 말았었다. 그러던 중 또다시 멀리 이사를 왔으니, 옮겨갈 명분은 충분했다. 하지만 "교회 자주 옮기면 좋을 게 없다"는 어느 목자의 말이 생각나, 어정쩡한 상태로 1년을 버티었다. 그러나 은혜를 받지 못한 상태에서 몸만 왔다 갔다 하다 보니 피곤해지기 시작했다.

태민의 경우, 복음에 대한 깨달음도, 구원받았다는 데 대한 확신이나 기쁨, 감사도 없었다. 부활이나 영생, 천국에 대한 소망 같은 것은 더더구나 없었다. 홍은을 잃었을 때, 잠깐 동안이나마 간절히 사모한 적은 있었다. 사랑하는 딸이 아름다운 곳에 영원히 살기를 바라는 마음에서, 반드시 천국이 존재하기를 소망했었다. 기적적으로 교수 발령을 받았을 때, 진심으로 감사한 적도 있었다. 하지만 그것은 일과성(一過性)으로 끝났다. 예수 그리스도를 구주로 인정해본 일도 없고, 하나님께서 모든 일을 주관하신다는 확신도 없었다.

'그러나 교회를 옮겨서는 안 된다. 은혜교회에 처음 갔을 때, 남의 집에 온 것 같은 기분이었거든. 또 내가 누구인가? 심영진 선생님에 대한 변함없는 마음, 고등학교 3학년 때에 만난 진선과 결혼에까지 골인하였고, 철학을 전공으로 선택한 후로 외길을 걸어오지 않았는가 말이다.'

한동안 목자 없는 양처럼 방황하는 시간이 이어졌다. 화요일. 학교에서 신우회 예배를 마치고 잠깐 대화를 나누던 중.

"저희 집은 월산동인데요. 남편 한의원이 일곡동에 있어요, 수요일 같은 때 진찰이 늦게 끝나면 우리 교회까지 못 가고, 가까운 데 가서 예배를 드리거든요. 그런데 일곡장로교회가 제일 나은 것 같더라고요."

조교로 근무하면서도, '전도사'로 불릴 만큼 신앙심이 돈독한 여자 김선정. 10여 년 전부터 함께 신우회 예배를 드리고 있는 사이였다. 그로부터 3일 후. 4월 마지막 주 금요일 밤이었다. 아내와 함께 성전에 들어설 때에는 이미 찬양이 시작되어 있었다. 뒷자리에 앉아 기도를 드리는데 따뜻하고 온화한 기운이 밀려왔다. 하얀 옷차림으로 단상 앞에서 찬양과 율동을 하고 있는 여남은 명의 자매들, 기타와 드럼을 반주하는 형제들, 그리고 단상 위에서 찬양을 인도하는 목사님의 모습이 별세계에 온 것 같은 착각을 일으키게 했다. 난생 처음 들어보는 복음성가인지라, 처음에는 빠른 템포의 곡이 나와도 멀거니 바라보기만 했다. 그러던 중 김 선생과 이웃한 사람들의 눈치도 있고 하여 예의상 몇 번 손뼉을 쳤다.

그런데 시간이 지나면서 서서히 은혜가 밀려오기 시작했다. 경쾌한 리듬과 직설적인 가사가 호수처럼 잔잔한 마음에 파문을 일으켰다. 율동 중에 활짝 웃으며 손뼉을 치는가 하면, 때로는 눈물까지 흘리며 손을 들어 찬양하는 청년들의 모습은 그 자체가 감동이었다.

이틀 후의 주일 오전. 예배를 마치고 나오는데, 입구에 있던 김 선생이 손을 잡아끌며 사무실로 안내한다. 본교에서 1부 예배를 본 다음, 달려왔단다. '등록해버리라'며 정신을 혼미케 하는 통에 주소와 이름을 기재하고 말았다. 돌아오는 자동차 안.

"당신, 새벽기도 안 할 거야? 늘 하고 싶어 했잖아? 당신이 시작하면 나도 하려고."

"진짜…요?"

"지금 우리 처지가 말이 아닌데, 기도라도 해봐야지."

"이왕 하려면, 40일은 해야 할 거예요."

"40일씩이나? 그래. 까짓 것, 죽기 아니면 까무러치기지 뭐."

다음날 새벽. 자명종 소리에 눈을 떴다. 4시 30분. 벌떡 일어나 대강 세수를 한 다음, 자동차를 몰았다. 지하 예배실에 들어가 엎드려있는 동안 분이 커지더니, 정장 차림의 목사님이 강대상으로 뚜벅뚜벅 올라오는 것이었으니. 사나흘 후. 구역장과 전도사를 대동한 담임목사의 심방. 넓은 거실. 예배가 끝나고, 차를 마시는 동안 이런저런 말이 나왔다.

"제가 그동안 대학교수님들을 더러 접해보았습니다만, 잘 믿는 분이 많지 않더라고요. 그런데 집사님 가정은 새벽 훈련이 참 잘되어 있는 것 같아요."

웃음을 참지 못하던 진선.

"이 집사가요. 새벽에 기도만 하고 오는 줄 알았다가 목사님께서 설교하러 나오시는 것을 보고 깜짝 놀랐다고 그러잖아요?"

"그래요? 하하하…. 저는 그것도 모르고."

첫 주일부터 성가대에 서게 되었다. 주일 낮 대예배와 주일밤 예배, 수요일 밤 예배를 '공예배'라 부르는데, 이를 생활화하는 것이 중요하다는 사실을 처음 알았다. 심방 오신 목사님께 감사 헌금 외에 따로 도서비를 챙겨드려야 한다는 것도.

교회 건물은 제법 큰데, 성도들은 약 150명 정도밖에 되지 않았다. 차림새로 보아 재력이 있다거나 사회적 신분이 있는 사람도 눈에 띄지 않았다. 다만 목사님 말씀은 귀에 쏙 들어오고 가슴에 와 닿는 것이 스스로 심령이 변화하는 것을 느낄 정도였다. 태민 부부는 새벽기도회뿐만 아니라 밤 9시부터 시작되는 평일 밤 예배에도 꼬박꼬박 참석하였다.

"원래 밤 예배는요. 새벽기도회에 참석치 못하는 성도들을 위한 거래요. 근데 우린 양쪽 다 참석하고, 또 금요철야예배 보고 나서 그 다음날 새벽기도회에 나갔잖아요? 근데 전도사님 중에 한 분이 토요일 새벽에 쉬었나 봐요. 원래는 그래도 된대요. 근데 목사님이 이 집사님 부부보다 못하다고 막 야단을 치셨대요."

"그럼 우리가 피해를 드린 셈이네?"

"피해랄 것까지 있어요? 우리가 좋아보여서 하시는 말씀이겠지요."

"이걸 흔히 은혜 받았다고 그러나? 옛날하고 마음이 전혀 달라. 예배시간이 기다려지고, 또 말씀 듣는 동안 시간 가는 줄도 모르겠고…."

"예배 중에 하나님께서 당신을 찾아오신 거예요."

"아이구, 그렇게 말하니까 무섭다."

실질적인 정권교체가 이루어진 것처럼, 뭔가 바뀔 수 있다는 건 희망이었다. 그 희망을 붙잡고 열심히 기도해야겠다 다짐했다. 그러나 오랫동안의 습관 탓에 새벽에 일어나기란 쉽지가 않았다. 눈까풀이 쳐지고, 온몸이 나른했다. 멍해진 머릿속에 제일 먼저 떠오르는 생각은 '어떻게 가지 않을 명분이 없을까?' 하는 것이었다.

'안 된다. 내가 이래서는 안 된다. 유혹에 넘어가선 안 된다. 일어나야 한다!'

진선을 재촉해 깨웠다. 아내가 늑장을 부릴 때에는, '하루쯤 빠진들 어쩌랴' 싶기도 했다. 그러나 '내가 정신을 차리지 않으면,

우리 가정은 끝장'이라는, 일종의 강박관념이 온몸을 휘감았다.

'일어나자. 일어나야 한다. 하나님 앞에 내 *스스로* 결단한 이것만이라도 충실해 지켜보자.'

4월의 새벽공기는 제법 쌀쌀했다. 그러나 단 하루도 기도를 거르지는 않았다.

'이 난국을 어떻게 극복할 것인가? 과연 우리에게 솟아날 구멍은 있는가?'

월광동 지점의 연체이자 700만 원은 가까스로 연기해둔 상태. 그러나 또 다른 데서 둑이 터지려 하고 있었으니. 한 달 안에 밀린 이자를 갚지 않으면 신용불량자로 처리하겠다는 최후통첩을 호신금고로부터 받아둔 것이다. 그러나 아무리 궁리해도 묘책은 떠오르지 않았다. '기적'이 일어나지 않으면 모든 것이 끝장이었다.

그런데 새벽기도를 이어가는 동안, '기적'이 일어났다. 물질의 기적이 아닌, 심령의 기적이. 세상이 줄 수 없는 평안과 기쁨을 경험하면서 아내와 아들에게 화내는 일이 줄어들었다. 불안과 초조의 시간이 줄어드는 대신, 기도하는 시간이 늘어났다.

"당신도 많이 달라졌어."

"옛날에는 뭐 그리 세상 친구가 좋다고 쫓아다녔는지…."

"어느새 술도 끊고 말이야."

"놀리지 마세요. 피자가게 열고 돈 땜에 이래저래 속상하니까 그랬지요. 이젠 냄새도 맡기 싫어요."

음주운전 측정에 걸리지 않으려면 껌이나 쌀, 초콜릿을 씹어야 효과가 있다며 요령까지 터득해놓고 있었던 아내, 자정 넘어 몸을 꼿꼿이 쳐들고 들어오다가 '개코' 남편에게 들켜 혼짝이 나던 아내였다.

"또 왜 그 '꼬마인형'이니, '갈색추억'이니 유행가도 곧잘 부르고…."

"음치 말 듣지 않으려고 연습한 때였지요. 이젠 노래방에서 노래 부르고, 춤추고 했던 일들이 너무나 우습게 느껴져요."

고전풍 청색 소파가 놓인 땅콩집 거실에서 가족 노래자랑이 열렸을 때, 진선은 한껏 악다구니를 쓰다가 턱이 빠지고 말았었다. '노래 못하면 우리집 며느리가 아니다'는 이씨의 엄포에 젖먹던 힘까지 쓰던 중이었다. 모두가 어리둥절하여 있는 동안 태국이 달려들어 '형수'의 혀를 안으로 집어넣게 한 다음 턱의 위아래를 딱 소리 나게 맞추어주었다. 그 후로 빨간색 프라이드를 운전할 때마다 유행가 테이프를 틀고 다녔단다. 은혜 중에 새벽기도 40일 작정기간을 채우고 하나님 앞에 감사를 드렸다.

'이번 일을 기회로 새로운 삶을 살고 싶습니다. 하지만 저의 상황이 인간적인 노력으로는 타개할 수 없음을 잘 아시지요? 저를 도와주세요.'

하지만 응답대신 환란이 찾아왔다. 덧났던 상처가 곪고, 그곳에서 고름이 터져 흐르기 시작했다. 이자를 갚기 위해 대출을 받고 그 대출금에 대한 이자를 갚기 위해 또 대출을 받는 악순환,

그것마저 더 이상 이어가기가 힘들게 되었던 것.

"죽어라 기도해보았는데, 소용없네. 호남 대통령이 나오면 좀 나아질까 했더니, 도루묵이고. 나주 땅값이 오를 기미도 보이지 않고.5) 금모으기 운동6) 한다고 애기들 돌 반지까지 내놓는 사람이 있는데, 금괴는 하나도 안 나온다며?"

사실 태민이 나라 일 걱정할 처지는 아니었다. 5월 15일. 여느 해와 다름없는 '스승의 날'을 맞이하여 꽃다발을 든 학생들이 연구실로 달려왔다. 하지만 이 판국에 꽃다발이 무슨 의미가 있겠는가? 기념식이 끝난 후, 지찬진 교수의 연구실 앞에 섰다. 그를 보증인으로 하여 호신금고에서 빌린 4천만 원에 대한 이자가 눈덩이처럼 불어나 있었고, 연장을 위해 어렵사리 이자를 마련한 상태였다. 그럼에도 보증인의 재동의가 필요하다는 것이었으니.

당시 이율이 높은 제2금융권을 이용할 수밖에 없었던 것은 낮은 신용도 탓에 제1금융권인 은행에서의 대출이 쉽지 않았기 때문이다. 그러나 시내에서 가장 높다고 소문난 살인적인 대출금

---

5) 나주로 옮겨 온다 소문이 무성했던 전남도청은 무안으로 결정되고, 대신 나주에는 한참 후에 혁신도시(노무현 정부가 추진한 지방 균형발전 사업의 일환. 공공기관 지방이전과 산·학·연·관의 상호 협력으로 지역의 성장거점지역에 조성한 미래형 도시)가 들어섰다.

6) 금모으기 운동: 1997년 IMF 구제금융 요청 당시, 나라의 부채를 갚기 위해 국민들이 갖고 있던 금을 자발적으로 내어놓은 운동. 당시 외환부채가 약 304억 달러에 이르렀는데, 약 350만 명이 참여한 이 운동으로 약 227톤의 금이 모였다. 국가경제의 어려움 속에서 국민들의 자발적인 희생정신이 발휘된, 대표적인 사례가 됐다.

리에 악질적 관행인 '꺾기'가 겹쳐 있었고, '갑질' 약관에 의해 아무리 적금을 부어도 원금과는 연계되지 않는 묘한 구조였다. 그 때문에 원금에 대한 이자는 이자대로 갚고, 적금은 적금대로 부어야만 했다. 또 매년 원금의 20%를 상환해야 하는데, 그때마다 목돈을 마련하기 위해 이리 뛰고 저리 달려야만 했다. 더욱이 요 몇 달간 연체에 아이엠에프까지 겹치고 보니, 이자는 천정부지로 치솟아 있었다.

"지 교수님. 제가 이렇게 이자는 마련했거든요. 그래서….."

"……."

"저기, 지 교수님. 제가 5백만 원을 어렵게 마련했습니다. 이참에 도와주시면….."

"또 나보고 도장을 찍어 달라고요? 인자 저도 더 이상, 그러기 싫네요."

의자에서 일어서지도 않고, 앉으란 말도 없었다. 이맛살을 찌푸린 얼굴이 교수 채용을 앞두고 동부인하여 집에 찾아왔을 때의 지찬진이 아니었다.

"죄송합니다. 이번에 한 번만 도장을 찍어주시면….."

"나, 도장 못 찍어요. 글 안 해도 집사람이 이것 땜에 날마다 들들 볶는디, 벌써 몇 번째여요?"

붉으락푸르락하는 형상이 "제가 비록 나이는 많지만, 깍듯이 모시겠습니다. 과의 원로교수님으로 모시면서 평생 은혜 잊지 않겠습니다."라고 읍소하던 지찬진과는 거리가 멀었다. 배신감과 수치심, 절망감이 엄습해왔다.

'세상에, 믿을 놈 없다더니.'

그동안 자신을 믿고 보증을 서주었던 동료 교수들, 처남과 고종사촌 천재수, 친동생 태국과 제수씨의 얼굴이 스쳐 지나갔다. 지옥의 마귀가 짓는 험상궂은 얼굴, 독가스처럼 뿜어져 나오는 저주와 욕설들. 최전방의 수색소대장 시절, 경기도 연천 대광리의 산허리 황톳길을 걷다가 꼿꼿이 몸을 세우며 달려드는 독사를 본 적이 있었다. 온몸과 영혼에 지진이 일어나는 것을 감지하며 마음을 접기로 했다.

'내가 죽으면 끝나.'

중학교 2학년 때 수면제를 들고 극락강 둑길을 걸을 때, 무라리 서촌의 사랑방에서 맥주 3병을 마실 때, 도초섬에 심영진 선생님을 만나러 갔다가 목포로 돌아오는 배의 난간에서, 태민은 항상 그런 상상을 했었다. 그리고 그것은 때로 커다란 용기로 작용했다. 제5사단 ××연대 수색소대장의 자격으로 다른 부대에 배속되었을 때, '박살띠'7) 작업을 위해 DMZ 철책문을 들어설 때, 뻔히 지뢰밭인 줄 아는데도 권총을 이마에 들이대며 기어이 들어가라고 협박하는 소령 앞에서, 태민은 마음을 비웠다.

---

7) 박살띠: 비무장지대(DMZ)의 중간선인 군사분계선을 따라 그 근처의 야산을 불모지(不毛地: 식물이 자라지 못하는, 거칠고 메마른 땅)로 만들어 적의 침투를 한 발 앞서 막아 보자는 취지의 띠. 박정희 정권 말기인 1970년대 후반, 북한군이 남방한계선 철책 앞까지 다가와 총을 쏘거나 수류탄을 던지는 일이 잦아지자 생각해낸 일종의 고육책.

죽기로 각오하면 세상에 무서울 것이 없음을 일찍이 체득하고 있었던 것. 사랑하는 딸이 비명 속에 숨을 거둔 그날 밤, 태민은 그 딸과 함께 가야 한다며 브로커 담에 머리를 찧었었다.

'그런데, 그런데 어찌하여 이리도 목숨이 질길까? 아직도 내가 살아있단 말인가? 진작에 죽었어야 할 내가…'

그 날 이후. 부채와 이자 상환 등, 모든 자구 노력을 중단했다. 여기저기서 독촉장이 날아오고, 전화가 빗발쳤다. 하지만 손가락 하나 까딱하지 않았다. 더 이상 보증인 세울 재간도 없었으려니와 세우고 싶지도 않았다. 가장 믿었던 사람에게서 매몰찬 거절과 함께 인격적인 모욕까지 당하고 나니 살고 싶은 생각조차 사라졌다. 인간 자체에 대한 환멸, 그것은 수년 전 김팔봉에게서 받은 아버지 이씨의 심정과 흡사하리라 미루어 짐작했다.

"당신, 그동안 고생했어. 이제 그만 포기하자고. 이왕에 엎질러진 일이고, 쏘아진 화살이야. 사실 진작 이랬어야 할지도 몰라. 내가 얼굴에 철판 깔면 되는 거지 뭐. 사람도 죽고 사는 마당에…."

"하기야 우리를 생각하는 사람들은 진작에 터뜨렸어야 한다고, 늘 말을 했었어요."

죽는 것보다 끝내 없어지지 않을 빚이 더 무서웠다. 아들에게까지 대물림되지 않을까, 그것이 더욱 두려웠다. 결국 의지할 곳은 교회밖에 없었다. 아니, 의지하기보다 도피하기 위해 그곳을 찾았는지도 몰랐다. 그곳에 가 있으면 마음이 편했고, 말씀을 듣고 있노라면 위로가 되었다. '모진 태풍을 피하지 못할 바에야 대항할 힘이라도 달라!'고 기도했다.

끝내 부도사태가 선언되었다. 금융기관들에서 앞 다투어 압류장을 보내왔고, 서무과로 법원통지서가 날아들었다. 담당 직원의 화들짝 놀란 목소리.

"교수님, 어떻게 된 거예요?"

"그렇게 됐습니다. 하란 대로 다 해주셔요."

"학교에서 이런 일이 첨이라서요. 교수님 봉급에 가압류가 들어왔기 때문에, 반절씩 떼어놓을 수밖에 없거든요."

"…그리고요?"

"어느 정도 모아지면 채권자에게 액수 비율로 분배되는 거지요. 죄송합니다. 저희로서는 어쩔 수가 없어서요."

푸른 초원에 나뒹굴어진 동물의 사체(死體), 그것을 향해 달려드는 하이에나처럼 '채권자'들은 눈을 부릅뜨고 혀를 날름거리며 몰려들기 시작했다. '도피처'인 교회에 나가 눈물 흘리며 기도했다. 하지만 기도만으로, 믿음만으로 부채가 해결되지는 않았다. 끈끈이처럼 매일의 삶에 달라붙었고, 거머리처럼 영혼의 피를 마구 빨아댔다. 봉급명세서에 자녀학자금 몫이 책정되어 있긴 했다. 그러나 차압이 들어온 후 그것마저 절반을 제하고 나오는 통에 석 달에 한번은 곤욕을 치러야 했다. 부도난 직후 첫 달 급여일에는 통장에 들어온 봉급을 해당 은행에서 몽땅 차압

해 가버리는 바람에 한 푼도 받지 못했다. 최소한 봉급의 절반은 보장해주기로 한 규정을 적용하기 이전이어서 그랬다나.

"이제 절약하면서 그럭저럭 버티는 수밖에 없어요. 당신이야, 자동차 기름값만 있으면 되잖아요?"

"목욕하고 이발은 어떻게 하고?"

"목욕도 웬만하면 집에서 때우고, 한 달에 한 번씩만 가요. 이발은 미장원에서 하고요."

"미장원 머리는 이상하던데?"

"뭐가 이상해요?"

"그야 본인이 알지, 당신이 알아? 가격 차이도 별로 없는 데다 머리도 안 감겨주고…."

"아무튼 깎을 때 짧게 깎아서, 자주 가지 않도록 하라고요."

그나마 불행 중 다행인 것은 아파트 명의를 변경해둔 일. 며칠 전 진선의 제안에 따른 조치였다.

"아무래도 이 아파트를 시숙님 앞으로 돌려놓아야 할 것 같아요. 이대로 놔두면 누가 채갈지 모르니까요. 시숙님도 그렇게 해주면, 우리가 살고 싶을 때까지 살 수 있지 않겠냐는 거여요."

"그러다가 마음이 변해 나가라고 하면, 우리는 거리에 내앉으라고?"

"그러기야 하겠어요? 빚으로 잡아놓은 집이 서울에만도 두 채나 있다고 그러시는데…."

"그래? 혹시 법에 걸리는 거 아니야? 재산 빼돌렸다고, 형사

처벌받는 것 아니냐고?"

"적당히 서류를 꾸며놓으면 괜찮을 거예요. 실제로 시숙님한 테도 빚진 것이 있잖아요?"

"하기야. 아파트 가격 중에 5천만 원이 대출이니까, 실제 들어 있는 우리 돈은 3천만이나 될라나?"

"그렇게 따지면, 우리가 시숙님으로부터 진 빚 액수도 안 되는 거예요. 매달 60만 원씩 부금도 넣어주고요, 지금까지 밀린 부금 5백만 원도 내주신대요."

어느 날. 다리미질을 하려 콘센트를 꼽다가 텔레비전 뒤에 붙어 있는 노란딱지를 발견하였다. 법원에서 발부한 차압딱지는 냉장고, 비디오에도 붙어 있었다. 어렸을 적, 서촌 가게에 딸린 작은방에서 보았던 빨간 딱지. 신기한 듯 만지작거리는 태민을 발견하고, 김씨는 기겁을 했었다.

"아이고, 손대지 말어야. 절대 떼어버리지 말그라 이. 그랬다가는 징역 간 게….'

'징역'이라는 말이 얼마나 싫고 무서웠든지. 그런데 30여 년이 흐른 오늘날, 아내로부터 똑같은 말을 들어야 하다니.

"홍인이 보면 놀랄 것 같아 뒤쪽에 붙여놓았어요. 법원 직원들이 방문하여 제자리에 붙어있지 않으면, 형사처벌을 한다고 해서 그랬는데. 내일쯤 떼어 한꺼번에 모아놓을까 해요. 지들도 사람인데, 아이 교육상 그랬다면 뭐라 하겠어요?"

"아파트 문을 안 열어주면 되잖아?"

"그 사람들은 키를 다 갖고 다닌대요."

"그럼 이것들이 결국 경매된다는 뜻이야?"

"그러기 전에 친구 앞으로 돌려놓으려고요."

"그러다가 걸리면 또 어떻게 하려고?"

"별 것도 다 걱정이네요. 말이 그렇지, 생활필수품 같은 것은 지들도 봐준다니까요."

"그러면 굳이 친구 앞으로 돌려놓을 일이 또 뭐냐고?"

"하이고, 당신하고 말하고 있으면 내가 다 답답해져요. 뭘 그렇게 따져요? 시간이 가면 다 해결된다니까."

"시간이 가서 해결된 게 뭔데? …컴퓨터는 내 개인 것이 아니고 학교 물건이니까, 딱지 띠어버려!"

무엇보다 힘든 것은 대학정문을 통과하는 일. 10년 전인 1988년, 부푼 가슴을 안고 들어섰던 그 문을 도살장에 들어서는 소의 심정으로 지나야 하다니.

'나는 지금 사형장으로 끌려가고 있다. 구입한 지 8년째인 엘란트라 승용차에 앉아 죽으러 들어가는 중이다.'

수위의 거수경례가 황송했다. 정문을 지나 운전석 왼쪽의 대운동장과 사열대를 바라보는 순간, 어느 봄날이 생각났다. 대학교수 발령을 받고 출근하던 바로 그때, 태민은 부지런히 연구하고 열심히 가르쳐 존경받는 교수가 되겠다고 다짐했었다. 땅콩집 낙성식이 끝난 지 4년, 비극적인 사건이 일어난 지 2년이 지난

시점이었다.

'그 꿈, 그 다짐들은 다 어디로 갔는가? 뜬구름 잡는 손짓, 허공에 흩어진 넋두리였단 말인가? 이렇게 하여 내 인생은 일장춘몽으로 끝난단 말인가? 피 맺힌 무라리의 한을 안고 칠산의 해풍을 들이마시며 달려야 한다고 이를 깨물었던 어린 시절, 다가올 세파(世波)가 아무리 거세어도 반드시 이겨내고야 말겠다는 다짐들, 넓은 세상으로 나가 기어이 승리하여 금의환향하겠다는 각오, 백마 타고 알프스 산을 넘는 나폴레옹처럼, 장원급제하여 암행어사로 내려오는 이몽룡처럼, 큰 바위 얼굴의 주인공처럼 그렇게 무라리로 다시 돌아와야 한다고 굳게굳게 맹세했던 그 시간들이…. 어느 한 봄날의 꿈으로 끝났단 말인가?'

어렸을 적부터 움츠러드는 성격, 알량한 자존심이 사람들과의 접촉을 끊는 쪽으로 몰아갔다.

'이토록 망가진 모습으로 사람들 앞에 설 수는 없어. 무라리 땅콩집과 남촌 사이 공터의 하이얀 모래밭에서 혀를 깨물고 죽을지언정, 칠산 바다 앞 분등 개펄에 코를 박고 죽을지언정, 값싼 동정을 받고 싶진 않다. 사람들의 더러운 입, 그 입살에 오르내리기는 죽기보다 더 싫다!'

태민은 잘 알고 있었다. 세상 사람들의 잔인함과 간사함을. 궁지에 몰린 사람은 숨이 끊어질 때까지 밟아대고, 잘 나가는 사람 앞에서는 간이라도 빼줄 듯 아양 떤다는 사실을.

'선생님 말씀 따라 열심히 공부했고요. 장차 훌륭한 사람이 되어 부모님께 효도하고 싶었습니다. 진실하고, 착하게, 아름답게 살려고 노력했습니다. 대학교수라는 목표를 이룬 후에는 제자들 앞에 부끄럽지 않은 스승이 되기 위해, 위대한 학자가 되기 위해 쉬지 않고 연구했습니다. 낭비하거나 사치하지 않았고요. 호의호식하지도, 오락이나 잡기에 몰두한 적도 없습니다. 그 흔한 골프장 한번 가본 일 없고요. 생일잔치 한 번 열지 않았습니다. 주식투자나 부동산투기해본 적 없고, 뇌물 한 번 받아먹은 적 없습니다. 제가 군대를 안 갔습니까, 논문을 표절했습니까, 위장전입을 했습니까? 세금이나 공과금을 떼먹었습니까? 다운계약서를 작성했습니까? 나주 땅을 제 앞으로 해 달라 조른 적 없고 여태껏 팔리지도 않고 있으니, 부동산 투기라고 할 수도 없고요. 그런데 왜 제가 이런 고통을 당해야 합니까?'

갈피를 잡을 수 없는 마음은 원망과 불평, 헛된 소망과 엉뚱한 꿈 사이를 오락가락했다.

'이럴 때, 백마 탄 왕자가 나타나주면 얼마나 좋을까? 하늘에서 돈벼락이라도 떨어지면 얼마나 신날까? 혹시 내 앞으로 땅 같은 거 상속해놓고 죽은 조상은 없을까? 복권을 한번 사 볼까? 1억, 2억만 손에 쥐면, 금방 형편이 풀릴 텐데….'

밤새워 요행을 꿈꾸다가 실망하고, 헛된 망상을 쫓다가 또 다시 절망하기를 거듭했다. 불안은 점점 공포로 바뀌어갔다. TV에서 보았던, 서울역 앞의 노숙자들이 눈앞에 어른거렸다.

'그 가운데 어엿한 가장, 번듯한 직장을 가졌던 사람, 심지어

고위직 출신까지 있다는데, 나라고 하여 그들처럼 되지 말라는 법은 없지 않은가?'

용전 저수지 둑을 지나 패밀리 랜드 동물원 뒤쪽의 자연부락 쪽으로 드라이브를 갈 때마다, 길가의 빈집들에 눈이 갔다.

'주인을 찾아가, 아주 싼값에 세 들어 살게 해 달라 부탁해볼까? 허물어져가는 토담집이라도, 내 집이라면 맘이 편할 텐데. 다 쓰러져가는 오두막집, 두 평짜리 단칸방이라도 발 뻗고 잘 수 있으면 행복할 텐데. 최고장 날아들지 않고, 독촉전화 걸려오지 않고, 찾아오는 사람 없으면 그곳이 바로 천국일 텐데. 죄 많은 이 몸뚱이 뉘일 구들장 하나 있다면, 마냥 행복할 텐데….'

대문 옆에 딸린 자그마한 문간채방 창을 올려다보며, 방주인의 처지를 부러워하였다. 명예도, 권력도, 부귀영화도, 학문도, 철학도 다 싫고 구차한 목숨 부지하며 숨만 쉴 수 있기를 간절히 원했다. 그러다가 흠칫 놀라 자괴감에 빠지기를 수십 번.

'아! 이게 무슨 꼴인가? 고래 등 같은 기와, 금잔디가 깔린 안마당, 금붕어가 뛰노는 연못…. 백수 안에서 소문나도록 화려하게 지어진 땅콩집은 어디로 가고, 이 죄 많은 삭신 하나 뉘일 공간이 없다니.'

참으로 신기한 것은 부도 이후 모든 사람들로부터 연락이 뚝 끊겼다는 사실. 서로 입이라도 맞춘 것 같았다. 출판기념회 때에 참석한 사람만 5백 명이 넘고 광주시 인구가 100만이 넘는데, 그 누구로부터도 전화 한 통 걸려오지 않았다. 군중 속의 고독.

따뜻한 전화 한 통화가 아쉬웠다. 위로의 말 한마디가 절실했다. 재정적인 도움은 언감생심, 바라지도 않았다. 그저 그냥 '사람'의 목소리를 듣고 싶었다.

스스로 벽을 쌓고 있는지도 모른다는 생각이 들었다. 강의 시작 직전에 학교 갔다가 끝나는 대로 나와 버렸다. 집 전화는 받지 않고, 핸드폰은 아예 없애버렸다. 삐삐번호 역시 바뀌었으니, 연락이 닿지 않을 수도 있다. 부끄러운 몸뚱이 모두를 가리고 싶었다. 투명인간처럼 다른 사람 눈에 띄지 않기를 소원했다. 연기처럼 흔적도 없이 사라지고 싶은 마음은 굴뚝같았다.

'세상이 나에게서 등을 돌린 것처럼, 나 역시 세상으로부터 등을 돌려야 한다!'

혼자 있을 때 집으로 걸려오는 전화는 절대로 받지 않았다. 아내와는 '벨이 세 번 울린 다음 끊겼다가 다시 울리면 받기로' 약조를 해놓았다.

"사람들, 참 영리해. 상대방의 처지를 재빨리 간파하여 처세하는 걸 보면. 우리처럼 멍청한 인간들도 없을 거야."

"그걸 인제 알았어요? 그래서 아버님이 당신보고, 세상물정 모른다고 하시는 거예요."

'세상 물정 모르는' 사람에게 세상은 더욱 잔인했다.

"이 교수님이세요? 저 최종학입니다. 다른 두 분의 교수님들께서요. 교수님을 한번 뵙자고 해서, 이렇게 연락을 드립니다."

두암동의 한가람 레스토랑. 세 명의 '채권자'들은 유리한 고지를 점령한 채, 버티고 앉아 있었다. 이왕이면 사람들의 눈에 띄지 않은 곳이 낫겠다 싶어 안쪽으로 들어갔다. 심춘식. 서로의 집까지 왕래하며 교제하고, 학교 일이든 개인사든 기탄없이 상의하던 사이였다.

"여기 홍인이 엄마까지 온 자리에서 말허기가 쪼까 어색허긴 헙니다만, 어떻든 우리도 월급쟁인데 무작정 기다리기는 뭐해서, 지난번에 아버님 앞으로 된 땅이 있다고 해서…."

"아, 그 말씀이셨구만요? 물론 제가 감히 요구할 사항도 못됩니다만, 여러분들이 원하신다면 아버님을 설득해서라도 어떻게 해봐야지요."

마음이 심란하여 허공을 응시하는 사이, 이번에는 최종학이 요점을 정리하려 들었다.

"저희들의 요구는 요컨대, 그 땅을 저희들 명의로 돌려놓으면 어떤가 해서요."

태민이 난처한 표정을 짓는 사이, 진선이 나섰다.

"저희들 마음이야 땅 아니라, 별 것도 다 해드리고 싶지요. 하지만 땅은 어디까지나 아버님 것이고, 그래서 아버님께서 허락하실 지도 여쭈어봐야 하거든요."

"정히 그러시면, 설정이라도 해놓는 방법이 있지 않겠습니까? 다른 데서 손을 못 대도록 일단 잡아놓는 거지요."

학과의 후배 교수 최종학, 그가 처음 찾아왔을 때 생각이 났다.

학군 후배라며 깍듯이 인사하던 그때. 당시 원로였던 채 교수는 제자를 억지로 밀어 넣기 위해 현금 1천만 원으로 태민을 유혹했다. 그 전까지 거슬러 올라가면, 인사와 관련하여 1,500만 원 뇌물도 거절한 적이 있었다. 그것들을 뿌리치면서까지 정당하게 임용되도록 최선을 다했는데, 이제 와서 뒤통수를 치고 있으니. 그 점에서는 지찬진과 오십보백보라는 생각이 들었다. 결국 오늘 눈앞에서 칼을 가는 세 사람 모두 '형제'처럼 잘 지내자고 다짐했던 사이. 시정잡배들 노는 곳과 다름없는 자리, 조폭이나 사채업자들처럼 구는 그들의 행태가 진저리나도록 싫었다. 이씨 특유의 짜증이 부려질 것으로 각오했다. 그러나.

"그래? 고로코 해서라도 양해해 준닥 허먼, 을마든지 해 주어야지야."

"아버님. 죄송해요."

진선이 손수건을 꺼내어 눈물을 닦는다.

"느그덜이 뭇이 죄송해야? 내가 그도막 헛살아서 그런 것이고. 니가 직장에서 괜찮닥 허먼, 그까짓 땅이 문 소용 있디야?"

"아버지. 전 괜찮아요. 국립대학 교수는 정부가 보증하는 거여요."

"당신은. 마음에도 없는 소리 그만해요. 지난번 채 교수님도 정년을 못 채웠잖아요?"

"이 사람이. 그 양반은 돈 때문에 그런 것이 아니라, 보증 수푠가를 잘못 써서 그런 거야. 사기죄로 형사입건 되려고 하니까,

미리 사표를 낸 거라고. 직장 징계위원회에서 파면이나 해임을 당하면, 연금까지 못 받으니까."

"결국 교수들 등쌀에 못 버틴 거 아니어요?"

"학교에서 조금 시끄럽긴 했어도, 동료 교순데 막상 어떻게 하겠어?"

"홍인이 에미 말대로 허자. 인자 우리가 뭣이 있냐? 너 하나 직장생활 헌다고 허고 있넌디, 그 자리까장 놓아버리먼 죽도 밥도 아니지 않냐? 땅이사 있다가도 옰어지고, 옰다가도 있는 것인게. 그러고 설정해 준다고 해서 아조 옰어지는 것도 아니여야. 내가 도장 안 찍으면 천하 옰어도 못 팔아 간 게. 그러고 인자 내 인생은 다 끝난 폭 아니냐? 인자 나보다는 니가 살아야 허는 마당에 너한테 못 해줄 것이 뭣 있겄냐?"

며칠 후. 함께 사무실로 향하는 동안, 이씨는 아무렇지 않은 듯 행동했다. 하지만 늘어난 흰머리와 주름살, 얼굴에 스쳐가는 비감(悲感)마저 숨기지는 못했다.

'이렇게 화창한 날, 양친 부모 모시고 무등산에라도 오를 수 있다면. 하다못해 보리밥이라도 한 그릇 대접할 수 있다면 얼마나 좋을까. …하나님, 저는 육신의 아버지에게 효도 한번 못하네요. 모든 것을 다 잃으신 분, 딸 둘과 손녀를 앞세우고 정치에서 패배하고 사업에서 실패하여 빚을 남긴 채 고향땅을 등진 저 어르신 앞에서 또다시 불효를 저지르게 되었네요.'

교수들은 '못난이 삼형제'처럼 그렇게 앉아 있다가 벌떡 일어

섰다. 출판기념회에서 만났을 때와 사뭇 달라진 이씨의 몰골에
놀라는 눈치. 서류를 꾸미는데 막상 태민 자신의 이름을 기록할
곳은 한 군데도 없었다. 한 시간 가까이 끌다가 작성된 공증서[8]
의 내용은 다음과 같았다.

'이신만은 아들 이태민의 부채에 대해 연대적인 책임을 지며,
앞으로 3년 안에 그 부채를 청산하지 못할 경우 채권자들의 어떠
한 조치에도 이의를 제기하지 않는다.'

---

8) 각서와 공증서: 각서란 상대방과의 약속을 지키겠다고 하는 서약서를 가리키는
문서이다. 구두계약 또는 차용증과 같은 금전거래 문서에 더하여 작성하는 것이
보통이고, 흔히 지불각서, 이행각서, 포기각서 등을 일컫는다. 각서는 소송에서
법률행위를 증명하는 강력한 증거가 될 수 있지만, 각서 그 자체만으로는 아무런
법적 구속력을 갖지 못한다. 따라서 채권자로서는 각서 작성에 더하여 공증 등의
절차를 거칠 것을 채무자에게 요구한다. 각서에 공증을 받아놓게 되면, 채권자가
피담보 재산에 강제집행을 들어갈 때 집행권원으로 사용될 수 있다.

죽음 앞에서

'나의 지난 세월이, 땀과 눈물과 정성을 바쳐 일구어 온 나의 삶이 공수표로 마감되어야 하다니. 내가 맡았던 역할이, 인생 무대에서의 배역이 벌써 끝나다니…. 마흔을 넘긴 나이, 인생의 승부가 결정 난 이때 무엇을 기대할 것인가? 재기의 가능성은 0인데 더 살아 무어할 것인가? 나를 사랑하고 내가 사랑했던 이들에게 짐만 되는 이 몸뚱이에 집착할 까닭이 무언가?'

우주 전체보다 자신의 존재 하나가 더 소중하다 여겨진 때가 있었다.

'왜? 내가 없어질 때, 우주는 아무런 의미도 없을 것이기에. 내가 우주 안에서, 우주를 위해 존재하는 것이 아니고, 우주가

나를 위해 존재한다!'

하늘을 찌를 듯한 자존감은 땅속을 향한 자학(自虐)으로 변했다. 등을 돌려버린 세상을 한탄하다가 자신의 존재 자체를 저주하기에 이르렀다.

'나는 무가치하다. 쓰레기에 불과하다. 아버지와 어머니가 애초에 만나지 않으셨더라면, 어머니 뱃속에서 내가 잉태되지 않았더라면, 독감에 걸린 세 살 때에 돌팔이 의원의 처방만 믿고 무리리에 나자빠져 있었더라면, 서너 번의 자살 시도 가운데 어느 하나만 성공했더라도 오늘날 이 수치는 당하지 않았을 텐데….'

그 외에도 기회는 얼마든지 있었다.

'최전방 수색소대장으로서 수류탄을 양쪽 가슴에 달고, M16 소총에 탄창을 장진하여 방아쇠구멍에 손가락을 집어넣은 채로 비무장지대 안을 수색할 때. 북한군 병사로부터 총알 세례를 받든지 지뢰라도 밟았더라면, 국립묘지에 묻혔을 텐데. 민주화 과정에서 분신이라도 했더라면 사람들의 뇌리에 열사로 각인되었을 터인데. 광주항쟁 당시 계엄군으로 보내달라는 내 부탁을 중대장이 들어주었더라면 이런 지경에까지 다다르진 않았을 텐데. 저주스런 운명이 이곳까지 나를 끌고 온 것은 더욱 큰 고통을 맛보게 하기 위함이 아니었을까? 잔칫날을 위해 준비된 돼지처럼 통통히 죄악의 살이 오른 나를 잡아먹기 위해, 지옥의 풍성한 땔감으로 쓰기 위해 숱한 위험들을 막아왔을 수도 있다!'

아침에 피었다가 저녁에 시드는 꽃처럼, 하루를 일생으로 사는 하루살이처럼 아무 생각 없이, 흔적도 없이 그렇게 한평생을 보냈더라면 좋았겠구나 하는 생각이 들었다.

'거추장스런 양심, 알량한 도덕을 걸치고, 수많은 입술로부터 비난과 조소, 욕설을 죄다 들어가며 두 눈을 부릅뜬 채 이토록 처참하게 마감되어야 한단 말인가? 아! 꼬일 대로 꼬인 내 인생 앞에 화가 난다. 진저리가 쳐진다. 자랑거리로 여겨왔던 것마저 조롱과 저주의 대상으로 전락했구나. 의미 있는 것들을 성취했다고 자부할 무렵, 인생의 낙오자가 되어 사람들의 입살에 오르내리다니. 운명이 이런 식으로 내게 물을 먹여도 된단 말인가?'

인생을 거꾸로 살았을지도 모른다는 생각이 들었다.

'어느 술좌석. '야, 씨벌. 그 태민이란 놈 봐라. 진실하게, 정직하게 산다고 하더니, 끄트머리에 가서 잘된 것 뭐 있냐? 부어라! 마셔라! 인생은 그저 쉽게, 쉽게 사는 거야.' 그 친구들의 말이 맞을지도 몰라. 아! 절친했던 친구들의 술자리 안주감이 되어 날마다 씹히고 있는 장면이라니. 초등학교만 졸업하고 농사를 짓기 시작한 친구들은 지금 떵떵거리고 잘들 살고 있는데, 정부 융자자금으로 축사와 창고를 짓고, 트랙터와 콤바인을 사서 논농사, 밭농사 잘 짓고 있는데. 비닐하우스에 딸기나 포도, 토마토 등을 재배하며 여유 있는 생을 영위하고 있는데, 나는… 내 이름으로 돈 한 푼 빌려올 수 없구나. 내 이름과 주민등록번호가 전산망에 뜰 때, 사람들은 비웃는다. 대학교수인 주제에 빚쟁이이고 신용불량자라고. 지금쯤 내 고향 무라리에서는 소주병 기울이며 즐거운 대화를 나누고 있을 텐데. 여름에는 땀 흘려 일하고 겨울에는 사랑방에 모여 고스톱도 치고 삼겹살 구워먹으며, 동지섣달 긴긴 밤을 함께 지낼 텐데. 도시로 나왔을 때, 그토록 그리워하던 고향, 친구들⋯. 하지만 오늘날 나는 그들로부터 소외되어 있다. 타향보다 고향이 더 두려운 곳으로 다가온다.'

자신의 어렸을 적 풍요가 도리어 '기적'이었을지도 모른다는 생각이 들었다.

'근심 걱정 없이 배불리 먹고, 편하게 공부하였으며, 사람들로부터 부러움도 받았어. 살아오는 동안 좋은 날도 있었지. 대학 합격 소식, 득남 소식, 대학교수 임용, 그리고 베스트셀러 작가 진입 등. 하지만 그건 흐린 날 구름 사이로 언뜻언뜻 낯을 내민 해처럼, 너무나 짧은 순간들이었어.'

새벽기도 40일을 끝냈다 자부했지만, 부도에 직면하고 보니 믿음은 어림 반 푼어치도 못 되었다. 해가 뜨지 않기를, 날이 새지 않기를 간절히 기원해 보았다. 어김없는 자연법칙이 원망스러웠다. 평화로운 시대가 얄미웠다. 금융기관 시스템이 정상적으로 돌아간다는 사실이 절망스러웠다.

무작정 집을 나섰다. 동광주 톨게이트를 빠져나온 엘란트라 승용차는 88올림픽 고속도로 위를 힘차게 내달렸다. 평소에는 안전 운전하던 체질이었다. 하지만 오늘은 성난 발에 의해 힘껏 악세레터가 밟혔다.

'엿 같은 세상. 더럽고, 치사하고, 냄새나는 인간들, 잔인하고 악랄한 종자들…. 어디 맛 좀 보거라!'

지극히 불합리하고 비이성적인 생각들이 온몸을 휘감았다. 죽음에로의 유혹이 악마처럼, 영혼을 사로잡았다.

'나의 존재가 연기처럼 사라질 때, 그늘에 앉아 이자 받아먹던 기생충, 과연 그들의 표정이 어떨까? 보증 잘못 섰다고 길길이 뛰던 지찬진, 서무과에까지 쫓아가 나 때문에 망하게 되었다고 동네방네 욕을 하고 다닌 그 인간의 상판대기는 또 어떻고? 은혜 대신 원수 갚기로 달려드는 최종학, 그 녀석의 낯짝도 흙빛으로 변하겠지?'

공상 속을 헤매다가 자신의 심사에 흠칫 놀라고 말았다.

'왜? 왜 이자 따먹은 자들과 보증 서준 사람을 동일시하는가? 적어도 보증인들에게는 양심의 가책이라도 느껴야 하는 것 아닌가? 아내 말로는, 은행 사람들도 정당한 대가를 받는 것뿐이라는데…. 아! 어느새 선과 악, 정의와 부정의, 옳고 그름에 대한 판단력마저 상실했단 말인가?'

"인간의 행동을 규정하는 것은 합리적인 판단력이 아니다."는 어떤 철학자의 말이 생각났다.

'사람들이 이성에 따라서만 살아간다면, 왜 약육강식의 전쟁과 야만적인 행위들이 존재하겠는가? 내 처지가 이렇게 된 이상, 이성이니 도덕이니 양심이니 운위할 필요가 없다. 돈, 돈만 있으면 돼. 의심을 받지 않고 보험금을 타내기 위해서는 철저하게 사고사(事故死)로 위장해야 한다. 그렇게만 된다면 나의 유족들, 아내와 사랑하는 아들이 그 보험금 갖고 남은 인생을 편하게 살아갈 수 있다.'

한껏 스피드를 올리며, '행운'이 닥쳐오기를 기대했다. 핸들을 잡은 손에 스르르 힘을 빼보았다. 눈도 살짝살짝 감아보았다. 그러나 10여 분 이상을 달려도 이미 숙달된 손과 발, 시력은 실수를 범하지 않았다. 고의로 핸들을 꺾어버릴까 궁리를 했지만, 도저히 용기가 나지 않았다.

'못난 놈!'

운전자의 일방적인 과실로 판명이 될 시, 보험금이 지급되지 않을 수도 있겠다는 생각이 들었다.

'상대방 자동차의 과실에 의한 사고! 가해 차량이 음주 운전하는 재벌의 고급차량이라면 금상첨화일 테고. 그리만 된다면 보험금 외에 위로금, 합의금으로 천문학적인 금액을 받아낼 수도 있을 터. 명색이 대학교수인 데다 정년 또한 많이 남아있기 때문에, 그 액수는 상상 이상일 수도 있다. 지혜롭고 총명한 진선, 돈의 가치를 필요 이상으로 많이 알아버린 아내가 가해자와 순순히 합의할 리는 만무하고. 장례식 때 조의금도 무시하지 못할 테고. 부음(訃音)을 따로 전하지 않아도, 알 만한 사람은 다 알 것이다. 왜? 대문짝만한 기사가 날 것이기에.'

신문기자라면 어떤 타이틀을 달까 궁리해보았다.

'광림대학의 40대 철학교수, 베스트셀러 작가, 교통사고로 사망하다!'

그 아래 부제에는 이런 내용이 붙을 것이다.

'한밤중 인적이 드문 고속도로에서의 교통사고로 현직 대학교수 사망! 가해차량은 모 재벌그룹의 총수 아들, 당시 알코올 농도는 0.15%로 거의 만취상태로 확인….'

기사 내용은 이렇게 채워질 수도 있다.

'이 교수의 사망원인은 음주운전 차량의 일방적인 과실에 의한 교통사고로 추정된다. 하지만 당일 이 교수가 아무런 연고도 없는 곳으로 왜 자동차를 몰았는지, 많은 사람들은 의문을 제기하고 있다. 이와 관련하여, 최근 그의 행적이 관심을 끌고 있다. 가족들의 말에 따르면, 이 교수는 최근 수개월 동안 과도한 부채 때문에 무척 괴로워했던 것으로 밝혀졌다. 따라서 그에 따른 정신적 스트레스와 수치심, 절망감이 단독 야간운행에 나서게 된 직접적인 원인이라는 분석이 나오고 있다. 어떻든 엄청난 보험금 및 위로금, 합의금 등으로 이 교수의 부채는 모두 청산될 전망이고, 유족들은 경제적인 고통 없이 비교적 편안한 삶을 누리게 될 것으로 보인다. 동료 교수들에 따르면, 이 교수는 베스트셀러를 비롯한 많은 철학저서와 주옥같은 논문을 써내며, 열심히 연구하고 열정적으로 가르쳤던 교육자였다. 전도(前途)가 양양(洋洋)한 신진 엘리트 학자이자 양심적 지식인으로, 학생들을 지극히 사랑한 이 시대 사표(師表)로서 그의 이름은 영원히 빛날 것이

다. 삼가 고인의 명복을 빈다.'

신문기사는 여기에서 끝나지 않을 것이다. 한 지식인이 온몸으로 남긴 메시지는 사설(社說)에서 본격적으로 다루어질 수도 있다.

'이 사건으로 공무원의 부채 문제, 특히 대학교수의 처우문제가 뜨거운 감자로 부상하고 있다. 오늘날 대한민국에서 대학교수로 임용되기 위해서는 수많은 과정을 거쳐야 하는 것으로 알려져 있다. 정규 4년제 대학을 졸업하고 석사, 박사과정을 수료하고 논문을 제출하여 학위를 취득해야 하며, 적게는 수년, 많게는 십수 년의 강사 경력을 갖춘 다음 정식교수로 임용되기 위해서는 수십 대 1의 경쟁을 뚫어야 한다. 경쟁자들 중에는 해외에서 학위를 취득한 후 수많은 논문을 쓰고 오랫동안 시간강사의 경력을 쌓은 사람들이 수두룩한데, 이처럼 모든 자격을 갖춘 상태에서도 임용과정에서 대학 발전기금이나 기부금 등 이러저러한 명목으로 적지 않은 재정적 지출을 감수해야 한다고 한다. 더욱이 이와 같은 어려운 관문을 통과하였을지라도 같은 경력의 다른 직업군에 비해 그리 높지 않은 보수는 그들의 연구 및 교육 활동에 막대한 지장을 초래하고 있는 바, 이에 대한 대책이 시급한 실정이다. 한 나라의 최고 지식인, 사회의 지도층 인사, 대학의 핵심멤버인 대학교수가 흔들릴 때, 과연 이 나라의 미래는 어떻게 될 것인가에 대해 깊은 고민과 성찰이 있어야 할 것으로 사료된다. 이 교수의 죽음과 관련하여 반드시 짚고 넘어가야 할 또 하나의 문제점은 바로 제2금융권의 꺾기 관행과 고금리, 적금 강요 등의 행태이다. 비합리적이고 약탈적인 꺾기관행으로 말미암아 약자인 채무자는 사용하지도 않은 돈에 대해서까지 이자를 물어야 하는 상황에 직면하게 된다. 또한 연리 20%에 육박하는 고금리는 채무자의 목을 옥죄는 가장 무서운 적으로 인식되고 있으며, 여기에 연체라도 하는 날이면 그 이자는 천정부지로 뛰고 만다. 2~3년 만에 이자가 원금을 상회하는 경우도 드물지 않은 형편이다. 또한 매달 적금을 붓도록 강요하면서도 이 적금을 원금과 상계시키지 않아 원리금에는 전혀 영향을 주지 않는다는 점도 문제로 지적되고 있다. 이 사건과 관련하여, 청와대에서 고위 당정청 회의가 열렸으며, 이 자리에서 경제부총리는 금융감독위원장에게 제1, 제2금융권[1]에 대한 대대적인 감사에 착수하라는 지시를 내렸다. 대통령 또한 서민들의 고금리, 대학의 관행적인 기부금 등 채용비리에 대해 전방위적인 수사가 필요하다는 의미의 발언을 한 것으로 청와대 대변인은 발표하였다.'[2]

---

[1] 저축은행: 상호신용금고는 제2금융권에 속하는, 대표적인 서민금융기관으로서 서민과 영세 상공인의 금융 편의도모와 저축증대를 위해 설립되었다. 은행을 이용하기에는 신용이 다소 부족하고, 대부업체를 이용하기에는 신용도가 높은 고객을 대상으로 영업을 한다. 일반 은행보다 이자율이 높은 반면, 대출 금리도 1~2% 높은 편이다. 2002년 3월부터 상호신용금고의 명칭이 일제히 상호저축은행으로 바뀌었고, 2010년에는 상호저축은행 또는 저축은행 중 한 개의 명칭을 골라 사용할 수 있도록 하였다.

[2] 상호저축은행 영업정지 사태: 2011년 2월 부산저축은행 등의 여러 상호저축은행이 집단으로 영업정지된 사건. 이후 대주주 비리와 마감시간 후 VIP 고객들에 대한 사전인출 등이 확인되어, 논란이 되었다.

이렇게만 된다면, 아내와 사랑하는 아들은 일약 세인의 주목과 사랑을 받게 될 것이고, 나를 괴롭혔던 지찬진 일당은 얼굴을 들고 다니지 못할 것이다. 그리고 생명보험 회사에서는 기사를 오려, 홍보용 전단지에 끼워 넣을 테고.

"현직 대학교수, 단돈 00의 보험료 납부에 엄청난 보험금을 수령하다!"3)

---

3) 보험은 인류가 만들어낸 '최고의 경제 제도'라는 찬사를 듣곤 한다. 불의의 사고를 당할 경우, 원상복구에 필요한 금전적인 도움을 받을 수 있기 때문이다. 그러나 보험은 탄생과 함께 그 그림자로 보험범죄를 잉태했다. 유명한 보험사기 사건(1963. 12.7 [경향신문] 3면): 1) 피셔는 집에서 2,400km 떨어진 마이애미에 있었다. 10일 전부터 시카고 집은 텅 비워놓고 대서양에서 해변 휴가를 즐기는 중이었다. 그런데 그의 집에서 원인을 알 수없는 불이 나, 방 12개짜리 고급주택이 전소한 것은 그 즈음이었다. 화인조사에 나선 경찰은 발화 당시 집에 사람이 없었으나, 불이 집 안쪽에서 시작된 점을 들어 누전에 의한 화재로 결론지었다. 피셔는 보험회사에 전화를 걸어 "보험금 7만 5천 달러를 지급해 달라"고 요구했다. 이때 보험조사원 프랭크는 피셔를 의심했다. 파산 직전인 그가 호화휴양지 마이애미로 휴가를 간 것부터 이상했다. 불이 난 당일, 그는 마이애미에서 시카고 친구들에게 안부엽서를 보냈다. 알리바이(현장부재 증명)엔 빈틈이 없었다. 이상하다면 불이 나기 57분 전, 피셔가 집에 전화를 건 일뿐이었다. 프랭크는 시카고 화재현장으로 달려가 꼼꼼히 잿더미를 뒤졌다. 전화선에 연결된, 얇지만 강한 금속선이 눈에 띄었다. 점화도구였다. 전화벨이 울리면 금속선이 떨리고, 거기 연결된 21개의 성냥골이 밑에 놓인 모래종이와 마찰하게끔 장치를 한 것이었다. 그 옆에는 기름 먹인 신문지와 셀룰로이드를 놔둬, 성냥불이 켜지면 바로 불이 번져나갈 수 있게 해 놓았다. 피셔가 아무도 없는 제 집에 전화를 건지 정확히 57분 후, 불이 난 것이다. 재판정에서 피셔는 "보험금을 타면 일부러 불을 내주는 방화회사에 1만 4천 달러를 주기로 계약을 했다"고 실토했다. 이것은 오래 전에 출간된, 미국의 FBI 출신 보험사정관이 쓴 책에 나오는 실화다.

80년대 중반 보험사기는 빠르게 사동치 짜.0 루 진화했다. 일부러 차에 치거나 고의 충돌사고를 내 보험금을 타내는 원시적 범죄부터 차를 교묘하게 삭동불능 상태로 조작해 사고를 일으키고 자동차보험은 물론 생명보험금까지 타내는 범죄가 지금도 우리 주변에서 알게 모르게 벌어지고 있다.

어둠 속에서 회심의 미소를 지어 보았다. 행복한 꿈(?)에 가슴이 부풀었다. 그러나 한참을 달리다 보니 고속도로 위에 차가 뜸해지기 시작했다. 인내하는 중에 조금 더 진행하다 보니, 차량이 거의 끊기다시피 했다. 순간, 불안감과 공포가 엄습해왔다. 며칠 전, 고속도로 위에서 강도사건이 났다는 뉴스를 본 적이 있었다. 주변은 온통 산인데 고속도로 위에는 가로등 하나 없었다.

'두 대의 자동차가 나타나 앞뒤를 가로막는다면? 강도들은 나에게 접근하여 내리라고 할 것이다. 물론 손에는 흉기를 들었을 테고. 차를 돌려 도망갈 틈도 주지 않을 것이다. 유리창을 내리지 않으면 망치로 깰 것이고. 그렇게 되면, 나는 영락없이 독 안에 든 쥐이다!'

순창 인터체인지 표지판을 발견하는 순간, 오른쪽으로 핸들을 꺾었다. 시내는 비교적 한산했다. 한 여관 앞에 차를 세운 다음, 근처의 슈퍼에서 오징어와 땅콩, 그리고 맥주를 샀다. 물 주전자와 수건을 쟁반에 받쳐 2층으로 안내한 주인은 선불을 요구했다.

"잔 돈 내 주께라우 이."

"잠깐만요. 아저씨, 지금… 바쁘세요?"

"어째… 그러시오?"

"저하고 술이나 한잔하시게요."

잠시 후. 올라온 그에게 잔을 권했다.

"어째… 장사 잘됩니까?"

"촌이라, 그저 그러지라우. 손님은 광주에서 오셨는 게라우?"

"예. 어떻게 아셨어요?"

"차 남바 보면, 금방 알지라우. 그러고 여그는 광주 사람들이나 오제, 이쪽 근방에서는 잘 안 와라우. 서로 얼굴을 알아버린 게, 데이트 헐라먼 다른 디로 빠지지라우. 애초부터 난장판에다가 러브호텔을 지었어야 헌디. 그나저나 문 기분 나쁜 일 있었는게라우?"

"왜요?"

"얼굴이 안 좋아 보여서라우. 혹시 부부싸움이나 했는가 허고라우."

"예. 대판 싸우고 왔습니다. 그러나 여기서 죽지는 않을 테니염려 마십시오. 하하하…."

"밸 말씀을 요. 사람 살기가 참, 심들어라우. 이 오막살이 여관 이제마는, 영판 심드요 이. 어디 세상일 쉬운 일이 있겠소마는…."

그가 내려간 후, 천장을 바라보며 히죽히죽 웃어보았다. 은근히 취기가 올라왔다.

'세상에, 어떤 놈이 보험금 노리고 사고를 위장하나 했더니, 바로 나 같은 놈일세.'

물론 진심으로 시도한 것은 아니지만, 그런 궁리를 했다는 사실 자체가 서글펐다.

'정의롭지 못한 보험금이 내 유족들에게 과연 복이 될까? 최고

지성인이라 자부하는 내가 어느새 인생의 밑바닥까지 내려왔단 말인가? 혹시 일이 잘못되어 탄로라도 나면 어쩔 뻔 했는가? 보험금을 노린 대사기극, 대학교수의 양심, 화인을 맞다, 사회지도층의 도덕불감증, 심각한 상태 등등….'

상상만 해도 끔찍했다.

'작은 거짓말조차 용납하지 않았던 어머니, 아무리 큰 잘못을 저질러도 바른대로 말하면 용서해주셨던 아버지…. 그런 환경 속에서 자라나 바르고 정직하게 살려고 노력했던 한 인간이 돈에 눈이 어두워, 자폭과 같은 파렴치한 범죄를 구상하다니. 국가 사회를 위해 봉사해야 할 대학교수 두뇌를 가해차량에 덤터기씌우는 쪽으로 사용하려 하다니. 여관주인 말마따나 누군들 사는 것이 좋아서만 살 것인가? 마지못해, 죽지 못해 사는 것이 인생이거늘….'

한편으로, 자신의 인생이 그보다 못하다는 데 생각이 미쳤다.

'그 사람은 적어도, 남에게 피해를 주지는 않았을 거 아니야? 그럼에도 역시 고단한 인생, 팍팍한 삶인 것은 분명하다. 아! 누군들 죄를 짓고 싶어 지을 것이며, 누군들 살고 싶지 않아서 죽음을 선택할 것인가? 모두가 오십 보 백 보, 도토리 키 재기 인생이거늘. 많이 배운 사람이나 못 배운 사람이나, 막다른 골목에 내몰리면 똑같아지거늘. 양심과 도덕을 운위하던 사람들도 자기 자신의 일에는 속수무책인 경우가 얼마나 많은데…. 죽으려는 마음가짐으로 살면 못 살아질 것이 없다고 말했던 사람, 경진이

형 같은 사람도 졸지에 목숨을 끊었잖아?'

무라리 서촌의 가게집 사랑방. 맥주 세 병을 마시고 죽으려 달려들던 태민을 위로하며 달래던 사람이 경진이 형이었다. 죽고자 하는 심정으로 살면 못살아질 게 없다고. 하지만 몇 년 후, 그는 스스로 목숨을 끊었다.

'무슨 말로 치장을 해도, 자살은 비극이다. 가족이 딸린 가장의 죽음은 더더구나. 남은 식구들 인생에도 깊은 생채기를 남기는 짓이기에. 고향과 가문, 부모의 이름에 먹칠하고, 자손만대로 손가락질 받는 행위가 되고 말 것이다. 무엇보다 자살한 사람은 지옥에 떨어진다는데, 크리스천이라 자부하며 지옥의 실재를 믿는다 하면서 그 길을 택할 수는 없다. 아무리 고통스러운 세상이라 한들, 지옥보다 더하기야 하겠는가? 개똥밭에 굴러도 이승이 낫다는 데….'

홍은을 잃었을 때, '앞으로 남은 인생은 덤'이라 여겼었다. 사랑하는 딸을 먼저 보낸 것은 오롯이 자신 탓이라 자책했고, 그 '죄과'를 닦는 길은 홍인을 잘 키우는 일이라 생각했다. 때문에 아무리 힘들고 어려워도 아들을 위해 이를 깨물며 살아야 한다고, 다짐하고 또 다짐했었다.

'과연 지금의 상황이 그때보다 못한가? 그때보다 더 고통스러운가? 과연 사식을 잃었을 때보다 부도를 맞았을 때가 더 괴로운 것인가? 다른 사람에게 피해를 주었다는 점에서, 더할 수도 있겠지. 또 피붙이의 죽음은 세월이 흐를수록 옅어지는 데 반하여,

부채는 시간이 간다고 해결되는 것도 아니다. 불행을 당했을 때에는 위로와 동정이라도 받을 수 있지만, 부도에 대해서는 비난의 목소리만 들려온다. 그렇다고 무작정 목숨을 끊어버린다면, 또 무책임하다고, 비겁하다고 삿대질하고 욕할 거 아닌가? 그래. 그렇지. 죽음은 돌이킬 수 없는 데 반해, 부도란 언젠가 해결될 수도 있어. 바로 그 점이 달라.'

불과 서너 시간 만에 일어난, 사고(思考)의 전환이었다. 때 묻은 배게 위에 타월을 깔고, 냄새나는 이부자리가 입에 닿지 않도록 몸을 사리는 사이 잠을 설치고 말았다. 어둠이 가시는 것을 기다려 주섬주섬 옷을 꿰입었다. 아래층으로 내려와 카운터 안을 들여다보니, 주인은 아직도 꿈나라를 헤매고 있었다. 고속도로로 나와 힘차게 페달을 밟는 순간, 햇살이 등을 간지럽혔다.

'어서 가자. 집으로! 아내와 아들이 기다리고 있을, 그 곳으로. 그리고 다시 시작하는 거다.'

아파트 문은 밖에서 열 수 있도록 해 놓은 채였다. 홍인이 깨지 않도록 살금살금 걸어가는데, 안방 문이 스르르 열렸다.

"왜… 안 잤어?"

"당신이 없는데, 잠이 오겠어요? 어디 갔다 오세요?"

"응? 쩌어기."

침침한 표정을 짓는 진선을 꼭 껴안았다.

"여보, 사랑해…."

"뜬금없이 무슨 소리여요? 무슨 일 있었어요?"

"응? 있기야 있었지. 열심히 살기로 작정했으니까."

살아야 하는 이유는 존경하는 스승 심영진 선생님 입에서도 흘러나왔었다. 두어 달 전 그를 방문했을 때. 학교 옆 어느 허름한 식당. 태민은 내키지 않은 심정으로 서두를 꺼냈었다.

"선생님. 제가 실은 인생의 가장 큰 위기 앞에 다다른 느낌입니다."

"……."

"저 열심히 살았습니다. 선생님 가르침대로 치열하게, 성실하게 살려 했지요. 하지만 역시 세상은 만만치 않네요. 잘 아시다시피 아버님께서 정치와 사업에 실패하시고 집사람이 뭔가를 해보겠다고 나섰다가…. 제 인생이 왜 이렇게 되었을까요? 선생님께서 저에게 기대하셨던 정치도 더 이상 꿈꿀 수 없는 상탭니다. 어떤 친구는 저더러 진실하면 뭐하고 정직하면 뭐하냐고 비아냥거리더라구요. 사실 부정한 돈 먹으려 맘먹었으면 이렇게까지 비참해지진 않았을 것 같아요."

묵묵히 듣고 있던 그는 자신의 인생역정을 소개하는 것으로 대답을 대신했다.

"자네가 어렵다고 헌 게, 첨으로 내 이야기를 헐라네. 우리 선친께서 정치를 헌답시고, 국회의원 선거에 두 번이나 나와 떨어지셔 버렸지 않은가? 한 번만 떨어져도 살림이 간다고 그런 판에 두 번이나 떨어졌으니, 집안 꼴이 어쭈코 되얐겠는가? 아무리 대농이라도 배길 재주가 옰제 이. 논 한 평, 밭뙈기 한 평 옰이 싹 넘어가 버렸은 게."

"……."

"그래놓고 딱 돌아가셔 버린 게, 모든 책임이 나한테 오는 것이여. 그때 내가 대학을 졸업 허고 고시공부헌다고 엎져 있는 판인디, 우게로는 홧병으로 누우신 어머니허고 밑으로는 여섯 명의 동생들이 줄줄이 내 낯바닥만 쳐다보고 있넌디, 사람 미치겄드만 이."

"……."

"그래서 내가 이 판에 문 고시공부냐 싶어, 당장에 때래 치와 버렸제 이. 그래놓고는 시골로 내래왔어. 빚을 갚을라면 농사를 짓는 수배키 옰은 게. 근디 농사를 질라고 해도 논이 있기를 해, 밭이 있기를 해? 그래서 새경을 주고 빌렸제. 아제 삼춘 헐 것 옰이 꼴마리를 붙잡고 내가 그랬어. 나를 믿고 딱 3년만 빌려 주씨요. 새경은 서운찮게 디릴란 게, 좌우간 빌려만 주씨요. 참! 인생이란 것이 그러드만. 새경 받어 먹는 입장에서 새경을 줄락 헌 게, 속도 씨랍고. 그래도 어쩔 것이여? 내 주어진 운명에서 최선을 다해야 쓸 것 아니여? 그래 갖고 1년 농사를 딱 지었넌디, 아 요놈오 것이 죽어라 짓는다고 지섰넌디, 새경 주고 빚에 대한 이자 갚고 난 게 포도시 식구들 목구먹에 풀칠헐 식량 배키 안 되드란 말이세. 그래서 하도 기가 맥해서 농사가 이런 것이다냐 싶드라고."

"……."

"그래도 내년에는 쪼까 나서 질란다냐 싶어서, 또 지었제. 그래서 도합 3년을 지었넌디 닝장! 다 도로묵 헛빵이여. 써빠지게 농사 지어 보았자 짚 몇 뭇 남는다는 말이 딱 맞드만."

"그래서요?"

"그래서 어쭈코 허겄어? 천장만 쳐다 봄시로 담배를 뽀끔뽀끔 피우고 있넌디, 아이! 어느 날 우리 집 앞으로 수로가 난다고 딱 발표가 된 것이여."

"수로…가요?"

"아먼. 그때 장성 땜 공사가 한창일 땐디, 그 땜이 막어짐시로 수로가 우리 집 앞으로 딱 나 버린 게 보상금이 엄청 나와 버렀겄다. 우리 집 앞이 아니먼 수로가 날 디가 읎었그든. 그래 갖고 하루아침에 빚을 딱 갚어버리고, 아버지가 잃었던 전답도 찾고 나머지 농사는 집사람허고 동상들한테 맽기고 자네들 가르칠라고 학교로 나갔든 것이여."

"그래요? 저는 선생님께서 그런 고생까지 하신 줄은 몰랐어요."

"말을 안 헌 게 모르제에. 사람들이 다 그래. 아무 일 읎이 다 잘 사는 것 같어도 속을 디래다보먼 다 똑같어. 이런 일 저런 일로 고생허고, 참말로 말 못힐 사정도 있고."

"그러시면 저희들 가르치시면서도 속이 편치 않으셨겠네요?"

"그런게 밤나 술만 먹고 아무허고나 쌈허고 그랬제에. 그러고 세상 물정을 알고 난 게, 아이들을 강허게 가르쳐야겠다는 생각이 들었고…. 에 그래서 쪼까 독허게 헌 면도 있고. 좌우간 인생이란 것이 곧 죽을 것 같어도, 전디다 보면 은젠가 살 날이 오드란 말이제 이. 느닷없이 기회가 오드란 게."

"그러니까요."

"생각해 봐. 그 앞으로 수로가 날 지 꿈에라도 상상했겄어? 그우게다가 씨멘트로 포장도로까장 나 버렀어. 차 댕기기 좋게. 그러고 난 게 인자 심영진이 망했다고 손구락질허든 사람들, 쳐다보는 눈빛부터 달라지는 것이여. 세상이 다 그런 것이여. 지금자네가 을마나 어려운지 나는 잘 모르겄네마는, 남자란 이런 세상 풍파를 헤쳐 나갈 때 비로소 남잔 것이여. 고난시 여자 탓헐 것 읎어. 잘나나 못나나 내 마누란디, 누구한테 욕을 해? 이런때일수록 부부간에 하나가 되아야 헌다고. 이럴 때 잘 극복해내라고 가르치고 교육시키고 그런 것이제, 밤나 책만 디레다 보라고 헌 것이 아니란 게. 이럴 때 그 사람이 인물인지 아닌지 판가름이 난다 이 말이여."

"…아, 예."

"그 뒤로 내 애기들도 무려 일곱 명이나 태어나지 않았는가? 생각해 봐. 읎는 살림에 동생 여섯에다가 새끼들 일곱인디, 보통사람들 같으먼 기절초풍헐 일이제 이. 근디 나는 눈 하나 꿈쩍안 했어. 아이고, 니가 이기는가 내가 이기는가 보자. 인생이 문뷀 것 있간디? 그저 전디고 버티는 것이여. 결국에 동생들 여섯을 전부 대학 졸업시키고, 여동생까지. 그러고 내 자식들도 인자 거의 다 대학을 졸업허고, 거진 다 결혼헐 단계까장 와 있은 게 내 인생도 실패헌 인생은 아니제 이. 비록 아버지가 원허셨든 정치는 못허고 큰 벼슬은 못했어도 내 헐 바를 다 했은 게 나는 만족 헌다, 그 말이여 시방. 아까 자네가 맘에 옳는 소리 했제마는, 세상에 공돈은 옳는 법이여. 교수가 돈 받어 먹고 인사에 관여허먼 쓰겄는가? 자네 아부지 피를 물려받었넌디 자네가 부정 헌 돈 받을 리는 옳고…. 성실허게, 부지런허게, 절약험시로 살먼 은젠가는 다 살아지는 것이여. 내 말 알겠는가?"

순간, 태민은 망치로 얻어맞은 것 같은 충격을 받았다. 무엇보다 '이럴 때를 위해서 가르친 것이여.'라는 말씀이 심장을 후볐다.

'아! 명색이 선생님의 수제자라 자부하는 내가, 장래에 큰 인물이 될 거라고 선생님의 기대를 한 몸에 받았던 내가 이까짓 돈에 무너지다니. 그럴 수는 없다. 바로 이거다! 내가 오늘 이곳까지 와서 선생님을 뵌 것은 바로 이 말씀을 듣기 위함이야.'

최소한의 강의 외에는 모든 일을 중단했다. 오랫동안 준비했던 자서전적 소설의 원고도 책상서랍에 깊이 쳐 넣었다. 연구논문은 진작 포기했고, 성경과 신문 외에는 읽을거리도 내팽개쳤다. 학과장을 비롯한 학교에서의 잡다한 직책도 모두 거절하거나 사양했다. 일체의 사회활동을 중단한 채, 교회와 집, 학교 세 군데를 쳇바퀴 돌 듯 했다.

'그러나 이것은 결코 절망이나 자포자기가 아니다. 미래에 대한 소망을 잃지 않되, 하나님께서 허락하실 때까지 온전히 나를 내맡기는 거다.'

교회에서 예배드리고 찬양하고 기도만 한 것은 아니었다. 만나고 먹고 노는 일에도 열중했다. 어느 설교 시간.

"어느 집사님의 이야깁니다만, 그 분은 물질 갖고 걱정을 안 한답니다. 쌀이 없으면 라면을 먹고, 라면도 떨어지면 그냥 굶는다는 것이지요. 있으면 먹고 없으면 말고, 있으면 쓰고 없으면 만다는 것이지요. 돈이 없어지면 곧 죽을 것 같아도 안 그렇다는 것이지요. 사나흘 버티다 보면 어디서, 누군가의 손길을 통해서든 채워진다는 것입니다. 쌀독이 채워지고, 주머니가 채워지고. 그러면 또 며칠을 산답니다."

양신호 집사. 하나 있던 아파트가 경매로 넘어가 버린 다음, 일곡동 주택가 일대를 뒤졌단다.

"참, 세상 재미 있어라우."

"……?"

"매칠 전에 이쪽을 돌아 댕기다가, 담도 다 허물어져버리고 토방이나 아나나 못이 다 빠져버리고 헌, 이 집이 눈에 띄드란 말입니다. 그래서 동네 이장을 찾었데이, 주인이 서울 사람인디, 1년에 한 번 오까 마까 헌다는 것이어요."

"조금만 수리하니까, 사는데 무리가 없네요."

"뭣헐라 비싼 세 주고 아파트만 산다요? 그래서 내가 전화로 그 주인을 만났지라우. 그랬데이 살라면 몇 년이고 수리해서 살으라고 협디다. 자기 입장에서도 빈 집 그대로 놔두는 것보다는 사람이 살고 있는 팬이 헐썩 더 낫지라우."

"빈집으로 오래 놔두면 집이 망가져 버린다면서요?"

"불 나간 집 같이 못 쓰지라우. 그래서 옳다 되았다 싶어서 대강 고치고 뺑끼칠 조까 허고 대문 조까 고치고 헌 게, 보씨요마는…. 사는 디 아무 지장이 읎지 않소?"

"정말 좋네요. 마당도 있고 마루도 넓고…."

"저 쪽에 감나무 조까 보씨요. 인자 가실(수확)헐 때 오씨요. 감이나 양썬 먹고, 똥도 못 싸게 해주께. 히히히…. 여그 밴소는 1년 가봐야 생전 안 퍼도 된당 안 허요. 왜냐먼, 시한(겨울)에는 똥이 얼어 갖고 수북히 올라오제마는, 봄만 되면 은제 그랬냐는 드끼 싹 녹아 갖고 흔척도 읎어져 버린당 헌 게. 히히히…."

"하하하…. 하수구로 빠지는 모양이지요?"

"하수구로 빠지는지 상수도로 새는지는 몰라도, 좌우간 개안허닥 헌 게라우. 그런 디다가 공기가 을마나 좋소? 벌써 땅 냄새를 맡고 잔 게, 몸이 헐썩 개뿐허단 게라우."

"요즘에는 돈 있는 사람들이 황토방에서 잔다고 그러니까요."

"아니. 빈 말이 아니라, 확실히 몸이 좋아라우."

"아마 한식집이라서 숨을 쉬니끼 더 그럴 거여요. 흙이 가깝고 하니까…."

"솔직히 부도 몇 번 맞고 어쭈코 난 게, 아무 정신이 읎습디다.

어디 가서 취직을 헐락 해도 신용불량 걸려있고, 문 사업을 헐락 해도 내가 돈이 있소 뭇이 있소? 돈 조까 빌릴락 해도 누가 보증 서줄 사람도 읇제, 먹고는 살아야 쓰겄고, 새끼들은 무장 커 가고. 집사님도 홍인이 있은 게 아시겄제마는, 요새 학생들 똥구먹으로 솔찬히 들어가요 이."

"그럼요. 날마다 만 원, 2만 원…. 그냥 빈손으로 학교 가는 날이 별로 없지요."

"납부금 할라 오살나게 비싸 갖고. 그런 디다가 나 같은 놈은 둘이나 된 게, 쌔가 빠질락 헙디다. 그래도 새끼들은 나같이 안 만들란 게, 죽으나 사나 갈차야 쓰겄고. 그래 갖고 새끼들한테 뺏기고 나면, 어쩔 때는 쌀이 읇단 게라우. 진짜여요. 쌀독에 쌀 떨어지는 일이 한두 번이 아니란 게라우. 그래도 닌장, 산 입에 거무줄 칠라디야 허고, 배짱 좋게 매칠 기달리면 또 독이 채와집디다. 허허허…."

"어쩌다가… 그렇게 어려워지셨어요?"

"나도 애렸을 때는 남부러운 것 읇이 잘 나갔지라우. 촌에서야 뭇이 아숩겄소? 근디 어쭈코 허다가 처남네 보증 서 갖고, 쫄딱 망해 버렸지라우. 말인 게 그러제, 시방도 그 때 생각허면…. 아파트 경매 넘어가버리고, 바로 법원에서 와 갖고는 나도 읇넌디, 그 난리를 쳤지 않소? 개새끼들이…."

"……."

"우리 아그덜이 중·고등학교 댕길 땐디, 씨벌 놈들이 키로 문을 따고 들어와서는 징검징검 구둣발로 돌아댕김시로 애기들을 몰아친 게, 지금도 애기들이 그 상처가 있단 게라우. 말허자먼 텔레비전이며, 냉장고며 헐 것 읎이 다 차압을 붙여버린 게…. 그래서 그때 바로 이혼을 해버렸지라우."

"……?"

"나는 이왕에 부도를 맞은 사람인 게, 이혼을 해버리고 집사람 명의로 돌려놓아서 쪼까라도 건진 것이제라우. 실은 내가 불륜 관계 속에 있어라우. 히히히…."

"하하하…."

"씨벌. 말인 게 그러제, 기가 맥힙디다. 요새 내 차 봤는가 몰르 겄소마는 아이, 세금을 안 냈다고 번호판을 띠어가버렸지 않소? 요새는 차를 딱 보고 묻인가, 그 들고 댕기는 것을 눌르먼 세금을 냈는지 안 냈는지 바로 조회가 되야 버립디다. 책임보험도 안 넣었제, 의료보험료도 안 냈제, 심지어 주민세도 안 냈제, 암 것 도 안 냈어라우. 은젠가 민방위훈련 나오락 해서 안 나갔데이, 히히히…. 지들이 어쭈코 허간디라우? 교도소 가락 허먼 가고, 오락 허먼 오고. 좌우간 나는 대한민국 국민이 아니란 게라우."

"……."

"집사님. 세상 어렵게, 바둥바둥 살 것 읎어라우. 암 것도 읎은 게 진짜 맘이 팬허요 이."

"옳은 말씀입니다. 공수래공수거란 말도 있잖아요? 결국 나 부질없는 것들이고, 마지막에는 빈손으로 돌아갈 인생들인

데⋯."

"이 똥차가 시방까지 먹은 범칙금이랑 밀린 세금이랑 합치면, 하마 몇 백만 원 될 것이요. 그래도 나는 암시랑토 안 해라우. 누가 그러는디, 폐차시킬락 허먼 돈이 든 게 차라리 도난신고를 내락 헙디다. 그러고 어디 꾸석진 디다 내뻐러버리먼 끝난다고. 바쁜 통에 누가 그것 찾으러 댕길랍디요? 그래서 세상은 있으먼 있는 대로 옶으먼 옶는 대로 다 살게 되야 있드라, 그 말이제라우."

그래. 내 의지나 능력과 무관하게 이 세상에 태어났던 것처럼, 이 세상 살아가는 일 또한 나의 의지와 능력으로 되는 일이 아니니까. 음악의 쉼표처럼, 일단 쉬고 보자. 숨을 쉬어야 다음 노래가 이어지는 것처럼, 몸과 마음을 추슬러야 다음 삶도 이어질 것 아닌가?

fin.

작가의 저서 목록
: 철학도서 15권, 문학작품 3권

『철학의 세계』, 한울출판사, 1994년(중앙일보 기획보도, 대학교
　　재, 이후 형설 출판사에서 개정판).

『2500년간의 고독과 자유』, 푸른솔 출판사(1996년 인문사회분야
　　베스트셀러, 이후 형설 출판사에서 개정판).

『청소년을 위한 서양철학사』, 평단문화사(2009년 아침독서운동
　　추천도서, 2015년 포털사이트 '네이버'에 대표적인 해설서
　　로 전문등재).

『청소년을 위한 동양철학사』, 평단문화사(2009년 문화체육관광
　　부 선정 우수도서, 2015년 베트남 언어로 출판, 포털사이트
　　'네이버'에 대표적인 해설서로 전문 등재).

『한 권으로 읽는 서양철학사 산책』, 평단문화사, 2009.

『한 권으로 읽는 동양철학사 산책』, 평단문화사, 2009.

『철학스캔들』, 평단문화사(2010년 한국간행물윤리위원회 선정

'청소년을 위한 좋은 책' 선정).

『위대한 철학자들은 철학적으로 살았을까』, 평단문화사, 2011년
　　(2015년부터 포털사이트 '다음'에 대표적인 해설서로 전문
　　등재).

『청소년이 꼭 읽어야 할 동양고전』, 아주 좋은 날, 2013년.

『청소년이 꼭 읽어야 할 서양고전』, 아주 좋은 날, 2013년.

『이야기 동양철학사』, 살림출판사, 2014년(한국연구재단 우수저
　　서 사후지원도서 선정).

『이야기 서양철학사』, 살림출판사, 2014년.

『땅콩집이야기』, 자서전적 장편소설, 작가와 비평사, 2014년, (인
　　터넷소설 〈인터파크〉에 연재).

『동양철학사를 보다』, 리베르스쿨 출판사, 2014년(한국출판문화
　　산업진흥원 '2014년 우수출판 컨텐츠 제작지원 사업의 도
　　서'로 선정).

『서양철학사를 보다』, 리베르스쿨출판사, 2014년.

『땅콩집이야기 7080』(장편소설) 작가와 비평사, 2015년(인터넷
　　소설 〈인터파크〉에 연재, 북DB연재소설 인기순위 1위).

『칸트, 근세철학을 완성하다』, 글라이더 출판사, 2017년 3월 출
　　간(대한출판문화협회 '2017년 청소년 우수도서'로 선정).

『땅콩이』, 단편소설집, 작가와 비평, 2017년 9월 출간(미주한국
　　기독교문학 신인상 수상 작품).